Rake's Redemption
Scandal's Child
by Sherrill Bodine

侯爵からの愛は春風のように

シェリル・ボーディン
高橋佳奈子・訳

ラズベリーブックス

侯爵からの愛は春風のように

目次

侯爵からの愛は春風のように

わたしたちを信じてくれたジェーンとサンドラに——感謝をこめて

主な登場人物

ジュリアナ（ジュー）・グレンヴィル……未亡人。
ドミニク（ドム）・クロフォード……オーブリー侯爵。
ソフィア・サッチャー……ジュリアナの叔母。
ジョージ・ヴェイン……ウェントワース男爵。ジュリアナの弟。
シャーロット・グレンヴィル……ジュリアナの親戚。
サー・アルフレッド・グレンヴィル……シャーロットの父。
ユージニア・グレンヴィル……シャーロットの母。
ジュール・デヴロー……サヴィル伯爵。ドミニクの異父兄。
ロドニー（ロッド）・クロフォード……ドミニクの叔父。
オースティン・クロフォード……カルター公爵。ドミニクの祖父。
シビラ・クロフォード……ドミニクの祖母。
フレディ・リスコーム……ドミニクの友人。
ミセス・フォーブズ……宿屋〈ブルー・ボア〉の主人の祖母。

プロローグ

一八一八年
バークシャー、カーステアズ・フォリー

ドミニクはうんざりしていた。暖炉の上に飾られた、コンスタブルによる風景画から目をそらし、マントルピースに肩をあずけてカーステア家のダイニングルームの惨状を眺める。フレディは親友——もしかすると唯一の真の友——かもしれないが、カーステアの田舎の家で過ごそうという話に乗るべきではなかったのだ。彼らとは田舎暮らしに対する考え方がちがったのだから。ドミニクの場合、ロンドンに飽きたらカルター・タワーズに行きたくなった。しかし、十年がたった今でも、カルター・タワーズに行けば、辛い記憶がよみがえってくるのを避けられなかった。そこでこうしてバークシャーにあるカーステアズ・フォリーにやってきたのだが、フレディが内緒で、ドミニクの今のお気に入りであるイヴェットと、ほかにふたりの女がそこで待っているように手配していた。そのため、釣りとカードに明け暮れる毎日とはならず、ロンドンにいるときと変わらない日々になった。

一同のなかでまだ立っているのは彼ひとりだった。フレディは手足を伸ばして肘掛椅子に身をあずけ、ワイングラスをさかさまにウエストコートに載せていた。もてなし役のカーステア

は、四本目の瓶が開けられたときから、テーブルの下で静かにワインを飲んでいた。

女たちはどこへ行ったのだ？　焦点のよく定まらない目をふたりの女に向ける。女たちはほつれた髪が顔にかかっただらしない姿で寝椅子の両端に丸くなっていた。あの生意気なイヴェットは？　彼は首を振り、何度かまばたきした。テーブルに歩み寄ろうとして、足もとがおぼつかないことに驚く。テーブルクロスをめくり上げてのぞきこむと、テーブルの下で、片腕をカーステアの胸に巻きつけて彼女が眠っていた。その姿を見て思い出した。ドミニクが自分に無関心だと文句を言って、床にすわっているカーステアのそばへ行ったのだった。

ドミニクは肩をすくめ、テーブルクロスを下ろすと、半分空《から》になっているポートワインの瓶に手を伸ばした。この女の言ったとおりだ。ぼくはこの女にまるで関心がない。グラスにポートワインを注《そそ》ぎ、中身をあおって喉に流しこむ。ここへなど来るべきではなかったのだ。カルター・タワーズにいる祖父母のところへ行けばよかった。祖父母には会いたいのだから。しかし、あそこを訪ねるのは年に一度以上は耐えられなかった。

グラスの中身を飲み干すと、ドミニクは窓辺へ寄った。夜が明けようとしており、霧があたりを包んでいた。昔、霧のなかで目を凝《こ》らしたあのときの夜明けと同じように。突然彼はあの場所に——カルター・タワーズに——いた。ジュールとともに。

ふたりは土が盛られたばかりのふたつの小山をはさみ、顔をうつむけて立っていた。黒い装いの人々が、巨大な塔を持つ石づくりの邸宅へと、長い列をつくってゆるやかな坂道を下っていくのにはまるで関心を払わなかった。

突然、予期せぬときにオーブリー侯爵となったドミニクは、喪に服していることを示すふたつの黒い腕章をつけた軍服姿だったが、身の内にうずまく怒りをどう抑えていいかわからず、後ろで手をこぶしににぎったりほどいたりしながら立っていた。彼は「父さん」と声を殺して言うと、涙で痛む目を、新たにつくられた墓石のない墓に向けた。

ジュールは杖《つえ》に寄りかかっていた。体にぴったり合った黒い喪服姿だったが、額から顔の左側にかけて巻かれた白い包帯が、内心何を思っているにしろ、それを隠していた。

「あんたのせいだ」ドミニクは鋭くことばを発した。ふたりのあいだの距離を憎しみが満たした。

責められてジュールはよろめきながら一歩あとずさり、背を向けてその場を離れようとした。

「兄さん!」敵意に満ちたその声を聞いて、去ろうとしていたジュールは足を止めた。「約束を忘れないでくれ。ここで起こったことは……ここに葬られるんだ」

ジュールの口の片端が皮肉っぽく持ち上がり、顔全体が奇怪な仮面のようになった。

「わかった、弟《モン・フレール》よ《ウィ》」

怒りと、かつて愛した異父兄への憎しみが胸を焼いた。「ぼくは明日イベリア半島へ発《た》つ。旅ができるようになったら、すぐにここから出ていってもらいたい。あんたには二度と会いたくない!」

「ああ……でも、きっとまた会うことになる。これを忘れることはないから……弟よ」長く白い指が左目のあたりを覆う包帯にそっと触れた。

ドミニクは身震いした。十年たった今も、まだ怒りと憎しみが胸を焼いていた。あのとき自分はとても若かった。若く世間知らずだったせいで、両親が死んだ晩につきつけられた秘密に直面することができなかった。だから、それを忘れるために戦争へ逃げたのだ。今はもう世間知らずではない。それでも、この秘密を忘れることはけっしてないとわかっていた。

目の前の空き地に陽光が射した。また夜が過ぎた。心からたのしめないまま、ワインを飲みすぎて過ごした二週間。ロンドンの慣れた退屈が恋しいほどだった。

肩越しに部屋のなかに目を向け、ワインのすえたにおいを嗅《か》ぎ、空瓶と食べ物の残骸《ざんがい》が散らばる光景を目にして、ドミニクはふいにあることを決意した。

呼び鈴を鳴らすと、カーステアの執事のシルヴェスターが即座に現れた。その後ろの廊下には、ドミニク自身の従者のプリングルとフレディの従者のティミングズもいた。

「みんなはいってきてくれ。みんなに用がある」ドミニクはゆっくりと言った。「シルヴェスター、おまえの主人はダイニングテーブルの下だ。ティミングズ、リスコーム卿をベッドに連れていけ。午後になって彼が起きたら、明日の朝一番にロンドンに戻ると伝えてくれ」

ティミングズはフレディのウエストコートからそっとグラスをとり除き、ウエストコートにしみがついていないかどうか慎重にたしかめてから、主人を起こした。

シルヴェスターはさらに三人の使用人を呼んだ。そのうちのふたりがテーブルの下にもぐりこみ、カーステアを助け起こそうとした。どうにか身を起こさせると、長年困った主人に仕えてきた執事に彼を渡した。三人目の使用人はティミングズがフレディを部屋から運び出すのに手を貸した。

プリングルは主人の邪魔をすまいとまったくの無表情のまま立っていたが、やがて好奇心を抑えきれなくなった。申し訳なさそうにせき払いをすると、部屋を見まわした。「皆様ごいっしょに街へ戻るということでよろしいんでしょうか、旦那様？」

ドミニクはあくびをしながらマントルピースに背をあずけ、目を閉じた。「ここにはちょっと飽きたんだ、プリングル。明日の朝、二輪馬車を用意してくれ。おまえとティミングズは荷物を持って先に出発してくれていい」

プリングルがまたせき払いをすると、それが少し神経に障ったが、ドミニクは目を開けようとはしなかった。「その……ご婦人方は……ロンドンへお戻りにならないので？」

それを聞いてドミニクは目を開け、プリングルの穏やかな顔をじっと見つめた。「彼女たちはカーステアが呼んだんだ。戻るのも彼が手配するさ。ぼくが心配することじゃない」

そう言ってマントルピースを押しやるようにして身を起こすと、ゆったりと元の愛人のそばに寄り、豊かな胸の谷間に五ポンド紙幣をはさんでから、部屋をあとにした。

1

バークシャー、ウェントワース・パーク

四月のいつになくあたたかいある午後のこと、ウェントワース・パークの天井の高い、風通しのいい図書室で、ひと組の男女が手紙を書いていた。突然、ジュリアナ・グレンヴィルが目を上げ、せき払いをすると、低くやわらかい声で呼びかけた。「ジョージ……」

彼が呼びかけられたのに気づいた様子を見せなかったので、彼女はもう少し大きな声を出した。「ねえ……」さらに声を張りあげる。「ジョージ！」

第五代ウェントワース男爵のジョージ・ヴェインは目を上げることも、姉の声が聞こえた素振りをちらりと見せることもなく書きつづけていた。それどころか、赤褐色の巻き毛の頭を机の上に置かれた領地に関する書類にさらに近づけた。

ジュリアナはさらに少し待ったが、弟の若々しい額に深い縦皺《たてじわ》が刻まれているのに気づいて立ち上がった。持っているなかで二番目に上等な、畝模様《うねもよう》がはいったピンク色の朝のドレスの皺を伸ばし、黒っぽいクルミ材でできた広い机の端にしっかりとすばやく手をつく。「ジョージ、ソフィア叔母《おば》様とわたしはロンドンへ行くわ。社交シーズンに備えてウェントワース・ハウスを開けるつもりよ」

まだ書類の上で手を動かしながら、彼はちらりと姉を見上げた。「ウェントワース・ハウスは二年前に父さんが亡くなってから開けてないじゃないか。あそこを住めるように準備するとなると、年寄りのスミザーズがくたばってしまうよ」そう言って首を振り、また目を机に戻した。「ベイジングストークへ買い物に行くんだね、ジュー。あそこで買い物するのは好きだろう」

ジュリアナは肩を怒らせて身を起こした。まっすぐ立ったが、悲しいほどに背は低かった。「ジョージ、もうスミザーズには三日以内には到着するって手紙を書いたのよ。わたしはロンドンへ夫を探しに行くの」

ようやく弟がジュリアナに注意を向け、はっと顔を上げると、彼女とよく似た明るい緑の目を驚きにみはった。「なんだって、ジュリアナ、どういうことだい？　夫を探すだって！　この五年、いつだって結婚できたってのに」彼は目を細めた。ほっそりとした顔にこまかい皺が刻まれ、突然、二十一歳という年齢以上に老けて見えた。「ぼくの知らない誰かと付き合ってるとでも？」

ジュリアナは弟が頑固そうに顎《あご》を上げるのに気がついた。それは亡くなった父が気むずかしくなろうとするときにしたしぐさを思わせた。ジョージがそんな癖を身につけるのはまだ早すぎる。この若い顔に心配や責任の重さが表れるのは。それは叔母のソフィアがふと思いついた計画を実行に移す、さらなる理由となった。

ジュリアナは机越しにジョージと向き合った。今は彼が家長だが、三歳年下で、これまではほぼずっと姉の命令に従う弟だった。

上等のローン地のシャツの襟のボタンをはずしてわざとらしく椅子に背をあずけ、くつろいだ態度を見せた彼は、姉の決意に満ちた顔をじっと見つめた。「ロンドンに行く必要はないよ。ぼくが噂を広めればすぐに、このあたりの独身男たちが玄関に列を成すさ」彼はゆったりと言った。

「わたしに恥をかかせないでちょうだい、ジョージ。このあたりの独身男性とはもう全員と知り合いだわ。わたしの要望にかなう人はひとりもいないし」

「まったくだね！」弟は姉に顔をしかめてみせた。広い額にまた深い縦皺が寄った。「だったら、どういう相手がいいか、もう考えてあるわけだ！」

「ええ、そうよ」ジュリアナはそこで間を置いた。そのことばの意味をゆっくりと理解し、ジョージは顔を真っ赤にした。ああ、やっぱり、計画を実行に移すのに絶好の機会だわ！

「ずっと年上の人がいいと思うの。母親を必要としている子供のいるやもめよ。きっとそういう人が目的にかなった相手になるわ」

「いいかげんにしろよ、ジュー」ジョージは勢いよく立ち上がって叫んだ。「そんなのソフィア叔母さんにふさわしい相手じゃないか！」

「ソフィア叔母様は再婚しないとおっしゃってるわ」

「わかってるさ」弟はためらうことなく答えた。「でも、姉さんだって同じことを言ってたはずだ」

「この六年間で気持ちが変わったのよ。いつかあなたも結婚してわたしの助けが必要でなくなるときが来るわ。わたしもわたしを必要としてくれる人を見つけなくちゃ」

「サー・ライオネルは？　いつも姉さんのあとをついてまわってるじゃないか。農場《グレインジ》を管理するのに姉さんを必要としているよ。彼以上に助けを必要としている人間はいないぐらいだ」ジョージはすばやく応じた。

　ジュリアナは優美な部屋のなかで、わざと何気なくくるりとまわってみせた。自分の意見を通すための準備はできていた。田舎にいるすべての花婿《はなむこ》候補について叔母のソフィアと議論を重ね、よく検証して全員を候補としてふさわしくないと査定していたのだ。ジュリアナは足を止め、マントルピースの上に飾られた父の堂々たる肖像画を見やった。父はけっして許さなかっただろうが。

「そうね、ジョージ。サー・ライオネルはジョージの友人だから、気をつけなければならない。ライオネルは領地の管理人を必要としているもの。でも、わたし、舌足らずな男の人の妻にはなれない気がするのよ」

「ああ、そうだね、ジュー！　それを忘れていたよ」彼は部屋の奥に目を向け、馬に乗った彼らの母親の肖像を描いたレノルズの絵を見やった。「ジョナサン・ロングはどうだい？　舌足らずでもないし、領地もとてもきれいだ。じっさい、姉さんだって、ウェントワースを別にすれば、コートニー・マナーはこれまで見たなかでもっともきれいな場所だと言っていたじゃないか」

「彼は感じのいい人よ、ジョージ。でも、わたしより二歳も年下だわ。ロンドンから戻ってきてからというもの、話しにくくなったしね。シャツの襟が高すぎて、首がまわらないようにも見えるし」

「でも、ジョナサンは最新流行の装いをしていると自分で言ってるよ。姉さんだって、ぼくにロンドンへ行って上流社会の仲間入りをしてほしいといつも言うじゃないか」

「たぶん、あなたじゃなく、わたしがそうすることになりそうね。知り合い全員を考えてみたんだけど、誰も答えになってくれそうにないの。ソフィア叔母様が言うには、社交シーズンが完璧な解決法になるそうよ。そういえば、叔母様とコーニー叔父《おじ》様の婚約が発表されたのも、叔母様の最初のシーズンが終わる前だったわ。わたし、もうあなたの重荷にはならないって心を決めたのよ。ウェントワース・パークを離れてひとり立ちしなきゃならないわ。そうするにはロンドンがぴったりの場所だってソフィア叔母様に言われてるの」

すばやくそばに来ると、ジョージはほっそりした手を姉の肩に置いた。また若々しく真剣な顔になっている。「ばかなことを言うなよ、ジュー。姉さんにはずっとここにいてもらいたいと思っているんだ。ウェントワース・パークはぼくの家であるのと同じだけ姉さんの家でもあるんだから。自分を売りに出すような犠牲を払う必要はないよ。ぼくは結婚の罠《わな》になんておちいらないぞ。今のままがいいんだ。ずっとこのままでいるつもりさ！」

ジュリアナは笑い、背伸びして弟の顎にキスをすると、そのそばを離れて開いたフレンチドアに近寄った。そよ風がカーテンを揺らしている。午後の空気は軽くやわらかで、薄雲がかかった太陽が淡い金色の光を投げかけて地面をあたためていた。ウェントワース・パークの芝生が目の前に緑のベルベットのように広がっている。花をつけた桃の木の香りがあたりに満ち、遠くでは庭師のジークが春の花々をいとおしむように手入れしていた。

ここを離れるなんてどうしたら耐えられる？　思い出はすべてここにつながっているのに。やさしい顔をした母のあたたかく、ぼんやりとした思い出、悩みなど何もなかった子供のころの幸せな思い出、ウィルの求愛の甘く切ない思い出。彼をちらりとでも見たいと思って過ごし、彼が現れると有頂天になり、彼が去ったときには絶望に駆られたものだった。

なんと若かったことだろう！　おそらく、結婚するには若すぎたのだ。それでも、彼がイベリア半島へと出立するまでの短い結婚生活は何よりも大切な思い出だった。ジュリアナはこの場所に執着するように、その思い出にしがみついていた。

それでも、そろそろそれを手放さなければならない。ジョージの未来について叔母のソフィアとじっくり話し合ったのだった。弟はあまりに早くウェントワース・パークの責任を背負うことになり、自分の義務をひどくまじめにとらえ、領地の管理に没頭しきっていた。学ぶのは早かったが、今では頭を悩ませたりやきもきしたりするのがつねとなっている。パークの管理に没頭するジョージをここから引き離し、上流社会に溶けこませるためには、ジュリアナに夫を見つけるという名目で彼をロンドンに連れ出すしかないと叔母のソフィアは確信していた。嘘《うそ》をつくのは性に合わなかったが、弟のためなら、それもしかたないのかもしれない。

気持ちを強くしてくれる新鮮な春の空気をつかのま吸いこむと、ジュリアナはジョージのほうに顔を向け、無理に口の端を上げて笑みを浮かべた。「自分を売りに出して、いい相手に買ってもらえたら、別に犠牲を払うことにはならないわ。わたしがあまりに冴えなくなってしまっていて、夫が見つからないなんてことにならないといいんだけど」

そのことばを聞いて弟はあざ笑うように鼻を鳴らし、彼女の手をとると、笑いながら部屋の奥にある大きな鏡の前へ引っ張っていった。磨きこまれたサクラ材のタンスの上にかけられた、額に金メッキをほどこした鏡だ。弟は後ろに立ち、姉の肩に手を置いた。

ふたりはよく似ていた。ふさふさとした赤褐色の巻き毛も、高い頬骨の上の切れ長の淡い緑の目も。ただ、ジョージのほうは背が高く、やせていたが、ジュリアナは小柄でやわらかい体つきだった。

鏡越しに目が合う。

「姉さんが十七歳でウィルと結婚したころには、ぼくの友人たちはみな姉さんをうっとりと見つめていたものさ」弟の声は低くやさしかった。「今でもそうだ。この辺の独身男はみんな姉さんのことをきれいだと言っている」そこでふいににやりとする。「かまととぶらないでくれよ、ジュー。姉さんは冴えないなんてことはないし、自分でもそれはわかってるはずだ」

ジュリアナは弟の笑みを受け止め、肩に置かれた指に指をからめた。自分と叔母のソフィアがたくらんだとおりに、計画がうまくいくのはまちがいない気がした。「お願い、わかって、ジョージ。わたしもほかの女性たちと同じだとわかったの。夫と……家族がほしい。レディ・グレンヴィルがいつもはっきり言うんだけど、たとえわたしが未亡人であっても、社交界の決まりから言って、女性の付き添いが必要だそうよ。だから、ソフィア叔母さんがここに残ってくださってるの」

ジョージは首をそらして大笑いした。「ソフィア叔母さんが付き添いだって！　叔母さんが姉さんを監督なんてするわけないじゃないか」

「ええ、ジョージ、わかってる」ジュリアナはすぐさまことばをはさんだ。「だからこそ、あなたがロンドンに来てわたしの支えになってくれるのが何より重要なのよ。あなたの人を見る目がわたしに言い寄ってくる男性たちを選別するのに大いに役立ってくれるはずだわ」

ジョージは一瞬当惑顔になったが、やがて憂いを帯びた魅力的な笑みを浮かべた。「そうかもしれないな。正直に言うと、姉さんには驚かされたよ。ウィルへの思いを忘れてないんだと思っていたから」

「もちろん、忘れてなんかいないわ！」抑える前にことばが口から飛び出していた。どうにか内心の思いを顔に出すまいとしながら、ジュリアナは物憂げな笑みを浮かべた。「ウィルはいつも心にいるわ。それでも、ロンドンへ夫探しには行くつもりよ」


「ソフィア叔母様、おっしゃったとおりになったわ」ジュリアナは勢いよく叔母の寝室へはいっていったが、部屋のあちこちに服の山ができているのに気づき、当惑して足を止めた。

「まあ、何をしてらっしゃるの？　もう荷づくりはすんだと思っていたのに」

「こういう古い服は要らないから」ソフィアは手を宙で振った。「牧師のところに置いていって教区民に配ってもらおうと思って。わたしたちは新しい服を手に入れればいいから」

「全部新しくするの？」ジュリアナが不思議そうに訊《き》いた。

叔母はきびきびと部屋を横切ってやってきて、強い腕で姪《めい》を包みこんだ。「とてもたのしいわよ。最新流行の装いをしたあなたを見るのが待ちきれないわ。わたしたちが持っているものが悲しいほど流行遅れであることがわかるわよ。わたしがそうだったように、あなたにも、社交界で大いに目立ってもらいたいの」叔母は夢見るように言った。

ソフィアはさして特徴のない感じのよい顔の女性だったが、ほほ笑むと、かつてある求愛者が言ったように、〝さっと日が射したようになる〟のだった。銀灰色の目は輝き、口のそばには小さなえくぼができる。ジュリアの手をとって部屋のなかを踊ってまわる叔母の顔には、その喜ばしいほほ笑みが今も躍っていた。

「わたし自身、突然若返った気がするわ」叔母は笑って言った。

そっと扉をノックする音がし、ソフィアはつと足を止めた。

「おはいり、メイトランド」

「いいえ、わたしよ、シャーロットよ」小さな声で答えたのは背の高いやせた少女だった。青白い顔のなかで真っ赤に腫《は》れた目が目立っている。ふわふわとしたブロンドの髪がほつれて乱れ、リボンが首にかかり、ロイヤルブルーの乗馬帽が肩まで落ちていた。

「おやおや、いったいどうしたの?」ソフィアは急いで扉のところへ行き、彼女をそっと部屋のなかへ導いた。

「お母様よ。ロンドンにいるあいだ、わたしはずっとどこかの年寄りに親切にしなきゃならないって言うの」シャーロットは鼻をすすりながら言った。

「レディ・グレンヴィルは今度は何をたくらんでいるの?」ソフィアが訊いた。

ジュリアナは叔母に目で語りかけ、シャーロットの腕を軽くたたいた。「さあ、さあ、こんなのあなたらしくないわ。いつもはお母様のこと、うまくあしらっているじゃないの」となだめるように言う。

「いつもはね。でも、今度はわたしのこと、いつか公爵になる遠縁の親戚に嫁がせようと決めているのよ」

「社交シーズンを過ごしにロンドンに行くのはそんなに恐ろしいことじゃないわ」ジュリアナ

は秘密を打ち明けるようにほほ笑んだ。「叔母とわたしがあなたに救いの手を差し伸べるから。計画がうまくいったのよ」

「ジョージね」シャーロットは静かに言った。「わたしがデビューする社交シーズンにジョージがロンドンにいてくれるの？」

ジュリアナは勝ち誇って言った。「どうにかね。新しい品種の小麦が芽を出したらすぐにロンドンに行くことになるわ。あと二週間は出発できないって言ってるけど」ジュリアナはまた容赦《ようしゃ》なく衣類を仕分けている叔母を見つめた。「ソフィア叔母様は計画どおりに出発すべきだって言うのよ。シーズンがはじまる前にやることが山ほどあるからって」

シャーロットはすぐさま顔を輝かせた。「ここへ来る途中、南の農場へ向かって馬を走らせていたジョージを見かけたわ。うちの領地の管理人によれば、新しい品種は芽が出るのに時間がかかるそうよ。たぶん、わたし自身が行ってそれを伝えてきたほうがいいわね」

シャーロットが突然勢いよく部屋から飛び出すと、ジュリアナは驚きに眉を上げ、叔母のほうを振り向いて言った。「シャーロットがジョージに恋心を抱いているとどうして気づかなかったのかしら？」

「ほかに頭を悩ますことがあったからよ」叔母はそっけなく言った。

「そうね。ウェントワース・パークでは悲しいことがあまりに多かったから。気づかないうちにジョージも大人になっていたし……ウィルが亡くなって……彼のお父様がすぐあとを追い……それからうちのお父様が亡くなった」ジュリアナはゆっくりと首を振った。思わず長いまつげが濡れかけ、すばやく何度かまばたきしてほほ笑む。「ねえ、ばかみたいに並べ立てちゃったわ」

「いいのよ」ソフィアはすぐに話題を変えようと、事務的な口調でそう言った。ジュリアナはもう一生分の涙を流したのだから。ロンドンへ行く計画を立てたほんとうの目的もそこにあった。「でも、言わせてもらえば、そういう悲劇のなかにレディ・グレンヴィルを加えるのを忘れてるわ」

「叔母様ったら！　まったく！」ジュリアナの完璧な弧を描く眉が上がった。「ウィルがイベリア半島で亡くなった以上、サー・アルフレッド・グレンヴィルご夫妻には彼の領地をわが物と主張する権利があったのよ。結局、サー・アルフレッドはグレンヴィル家に最後に残された男性なんだから」

「サー・アルフレッドを非難することはできないわ。そうでしょう？　あんなに穏やかな人には会ったことがないもの。そこにいるかどうかも気づかないほどだわ。耐えられないのは鼻持ちならない彼の奥さんよ」

「きっとレディ・グレンヴィルにだって長所はあるはずよ」ジュリアナはそこでことばを止め、ふいにサクランボ色の唇に笑みを浮かべた。「少なくともひとつはいいところがあるわ、そうじゃない？」

ソフィアは笑った。「シャーロットの母親ですもの。どこかいいところはあるはずよ――あの子はすばらしいわ」

「かわいいシャーロット！　ロンドンで会えるのがたのしみだわ。レディ・グレンヴィルが彼女の最初のシーズンをうんざりなものにしないよう祈るしかないわね」

翌朝早く、ジュリアナを悲しい記憶から引き離し、社交界へ連れ出すというひそやかな計画がうまくいったことに満足して、ソフィア・サッチャーは豪奢《ごうしゃ》な長旅用の馬車の真紅の座席に背をあずけ、じっと姪を見つめていた。ジュリアナは通り過ぎていくバークシャーのきれいな田園風景を眺めながら、口にひそやかな笑みを浮かべている。

春の雨は二日前にやんでいた。今は土手の向こうで小川が音を立てて流れ、紫のスミレやヒナギクが牧草地の若草のあいまに顔を出していた。道沿いに立ち並ぶニレの木の低く垂れた枝から小鳥が互いにさえずり合っている。ジュリアナは気持ちのよい春の空気を吸い、小さく笑った。

「あなたには悦に入る資格があるわ。おめでとう」ソフィアが言った。「ウェリントンでもこんなにすごい成功をおさめることはできなかったでしょうよ。ジョージがついに家畜やら作物やらを見捨ててロンドンでたのしむことにしたなんて、信じられないぐらいだわ」

「すごいことよね、叔母様？」ジュリアナは喜びに目を輝かせた。「彼は名誉にかけて、わたしたちといっしょにロンドンに行かなくちゃならないと思ったのよ。叔母様は付き添いとしては最悪だからって」

「あの子はあんなに若いのに、嘆かわしいほどの堅物になってしまったわね。あなたのお父様そっくりよ。はじめて馬丁《ばてい》の付き添いなしにあなたを馬に乗せたときのことはけっして忘れないわ。あなたのお父様は卒中を起こすんじゃないかと思うぐらいだった」ソフィアは忍び笑いをもらした。「ばかばかしいったら！」

そのとき、右後ろの車輪が最近降った雨のせいでできた深い轍《わだち》にはまり、長旅用の重い馬車が傾いた。あまりにひどく傾いたため、ふたりの女性は無意識にひもをつかんだ。馬車が危険なほどに右に傾き、真っ赤なクッションが頰の脇をかすめて飛ぶと、ソフィアは驚きに息を呑《の》んだ。彼女はすべって扉の枠にぶつかり、馬車は重力に負けた。

ジュリアナは叔母へと手を伸ばしたが、体の平衡を失って叔母をつかむことができず、扉の枠に頭をぶつけ、床に転がり落ちたときに叔母の伸ばした足の上に着地してしまった。

胸の奥で心臓の鼓動が激しくなる。木の扉に頭をぶつけたときの衝撃が広がって全身が麻痺《まひ》したようになり、ジュリアナはしばらくじっと動かずにいた。やがてかすかに動く感触とうめき声が彼女を正気に返らせた。

ソフィア叔母様！　ソフィア叔母様に痛い思いをさせているにちがいない！

御者のベンジャミンが開いた扉のところに姿を見せた。「ああ、お嬢様、大丈夫ですか！」心配そうに顔に無数の皺を刻みつつ、彼はなかに腕を伸ばし、太くたくましい二本の腕で彼女を抱き上げて外へ下ろした。

側頭部がずきずきと痛み、ジュリアナはほんのつかのま目を閉じていたが、やがて馬車の扉をつかんで呼びかけた。「ソフィア叔母様！」

叔母の顔が真っ赤なクッションの下から突然現れた。「ここよ、ジュリアナ」穏やかにそう答えると両手を差し出した。「ベンジャミン、あなたの助けが必要だわ」

ジュリアナはおかしなほどに自分を弱く感じた。それでも、残された力を振りしぼり、あぶなっかしく傾いた馬車からベンジャミンが叔母を引っ張り出すのに手を貸した。ふたりがソフィアを無事に引っ張り出すと、馬車はきしむ恐ろしい音を立ててさらに傾いた。

ほっとしたことに、ソフィアにけがをした様子はなかった。旅行用ドレスの紫がかった灰色のスカートに長い切れこみがはいり、しゃれた帽子の縁が曲り、そこから垂れる羽根がつぶれてしまってはいたが。

「大丈夫よ。そんなに大騒ぎする必要はないわ」ソフィアはそう言うと、深々と震える息を吸った。「でも、ちょっとすわらなくちゃならないわ。予想したよりちょっとばかり刺激が強かったから」

「おれのせいじゃないんです、ジュリアナお嬢様」ベンジャミンがべそをかくように言った。「でこぼこ道のせいで、轅木《ポール》が折れちまったにちがいありません」

「いいのよ、ベンジャミン」ジュリアナが叔母を居心地よくさせなければとそれだけを考えながら、なだめるように言った。「ソフィア叔母様をあの木の下にすわらせせましょう」

ベンジャミンがその広い肩でソフィアの体重のほとんどを慎重に支えてくれ、ジュリアナも手を貸して、数ヤード離れたところにあるニレの木陰へゆっくりと叔母を導いた。まだ後ろ足で立ち、足を踏み鳴らしている馬たちのことはベンジャミンの息子で御者見習いのベンが抑えていてくれた。

馬車のところへ戻ると、ベンジャミンは慣れた手つきで栗毛《くりげ》の一頭の汗ばんだ横腹を撫《な》でた。彼が馬たちを愛しているのはたしかで、難なくおとなしくさせられるだろう。ジュリアナは叔母の助けにならなければとそちらのほうが気がかりだった。気つけ薬がないかと自分の小物入れをあさったが何も見つからず、彼女は自分に腹を立てて眉根を寄せ、ソフィアを見やった。

しかし、気丈な叔母は穏やかにつぶれた旅行用の帽子を扇代わりにしていた。

「ジュリアナ、そんな嘆かわしい顔をしないで」

叔母の隣に腰を下ろすと、ジュリアナは自分のつぶれたボンネットを結ぶ幅の広いサテンのリボンをほどいた。「旅のはじまりがなんてことかしら！」

ジュリアナはずきずきするこめかみの痛みをやわらげようと首を傾けたが、痛みはひどくなる一方だった。目に膜がかかったようにぼんやりとベンジャミンが馬から馬具をはずすのが見えた。それでも、彼女は涼しいくさむらに叔母を休ませたまま立ち上がり、ベンジャミンが栗毛の一頭を頑丈そうな若木につないでいるところまで慎重に歩を運んだ。ブーツで踏む地面がわずかに揺れている気がしたからだ。

「直せるかしら、ベンジャミン？」彼女は小声で訊いた。

彼はぬかるんだ道の左右をゆっくりと見渡した。「おれが助けを呼びに行くのが一番だと思いますよ、ミス・ジュリアナ。ポールが折れちまってますから」ベンジャミンは灰色の濃い眉毛の下からジュリアナをじっと見つめた。「大丈夫ですか？　息子のベンが見張りを務めますよ……おい！」大声で呼ばれてベンが前に走り出た。小さな頭からあちこちに突き出しているくしゃくしゃの髪の色と同じぐらい顔を真っ赤にしている。「おれが助けを呼びにいくあいだ、見張りをしているんだ」ベンジャミンは太い手を息子のほっそりした肩にかけた。「できるな、ベン？」

「怖くなんかないさ！」ベンは顎を上げ、父に真剣なまなざしを返した。「行っていいよ、父ちゃん。ジュリアナお嬢様の面倒はぼくが見るから」

こめかみの痛みのせいで、頭がふらつき、胃のあたりにはむかつきがあったが、ジュリアナは無理に笑みをつくり、十歳のベンのぼさぼさの巻き毛をそっと撫でた。「ええ、行ってくれなくては、ベンジャミン。あなたが戻ってくるまでわたしたちはここで大丈夫よ」

ベンジャミンはうなずき、馬車からはずした栗毛にまたがった。それから、最後に一度息子に厳しい目を向けると、馬の首をめぐらして速駆けさせた。

ベンはジュリアナを見上げた。歯を見せたその笑顔に、ジュリアナは少年がいとおしくてたまらなくなった。「すごい冒険ですよね、ジュリアナお嬢様？」

彼女はひょろりとやせた少年の肩を抱き、それからソフィアが帽子で顔をあおぎながらすわっている場所へ目を向けると、またその目をベンの興奮した顔に戻した。ウェントワース・パークの平穏が遠い場所のものに思え、今この瞬間、それがひどく恋しくなった。

三人がすわっている木陰に陽光が射しはじめたところで、二頭の葦毛《あしげ》に引かれた、つや光りする二輪馬車が前を通りかかった。ジュリアナは手庇《てびさし》をつくり、御者が馬を停《と》め、器用に馬の首をめぐらして彼女たちのところへ戻ってくるのを見守っていた。それが誰であれ、馬車をあつかうすばらしい技術には感銘を受けずにいられなかった。

しかし、ベンはそれをうっとりと見つめてはいなかった。暇つぶしに泥に絵を描くのに使っていた大きな棒をしっかりとにぎって勢いよく立ち上がった。

ジュリアナも立ち上がり、彼が怒らせた肩に手を置いた。「心配要らないわ、ベン。危害を加えるような人たちじゃないようよ」

その紳士たちは速い二輪馬車をあやつるにふさわしい人たちに見えた。ふたりのうち背の低いほうが近づいてきた。黒いヘシアンブーツが光り、暗緑色の上着は広い肩にぴったりと合っている。

馬をあやつっていたほうは馬のそばに立ったままでいたが、太陽がまぶしくてその顔は見えなかった。「おい、おまえ、馬を頼む！」とその男性はベンに命令した。

その声に有無を言わさぬ響きがあったせいで、ベンは一瞬もためらわなかった。棒をぬかるんだ地面に放ると、命令に従うために走った。

馬を抑える人間が必要なのはジュリアナにもわかったが、貴族的なその態度は彼女には少々横柄に思えた。この人にはベンに命令する権利なんてないのに！　わたしたちを助けてくれるつもりかもしれないけれど、こんな尊大な態度をとる必要はない。ふいにその顔の見えない男性に嫌悪を感じ、彼女は顎をつんと上げた。わざと彼を無視するように、叔母のほうに顔を向ける。

丸く明るい顔とふわふわとした淡い茶色の巻き毛をした、背が低いほうの紳士は叔母のそばに膝をついた。

「お役に立てますか？」彼はハシバミ色の目を心配そうにみはった。「ぼくはリスコーム卿です。こちらはオーブリー侯爵」そう言って肩越しに馬をあやつっていた紳士を振り返った。彼はようやく手綱をベンに渡したところだった。

オーブリー侯爵にはまるで注意を向けない振りをしながらも、ジュリアナはまつげの陰から、歩み寄ってくる彼をちらりと盗み見ずにいられなかった。見えたのは、ぬかるんだ道のせいでわずかに汚れたヘシアンブーツだけだったが。

しまいにジュリアナも彼を無視するのをやめることにした。首をそらしてゆっくりと顔を上げると、その目をみはった。少女のころでも、美しい男性にうっとりすることはそれほどなかったのだが、侯爵は非常に印象的な顔をしており、その顔は男性特有の美しさにあふれていた。ジュリアナは恐れと喜びの入り交じった思いに駆られ、驚きのあまり、文字どおり一瞬息を失った。彼は背が高く、濃いチョコレート色のベルベットの上着が広い肩をぴったりと覆っていた。叔母のほうに身をかがめたときに、その上着越しになめらかな硬い筋肉の刻みがわかった。つややかな髪は陽光を受けて多様な金色に輝いている。引きしまった大きな口は端が持ち上がり、頰にはえくぼが浮かんでいた。鮮やかなブルーの大きな目はまっすぐジュリアナに向けられている。

なんてこと、彼のことをじっと見つめてしまっていた！　こめかみの痛みが大きくなり、またひどいめまいがして、明るい陽射しを避けるようにジュリアナは一瞬目を閉じた。たくましい手がそっと体を支えてくれたが、彼女がはっと目を開けると、その手は離れた。ジュリアナは一歩あとずさった。

「大丈夫ですか？」オーブリー侯爵が訊いた。すばらしい顔には同情するような色が広がっている。

ジュリアナはうなずくしかできなかった。つい先ほど偉ぶった命令を発した人がこんなふうに心配そうな様子を見せたことにとまどいながら、頭を働かせ、しばられてしまったような舌を動かそうと必死だったからだ。彼女は侯爵を見つめたまま、まぬけのように突っ立っていた。

「わたしはミセス・ソフィア・サッチャーよ。こちらは姪のジュリアナ。ご覧のとおり、不運な出来事に見舞われましてね」

ソフィアの声が沈黙を破り、ほっとしたジュリアナの体から力が抜けた。紳士たちはどちらもきちんとお辞儀をし、魔法は解かれた。オーブリー侯爵が壊れた馬車のほうへ顔を向けると、ジュリアナはあえぐように息を吸った。

リスコーム卿は首を振った。「おやおや、すっかりはまってしまいましたね！」顔をしかめてそう言うと、折れたポールと深い轍にはまったしゃれた馬車をすばやく調べている侯爵のそばに寄った。

ジュリアナの頭がまた痛みはじめた。その痛みはうなじからずきずきと這い上がってきた。立って侯爵と同等の目線で向き合いたかったが、その力もなく、彼女は地面にゆっくりと腰を下ろした。

いつもは感じのよい顔をしかめて皺を寄せ、ソフィアがジュリアナの手に触れた。「大丈夫、ジュリアナ？　顔が青いわ」

「大丈夫よ」ジュリアナは小声で答えた。頭のなかでずきずきと脈打つ痛みを顔に出すまいと努めるのは耐えがたいほどだった。「ただ、ベンジャミンが急いでくれるといいんだけど」

そのことばを侯爵がとらえた。「御者は〈ブルー・ボア〉に助けを呼びに行ったんですか？」

「それが一番近い宿なら、そうですわ」彼女はできるだけきっぱりと答えた。よろめくことなく立ち上がった自分が誇らしかった。

彼女は顎を上げた。真っ赤になった顔が痛みにゆがんでいることをほかの三人にはっきり見られていることには気づかなかった。侯爵の目は彼女に据えられたままだった。その目が全身に走り、ジュリアナは背筋がぞくぞくする気がした。そこで、おかしなほどに肩を怒らせ、こめかみの痛みが消えるように神経を集中させた。しかし、痛みは消えず、まわりの世界が暗くなってぐるぐるまわり出し、彼女は生まれてはじめて気を失った。

ジュリアナはあたたかく、安心な気がした。目を開けようとしたが、まぶたが重すぎてできなかった。ぐったりと力が抜けた体をどうにか動かそうとし、頭をもっとちゃんと働かせようと神経を集中させた。まつげがゆっくりと持ち上がると、目の前に侯爵が着ていた上着と同じ、濃いチョコレート色のベルベットが広がっていた。ほんのわずかに首を傾けると、鮮やかなブルーも見えた。

「あなたの目ってとてもきれい」自分がそうささやくのが聞こえた。彼の濃いシルクのようなまつげがゆっくりと上下し、目が見開かれて輝いたが、その明るさに耐えきれず、彼女は目を閉じた。意識の境にまた暗いもやが渦巻く。しっくりくる場所に頬を戻すと、ジュリアナは深々とため息をつき、暗闇に包まれた。

2

　半分に減ったエールのジョッキに手を伸ばそうとして、ドミニクは驚きに手を止めた。ジュリアナを運んだときに経験した感情の深さに驚いたのだ。これまで何人となく美しい女性を腕に抱きながらも何も感じなかったというのに。彼女が目を開けて何かささやき、それから信頼するように腕に頰を寄せてきたときに湧《わ》き上《あ》がったいとおしい思いには衝撃を受けた。オーブリー侯爵のまわりにはそこまで信頼を寄せてくれる女性はいなかったからだ。そう、抜け目のない女性やかまととぶる女性はいても。打算的な女性もいる。必ず自分から何かを得ようとする女性をどうあつかっていいかは経験からわかっていた。しかし、今回はちがう。この若い女性は何も求めていなかった。見知らぬ人間に信頼を寄せただけだ。

　二階の明るい部屋で羽毛のキルトの上に彼女を寝かせてから、そこを離れがたい思いに駆られたのも驚きだった。ようやく腕をはずすと、あの明るい緑の目をまた開いてくれないものかと思いながら扉までゆっくりとあとずさったのだった。その目にまだ無邪気な信頼が浮かぶのはたしかな気がした。しかし、宿屋の主人の祖母であるフォーブズ夫人にぴしゃりと扉を閉められたため、階下《した》の酒場に降りて、必要とあれば呼んでもらえるところに慎重に腰を据えたのだった。

「ドム！」リスコーム卿ことフレディが廊下で叫んだ。

「こっちだ、フレディ」ドミニクは〈ブルー・ボア〉の酒場にある暖炉のまわりに置かれたすわり心地のいい肘掛椅子にゆったりと背をあずけて答えた。

フレディの顔は苛立《いらだ》ちに赤く染まっていた。「ドム、馬が待ってるぞ。今夜のうちにロンドンに戻るつもりなら、もう発《た》たなくては」

「たぶん、今夜はここに泊まったほうがいいな」彼はいつものように引き延ばすようにゆっくりと声を発した。「ここのエールはとてもうまい」

「それに、ジュリアナはとてもきれいな女性だしな」フレディが鋭く言い返した。

ドミニクは皮肉っぽく片眉を上げた。顔に浮かべたさげすむような表情を友は理解した。

フレディはため息をついて肩をすくめた。「もちろん、きみの言うとおりさ。あの気の毒な女性が目を覚ます前に出立するのは紳士にあるまじき行動だからな」


バラの香りとともに意識が戻ってきた。ジュリアナが目を開けると、見たことのない部屋の小さな窓から、夕方近くの陽射しが斜めに射していた。そっと頭を動かしてみて、ひどい痛みがなくなっているのがわかり、彼女はほっとした。石づくりの暖炉の前に叔母がすわり、穏やかに編み物をしている。

記憶がよみがえり、同時に慣れない恐ろしい道に足を踏み下ろしたような奇妙な恐怖に襲われた。ここはどこ？　どうやってこの居心地のよい、天井の低い部屋にやってきたの？

不安のあまり、突然身を起こし、青い毛織の旅行用のドレスを探してあたりを見まわした。

「ここはどこ？　どうやってここへ？」

ソフィアが何事もなかったかのように目を向けてきた。まるでシュミーズ姿で見も知らぬベッドで目覚めることなど、よくあることだとでもいうように。

「やっと目が覚めたのね、ジュリアナ」

「何があったの？　それに、わたしの服はどこ？」彼女は不安になって訊いた。

「質問は一度にひとつにして」ソフィアは笑った。「ここは〈ブルー・ボア〉という宿屋よ。オーブリー侯爵があなたをここへ運んでくれたの」

「侯爵がわたしを！」ジュリアナは驚くほどやわらかい枕に背を戻した。うめき声が喉もとまでせり上がる。

ソフィアの目に笑みが浮かんだ。「ええ、そう。ああやって彼の腕のなかに飛びこむように気を失ったんじゃ、ほかにしようがなかったもの」

「きっと夢を見ているんだと思っていたわ」彼女は期待するような声で言った。「運ばれるのがたのしい気もしたもの」

ソフィアは小さく首を振った。

「そう思ったのよ」ジュリアナは目を閉じた。熱く鋭い羞恥心の波が襲ってきて、また気分が悪くなった。

ソフィアがベッドの脇に腰を下ろすのがわかった。「心配要らないわ、ジュリアナ」叔母はそう言ってやさしくジュリアナの乱れた赤褐色の髪を撫で、痛むこめかみにそっと触れた。

「あなたの額にこぶがあるのがわかって、あなたがふつうじゃないと気づいたの」

「額にこぶですって！」ジュリアナははっとまぶたを持ち上げた。「ほんとうのことを言って、ソフィア叔母様。目のまわりも黒くなっているの？」

「眉のあたりに傷はあるけど、たいした傷じゃないわ」

さほどうぬぼれは強いほうではなかったが、オーブリー侯爵とその友人のリスコーム卿という立派な紳士たちに、額にこぶがあり、目のまわりにみにくい傷のある顔を見せたかと思うと、気分がどっと落ちこんだ。しかしそこで、ほっとする考えが頭に浮かんだ。きっとふたりはもう出立したにちがいない。そのことを尋ねると、ソフィアはほほ笑んで顔を輝かせた。

「もちろん、まだよ。ふたりともあなたのことをとても心配してくださっていたもの」ジュリアナの手を軽くたたくと、叔母はベッドから立ち上がった。「あなたのためにおかゆを用意してもらうよう階下《した》に言いに行くときに、あなたが目を覚ましたとお知らせするわ。頭痛のお薬がよく効いたとミセス・フォーブズに伝えなきゃならないし」

叔母は扉へと急いだ。「ソフィア叔母様、ミセス・フォーブズって誰？」

ソフィアは振り向き、うれしそうに手を組み合わせた。「すばらしい人よ！　あなたが気を失ってわたしはひどく動揺してしまったんだけど、彼女はあなたをひと目見て、自分の薬がきっと効くと言ったの。そのとおりだったわ。ここを出る前に薬のつくり方を教えてもらわなくちゃ」

ジュリアナは叔母の明るい気分にあてられてくらくらする頭を枕に戻し、すぐさま眠りに落ちた。

少しして扉が開き、即座に彼女は目を覚ました。ソフィアがボウルとスプーンと糊《のり》のきいた白いナプキンと一本の美しい赤いバラを載せたトレイを手に部屋にはいってきた。彼女はトレイをジュリアナの膝に置き、ナプキンを手渡してくれた。ジュリアナは叔母のふだんは穏やかなグレーの目がいつになくきらきらと輝いていることに気がついた。

彼女はためらいつつも、訊かずにいられなかった。「こんなきれいなバラをどこで見つけたの？」

「見つけたのはわたしじゃないわ」と叔母は答えた。「フレディがミセス・フォーブズのバラ園から摘んでくる許しを得たのよ。とてもやさしい人ね」

侯爵の美しい顔が心に浮かび、ジュリアナはわずかに失望を感じたが、すぐにそんな考えを脇に押しやった。「ええ、とてもご親切ね」と明るく言う。「でも、叔母様、フレディって誰のこと？　リスコーム卿？　いつからリスコーム卿をフレディと呼ぶようになったの？」

「あら、今はお互いとても気安い仲なのよ。そう、あなたは何時間も眠っていたから。彼らにソフィアと呼んでいいと言ったら、向こうもフレディとドミニクと呼んでくれと頼んできたのよ……ねえ、ジュリアナ」叔母は下唇を嚙《か》んで立ち上がった。何か思い出せないことがあるときの叔母の癖だった。「ドミニクは誰かを思い出させるのよ。話し方とか、物腰とか。それに名前も……聞き覚えがあるのはたしかだわ」やさしい顔がしかめ面になった。「彼の名前をどこで聞いたか思い出すのがとても重要だって気がしてすごく不安なの」


翌朝、ソフィアはまだドミニクに見覚えがある気がするのはなぜか思い出そうとしていた。ジュリアナは簡単に忘れられる類いの男性ではないからだと叔母に言ってやりたくてたまらなかったが、叔母の興味を惹《ひ》くようなことは言わないでおくことにした。正直に言えば、自分を救ってくれたふたりの紳士がまだその宿にいることをソフィアのようには喜べなかったのだ。

自分は夢見る乙女というわけではない。それどころか、父にはよく、おまえは驚くほど現実的だと言われたものだ。それでも、あの侯爵には……心騒がせるものがあった。そのため、朝食の時間になっても階下《した》へ降りていくのに気が進まなかった。とはいえ、赤みをもたせるために頬をつねり、こぶや傷を隠すために赤褐色の巻き毛をうまく前に垂らしはしたが。ジュリアには身だしなみを整えるのにもう少し時間が必要だったが、数分前に先に階下《した》へ降りていた叔母は、侯爵とリスコーム卿といっしょに小さな客用の居間にいた。

「みんなお待ちかねよ、ジュリアナ」ソフィアが姪に自分に一番近い椅子を身振りで示すと、ふたりの紳士は立ち上がった。

リスコーム卿が見るからにほれぼれとした目を向けてきて、ジュリアナはいつもの自信を多少とり戻した。「おはようございます、ジュリアナ」

侯爵はお辞儀をした。ジュリアナは無理に浮かべようとした笑みがぎごちないものになっているのを感じながら、叔母の隣に腰を下ろした。

「今、ミセス・フォーブズのすばらしいお茶をいただいているところなのよ。あの方は厨房《ちゅうぼう》の天才だわ」叔母は穏やかな口調で言った。

「たしかにそうですね」即座にリスコーム卿が応じた。「ドミニクがロンドンの家の厨房で働いてくれないかと頼んだんですが、断られましたよ。とりつくしまもなくね！」かすれた笑い声をあげるフレディの丸いハシバミ色の目はぴかぴかのボタンのように輝いていた。「伝説的なオーブリーの魅力も彼女の気持ちを変えることはできなかった」

「まあ、そんな！」多少緊張をゆるめながら、ジュリアナは侯爵をちらりと見やった。どんな女であれ、彼が魅力を発揮したら、拒むことはできないだろうと思われた。

インググランドでもっとも由緒正しく、裕福な公爵の跡とりであるオーブリー侯爵ドミニク・クロフォードは、退屈な気分が薄れるのを感じた。ジュリアナのきれいな目にはおもしろがるような光が宿っていた。彼女をはじめて目にしたときに芽生え、彼女が喉を鳴らす子猫のように腕のなかにおさまっていたときに高まった関心がたしかなものになった気がした。彼はカップをきちんと皿に置いた。「そうなんです。わがままな子供の命令に従って働く身分には成り下がれないと言って」

「わがままな子供ですって！」ジュリアナの完璧な眉がうれしそうに持ち上がり、つややかな巻き毛に触れた。自分の胸に落ちたその髪がみずみずしく清潔で、かすかに香水のようなにおいがしていたことをドミニクはまだ覚えていた。

彼は唇をゆがめ、ジュリアナの顔に感情が躍るのをじっと見つめていた。「そう、ミセス・フォーブズは宿屋の主人の祖母で、妻ではないんです。ロビーを見るのと同じようにわれわれのことも見ているわけです」ジュリアナの問うような顔を見て、彼は付け加えた。「ミスター・フォーブズのことですよ。彼の祖母はロビーかぼうやと呼んでいる」

侯爵はフォーブズ夫人が自分の祖母ででもあるかのような言い方をした。興味深いことだったが、それがどういう意味を持つのかジュリアナが知ることはなかった。というのも、応接間の扉が開き、若く頑丈な給仕の少女が巨大なトレイを持ってはいってきたからだ。すばらしい焼き色のついた牛の腎臓《キドニー》、肉汁たっぷりの豚の切り身、その朝鶏小屋《とりごや》からとってきたばかりの新鮮な卵。すばらしい香りを発するパイのようなロールパン、ジャム、フォーブズ夫人の濃いお茶のお代わりなどがテーブルに並べられた。

しばらくして、ソフィアが椅子に背をあずけてため息をついた。「ほんとうにすばらしいわ。ミセス・フォーブズのお茶が恋しくなるでしょうよ。淹《い》れ方の秘訣《ひけつ》を教えてくれるといいんだけど」

ジュリアナはナプキンを置いた。食事をとったことで力がつき、また主導権をとる気になれた。「お茶の淹れ方はあとにしてもらわないと、ソフィア叔母様。まずはベンジャミンに馬車のことを訊かなければならないわ」

「彼とはもう話しましたよ」とドミニクが応じ、ジュリアナは驚いて目を丸くした。最初に思ったとおりだった。この人は尊大な人だ！　ジュリアナが驚いたことに気づいたとしても、彼はそれがまったく気にならない様子で、変わらぬ何気ない口調でつづけた。「新しいポールが必要で、ベンジャミンが馬車職人から聞いた話では、少なくとも修理に二日はかかるそうです。でも、ロンドンからうちの馬車を一台呼び寄せますよ。明日の朝にはここに到着できるはずです」

ソフィアが驚いたようにかすかに舌打ちするような音を立てたが、ジュリアナは顎をこわばらせ、侯爵の冷静な目を見返した。「ありがとうございます、侯爵様。でも、あなたにご不便をおかけしたくはありませんわ。叔母のソフィアもわたしも馬車の修理が終わるまで、この宿で居心地よく過ごせますから」

「二日も何をして過ごされるんです？」フレディが当惑を隠しもせずに訊いた。

「寝室の窓から見えたきれいな庭を散歩したり、ミセス・フォーブズのすばらしい料理法を写させてもらったり、森でピクニックをしてもたのしいと思うわ。とても心地よく過ごせるはずです！」ジュリアナはきっぱりとそう言い、反論を拒むように侯爵をにらみつけた。

ドミニクの唇の端に笑みが躍った。ジュリアナは知り合いの女性たちとはまるでちがう類いの女性だ。そのこと自体にそそられるものがあった。「そのとおりですね、ジュリアナ。それはとてもたのしそうだ。そうだとしたら、フレディとぼくも旅を中断して、ここで一日か二日過ごすことにしますよ」

そのことばを聞いて、ジュリアナの顔が喜びに輝いた。まつげの長い切れ長の目が見開かれ、みずみずしくふっくらとした下唇がわずかに開いた。

フレディが驚いた目を侯爵に向けたが、侯爵は穏やかにその目を見返しただけだった。「でも、ティミングズは新しいクラヴァットを三本しか荷物に入れてくれなかったんだぞ！　プリングルとティミングズをカーステアの狩猟用の別荘から先にロンドンに戻らせるのはいい考えじゃないと言ったじゃないか」彼はドミニクを身振りで示した。「もちろん、比類なき〝オーブリー結び〟の生みの親であるきみは問題ないだろうさ。でも、ぼくにはちゃんとした結び目をつくるのにティミングズの助けが必要なんだ」

ソフィアが愛想よくほほ笑んだ。「ばかなことを言わないで、フレディ。あなたのクラヴァットは申し分ないわ。それに、うちのメイドも先に行ってしまっているの。だから、ここでは堅苦しくなく気軽に過ごせるわ」

「ソフィアの言うとおりだ、フレディ。それに、必要とあらば、〝ウォーターフォール結び〟

のこつを教えるよ」ドミニクがゆったりと言った。フレディはおかしなほどに真剣に答えた。「ほんとうかい、ドム？　前々からずっと頼んでいて教えてくれなかったのに、どうして今になって？」

「今なら喜んで教えられるからさ。こんな魅力的な女性たちとここに滞在するのも喜ばしいしね。結局、ロンドンに差し迫った用事があるわけでもないんだから」それはほんとうだった。無数の晩餐会《ばんさんかい》や、舞踏会や、行くのをやめようと思っている娼館《しょうかん》などはまったく重要ではなかった。

ジュリアナは目もくらむほどの美人で、魅力的だった。彼のことは何も知らないように見える。つまり、ここ何日かは彼女といっしょに過ごすたのしみをみずからに許してもいいはずだ。きっとそのころまでには答えもわかるだろうから。彼女が自分の関心を惹くために上手な女優のようにうまく演技しているだけなのか、それとも、知っているほかの女性たち同様、つまらない人間であることがそのうちわかるのか。それがわかれば、ロンドンに急ぎたくなることだろう。しかし、今はまだそのつもりはない。

ほんの一瞬、ソフィアと目が合った。おもしろがるような色が浮かんでいるのがわかる。彼女はテーブルから立ち、ドレスの襞《ひだ》をつまんだ。「それはとてもうれしいわ、ドミニク。さて、わたしはまず、厨房のミセス・フォーブズに会ってくるわね。ロンドンに持っていく薬草を摘んでくれると言っていたから」ソフィアは姪に顔を向けた。「庭の真ん中に石のベンチがあるわ。午前中は陽だまりで休憩するといいわ、ジュリアナ。でも、日よけを持っていくのを忘れないでね」

どうにかしてジュリアナの注意を惹こうとフレディがそのそばに寄った。「ぼくは喜んで……」

「ソフィアが薬草を摘むのを手伝うんだよな」とドミニクがあとを引きとって言った。彼は当意即妙のやりとりに長《た》けた人間とよく言われていた。

フレディはがっかりした目を彼に向けたが、そんなことをしてもなんの効果もなかった。ドミニクは椅子にゆったりとすわり、長い足を前に伸ばした。

聞こえないほどのため息をもらすと、フレディはソフィアに腕を差し出し、彼女を連れて部屋から出ていった。その前に一度ドミニクに怒りのまなざしを向け、若干必要以上に力をこめて扉を閉めた。

ドミニクはジュリアナとふたりになった。ロンドンだったら、ご婦人の付き添いがつかのまでも許さないような状況だ――彼の評判を考えればとくに。ドミニクは彼女が肩を怒らせ、まっすぐ見つめてきていることに驚いた。怒っている顔で、顎をこわばらせ、嫌々ながら感謝しようとしている。逆毛を立てた子猫のようだった。

「この機会にお礼を言います。昨日助けてくださったことについて」彼女は堅苦しく言った。

「どういたしまして」ドミニクはわざと何事もなかったかのような顔と声を保ったが、ジュリアナのきれいな頬には赤みがさした。おそらく、彼の腕に身をすり寄せたことを覚えているのだろう。見も知らぬ男にそうして親密に運ばれたことをたのしんだのだ。

ジュリアナはうなずいて立ち上がると、すばやくテーブルから離れたが、一瞬の身のこなしで彼は行く手をさえぎった。これほどすぐに逃げられるつもりはなかったのだ。ほほ笑んで彼女の手をとり、扉の外へ導くと、何が起こっているのかジュリアナが気づく前に廊下を通って陽射しのなかへと歩み出た。

フォーブズ夫人の庭はジュリアナがこれまで見たこともないほど美しい場所だった。ピンクや白や黄色のバラがバラ色の低いレンガの塀に這っている。青と白の花が咲き誇るアスターの花壇が厨房の庭との境を成していて、木に咲く花とバラと薬草のにおいがかぐわしく入り交じっていた。

まったく、ジュリアナ、あなたは何をしているの！　彼女はみずからを叱責《しっせき》し、彼にきつくにぎられていた指を急いで引き抜いた。それから、ひんやりとした石のベンチに腰かけると、その手を膝で組み合わせ、穏やかに彼の顔へと目を上げた。「ありがとうございます、侯爵様」

彼はまたゆっくりと――そう考えただけでジュリアナは顔が赤くなったが――誘うような笑みを浮かべ、「少しのあいだ、いっしょにすわってもいいですか？」と訊いた。狭いベンチに侯爵が腰を下ろすと、彼女はわずかにあいだを空けた。侯爵はジュリアナのほうになかば体をまわすようにした。「もうあの事故のせいで気分が悪いということはないんでしょうね」

「ええ、まったく！　昨日の晩、ミセス・フォーブズが眠り薬をくださったんです。今朝起きたときにはすっかり気分がよくなっているようにと」ジュリアナは彼の魅惑的な顔を真剣な目で見返し、それによって脈が速まらないように努めた。「それに、もちろん、叔母のソフィアが朝一番に用意してくれるおかゆには、いつも驚くほどの癒しの効果があるんです……誰しもお代わりをさせられるかもしれないとひどく恐れるものだから」

鮮やかな青い目がおもしろがるように輝いた。彼はジュリアナのほうに手を伸ばした。思わず身をこわばらせたが、侯爵はそれには気づかない様子で、彼女の右肩のすぐ後ろからバラの花を一輪摘んだ。

侯爵は魅力たっぷりの笑みを浮かべ、まだ花びらに滴がついたままのピンクのバラを彼女の膝に置いた。「花は直接渡すほうが好きなもので」その太く豊かな声がジュリアナの体を熱くさせた。

「とてもきれいだわ。ありがとう」そう小声で言うと、バラを唇まで持ち上げた。この男性の前でふつうに振る舞うのがとてもむずかしいのがなぜかはわからなかった。わたしはうぶな少女というわけではないのに。結婚していたこともある！

突然、ベリーの茂みの陰から、庭用の巨大な籠《かご》を抱えた小鳥のような女性が現れた。侯爵は立ち上がり、イングランドじゅうで評判にちがいないような笑みをその女性に向けた。自分に向けられた笑みではなかったが、ジュリアナはそれに惹きつけられずにいられなかった。傲慢《ごうまん》で高圧的な侯爵はどこへ行ったの？　その瞬間、彼はとてもやさしく、抱きしめたくなるほど、いたずらっぽく見えた。庭用の籠を抱えた女性はそうは思わなかったようだが。

彼女は大声で笑った。「わたしをひっかけようとしても無駄ですよ、お若いの。効き目はないから」そう言ってにっこりとほほ笑むと、茶色の顔に細かい皺が無数に刻まれた。「でも、あなたは見場のいいお人ですね。たいていの男性よりも」

深々とお辞儀をし、侯爵は彼女の静脈の浮き出た細い指を唇に持っていった。「あなたはたのしい方だ、ミセス・フォーブズ。ソフィアの姪のジュリアナを紹介してもいいですか？」

　ジュリアナはすでにこの女性こそ、かの有名なフォーブズ夫人にちがいないと思っていた。彼女の顔をまじまじと見つめる鮮やかな褐色の目は、生き生きとした知性に満ちていた。「お会いできて光栄ですよ、お嬢様。わたしの薬湯が効いたようですね」

「ええ、とても！　ありがとう。ご迷惑をおかけしてしまってすみません」

「ばかなことを」フォーブズ夫人は事務的に答えた。「あなた方のようなお若い人たちをお迎えできるのはありがたいことですよ。ソフィア様は厨房で眠り薬を煎《せん》じています。リスコーム様もいっしょですよ。だから、わたしがこうやってこれを探しに来たんですがね」彼女はてのひら一杯のニンニクを掲げてみせた。「あのお若い方は夜更かしも多いし、ブランデーも飲みすぎだから、ぴったりの薬があるんですよ」

　フォーブズ夫人の目がジュリアナの顔からドミニクへと移るあいだ、ジュリアナは慎重に無表情を保った。ドミニクの魅力的な笑みに膝が崩れそうになっていたのだが。

「おふたりとも、いらっしゃい。あなた方がロンドンに発つ前に薬を煎じないといけませんからね」フォーブズ夫人は勢いよく首を振った。灰色の髪を編んだ太い三つ編みが危険なほどに振りまわされた。「大きな街というのはひどい場所ですよ。まったくもって！」

　深々とお辞儀をしてフォーブズ夫人のあとから厨房へと向かう前に、侯爵が浮かべた表情以上にすばらしいものがあるだろうか？

　宿屋の厨房は大きかった。部屋の両端にある巨大な暖炉で火が燃えていたが、空気は驚くほど新鮮でひんやりしていた。反対側の壁にある大きな窓ではそよ風が糊のきいたカーテンを揺らしている。石の壁には、ありとあらゆる大きさの壺《つぼ》が並べられた木の棚が何段もつけられており、磨きこまれた長いオーク材のテーブルが部屋の中央に置かれていた。叔母のソフィアは小さな黒い鍋の前に立ち、煮え立った湯にゆっくりと薬草を加えていた。上着を脱ぎ、シャツの袖を肘までまくり上げたフレディが長い柄のついた木の柄杓《ひしゃく》でそれをかきまわしている。

ふたりはその作業に没頭するあまり、フォーブズ夫人が厨房にはいっていくのに気づかなかった。フォーブズ夫人は鍋の中身をじっくり見て湯気のにおいを嗅《か》いだ。「ああ、そう。マンダラゲの根をもう少し入れてくださいな。ジュリアナ様、窓の横の低い棚にある茶色の粉のはいった小さな瓶をとってきて。さあ、侯爵様、この葉を切ってください」

ドミニクが上着を脱ぎ、薬草の切り方についてフォーブズ夫人の指示にじっと耳を傾けるのをジュリアナは見守った。それから、にっこりして部屋を横切り、棚に近づいた。窓のところまで行って、白と赤の布でつくった小袋が吊《つ》り下《さ》げられているのに気がついた。クローブとシナモンのにおいがするものと期待して顔を近づけてみたが、小袋は何のにおいもしなかった。

ジュリアナは眉根を寄せつつ、テーブルのところまで小さな瓶を持っていった。「妙ですわ、ミセス・フォーブズ。あなたのにおい玉はにおわないんですね」

「あれはにおい玉ではありませんよ。虫よけの薬草です」

額に落ちた茶色の巻き毛を払いのけながら、叔母のソフィアが鍋から目を転じた。「さすがだわ！　この厨房にはいやな虫がいないと思っていたのよ」

「でも、あの小袋にはにおいがないわ。どうして虫よけになるんです？」厨房のあちこちにきれいに並べられている、妙な形の根っこや奇妙な色の粉や液体に興味を惹かれながら、ジュリアナが訊いた。

「あなたにはにおいが感じられないんですよ。でも、虫にはにおうんです。とてもよく効きますよ。畑のネズミを追い払う薬草と同じでね」

「ねえ、ミセス・フォーブズ、薬草や薬などについて、いったいどこで学んだんです？」熱気のせいで顔を真っ赤にほてらせているフレディが訊いた。クラヴァットは左の耳のところまで曲がっている。

誇らしげに首をそらし、フォーブズ夫人は順繰りに全員に目を向けた。「祖母がジプシーの誇り高き一族の血を引いていたんです。昔ながらのやり方を祖母が母に教え、それからわたしに教えてくれたんですよ」

「ジプシー！　手相占いも教えてくれたとか？　ぼくは前々から手相を見てもらいたいと思っていたんだ」フレディがにっこりして言った。

「お祭りで手相占いをしているのはジプシーじゃありませんよ」フォーブズ夫人がさげすむように言った。「占いは……そう……ときにね。祖母はそういう目を持っていましたよ。でも母にはなかった」

ジュリアナはドミニクをちらりと見やった。彼は心臓が止まりそうになるほどすばらしい笑みを浮かべていた。「あるジプシーの一族が毎年春にケントにある祖父の領地で野営してるんです。ぼくが幼いころには、寝室の外の壁に這う蔦《つた》を伝い降りて、森へ彼らの音楽を聴きに行ったものですよ」

「そう」フォーブズ夫人は考えこむようにドミニクに目を据えてゆっくりとうなずいた。「音楽は神がジプシーにもたらしてくれた贈り物ですよ。ロビーにもそれは備わっています。今夜夕食のあと、庭でみなさんにお聴かせしましょう」

「すてきだわ！」ジュリアナは叫んだ。ジョージとウィルといっしょにこっそり家を抜け出して地元のお祭りに出かけてからずっと、ジプシーのとりこになっていたからだ。しかし、ジプシーの人々にとって自分たちは相手として不足だったのだろう。老女が水晶の玉をのぞきこんですわっている色鮮やかなテントのなかにはいりたいと思ったのだが、ポニーが引く荷車のところへ引っ張っていかれ、家に連れ戻されてしまったのだった。「ロビーの演奏を聴くのがたのしみだわ」ジュリアナはうっとりとことばを継いだ。

「目の下にくまがありますよ、お嬢さん」フォーブズ夫人は言った。「新しい薬を煎じてあげますから、今日は休んでいなければなりません。あなたには静かに体を休める必要があるんですから、そうするんです。それから、夜にお会いしましょう」

まちがいなくフォーブズ夫人の煎じてくれたすばらしい薬のおかげで、寝室で夢も見ずに長くぐっすりと眠り、すっかり休息できたジュリアナは屋根窓のそばにすわった。外を見やると、リスコーム卿と侯爵が乗馬から戻ってくるのが見えた。ふたりは冗談を交わしているらしい。侯爵が首をそらし、ふさふさとした金色の髪が陽射しを浴びて輝いた。ほんとうにハンサムな人だわとジュリアナは胸の内でつぶやいた。笑うと親しみやすそうに見える。幼いベンに命令し、馬車の修理の手配までしようとした尊大な貴族と同じ人だとは信じられないぐらいだった。今日、フォーブズ夫人の厨房にいたときや、今のように喜びに輝いている顔をしている彼のほうがよかった。ピンクのバラを口に持ち上げ、またその甘い香りを吸いこむ。個人的な興味がないにしても、侯爵の魅力を感じずにいるのは不可能だった。ソフィアが窓のそばに来ると、彼女は急いでバラを隠した。

ふたりの紳士を見下ろしながら、ソフィアはため息をついた。「ジュリアアナ、あの侯爵が夫候補になると思う？」

「ソフィア叔母様！」ジュリアアナは窓辺のベンチから転げ落ちそうになるほどに動揺して叫んだ。「もちろん、あの方はわたしの条件を満たしていないわ！　中年でもないし、きっと孤独でもなく、お相手に不自由だってしてないもの」

ソフィアはいたずらっぽい笑みを浮かべた。「それはきっとそうね！」

「それに、叔母様、もう侯爵夫人がいらっしゃるかもしれないわよ」

「それを忘れていたわ」叔母は少し罪の意識に駆られた様子で答えたが、すぐに顔を明るくした。「振る舞いを見れば、既婚男性のようではないわね。でも、できるだけ急いで結婚しているかどうかたしかめなくては」

「ソフィア叔母様、いったいどうしてしまったの！」ジュリアアナはソフィアが急に浮かれた様子になったことに妙な胸騒ぎを覚えた。ソフィアはウェントワース・パークから離れれば離れるほど若くなるように思えた。ふとジュリアアナは思い出した。叔母はまだ三十九歳だ。少しも年寄りではない。

「わたしの顔に鼻がもうひとつできた？」ソフィアがたのしそうに言った。その特別の笑みがまた彼女をきれいに見せた。

「ああ、叔母様！」ジュリアアナは笑って窓のベンチから立ち、ソフィアの両手をとってひんやりとした頬にいたずらっぽくキスをした。「叔母様がどれほどお若いか、今気づいたのよ。叔母様にも夫を見つけなくては」

ソフィアは笑みを押し隠した。「ばかなことを。侯爵はわたしにはまるで似合わないわ」叔母の顔に妙な表情が浮かんだ。「ロンドンに行くことにしてほんとうによかったわ。できるかぎりそれを利用しなくては」彼女はジュリアナの肩に腕をまわし、すばやく姪を抱きしめた。「おなかが空いて死にそう。ミセス・フォーブズが今夜何を用意してくれるのか待ちきれないほどよ」

ソフィアいわく、その日の晩餐は思いがけない料理のおもしろい組み合わせだった。もちろん、ザ・ウィロウズの夕食会で出される料理に比べればずっとましだったが。サー・アルフレッド・グレンヴィル夫妻の食卓には、必ず羊肉《ひつじにく》が出されるのだった。いつも同じでつまらなくはあっても、それが唯一のたのしみということもしばしばだった。

突然陽気になった叔母のソフィアはとても魅力的だった。叔母の興奮の度合いはとても強く、狭い応接間でそれに触れられる気がするほどだった。叔母の左にすわったフレディが気を張ってもてなしてくれていた。彼がロンドンでの暮らしについて――事実を慎重に省いたり、装飾を加えたりしているのはまちがいなかったが――語るのを聞いて、ジュリアナと叔母はほほ笑まずにいられなかった。

ドミニクが話のおもしろさを強調するような気のきいた余談をうまい間合いで差しはさみ、全員が笑った。彼は政治にしろ、フランスとの過去の戦争にしろ、文学にしろ、社交界の愉快な噂にしろ、どんな話題になっても、知識を披露して気楽に話した。

ジュリアナは彼を注意深く見つめた。認めるまいとはしていたが、彼には妙に惹かれるものを感じずにいられなかったからだ。それは魅力的な顔や筋肉質の体だけでなく、喜びに満ちているように思われる彼の心を、危険なほど熱く探ってみたいと思いはじめたからだ。

彼女のまなざしに気づいたかのように、ドミニクがほほ笑んで振り向き、ジュリアナの心臓は鼓動を速めた。彼は指で彼女の手に触れ、「おいで、ジュリアナ」と小声で言い、引っ張ってジュリアナを立たせた。「きみの望みがかなえられるようだよ」

彼に心を読まれたことに驚き、少しばかり怖くなってジュリアナはしばらく彼を見つめたが、部屋の入口のほうへ向けられた彼の目を追うと、フォーブズ夫人と古いバイオリンを持ったロビーがそこにいた。

夜空には星が輝いており、空気は五月にしては季節外れにあたたかかった。月明かりのもと、フォーブズ夫人の庭は影と香りに包まれた妖精の国のようだった。

ソフィアはロビーが地面に広げてくれたラヴェンダーの香りのするキルトをまわりこんで、石のベンチにかけたジュリアナのそばにすわった。ドミニクはごく自然なことというように、ジュリアナの足もとのくさむらに腰を下ろした。ふさふさとした金色の髪が、手を伸ばせば指で巻き毛を梳《す》けるほどに近くにあった。

ああ、額のこぶのせいで頭が混乱しているにちがいないわ、と彼女は自分に厳しく言い聞かせた。指をきつく組み、目を上げて、バイオリンの弦に試すように弓を走らせているロビーに目を向けた。やわらかな音が庭を満たし、穏やかなやすらかさを紡《つむ》ぐと、隣でソフィアが小さくため息をつくのが聞こえた。ドミニクは頭をベンチの端にあずけた。バイオリンの震える音が元気のいい音楽を奏で、フォーブズ夫人がタンバリンをたたきはじめて突然雰囲気が変わった。ジュリアナにははじけるような音に合わせて地面を踏み鳴らす裸足《はだし》の足とくるくるまわる色鮮やかなスカートが見える気がした。

やがてふいにロビーが歌いはじめ、バイオリンは甘く叫ぶような音を奏でた。その音楽が表しているのは原始的な情熱だった。ありとあらゆる国や時代を旅したジプシーの人々が生んだ歌。失われた涙や笑い合った思い出とともに、長く忘れ去られた恋人の嘆きを物哀《ものがな》しい曲調に載せて語る歌。心にまっすぐ語りかけてくる歌だった。

彼女はドミニクに目を向けた。月明かりが横顔をくっきりと照らし出している。おそらく見つめられているのに気づいたのだろう。彼は振り向き、おごそかな目をジュリアナに据えた。音楽の美しさにうっとりするあまり、ジュリアナは目をそらすべきところをそらさず、その瞬間の甘さが血管に火を走らせるように全身をあたたかくするのにまかせた。

最後の調べが薄れて暗闇に消えると、ジュリアナは目を侯爵の顔から引き離し、ぼんやりとまわりを見まわした。ソフィアの灰色の目には涙が浮かび、とても若く見えるフレディがロビーを見つめながら、考えこむように親指を噛んでいた。

孫の肩の近くに立っているフォーブズ夫人と目が合った。しばらく見つめられていたような気がした。年齢を重ねた茶色の手が突然ロビーの腕に触れ、彼はバイオリンを脇に下ろした。みなかすかにぼうっとしながら、黙ってすわっていた。やがてフォーブズ夫人が口を開いた。

「もう遅い。ロビーがお部屋に案内しますよ」

心乱される調べに魔法をかけられたかのように、誰もが黙ったまま立ち上がった。ソフィアはフレディの腕に手を置き、宿屋へと戻り出した。

ジュリアナは今の感情を失いたくない気がして、フォーブズ夫人の庭の真ん中に留まっていた。長い眠りから覚めたような気分だった。人生がどこかちがってしまったような気分。世界が動いているのに自分だけとり残されたような気分でもあった。ロンドンへ行くことにしたのは正しい選択だった。あまりに長いあいだ記憶や後悔にひたりきり、過去にとらわれて過ごしてしまった。そろそろ新しくはじめるころあいだ。

ジュリアナがほかの人たちに従って宿へ向かおうとしないことに気づき、ドミニクは彼女のそばに寄った。ふたりは同じ空気を吸っていた。花々のにおいが入り交じった独得の空気を。月明かりが彼の顔を金色に照らしている。ジュリアナは骨が溶けて流れ、自分が実体のないものになってしまう気がした。興奮も、音楽が呼び起こした感情も、何もかも前へ進もうという自分の決意からもたらされたものにちがいなかった。月明かりのなか、侯爵とふたりきりでいるせいではない。

「きれいな……音楽でしたよね？」彼女は無理にことばを押し出し、かすれた声で言った。

「きれい……ええ」ドミニクはゆったりとそう言うと、彼女の手を持ち上げ、手首に唇で軽く触れた。それから顔を上げ、ジュリアナと目を合わせた。彼は口の端を上げてほほ笑み、指を指にからませると、彼女を夜の庭の奥へと導いた。

ジュリアナは彼の声のやさしさと、手首にあてられた唇のやわらかさと、意識の端に残っているジプシーの音楽に心をとらわれたまま、いそいそと暗がりへついていった。前に感じた興奮は今や手で触れられるものになっていた。指先で。

小道の角を曲がると、小さな庭を囲むレンガの塀があった。ドミニクは足を止め、彼女を自分のほうに向かせた。月明かりを浴びたその顔はなんとも言えず美しかった。彼はゆっくりと手を上げて彼女の肩に落ちた巻き毛に指をからませ、彼女の名前を呼んだ。「ジュリアナ」

自分の名前を呼ぶその豊かな声が、同じように情熱をこめて名前を呼んだウィルのなつかしい記憶を呼び起こした。その記憶とともに、ウィルに目覚めさせられた欲望もよみがえった。それでも、その欲望が過去のものと同じでないのはたしかだった。自分もあのときとは変わり、目の前の人もかつて愛したウィルではない。この人にかき立てられた感情は居心地のよいたしかな愛情ではなく、見も知らぬ感情の淵へと押し流そうとするような荒々しい情熱だった。それでも、まちがっているとは思えなかった。今この場所で首をそらし、彼を見上げるのは自然なことという気がした。彼の目がサファイア色に光り、全身を焼き尽くすような興奮に火をつけた。かすかな不安が腕に寒気《さむけ》を走らせたが、手が肩に置かれ、ジュリアナはそっとあたたかい腕に引き寄せられた。目を閉じてはいけないとわかっていながらも、閉じずにいられなかった。彼の口が口に寄せられ、唇があたたかくなる。甘いワインの香りのする息が唇をくすぐり、やがてゆっくりと唇と唇が触れ合った。

こんなことをしてはだめよ。心に警告が走ったが、キスをするのは久しぶりだった。ジュリアナは心の声を黙らせ、ほんのつかのまだけと懇願した。この奇妙な喜びをあとほんの少しだけ味わわせて。彼女は手を上げ、上着の下で力強く鼓動する彼の胸に触れた。また唇に唇が押しつけられると、その鼓動がかすかに速まり、より大きくなった。ひんやりと乾いた彼の唇は、長く隠されていた教えを彼女に授けてくれた。

「ジュリアナ……とてもやわらかくてすばらしい」魅惑的な声がささやいた。指でそっと頬を撫でられ、彼女はゆっくりと目を開けた。

ウィルのときとはまるでちがった。ウィルが呼び起こした感覚とはちがう。慎重でやさしい愛の行為のときでさえもこんなふうではなかった。ひと月の結婚生活のあいだにやさしいウィルが呼び起こせなかったような感情を、この人はたった一度のキスで呼び起こしたのだ。

扉の閉まる音がしてジュリアナは恍惚《こうこつ》から覚めた。小道に明かりが射し、きびきびとした足音が聞こえてきてふたりは離れた。

「侯爵様？」フォーブズ夫人の声が魔法を解いた。「若いお嬢さんをなかにお連れしてくださいな。夜の空気は肺炎を引き起こしますからね。さあ、急いで」

ふたりはもと来た道へと顔を向けると、ドミニクが彼女の腰に腕をまわし、彼女は彼に寄りかかって、フォーブズ夫人のあとから宿へと戻りはじめた。夜に咲くジャスミンの酔わせるような香りが庭のほかの香りを圧していた。そのせいで空気が重くのしかかってくるように感じられた。小道がでこぼこに思え、ジュリアナはわずかにつまずいたが、たくましい腕でしっかりと支えられた。

何か言わなければならなかった。何が起こっているのか理解しなければ。しかし、何を知りたいのか自分でもわからなかった。それでも、首を傾け、彼の肩に顔を寄せてささやいた。

「ドミニク……」

ドミニクは二本の指を彼女の唇にあてた。「朝に……ジュリアナ。明日の朝、話そう」

3

寝室の窓から、フォーブズ夫人の庭の塀越しに太陽がのぼるのが見えた。昨晩、魅力的な中世の城のように見えたものが、今はごくふつうのバラ色のレンガに見える。ひと晩じゅうまんじりともできなかったのだった。ジュリアナは真っ暗で寒い真夜中に、ベッド脇の蠟燭《ろうそく》をつけ、荷物をあさって宝石箱を見つけた。ウィルとサー・ティモシーの肖像画がはいったロケットをとり出し、それを枕の下に置いた。どうしてそんなことをしたのか自分でもはっきりはわからなかったが、突然、ウェントワース・パークとそこで暮らした日々がずっと遠いものに思えた。

そんな感覚にとらわれたのは、ロンドンへ向かう途中で、興奮と不安に駆られているからだと自分を納得させようとした。突然新たな人生をはじめたくてたまらなくなったのは、ロビーのバイオリンによって生み出された、うっとりするような雰囲気のせいだと考えようとした。月明かりの庭でしばし我を失ったのは……理由はなんであれ、侯爵のせいではない。それでも、眠れない理由がオーブリー侯爵のドミニク・クロフォードであるのは否定のしようがなかった。彼に指をつかまれ、腕を体にまわされて、唇で唇を愛撫《あいぶ》されたときに、新たな悦《よろこ》びが芽生え、永遠に封印したと思っていた感情が堰《せき》を切ったようにあふれ出たのだった。彼にもそれはわかったはずだ。目がそう物語っていた。明日の朝話そうと言われたときには、彼もまた自分たちにかけられた魔法を解くことができないのだとわかった。ふたりのあいだに生まれた奇妙な親しさについて、考える時間が必要だったのだ。

どこか遠くで雄鶏《おんどり》が時を告げた。みなまもなく起き出すことだろう。また侯爵に会うことになる。そう考えると、怖くもあったが、うれしくもあった。どちらの感情のほうが強いのかジュリアナにはわからなかった。

雄鶏が鳴き、ドミニクは羽毛の上掛けの下で大きく体を伸ばした。また眠れない夜を過ごすことになった。しかしそれはいつもの夜とはちがっていた。カルター・タワーズの夢にうなされて汗まみれになり、やみくもな怒りに駆られて寝返りを打ち、父やかつての生活をなつかしんで心が痛むせいではなく、彼女を求める気持ちのせいだった。ようやく見つけた、信じられるかもしれないと思える女性。死にかけたある兵士が家で待つ若い妻について話してくれたイベリア半島でのあの晩以来、心に思い描いてきた女性。長年の堕落《だらく》した生活にもかかわらず――いや、おそらくはそのせいで――ドミニクは心に描くその女性を大事にしてきたのだった。そうしてその女性は、若い男ならみな願ってやまないものの、けっして手にはいらない女神のような存在にまで理想化された。しかし、もはや自分も夢を信じる若者ではない。カルター・タワーズで、自分もジュールもひと晩のうちに夢をすべて失ってしまったのだった。

あの晩がもたらした心の痛みをジュリアナがつかのまぬぐい去ってくれた。未来への希望を持たせてくれた。月明かりを受けて輝き、体に触れられてやさしくなった目にそれが表れていた。恐る恐る彼の胸へと手を這わせたときに、彼女に恥ずかしがる様子はなく、感触を知って驚いたのだけがわかった。自分のまわりに張りめぐらした防壁がはじめて破られたのだ――ジュリアナは心に直接触れてきた。

しかし、長年の堕落した生活が気を抜いてはいけないと教えてくれていた。今も確信が持てるまでゆっくり進めと忠告している。今朝また彼女に会うことになる。昼間の冷たい光が、全身に広がる期待を鎮めてくれるだろう。そう、慎重にやるのが重要だ。

ジュリアナもドミニクも期待と不安に駆られてのぞんだ朝食だったが、前日と同じく穏やかに過ぎた。小さな客用の食堂にはいっていったときには、ジュリアナは当惑のあまり臆病になっていたのだが、フレディがまたティミングズがいないことについて文句を言うのを聞いているうちに、そんな思いもゆっくりと消えていった。こんな眠れない長い夜を過ごしたなんて、なんと愚かだったのだろう！　ドミニクも二日前に助けてくれたときと同じく魅力的に見えた。

ジュリアナに対しても配慮と遠慮を見せてくれた。目が合ったときにその目の色が濃くなった気がし、唇がほころんだ気がしたとしても、それはみな幻想だというように。つまるところ、彼は位《くらい》の高い貴族で、おそらくは月明かりのもとで若い女性にキスをすることも数多くあったのだろうから。叔母のソフィアは少なくとも、それについて忠告してくれていた。ジュリアナの心以外、変わったものは何もなかった。馬車の事故のせいでもあり、庭でドミニクから受けた影響が強すぎたせいでもあるようだ。結局、自分も月明かりのもとではじめてのキスをささげた乙女というわけでもないのに。今朝彼に何を期待していたのかはよくわからなかったが、昨晩ふたりのあいだには何もなかったとでもいうように、こうしてうまく装われることでないのはたしかだった。

それでも、彼が正しいのかもしれない。あれは単なるキスにすぎなかったのだから。ただ、自分では真実を認めるつもりはなかったが、新たに恐ろしいほどの感情を知ってしまった。そしてそれは侯爵の腕のなかで芽生えたものだった。

ジュリアナは侯爵をうまく避けて、そんな混乱した感情から抜け出そうと決心したが、突然春の嵐が到来し、昼食のあとはみな宿のなかに閉じこめられることになった。ソフィアがみんなでホイストをしようと提案すると、フレディがにっこりしていそいそとカードをとり出し、四つの椅子を客用の食堂の小さな四角いテーブルのまわりに置いた。

「あなたはフレディの心をつかむ方法を見つけたようですね、ソフィア」侯爵は愉快そうに友を見ながら冗談を言った。「ロンドンの美女たちがあなたのやり方を見習っていれば、そのうちの誰かは彼を祭壇に連れていったでしょうに」

「彼を祭壇に連れていく？」ソフィアは屈託なく訊いた。「リスコーム様はまだ結婚なさっていないの？」

「ああ、ソフィア、そのとおりと言わざるを得ません！」フレディがぞっとした声を出した。侯爵はソフィアのぽかんとした顔を感心するように見つめ、「ぼくもフレディ同様、悲しい状況にあります」と小声で言った。

顔にえくぼを浮かべ、ソフィアはわずかに恥ずかしがる上品さを見せた。

ジュリアナはぞっとした。叔母が叔母らしくなく立ち入った振る舞いをし、叔母の意図をドミニクが察したのは明らかだったからだ。混乱したまま昨晩のことをくよくよと考えていたせいで、ジュリアナはドミニクが結婚しているかどうかに叔母が関心を抱いていたことを忘れてしまっていたのだった。彼が独身かどうかにわたしがわずかでも関心があると思うほど、ドミニクがうぬぼれた人でありませんように！　キスを許した今はとくにそう思わずにいられない。もちろん、あの外見の男性の足もとには、長年にわたって数多くの女性たちが身を投げ出してきたことだろう。とんでもなくうぬぼれた男性《スウエル・ヘッド》であっても不思議はない。

彼の形のよい頭《ヘッド》はちょうどいい大きさで、広い肩にしっかりとつながっていた。はじめて会ったときと同じように冷静沈着な様子でホイストに興じている。それが揺らいだのは、昨晩庭でいっしょだったときだけだ。

ドミニクはゲームの相手としてたのしく、巧みなカードの使い手だった。ジュリアナ自身、数を数えられるようになってから、ずっと遊んできたゲームだったが。娘がすばらしい記憶力の持ち主で、頭の回転も速いと知った父に、よくテーブルにつくようにと誘われたものだった。

ドミニクがその場の雰囲気をくつろいだ気楽なものにしようと心を砕いていることに、ジュリアナはめでたくも気づかずにいた。

しかし、フレディはだまされなかった。彼はそれをおもしろく思い、ホイストの前にドミニクにこっそり耳打ちした。「ドム、熟練した女たらしがこんなやり方でことにあたるのを見たのははじめてだよ。きみがそんなやさしい声音で女性をくどくとは驚きだ。きみのことをよくわかっていなければ、あのきれいなジュリアナがきみの心をとらえたと思うだろうさ」

ドミニクは肩をすくめてそれを聞き流したが、じっさいは自分らしくなく振る舞う理由はよくわかっていなかった。

カード越しに目をやると、ジュリアナは持ったカードをじっと見つめながら、小さな白い歯でふっくらとした下唇を嚙んでいた。庭で彼女を腕に抱いてあの唇の甘さを味わいたいという衝動に屈したときには、かき立てられた感情の深さに心の準備ができていなかった。そのあまりの激しさに、心の防壁の陰へと戻らなければならなかったのは残念なことだった。あなたの魅力は恐ろしいほどだと何度となく言われてきたせいで、それにはあまり重きを置いていなかったが、ほかの女性たちと同じようにジュリアナもその魅力に屈したというわけではない気がした。気をつけるんだな、侯爵――彼は胸の内でつぶやいた――おまえのほうが彼女の魅力に屈する危機に瀕《ひん》しているようだ。彼女のきれいな顔や、興奮してわずかに赤くなっている頰を目にし、音楽のようにさざめいて陰鬱《いんうつ》な午後を明るくしてくれる笑い声を聞いていると、外見はきれいでも情のない女性のことはすぐに見抜けるドミニクも、これまでの自分がまちがっていて、過去の出来事にもかかわらず、信頼できる女性はいるのだと信じたくなるのだった。

ちょうどその瞬間、ジュリアナが目を上げた。ドミニクの目に一瞬浮かんだ表情が、冷水を頭からかけられたかのように彼女の思考を止めた。当惑するあまり、扉が勢いよく開くまで、廊下の騒ぎに気づかなかった。扉が開いてはじめて、侯爵の顔から目を引き離すことができた。

廊下から聞こえてくる大声の言い争いが四人だけの平和な静けさを破ったと思うと、かさばる赤いケープのドレスを雨に濡らした、でっぷりした女性が扉を押し広げ、尊大なまなざしで部屋を見まわした。「言ったでしょう、シャーロット！　通りすがりに見たウエインライトの裏庭に停《と》まってた馬車はヴェイン家のものだって」

ソフィアは息を吞《の》み、椅子に背をあずけた。「なんてこと！　レディ・グレンヴィルとシャーロットだわ！」

レディ・グレンヴィルの飛び出た目が部屋にいた全員に向けられ、しまいにソフィアの顔に据えられた。「いったい、これはどういうこと、ソフィア？」目をジュリアナに移すと、彼女は盛り上がった胸をさらに突き出した。「それにあなたも！　もっと分別があってしかるべきよ！　わが家の身内が、宿屋の食堂で、こうして……こうして男性たちといっしょにいるなんて！　こんな途方もないこと、釈明できるの？」

牧歌的な時間が失われたことをしかたなく受け入れたらしいドミニクは、自然な笑みを浮かべて前に進み出た。「ぼくはオーブリー侯爵です。何かお役に立てますか？」

レディ・グレンヴィルは危険なほどに顔を真っ赤にして声をかぎりに叫んだ。そして、誰もがぎょっとしたことに、ドミニクの腕に身を投げた。そのかなりの重さにもかかわらず、ドミニクはわずかによろめいただけだった。

「ドミニク、ああ、かわいいドミニク！」彼女は彼の右耳のわずか一インチ下で怒鳴《どな》った。彼のすばらしい青い目が一瞬揺らめいた。レディ・グレンヴィルはようやく彼から身を引き離し、後ろに立っていた背の高いほっそりとした薄い色の髪の若い女性の腕をつかんだ。「シャーロット、親戚のドミニクに挨拶なさい！」

真っ赤になった顔に笑みを浮かべながら、レディ・グレンヴィルがかすれた喜びの声をあげるなか、縁にブロンドのレースがたっぷりついた春物のモスリンを着た彼女の娘が前に歩み出た。「ほとんどあなただとわからないぐらいだったわ！」レディ・グレンヴィルは宿屋の使用人に聞こえるほどの大声でつづけた。「カルター・タワーズで最後に会ってから、ずいぶんと変わったわね」

ドミニクは眉を上げたが、それ以外に驚いた様子はなかった。ただ、シャーロットの手に顔を寄せてこう言っただけだった。「はじめまして、ミス・グレンヴィル。フレディ・リスコームを紹介させていただけますか？」彼はほほ笑みながらジュリアナに目を向けた。彼女はドミニクのそばに寄った。「もちろん、ジュリアナはご存じですね」ドミニクは椅子に根が生えたようにすわりつづけるソフィアに目をやった。「ソフィア、大丈夫ですか？」侯爵はまじめな口調で訊いた。

「どうしてわからなかったのかしら？」ソフィアは立ち上がって彼をじっと見つめた。「あなたはカルター公爵の孫なのね！」

「もちろん、オースティンの孫よ」レディ・グレンヴィルは言った。丸々とした顔に尊大な表情が広がった。「この四年ほど、公爵夫妻について、わたしが何度となく口にするのをあなたも聞いたはずよ！」

「何度もね」ソフィアは小声で言った。彼女が彼の脇をすり抜けてシャーロットのところへ行き、その青白い両方の頰にあたたかいキスをするのを、ドミニクは感心するように唇をゆがめて見ていた。

ジュリアナは侯爵をちらりと見やった。彼は親戚との予期せぬ再会に気を失いそうだというレディ・グレンヴィルの大げさな物言いに耐え、夫人を暖炉のそばの低い長椅子へと導いた。

それから、広い肩の片方を木製のマントルピースにあずけ、彼女が最後にカルター・タワーズを訪れたときには自分はまだ九カ月の赤ん坊だったので、彼女とわからずに申し訳なかったと謝った。

小ぢんまりとした食堂で、彼はその冗談を分かち合おうとでもいうようにジュリアナにほほ笑みかけた。彼女の頬は熱く燃えたが、レディ・グレンヴィルに薄い眉の下から険しい目を向けられても顔を伏せようとはしなかった。

「すでにうちの隣人とはお知り合いになったようね」レディ・グレンヴィルは冷淡な声で言った。「ジュリアナは亡きサー・ティモシーのひとり息子だったウィル・グレンヴィルの未亡人なの」かすれた小さな声でそう言いながら、ほくそ笑むように口の端を上げた。「そう、今、グレンヴィル家の本邸のザ・ウィロウズはサー・アルフレッドとわたしのものですけどね」

ドミニクの胸の奥で金床をたたくように心臓が大きく打った。ウィル・グレンヴィルの花嫁だって？　野営地のたき火のそばで話を聞き、夢に思い描いていた女性。ドミニクの腕のなかで死にゆくウィルが描いてみせた完璧な女性がこの人だったと？　まさか！　喉の奥に胆汁のように嫉妬《しっと》がのぼった。彼女はほかの男のものだったのだ。どうして彼女は自分がサッチャー家の人間であると信じさせようとしたのだ？　彼女がウィル・グレンヴィルの花嫁だと知っていたら、キスなどしなかったのに。愛するジューの名を呼んで息絶えたウィルの記憶を穢《けが》すようなことはしなかったはずだ。自分という男はこんな女性にはふさわしくないのだから。

彼のことを意識していなかったら、ドミニクの顔に広がった変化をジュリアナは見逃していたことだろう。さっきまで彼は長い足を開いてマントルピースにもたれ、彼女に喜びの目を向けていたのに、次の瞬間にはそのすばらしい目からあたたかい輝きが失われてしまった。表情豊かな唇はまだほほ笑んでいたが、その笑みはさっきまでとはちがう、ひややかで張りつめたものになっていた。

「お気の毒に、ジュリアナ」

彼はそうとわからないほどの含みのあるやさしい声で言ったが、それを聞いて彼女はそっけなく応えた。

「ありがとう」

フレディは額に皺を寄せて首を振った。「ウィル・グレンヴィル……イベリア半島で会ったよな、ドミニク？　見たこともないほどくしゃくしゃの真っ黒な巻き毛をした感じのいい若者だった」

ジュリアナの目がフレディの顔にさっと向けられた。「イベリア半島にいらしたの？」

「われわれふたりともね。ドミニクはウェリントンの部隊の一員だったんだ。そう、参謀さ。官報の殊勲報告リストに二度名前が載った。ぼくはそういう運には恵まれなかった。熱病にかかって、バダホス（スペイン独立戦争の際、フランスからイギリスが奪還した都市）への攻撃がはじまる前に本国に戻されたからね」

「そう」ジュリアナはうなずいた。喉がしめつけられ、声がわずかにかすれた。「ウィルは六年前にバダホスで亡くなったわ」

はじめて会ったときから、ドミニクが惜しみなく自然に見せてくれていた、思いやりに満ちた好意はどこへ行ってしまったの？　そして、名前をつけようとは思わなかったそれ以上の感情は？　彼は別の何かで心が一杯なのに、育ちがよすぎてその場に退屈しているのを表に出せない人間のように見えた。それは彼女の想像ではなかった。フレディも見るからに居心地悪そうで、高いシャツの襟に指を一本走らせていたからだ。ソフィアの穏やかな灰色の目にも好奇心と不安が表れていた。

「さあ、お母様。わたしたちは旅の汚れを落としましょう」シャーロットが突然母のそばに寄って口を開いた。

レディ・グレンヴィルは部屋に広がった奇妙に張りつめた空気にはまるで気づかず、抗議の声を発しようと口を開いたが、シャーロットが母の腕をしっかりとつかみ、ひややかにふたりの紳士に会釈すると、抗う母を部屋から連れ出した。

「見たかい？」フレディが驚きのあまりかすれた声で言った。「あの若い女性は部屋にはいってきてからひとことも発していなかったのに。お母さんに命令して引っ張っていったよ」

「シャーロットは口数の少ない娘《こ》なのよ」ソフィアがまだドミニクのこわばった横顔をじっと見つめながら穏やかに言った。「でも、時機を見ることにかけては完璧なの」


数時間後、侯爵はロンドンへ向かう街道の最後の通行料徴収所でしばらく停まったあと、すぐにも前へ進もうとする葦毛たちをおちつかせようとした。黄昏時《たそがれどき》の明かりは薄れ、強い風が土と湿った寒さの春らしいにおいを運んできた。

「こんなに急いでロンドンへ戻るつもりはなかったのにな」とフレディが言っている。〈ブルー・ボア〉を出てからずっと、いきなりの出立について文句を言いつづけているのだ。「きみがどうしてしまったのかわからないな！　ご婦人方には宿に泊まると言っておいて、グレンヴィル母娘《おやこ》が来たとたんに出発するなんて。レディ・グレンヴィルに彼女がソフィアとジュリアナをロンドンまで連れていってくれるだろうから、自分たちが宿に留まる必要はないはずだときみが告げたときに、あのご婦人は卒倒するんじゃないかと思ったぜ」

ドミニクは鼻を鳴らしたが、何も言わなかった。目はしっかりと道の先へ向けられている。じっさい、ここ数時間のあいだもほとんどことばは発していなかった。

はぐらかされずにフレディは横目をくれた。「ジュリアナは最高にすばらしい女性だが、グレンヴィル家の人間とは気づかなかったな。ソフィアと同じくサッチャー家の人間だと思っていた。イベリア半島で騎兵隊にいたあの若い中尉のウィル・グレンヴィルが彼女とバークシャーの領地について話していたことを覚えているかい？」フレディは笑みを浮かべて首を振った。「家を思い出してぼくも何度か涙したよ。彼女がロンドンにやってくる前に会えてよかったな。二週間もたたないうちに大人気となるのは賭けてもいい」

ドミニクはほほ笑んだが、その笑みは張りつめたもので、ふだんとはまるでちがった。「そう……ジュリアナはきっとそうだな」声には彼がとらわれている衝撃が表れていた。

フレディは友をじっと見つめた。「くそっ！」と深い感情をこめて言う。「きみの好みを忘れていたよ」

「なんの好みの話だ？」ドミニクは親しみをこめた静かな声で訊いた。「もしかして、きみといういかがわしい連れを好む不可解な好みかい？」

「きみは経験豊富な女性が好みだということさ。より安全な女性と言ってもいい。でも、未亡人はだめなんだろう？ それがわからないな！ カンバーランド公爵が亡くなったときに、きみがあのすばらしい未亡人に目をくれることもなかったのを、みんなひどく奇妙なことだと思ったものさ。社交界のみんなが彼女を望んだからね。彼女はきみを望んだのに、きみは興味を示さなかった。ジュリアナがきみの好みじゃない理由もそれだ。うっとりするような美人だけど、カンバーランド公爵夫人と比べれば色あせて見えるだろうな」フレディは残酷な率直さで言った。

　ドミニクは友のおしゃべりにはほとんど注意を払っていなかった。ようやく衝撃の霞《かすみ》を貫いて真実が見えてきたからだ。腕に抱いたあたたかく生き生きとした女性はジュリアナ・グレンヴィルだったのだ！　運命が残酷な罠をしかけてくることはもうないと思っていたのだが、そうではなかった。ああ、そうだ、フレディの目に涙を浮かべさせたウィルの話は覚えていた。

　ドミニクはバダホスという名の虐殺《ぎゃくさつ》の場にいた。ぬかるんだ泥のなかにすわり、戦場じゅうに広がる死にかけた男たちのうめき声を聞きながら、自分の手をにぎるウィルの顔に浮かんだ明るすぎる笑みに心を奪われていた。

「最悪の戦いだが、ひとついいことがあるよ。このけがのおかげで、自宅で待つジューのもとへ戻れる。彼女の赤い巻き毛を目にし、また釣りに連れていくのが待ちきれないよ」彼は片肘をついてわずかに身を起こした。うっとりするあまり、自分の両足が吹き飛ばされていることに気づいていなかった。「オーブリー、美しく、勇敢な女性なんだ。池までの速駆けでぼくを追い抜き、馬が急に停まったせいでまっさかさまに池に落ちた彼女の姿はきみにも見せてやりたかったよ。びしょ濡れのドレスから滝のように水をしたたらせて立ち上がり、ぼくに見つめられて真っ赤になっていた。ああ、ほんとうにきれいだった」彼はドミニクの腕に身を戻した。「ジュー、ジュー、そこにいるのかい？」ドミニクはなぐさめるように彼を抱く腕に力をこめた。ウィルはほほ笑んだが、目には霞がかかっていた。

　ドミニクはウィルを抱いてしばらくすわったままでいた。ウィルの部隊は敵のもっとも守りの堅い場所を攻めており、その攻撃は戦況が英国側の優位に転じる助けとなったのだったが、代償も重すぎた。まわりで恐怖が募るなか、故郷から遠く離れたこの地獄のような場所で死んでいくのに、ウィルが最後に愛する女性を思い浮かべることができたのは不思議だった。

　ウィル・グレンヴィルの若妻を想像することで、戦争の恐怖やカルター・タワーズで負った消えない心の傷に打《う》ち克《か》てたことは、薄暗い穴のような記憶のなかで唯一明るく輝かしいものだった。異父兄のジュールだけが両親とともに葬ろうと誓い合った秘密を知っていた。人生が永遠に変わってしまったと思ったあの瞬間、彼はジュールにお互い結婚するのはやめようと言ったのだった。

　しかし最近、祖父に諭され、血をつないでいくのが自分の役目だと思うようになった。そう思うようになったのは、どれほど穢れていても、祖父の血もまた自分の血管には流れており、それはつなぐ価値のあるものだったからだ。いつか自分が耐えられる相手で、イチゴの葉飾りのついた公爵家の王冠を頭に載せるだけで満足してくれる女性を見つけることになるだろうと思っていた。妻となる女性にはほかに何も与えてやれず、それ以上を期待する女性にはもはや自分はふさわしくないからだ。ジュリアナがいっときその考えを崩してくれたが、もちろん、それはそうだ。彼女こそがウィルのジューだったのだから。彼女なら、戦争の恐怖の只中《ただなか》でもなぐさめをもたらしてくれるはずだ。記憶のなかで光り輝く理想の女性とついに対面することになったのに、絶対に彼女に手を伸ばすわけにいかないというのは、悪運に満ちた自分の人生においても最悪の皮肉だった。

「ドミニク、いったい何を悩んでいるんだ？　ぼくの言ったとおりだと認めるのか、認めないのか？」

不快そうに口をきつく引き結ぶと、ようやくドミニクは親友に目を向けた。「女性の好みについてかい？　きみも鋭くなったものだな、フレディ。おめでとうと言わせてもらうよ」

フレディは肩をすくめ、その皮肉をやり過ごした。「ぼく自身は未亡人は嫌いじゃないな。男に何を言えばいいかわかっているからね。あのシャーロット・グレンヴィルみたいに女学校を出たてで、つくり笑いを浮かべているような女性じゃなくてね」

「どうやら、あのシャーロット・グレンヴィルは、祖母が公爵の跡継ぎの伴侶《はんりよ》にふさわしいとぼくにそれとなく薦めていた遠い親戚らしい」

「結婚の罠にはまりそうだと思ったわけかい、ドム？」フレディが心配そうな目をして訊いた。

つかのま、ジュリアナの姿がドミニクの心をよぎった。

「ちがうさ！」

「ぼくだったら、公爵夫人には逆らおうと思わないね。きみのお祖母《ばあ》さんは強い女性だからな。それにきみのお祖父《じい》さんも！」フレディは馬車の座席でおちつきなく身動きしながら首を振った。「誰にも負けない人だ！　皇太子ですら、彼の前では子供に戻った気分になるという話だよ」

「ああ、でも、ぼくにはきみや皇太子にはない利点があるからな、フレディ」ドミニクはゆったりと言った。「公爵や公爵夫人とぼくはとてもよく似ているんだ」

フォーブズ夫人の厨房の広い窓の鎧戸《よろいど》は大きく開けられ、陽射しが石の床に大きなあたたかい陽だまりをつくっていた。ソフィアは今朝ロビーからもらったばかりの籐のバスケットに煎じ薬の最後の瓶を入れた。それから、音を立てて火の燃える暖炉のそばにすわってカップにはいったあたたかい飲み物を飲んでいるフォーブズ夫人のほうを振り返った。

「ほんとうにありがとう」ソフィアは目を厨房にさまよわせ、天井の梁《はり》からきちんと吊り下げられた奇妙な形の根っこや薬草に目を向け、ジプシーに伝わる薬をいっしょにつくりながら笑い合ったことを思い出した。「ここではとてもたのしい時間を過ごしたわ。ここのことは忘れません」

「この場所をあなたが忘れないのはたしかだね。あなたの将来のすべてがはじまった場所なんだから」高貴なジプシーの血を引くフォーブズ夫人は言った。

ソフィアは驚いて暖炉のそばへ行き、フォーブズ夫人の前に立った。容赦のない陽射しを受け、顔には年を表す深い皺がくっきりと刻まれていたが、顔立ちは誇り高く、鋭い黒い目には抜け目のない表情が浮かんでいた。

ソフィアは穏やかに目を合わせてほほ笑んだ。「何か予言しようとしてらっしゃるの？　未来を占うことについて、フレディの質問に最後まで答えなかったのに気づいていたわ。お母様にはその目がなかったとおっしゃっただけで……あなたにはそれがあるという意味じゃないかと思ったんだけど」

フォーブズ夫人の皺が深くなった。「ふん！　あなたは現実的な女性だろうに。未来を見通す目なんてものは信じていない。だから、これだけを言っておきますよ。ロンドンへ行こうとしているほんとうの目的は、夢見ているよりもずっと明るい結果に終わることになる。糸はずっと前に巻かれていたのだから、今それをまた引っ張ればいいだけのこと」

冷たいものが肌を這う気がして、ソフィアの顔から笑みが消えた。フォーブズ夫人の声には確信の響きがあり、彼女に自分の将来が見えているのではないかと信じそうになった。「おっしゃってる意味がわからないわ」と小声で言う。

「もちろん、そうでしょうよ！」フォーブズ夫人は言い返した。「わかるはずはないんだから。さあ、急いで。ほかの人たちがあなたを待っていますよ。あなたの姪御さんもすぐに来るでしょう」


ジュリアナはシャーロットとソフィアの助けを借りて御者がレディ・グレンヴィルを馬車のなかに乗りこませるのを待ち、それから、フォーブズ夫人の厨房へ向かった。フォーブズ夫人は塀に囲まれた庭でバラの茂みを剪定《せんてい》していた。ドミニクがバラを一本摘んでくれた茂みだ。

ジュリアナが近づくと、フォーブズ夫人が目を上げた。「あなたを待っていたんですよ、お嬢さん。お別れを言いに来るとわかっていましたからね」

ジュリアナは身をかがめ、皺の寄った茶色の頬を唇でかすめた。「とても親切にしていただいて。ここのことは忘れませんわ。あなたのことも」

フォーブズ夫人の顔が変化し、唇に笑みのようなものが浮かんだ。「さあ、手を見せてちょうだい」と彼女は命令した。

ジュリアナは不安になってためらったが、やがてそろそろと右手を差し出した。フォーブズ夫人の薄いてのひらの上に載せられたピンクがかった白い手は、老いた黒っぽい手とは好対照だった。

胸が痛み、ふいにジュリアナは自分が息をつめていることに気づき、フォーブズ夫人が目を上げる前にそっと息を吐き出した。それから、老いた女性の黒いまなざしにとらわれたように、ぴたりと身動きをやめた。

「あなたには望むものがふたつある。ひとつは自分でよくわかっている。もうひとつはまもなく見つけるもの。ひとつはけっして手にはいらず、それは悲しみに値する。もうひとつは手にはいるけれど、そこにいたる道はくねくねと曲がり、痛みや涙をともなう。心のおもむくままに進みなさい……そう……」彼女は左手をジュリアナの心臓の上に置いた。「決まりにしばられることなく。そうすれば、すべてはあるべき形をとるでしょう」

大粒の涙がジュリアナの頰を伝い落ちた。それと同時に、フォーブズ夫人はジュリアナの指を曲げさせ、閉じた手を彼女に戻した。「幸せにおなり。もうあなたは幸せになる鍵を持っているんだから」

数分後、ジュリアナはレディ・グレンヴィルのペンキを塗ったばかりの長旅用の馬車に乗りこんだ。〈ブルー・ボア〉での妙に心騒がせる、刺激的な時間は終わりを告げたのだ。この旅にもう冒険はない。ロンドンにたどりつき、いっしょにいて気楽な夫を見つけ、弟を社交界にしっかりと仲間入りさせる。それが自分の望みで、叔母のソフィアといっしょに立てた計画だった。でも、ほかにわたしは何を望んでいるというの？

即座に思いはオーブリー侯爵の姿で心が一杯になって眠れなかったふた晩へと戻った。

フォーブズ夫人の庭でともに過ごしたひとときは今では夢のように感じられた。ロビーが奏でるジプシーの音楽の魔法によって呼び起こされた夢。忘れてしまわなければならない夢。すでに頭のなかは侯爵で占められていて、自分はどうしようもなくばかな振る舞いをしている！あれはただのキスだったのだ。それ以上の何物でもない。

自分に心底正直になろうとしつつ、ジュリアナは目を閉じ、指でそっと額に触れてまたまぶたを持ち上げた。あれはこれまで経験したどんな抱擁ともちがったとしまいには認めざるを得なかった。オーブリー侯爵には、想像もできないような形で惹かれた。フォーブズ夫人の小ぢんまりとした食堂で、彼もまたふたりのあいだに流れるものを感じとっている気がしたのだった。そして、手を差し伸べてくれているような気がした。しかし、次の瞬間、ふたりのあいだで扉がぴしゃりと閉まるように、彼は自分のなかに引きこもってしまった。

侯爵のことをそれ以上考えまいとしながら、ジュリアナは叔母に目を向けた。叔母も妙に目を輝かせながら思いに沈んでいるように見えた。そこでジュリアナは田園風景へと目を転じた。すぐにロンドンに到着する。自分たちの未来はそこにあるのだ。きっと望んでいたとおりになる。絶対に計画を成功させるつもりなのだから。それでも、フォーブズ夫人の予言を心から追い出すことはできなかった。

4

ローマ

サヴィル伯爵のジュール・デヴローは最後に一度寝室に目をやろうと足を止めただけだったが、薄いシルクのネグリジェ越しに透けて見える、金色に輝く魅惑的な体が彼を惹きつけた。シルクのような長い手足と、クリーム色のなめらかな肌と、眠気に赤くなった頬骨の上に扇のようにひろがる濃く黒いまつげと、真紅のベルベットのような唇の女神。

衝動的に彼は二本の長い指で蚊帳《かや》を押しやり、愛人が寝ている凝った彫刻をほどこしたベッドへと音もなく身をすべりこませた。長い愛の一夜を過ごしてからほんの数時間後、想像以上に興奮をかき立てられた彼は両手を枕に置き、身をかがめて口づけた。キスを深めると、飢《う》えたように女の唇が開くのがわかった。

「ジュール……」とかすれた声でマリエッタ・ルイーザ・プリマヴェッタ伯爵夫人は言い、とろんとした茶色の目を開けて彼の目を見つめた。「今、何時なの？」

「夜明け近くさ。ぼくの船は明け方の潮に乗って出航する」

彼女はジュールの頬を両手で包んで顔を下ろさせた。引き結んだ口を舌でくすぐられ、彼は笑みを浮かべた。しまいにため息をついて降参し、頭をマリエッタの胸に押しつけた。「きみは今夜、いつになく……貪欲《どんよく》なんだな。もちろん、喜ばしいことだが」彼は考えこむように言った。「でも、きみらしくはない」

「これまであなたが何カ月もそばにいないなんてことはなかったからよ、ジュール」彼女は小声でそう答え、指で彼のまっすぐな黒髪を梳いた。「ほんとうに退屈な社交シーズンを過ごしにあの恐ろしいロンドンに戻らなければならないの？」

マリエッタのやわらかくかぐわしい体から渋々身を離し、ジュールは背筋を伸ばして彼女の手を手にとった。「行かなくては。そろそろ兄弟に過去の借りを返さなければならない時なんだ」

彼女は目を細め、片手を引き抜いて彼の左目につけられた黒い布に触れた。「弟のオーブリー侯爵のことね？　あなたが左目の視力を失ったことと彼は関係あるの？」

「なあ、それは秘密にさせてくれ」ジュールは彼女のてのひらにキスをした。「ぼくの謎めいた過去と眼帯……ぼくのことをきみは海賊だと思ったんだろう？　最初はそれでぼくに惹かれた」

「でも、そんなの七年も前のことよ。今もあなたの過去について知っていることは、あのときとほとんど変わらないわ」マリエッタは単刀直入に言い、首をそらして彼の顔にほほ笑みかけた。「わたしと出会ってから、あなたはイングランドには戻ってないじゃない。身内は半分血のつながった弟さんだけよね。愛する弟さんに会いたいの？」

ジュールはそっと彼女の手を上掛けに下ろしてベッドから立ち上がった。しばしマリエッタをじっと見つめてためらったが、やがて手を伸ばし、親指で彼女の頰の曲線を撫でた。「愛する弟か。そうだな、かつては。でも、イングランドに戻る理由はそれじゃない。まったくちがう。ドミニクとぼくのあいだで……決着をつけなければならないことがあるのさ……ようやくね」

ロンドン

ウェントワース・パークの壮大さに比べれば、ロンドンにあるウェントワース・ハウスは小さく見えたが、ジュリアナはこの家の正面の通りに面した小さな応接間が気に入っていた。彼女の父が娘の好きなバラ色とブルーとクリーム色に内装を整えた部屋だった。その父はそれからほんの数カ月後、嵐のあいだも狩り場を離れることを頑固に拒んだせいで肺炎を起こし、予期せぬときに亡くなっていた。それから二年という長い年月が流れたのが信じられないほどだった。というのも、彼女たちの到着前に家具調度にかけられていたほこりよけの布がとり除かれ、色落ちしているものがないかたしかめられ、父がずっと住んでいたかのように、すべてが掃除され、つやが出るほどに磨かれていたからだ。

彫刻をほどこした大理石の暖炉の炉床では、暖をとるためというよりも気分を明るくするために小さな火がたかれており、そのそばでジュリアナはバイロン卿の詩集を閉じたまま膝に載せてすわっていた。部屋の奥では、ソフィアがソファーに寝そべっていた。開いた唇からは小さな寝息がもれている。

ジュリアナはほほ笑んだ。たぶん、わたしも昼寝をしたほうがいいのだろう。よく眠れていないのだから。叔母には慣れないベッドのせいだと言い訳していたが、自分に正直になれば、それは真実ではなかった。浅い眠りを夢が邪魔していたのだ。塀にかこまれた庭でバラをくれたときにほほ笑みかけてくれたオーブリー侯爵の夢。手に顔を近づけ、脈打つ手首に唇を押しつけてくる彼の夢。ひそやかにやさしく唇を奪われたときの夢。そうした夢も、首をもたげて見つめてきた彼のあのすばらしい顔が、寒気を覚えるほどの怒りに満ちた険しい仮面に変わり、悪夢と化すのだった。いつもその寒気のせいで目が覚めた。寝返りをくり返すうちに蹴ってしまうのか、上掛けが脇に押しやられているからだ。オーブリー侯爵ドミニク・クロフォード。どうして彼が心につきまとって離れないのだろう?

ふいに居間の扉が勢いよく開き、いつものようにまじめくさった顔のスミザーズが現れた。「オーブリー侯爵様とフレディ・リスコーム様です!」彼はとどろくような声で告げた。そのせいでソフィアははっと目を開けて飛び上がり、悲しいほどに傾いた白いレースの帽子へと両手を持ち上げた。

ジュリアナの物思いの対象が、ひややかに礼儀正しい笑みを浮かべながら、応接間の長方形の広い入口に、デッラ・ロッビアの天使像さながらにくつろいだ様子で立っていた。なんともすばらしい姿だった。紺色の朝の礼服はすばらしく広い肩にぴったりとあつらえられており、その色が並外れて豊かな金色の髪とよく合っていた。

ジュリアナはかすかなめまいを覚えながら彼をじっと見つめた。十八歳の誕生日に四杯のシャンパンを飲んだときと似ていた。馬車の事故のせいで頭にできたこぶが、あの宿屋での心の状態にまったく関係なかったのはたしかだ。ほとんど知りもしないこの男性に妙に影響されていただけのこと。結局、この人は衝動的な行動をとり、友人となるに値しない人間かもしれないと思わせたのだったが。ジュリアナは気がつけば不安に息をつめていた。

今朝の彼の振る舞いには残念なほどに衝動的なところはなかった。ソフィアにはあたたかく挨拶をしたが、ジュリアナに対しては指を唇の近くまで持ち上げただけで、口づけようとはしなかった。ドミニクがあとずさり、フレディが同じように挨拶した。ただし、茶色の目を輝かせた愛想のよい笑みは、侯爵の笑みよりもずっとあたたかく、指にもそっと唇が押しつけられた。

「訪ねてきてくださるなんて、おふたりともとてもご親切ね。おすわりになって」ソフィアがそう心をこめて言い、自分がすわっているクリーム色の低いソファーを軽くたたき、フレディにはジュリアナがすわっているバラ色のベルベットの長椅子を身振りで示した。

「ロンドンはいかがですか、ジュリアナ？」転がり落ちるのではないかと不安になるほど斜めに長椅子にすわったフレディが熱心な口調で訊いた。

ジュリアナはゆったりとほほ笑んだ。「ロンドンはすばらしいわ、リスコーム様。わたしたち、社交シーズンがはじまるのをとてもたのしみにしていますの」

「うんざりするかもしれませんよ、ジュリアナ。もちろん、何を期待するかにもよるが」ドミニクが言った。「あなたの期待に沿うものであるよう祈っていますよ」

ジュリアナはフレディの真剣な顔から目を離し、ソファーにすわって片眼《かため》鏡《がね》を何気なくもてあそんでいるドミニクのほうへ目を移した。庭でキスされたときには、やわらかく、誘うようだった完璧な口は、あざけるような刺々《とげとげ》しい笑みの形にゆがんでいる。あのときのやさしい記憶に胸がしめつけられる気がした。迫りくる夜の闇のなかで、花弁を閉じる小さなバラのようだった完璧な時間。彼に嫌われたのは明らかだ。そうでなかったら、この奇妙な振る舞いをどう説明できるというの？　それでも自分は、それにどれほど心を悩ませられたか、表に出すほどみじめな人間ではない。

顎を上げると、ジュリアナはひややかに見えるようにと願いつつ目を彼に向けたが、すぐにそうしないほうがいいと思った。そこで、わざと目を丸くし、まつげをばたつかせた。午前中に殿方が訪ねてきてくれるという名誉におののいてつくり笑いを浮かべる、女学校を出たての若い女性を装ったのだ。「きっとがっかりすることはありませんわ」彼女は熱意のこもらない声で答えた。「もちろん、驚くほど人は多いでしょうけど、リスコーム様や侯爵様のような新しい友人ができるのは喜ばしいことですから」ドミニクが不作法で粗野な態度をとろうと決めているのなら、こっちはそう簡単に心乱されたりはしないと見せつけてやるだけ。彼に多少でも好意を抱いたなど、なんと愚かだったのだろう。この人はうぬぼれた女たらしにすぎないのに！　〈ブルー・ボア〉で彼があんなふうに振る舞った理由は、自分の魅力でわたしとソフィア叔母様をぼうっとさせるのがたのしかったからというだけのこと。そうしてわたしを征服した女たちの長いリストに付け加えようとしたのだ。でも、こうしてロンドンに来た今、もうそれほど関心を示すのはやめにしたというわけだ。いいわ、わたしはそんなひどいあつかいに我慢するつもりはない！

彼女が慎み深く喜びの表情を顔に浮かべるのを見て、侯爵の唇がおもしろがるようにゆがんだ。しかし、叔母のソフィアはそれほどおもしろいとは思わなかったらしく、疑うように一瞬ジュリアナに目を向けたが、やがて口のそばにえくぼを浮かべると、侯爵のほうに顔を向けて巧みに話題を変えた。「ロドニー様はロンドンにいらしてるの、ドミニク？」

驚くような表情が彼の顔をよぎり、目が輝いた。「叔父を知っているんですか、ソフィア？知っているとは言わないほうがいいですよ。社交界では最悪の放蕩者《ほうとうもの》だから。公爵夫人も息子にはすっかり愛想をつかしてしまっている」

ソフィアははっきりと興味を惹かれたように眉を上げた。「そうなの、ドミニク？　なんてすてきなの！　二十年前に知り合いだったころ以上に魅力的になったようね。旧交をあたためるのが待ちきれないわ」

オーブリー侯爵はゆったりと片腕をソファーの背に伸ばした。「来週の金曜日に開かれるミス・グレンヴィルの舞踏会で再会できるはずですよ」

ソフィアはにっこりした。「若い女性の社交界へのデビューを祝う舞踏会で最悪の放蕩者に会えるとは思っていなかったわ」

「まったくですね」彼は軽い笑い声をあげた。「でも、レディ・グレンヴィルは遠い親戚なので、ぼくも叔父も舞踏会に参加するようにと祖母に命令されたんです」

「そう、ドミニクが〈ブルー・ボア〉で親戚に遭遇したのはまったくの偶然だったんですけどね」フレディが忍び笑いをもらした。「ミセス・フォーブズはレディ・グレンヴィルに何か薬を調合してやったんですか？」

ジュリアナは唇を噛み、ソフィアが答える前にその明るい目をとらえた。「ええ、食欲を減退させる薬をね」

「効き目はあったんですか？」フレディは熱心に訊いた。「母に飲ませてもいいな。今は酢を飲んでいるんですよ。バイロンが酢で細身を保っていると言うもので。ぼくに言わせれば、ばかばかしいにもほどがあるが！」

ソフィアはうなずき、わかるという目を彼に向けた。「おっしゃるとおりよ、フレディ。酢だなんて！　きっとミセス・フォーブズの薬が効くわ。ほかの薬にしてもそうじゃない？　でも、レディ・グレンヴィルはこんな胸の悪くなる薬、豚にも与えないって言って置いてきてしまったのよ」

「おやおや、ミセス・フォーブズが気を悪くしなかったならいいんだが」フレディの額に深い皺が刻まれたため、ジュリアナは彼の手を軽くたたいた。

「心配しないで。ソフィア叔母様が薬草でつくった薬といっしょに持ってきたから。いつか役に立つ日が来るかもしれないからって」

「それはあり得るわ」叔母が口をはさんだ。「あら、ありがとう、スミザーズ。お茶のトレイはわたしの前に置いていってくれればいいわ。わたしが注《つ》ぐから」

当然ながら、ドミニクは時計が時を刻むのを注意深く見ていたようだ。お茶を一杯飲み、午前中の訪問として妥当な時間を過ごすと、彼はゆったりとソファーから立ち上がり、身をかがめてソフィアの指に軽くキスをした。「グレンヴィル家の舞踏会でまたお会いできますね。叔父のロドニーはきっとあなたをがっかりさせませんよ」

「もちろんよ、ドミニク。舞踏会であなたたちおふたりに会えるのをたのしみにしているわ」

ソフィアは穏やかにことばを返した。「きっとジュリアナもあなたたちに会えるのをたのしみにしてるわ」

彼女とは目を合わせることなく――その朝はずっとそうだったが――ドミニクはジュリアナにきっちりとお辞儀してみせ、それからリスコーム卿にうんざりした目を投げかけた。ジュリアナも気まずく思っていたのだが、フレディはベンチで身を乗り出し、食い入るようにジュリアナの横顔を見つめていた。「そんなばかな真似はよせよ、フレディ！　そろそろおいとまする時間だ」

「ばかな真似じゃないさ！」フレディは自分の振る舞いを見透かされたことにまるで気を悪くした様子もなく答えた。「ただ、明日、公園で馬車に乗らないかとジュリアナを誘いたいだけさ。きみが自分の家系図について話し終えるまで待ってなきゃならなかったからね。かわいそうなロッド！　彼は社交界で最悪の放蕩者なんかじゃないさ。クリップルゲートのほうがひどい。きみだってわかってるはずだ！　ぼくはロッドが大好きだね。ソフィアやジュリアナだってきっと好きになるよ！」

愉快なその朝の雰囲気を分かち合いながら、ジュリアナはようやくドミニクのダイアモンドのように輝く目をとらえたが、さらに混乱しただけだった。なんて人！　まるで理解できない振る舞いだわ。さっきは嫌悪に近いような尊大でひややかなまなざしで見ていたくせに、今はそこにとても心地よいあたたかさがある。

理由はわからないが、彼はフォーブズ夫人の庭をいっしょに歩き、星空のもと、ロビーの音楽をうっとりと聴いていたときとはちがう人になったように思えた。どうして変わってしまったの？　わたしが何か気に障るようなことをした？　どんなことを？　それで、どうしたらそのしくじりを正せる？　彼には友人でいてもらいたかった。ロンドンは彼の世界で、わたしの世界ではないのだから。ロンドンで過ごすのが少し怖い気もしていた。静かなウェントワース・パークで長く暮らしすぎたのだ。この六年はあてどなくただよっている気分だった。そして今、街の喧騒《けんそう》が血管を流れる血を速め、神経をうずかせ、また目を外の世界へと開かせていた。

「ジュリアナ、フレディが答えを待っているわよ」叔母がきっぱりとした声でうながした。

どのぐらい物思いにふけっていたのかしら？　気まずさに全身がかっと燃えたが、彼女は穏やかな笑みを浮かべ――教会でポッツ司祭の説教を聞きながら居眠りするときにいつも顔に貼《は》りつける笑みだ――答えを期待して待つフレディのほうに目を向けた。

「明日、喜んでごいっしょしますわ。とてもたのしみにしてます！」

「光栄です、ジュリアナ」フレディは広い頬を喜びに赤くしてお辞儀をした。

またドミニクの表情がジュリアナには理解できないものになった。彼は鶏小屋に忍びこんだキツネをどうしてやろうかと考えている農夫のような顔で彼女を見つめていた。冷たい目でその目を受け止めてやったら気分がよかっただろうが、彼らが部屋を出て扉が閉まるまで、ジュリアナはどうにか愛想のよい笑みを顔に貼りつけたままでいた。

それから、唇を嚙んでくるりと振り返り、彫刻をほどこしたマントルピースから青いベルベットのカーテンを吊るした窓へ、それからシタンのテーブルの上にかけられた、金メッキの額の丸い鏡へとせかせかと歩きまわった。鏡に映った自分をじっと見つめる。きれいだとずっと言われてきたが、鏡に映っているのは、ときに青白すぎる顔と緑の目、真の美しさには少しばかり短い鼻、ふっくらとした下唇の口だった。太い赤褐色の巻き毛の房をあちこち動かし、鏡に映った姿を変えようとしたが、その結果には満足できなかった。

ソフィアはジュリアナの背中と鏡に映った彼女に値踏みするような目を向けていた。「とてもきれいよ、ジュリアナ。心配する必要は何もないわ」

ジュリアナはあたたかい笑みを叔母に向けた。「ありがとう、叔母様。お世辞を言ってもらってもいいいんだけど……」そう言って顔をしかめた。「でも、きっともっとよくできるはずよね」

彼女は呼び鈴のところまで行って思いきり引っ張った。すぐさまスミザーズが部屋の入口に現れた。愉快そうな顔ではなかったが、彼が愉快そうな顔をしていることはこれまでもなかった。

「ご用でしょうか？」彼は低くこもった声で訊いた。

叔母のソフィアは上目づかいにジュリアナを見ていた。暖炉の前に立っていたジュリアナは手をきつく胸の前で組み合わせた。

「スミザーズ、力を貸してほしいの」ときっぱりと言う。「叔母とわたしはミス・シャーロットの舞踏会で目立ちたいんだけど、助言が必要だわ。ドレスと髪は誰に頼んだらいいかしら？」彼女は精一杯魅力的に憂いを帯びた笑みを浮かべてみせた。「力を貸してくれる、スミザーズ？　あなたはこの街の何から何までに通じているっていつも父が言っていたわ」

スミザーズの厳格な表情はまったく変わらなかった。「ジュリアナお嬢様、それについてはそのとおりとは申せません。ただ、髪の結い方についてはムッシュウ・アンリが天才的だという噂です。同様に、ロンドンでもっともすばらしい婦人服の仕立屋はボンド街のマダム・ブルタンだという話です」彼は深々とお辞儀をした。「手配しておきましょう」

黒い服を着た背の高いスミザーズの姿が部屋から消え、扉が閉まってはじめて、ジュリアナはほっと安堵《あんど》の息をついた。

「ジュリアナ、すばらしいわ！」ソフィアが笑った。「スミザーズのことは昔からちょっと怖かったんだけど……」彼女は肩をすくめた。「どうしてかはわからない。亡くなったあなたのお父様が好きだった犬のクローディアスにそっくりに見えるんですもの。似てることに気づいてた？」

「ソフィア叔母様、いいかげんにして！　どうしてスミザーズについてそんなことを言えるの？　きっと何もかもきちんと手配してくれるわ。お父様も彼に頼り切りだったじゃない。今回はわたしがそうしなきゃならないわ。だって、自分ではどうしていいか見当もつかないんですもの」

「これもさみしいやもめを見つけるための活動の一環なの？」叔母は灰色の目をきらめかせて訊いた。

ジュリアナの心にある顔がよぎったが、それは老いたやもめとは似ても似つかない顔だった。どうして彼の目を惹かなければならないの？　もちろん、自分を最大限よく見せたいというのは、うぬぼれの強いヴェイン家の血の為《な》せるわざだ。またあのすばらしい青い目にはっきりと称賛の光が宿るのを見たいというばかげた思いとはまるで関係ない。

ジュリアナはフレディの屈託のない丸い顔をうれしそうに見上げた。その日の午後は、公園で馬車に乗るのにぴったりの天気だった。

ジュリアナがつや光りする黒い二輪馬車に乗るのに手を貸しながら、フレディは称賛するように彼女を見つめてにっこりとほほ笑んだ。

「今日はみんなが振り返るよ、ジュリアナ。きみはとてもすばらしい」彼は褒めことばを口にした。

「ありがとう」彼女はやさしく答えた。深緑色のベルベットの外套《がいとう》と、ヴェージュ色のダチョウの羽根のついたそろいの帽子には自分でも満足だったからだ。フレディのことは、流行に従い、身なりを完璧に整えているあいだ、二十分待たせたのだった。いつになく身なりを気にすることに疑問を呈した叔母には、馬車に乗っているときに誰に会うかわからないのだからととり澄まして説明した。ため息とともに座席に身をあずけると、彼女は連れに穏やかな顔を向けた。この外出はとてもたのしみだった。

強い春風に揺らされたダチョウの羽根がジュリアナの頬をくすぐった。彼女は笑いながらそれをもとに戻し、ロンドンの街をせかせかと歩きまわる大勢の買い物客や行商人たちにおののくような目をまた向けた。こんな人ごみに自分が慣れることはけっしてないだろうと胸の内でつぶやきながら。空気もウェントワース・パークの甘く清潔なにおいとはちがった。どちらかといえば、どんよりとしたすっぱいにおいだったが、なぜかそれがジュリアナに新たな活力を与えてくれた。

ふたりは高い石づくりの門からハイド・パークにはいった。すぐに公園内の馬車道であるロットン・ロウを走る四人乗りの四輪馬車や、一頭立ての軽四輪馬車、颯爽《さっそう》とした二頭立ての二輪馬車、美しい馬を乗りこなす、同様に美しい乗り手たち、そして貴族の未亡人や若い独身女性たちを乗せた古めかしいランドー馬車などがまわりにひしめき合うことになった。

ジュリアナは社交シーズンを経験せずにウィルと結婚したが、フレディは社交界ではよく知られた、おそらくは人気者のようだった。あちこちから挨拶され、馬車を停《と》めて紹介が行われることも頻繁だったからだ。ジュリアナは新たに知り合いになった人たちを全員覚えていられないのではないかと不安になった。

フレディは、レディ・ジャージーという丸々とした陽気な既婚女性と別れると、わざと声をひそめ、サリー・ジャージーは社交界の偉大な要塞《ようさい》である〈オールマックス〉の後援者のひとりだと教えてくれた。

「でも、心配は要らない」フレディは彼女に耳打ちした。「口やかましい女性だけど、うちの母の親友なんだ。あの婆《ばあ》さんにはきみのことを褒めておいたから」

「フレディ！　レディ・ジャージーは口やかましい女性とか、婆さんとか言われてうれしいとはきっと思わないわ」ジュリアナはやさしいがきっぱりした声で忠告した。長年にわたり、ジョージがお行儀を忘れたときにそうしてきたように。

リスコーム卿はにやりとした。「ぼくのことをフレディと呼んでくれたね。いい潮時だ！きみはいっしょにいてとても気楽な女性だよ、ジュリアナ」

彼の明るい顔を見て、ジュリアナは笑わずにいられなかった。「まあ、ありがとう……フレディ。あなたもいっしょにいて気楽な相手だわ。弟のジョージを思い出すの」

「弟を思い出すと言われてうれしいとは言えないな」フレディは悲しそうに目をみはって彼女を見つめ、不満そうに言った。笑みは消えかけている。「まあ、驚くにはあたらないけど。ドミニクといっしょにいるときはよくあることだ。誰もぼくには気づかない」

「侯爵様ですって！　彼のことなど思い出しもしなかったわ」ジュリアナはきっぱりと言った。「ジョージを思い出させてくれるというのはすばらしい褒めことばなのよ」彼女はやさしく付け加えた。

　またフレディの顔に笑みが広がった。「だったら、その褒めことばは受け入れるよ、ジュリアナ。ドミニクにぼうっとなっていないとはうれしいな。きみが分別に満ちあふれた人であるのはわかっていたんだ！　馬車の事故のときの振る舞いを見て、きみはたいていの女性のように、ドミニクの足もとに身を投げ出したりはしないと思ったよ」

　どこか深いところでジュリアナは心が沈みこむ気がした。「侯爵様はあなたのお友達だと思っていたのに」ジュリアナは静かに答えた。

「ドムは子供のころからの親友だよ！　でも、だからって、彼のやり方が目につかないわけじゃない。たぶん、社交界の華《はな》たちがみんなよろめくのは彼のせいじゃないんだろうけど。これだけ長年の付き合いだと、見えてくるものもあるんでね。彼は女性たちの期待を高めておいて、飽きると放り出すんだ」

「侯爵様は女たらしのようね」ジュリアナは肩をそびやかして言った。

　フレディは困ったような目を向けてきたが、彼女はひややかなまなざしでそれに応じた。

「ああ、きみの言うとおりだ。妹に話すようにきみに話してしまった。ドミニクについてこんなふうに話すべきじゃないのに。彼はほんとうにすばらしい銃の使い手なんだ！　馬も上流社会の誰よりもうまく乗りこなすし、剣も上手だ。頭もいい。あまりによすぎるので、彼がなんの話をしているのかわからないこともあるほどだよ。女性関係だけがなぜああなのかわからないというだけのことさ」

「心配しないで、フレディ。あなたの言ったことを彼に告げたりはしないから」ジュリアナは威厳をこめて請け合った。

　そうしてフレディの困った顔から目をそらしたところではじめて、オーブリー侯爵が馬で近づいてくるのが見えた。これまで会ったこともないほど颯爽とした美しい女性といっしょだった。見ていると、その美しい人はドミニクのほうに顔を向けて話をしている。軽騎兵《フッサー》風の魅力的な赤い帽子をいきな角度に載せた黒髪に囲まれた横顔は完璧だった。黒い留め金がつき、黒い組みひもで縁どられた赤いベルベットの乗馬服は、彼女のクリームのような肌の色とわずかに吊り上がった黒っぽい目とよく合っていた。金髪の侯爵とこの黒髪の美人は人目を惹くふたり連れだった。

　月明かりのもとのドミニクも驚くほど魅力的だった――完璧な顔立ち、肌と髪と目の明るい色合い、鍛え抜かれた筋肉質の優美な体。しかし、この午後の陽射しを浴びた彼は、さらに明るく輝き、陽光がふさふさとした髪を淡黄色から琥《こ》珀色《はくいろ》までさまざまな色合いに見せていた。

　フレディは彼女の目を追った。「あれはレディ・ドーラ・スタンウッド。ノース伯爵の娘で、ドミニクが最近誘惑している相手だ」

「人目を惹くふたりね」彼女は目をふたりから引き離せずにつぶやいた。

フレディは肩をすくめた。「ドーラもそう思ってるよ。彼女はそれが欠点と言ってもいいほどに気性の激しい女性で、ドムを夫にすると決めているんだ。でも、結婚までいくかどうか。〈ホワイツ〉の賭けでは、結婚までは持ちこめないというのが大方の見方でね。彼女の家族は公爵家のイチゴの葉の飾りがついた王冠を娘に手に入れてほしいとは思っているけど、相手の公爵がドミニクであってほしいとはとくに思っていないんだ」彼女にちらりと横目をくれると、フレディはせき払いをしてから付け加えた。「そう、彼の評判のせいでね」

そのころには侯爵が彼らに気づき、馬に乗ったふたりが馬の首をめぐらし、混み合ったなかを向かってこようとしていた。ジュリアナの羽根を揺らした強い風がドミニクの髪も乱していて、金色の巻き毛が濃いまつげの先に落ちていた。こうして会ったことをどう思っているのか、その表情からは読みとれなかった。完璧な顔はまったくの無表情だった。「こんにちは、ミセス・グレンヴィル」彼はなめらかな口調で言った。「レディ・ドーラ・スタンウッドとははじめてですね」そう言って連れに目をくれた。唇にゆっくりと笑みが浮かぶ。「ミセス・グレンヴィルはこの社交シーズンにロンドンに到着したばかりなんだ」

「はじめまして」レディ・ドーラは洗練されたやわらかい声で言った。「ロンドンが気に入られるといいんですけど」

「ありがとうございます。きっと気に入りますわ」とジュリアナは答えた。レディ・ドーラの美しさは完璧だが、ひややかで好きになれそうにはなかった。

通り過ぎる馬車に文句を言うように、ドーラの雌馬《めすうま》がわずかに苛立った声をあげ、首を持ち上げた。うなずいてひややかな笑みを浮かべると、ドーラは先へ進み、ドミニクも短く別れの挨拶をしてそれにつづいた。ジュリアナは振り返り、侯爵とレディ・ドーラが慎重にほかの馬や馬車を避けながら進んでいく様子を見守らずにいられなかったが、やがてフレディの声が彼女を現実に引き戻した。

「ドミニクの馬はすばらしいんだ。アラブ種さ」

「ええ。見とれてしまったわ」ジュリアナは屈託なくそう言って彼に目を向けた。「あの馬にはわたしも乗ってみたい」

「ああ、まさか！　そんなの無理だよ！」彼は笑った。「ブケファロスにはドミニク以外乗れない」一瞬、フレディは彼女をじっと見つめた。「乗馬は好き？」

「ええ！　ウェントワース・パークにいるころは毎日乗ってたわ。歩けるようになる前に父はわたしを鞍《くら》に乗せていたの」

「ぼくはロンドンには厩舎《きゅうしゃ》を持ってないんだが、ドミニクは持っている。きっときみにぴったりの馬を見つけてくれるよ。よかったら話しておくけど」

ジュリアナは侯爵と並んで馬に乗ると考えて興奮に心が波立った。少なくとも、乗馬でなら互角とわかっていたからだ。しかし、急いでその考えを脇に押しのけた。「ありがとう。でも、結構よ。叔母とわたしは荷解《にほど》きをして、シャーロットの舞踏会に出席する準備をしなければならないから」

「ぼくとダンスを踊ってもらいたいな」フレディは笑みを浮かべた。「よかったら、最初のダンスを」

「もちろんよ、フレディ。最初のダンスはあなたと踊るわ！」

うなずいて彼は馬に注意を戻し、馬車や馬でこみ合うなかを注意深く進めた。

ジュリアナは会話をする必要のないその時間をありがたく思った。オーブリー侯爵のことで頭が一杯だったからだ。彼の腕のなかで一瞬意識をとり戻したときに感じた、硬く筋肉質な胸の感触や、手首の脈に押しつけられた唇の感触。ロビーが庭で歌ったときに彼が向けてきたまなざし。キスされたときに身の内に目覚めた、驚くような感覚。フォーブズ夫人の食堂でレディ・グレンヴィルが到着するまでのあいだ自分に向けられていたまなざしのやさしさが思い出され、今はそれが自分を透かして遠くを見るようなまなざしに変わってしまったことが意識された。そのことにどうしてこんなに心を乱されるの？　フレディも言っていたはず。ドミニクは飽きたらすぐに女性を捨てる人間だと。そうにちがいない！　ドミニクがどうしてあんなふうに振る舞うのか、その答えは単純だ――わたしに飽きただけのこと。鋭い痛みに全身を貫かれる。そのすぐあとで、オーブリー侯爵を魅惑して足もとに這いつくばわせ、その上で拒んでやりたいという、同じぐらい激しく、魅力的な望みが心に生じた。そんな望みは自分らしくないとわかってはいたが、これまで男性に拒絶されたことは――どんなにやんわりとであってでも――一度もなかったので、そうされるのは気に入らなかった。とくにドミニクには。そして〈ブルー・ボア〉のあとでは。ふたりのあいだに何かがあったのはまちがいなく、それを心から追い出そうとはしていても、軽く考えたくはなかった。

自分が彼に惹かれたのはたしかで、彼にも同じように感じさせてやりたいと思っていた。あの晩の庭や〈ブルー・ボア〉のテーブル越しに目が合ったときには、彼も同じように感じていたにちがいないのだから。どうしたらいいかはわからなかったが、あの輝きを彼の目に戻せるかもしれない。そうしたらすぐに……すぐに……どうするかは自分でもわからなかった。


ジュリアナが外出から戻ると、ウェントワース・ハウスの窓から射しこむ夕方近くの陽射しがバラ色のカーペットに四角い光を投げかけるなか、叔母のソフィアが女性用の居間にいた。

「ジュリアナ、あなたの計画は大きく後退することになったわ！」

全身がかっと熱くなり、ジュリアナは足を止めた。「どうしてわかったの？」と思わず訊く。侯爵を魅惑する計画で頭が一杯で、真実を見透かす並外れた能力に恵まれた叔母に、それを見破られてしまったにちがいないと思ったからだ。ジュリアナはソファーに腰を下ろした。「わたしらしくないのはわかっているのよ。きっと叔母様もお許しにならないし」

ソフィアは眉を上げた。「パラソルは使ったの？」彼女はジュリアナの真っ赤になった顔に触れて鋭く訊いた。「思ったとおりね！　熱があるわ。すぐにベッドにはいりなさい」

「いいえ、叔母様！　大丈夫よ。ほんとうに」ジュリアナは首を振り、熱くなった頬にてのひらをあてた。侯爵を魅惑する計画について弁明したいという思いが、悩める心をそのまま叔母にさらけ出すべきという強い思いと、心のなかでせめぎ合っていた。どちらを選ぶべきか決心するのにしばし時間がかかった。「熱はないわ。さっき思いついたばかりの計画を叔母様が知っているのが信じられないだけよ」

「思いついたばかり！　ロンドンへ行ってあなたに夫を見つけるつもりだとジョージに告げる前に、三カ月もかけて立てた計画じゃない」ジュリアナの鼻先で手紙を振って叔母は叫ばんばかりに言った。「それが、ジョージが来ないと言うのよ！」

「そっちの計画ね。どうして最初にそう言ってくれなかったの？」ジュリアナは急いで答え、手紙を叔母の手から奪った。

「ほかにどんな計画があるというの？　わたしたちがここにいるほんとうの目的は、あなたの弟を領地から引き離すためじゃなかった？」

ソフィアの顔に浮かんだ興味津々の表情から、ジュリアナは叔母の想像力豊かな心にまちがった疑いを植えつけてしまったのではないかと不安になった。無理に軽い笑い声をあげると、ジュリアナはジョージののたくるような筆跡を読んだ。「まだ来るつもりではいると言ってるじゃない。何日か遅れるだけで」叔母に目を向けてジュリアナは肩をすくめた。「心配する必要はないわ」そう言ってソフィアの膝に手紙を落とし、ジュリアナはうわの空でソファーから立ち、スカートの皺を伸ばした。

「きっと動揺すると思ったのに」ソフィアは怒ったようにそう言ったが、そこではっとことばを止め、突然わかったという目を姪に向けた。「つまり、気が変わったのね？」

ジュリアナは悲しげな笑みを浮かべた。ドミニクのせいで恐れていた事態になってしまったのがわかったからだ——自分は本来の目的からそれてしまっている。でも、それもほんの短いあいだのこと。自分らしくない目的をはたしたら、すぐに彼に背を向け、もとの計画を実行に移すのだ。ロンドンで弟にそれなりの相手を見つけ、自分にはいっしょにいて気が楽なやもめを見つける計画。ジョージがようやく結婚するとなったときに、未亡人の姉について心配しなくてすむように。

「ええ」彼女は意を決したように顎を上げて言った。「しばらく、やもめを見つけるのを急がなくていいと思うの。社交シーズンを純粋にたのしみましょう」ようやく今後の身の振り方がはっきりしたことにほっとしてジュリアナは居間の扉へと向かったが、叔母に呼び止められた。

「そうそう、スミザーズがボンド街のマダム・ブルタンのお店を明日訪ねるよう手配してくれたわ。その予定は変更しなくていい？」

「もちろんよ。目的をはたすのには欠かせないもの」ジュリアナはそう言うと、ふんと鼻を鳴らして部屋を出ていった。

扉が閉まると、ソフィアはクッションに背をあずけ、うれしそうな笑い声で部屋を満たした。

「やっとね！　さあ、ジュリアナ、これであなたについてのわたしの計画を実行できるわ！」

5

スミザーズは予想以上の働きをしてくれていた。ソフィアとジュリアナがボンド街に到着すると、マダム・ブルタンの店は鎧戸が閉められ、扉には〝予約のお客様のみ〟という小さな札《ふだ》が掲げられていた。マダム自身がふたりを大げさに歓迎する様子で招じ入れ、特別なご要望にお応えしてかかりきりでお役に立てるのは光栄ですと述べた。

ジュリアナはそのおもねるような態度にわずかに面食らったが、ソフィアは当然のようにそれを受け入れた。そこでジュリアナはありとあらゆる色の生地が積まれたテーブルにさりげなく歩み寄り、薄いモスリンやリネンやバチスト（上質の薄い生地）がおさめられた棚を見てまわった。マダム・ブルタンに鋭い目を向けられ、体形を推し量るように一挙手一投足をじっと見つめられて、ジュリアナはひるまずにいられなかった。しばらくして、満足したようにマダムはくるりと振り向き、ふたりを店の奥へいざなうと、短い廊下を渡って背の高い鏡に四方を囲まれた大きな部屋へと連れていった。

椅子を持ってくると、マダムはソフィアにすわるように身振りで示した。それからジュリアナのほうを振り向き、前触れもなく、計測するのでドレスを脱いでくれと頼んだ。ジュリアナはどうしたらいいのか問うように叔母に目を向けたが、ソフィアは満足げににっこりとほほ笑み、うながすようにうなずいた。

婦人服仕立屋はたしかな手つきでテープをあつかいながら、ジュリアナの細い腰や豊かな胸、小柄なわりに長い脚などについて、絶えずお世辞を並べ立てた。

気恥ずかしさに赤くなりながら、ジュリアナは鏡のなかで叔母のおもしろがるような目と目を合わせた。それからすばやく目をそらし、唇を嚙んだ。ジュリアナの腰まわりをはかっていたマダム・ブルタンが突然背筋を伸ばし、目をじっとのぞきこんでこなかったら、ジュリアナは大仰なお世辞に対して礼儀を失して苦笑してしまっていたかもしれなかった。

「午後のドレスには、明るい新緑色のシルクですね。それは絶対！」

ジュリアナは呆然として突っ立ったまま、マダム・ブルタンがさまざまな色の生地を持ち上げては彼女の肌にあて、いくつかを放り出しては別のを持ってくるように叫ぶのをじっと見守っていた。婦人服仕立屋の色の感覚は驚くほどだった。マダムがフランス製のターコイズ色のシルクのロールを開いてジュリアナの体に巻きつけたときには、シャーロットのデビューを祝う舞踏会に着るドレスとして思い描いていたものを見つけたと思った。

ソフィアはジュリアナを社交界に送り出し、彼女にぴったりの男性を見つけるという目的が達成に近づいていることに満足し、椅子にゆったりとすわっていた。侯爵だろうと伯爵だろうと、ジュリアナがこの美しいドレスを身につけて現れたら、誰も彼女を拒むことはできないはずだ。

結婚指輪の輪に通すこともできるほど薄いシルクや、高価なブロケード生地、やわらかいベルベット、モスリン、ボイル（軽い半透明の平織物）、厚手のサテンなどが足もとに積み上げられた。

「あの恐ろしい戦争が終わって幸運でしたわ。これはヨーロッパじゅうから集めた最高級の生地ですの」とマダム・ブルタンは言った。

朝のドレスや散歩用の衣服、乗馬服、舞踏会用のドレスが次々に決められていった。ジュリアナはソフィアが必要だと言い張る服の多さに少し圧倒される思いだった。リボンや、飾りにする黒玉やビーズを選び、縁につけるレースを検討するころには、すでに何枚買ったかわからなくなっていて、頭がくらくらした。

しまいにジュリアナは、もう一枚夜用として幅の広いサテンの襟のついた青いベルベットのドレスをつくる必要はないと抗議したが、マダム・ブルタンは舌打ちしただけで、その抗議を受け流した。それから、ジュリアナはもとの茶色のメリノのドレスを着てボタンをはめた。そのドレスは突然ひどく冴えないものに思えた。顔にきっぱりとした表情を浮かべ、マダム・ブルタンはソフィアのほうに顔を向けた。

「姪御さんと場所を交換してくださったら、あなたのドレスにとりかかりましょう、ミセス・サッチャー」

ソフィアはゆっくりと立ち上がり、帽子から慎重にピンをはずすと、それをマダムが差し伸べた手に置き、鏡の前に進み出た。しばし鏡に映った自分を見つめてほほ笑む。口の脇にえくぼが浮かんだ。「ええ、マダム。わたしの番ね」

きっかり十日後に、マダム・ブルタンの使いの者がウェントワース・ハウスにたくさんの箱を届けに来た。仕上げを託されたクレアというお針子が箱といっしょにやってきて、最後の調整を行った。ソフィアとジュリアナはスミザーズに頼んで姿見をふたつ、三階の小さな応接間に運ばせ、買ったたくさんのドレスを検分してたのしい午後を過ごした。どちらも新しい衣服を次々と試着して、何度も喜びの声をあげた。

　クレアはゆるんだボタンをひとつ直すぐらいで、ほかにはすることがなかった。マダムはきっちりした仕事をすることで評判を得ていたからだ。どのドレスも体にぴったり合い、美しく裁断され、すばらしい縫製をほどこされ、芸術作品のようだった。しかし、一番の大作はジュリアナのターコイズ色のシルクの舞踏会用ドレスだった。目の色を淡い青紫色に深めて見せるような繊細な色合いで、シャーロット・グレンヴィルのデビューを祝う舞踏会で、若い女性たちが着るパステル色のドレスや白いドレスのなかでひときわ目立つはずの色だった。ジュリアナが深々とお辞儀をし、鏡をのぞきこむと、叔母がうれしそうに見守っているのがわかった。

「このドレスがあれば、やもめのひとりやふたり、すぐに見つかるわ、ジュリアナ」

「ちょっと、叔母様」ジュリアナはとがめるような口調で言いかけたが、ふと自分の胸がドレスの深い襟ぐりからはみ出しそうになっているのに気づいた。そこで、よりまじめな声でつづけた。「このドレスだと、ロンドンの放蕩者全員の関心を惹いてしまうわ。クレア、ボディスの襟ぐりを上げないと」

「ああ、だめです！　マダム・ブルタンに首にされてしまいます」クレアは譲らなかった。

「絶対に！　だめです！　さわらないで！　ドレスはそのままで最高に魅力的なんですから。すてきなご婦人方はみなさんドレスをこんなふうにしてますよ。もっと大胆に下げている方もいるぐらいです」

「そのままにしておきなさいな、ジュリアナ。クレアを首にさせるわけにはいかないわ。あまり深くお辞儀をしないように気をつければいいだけよ」ソフィアはもう帰っていいというように手を振り、クレアは急いでいとまを告げた。マダムの作品に手をつけずにすんだことにほっとしながら。

シャーロット・グレンヴィルの舞踏会の晩、スミザーズはムッシュウ・アンリをジュリアナの私室から玄関へと案内したが、玄関の扉を閉める前に、非常にかすかながら笑みを浮かべることをみずからに許した。「こんなことを申し上げてよければ、あなたもミセス・サッチャーも今夜は非常にすばらしいお姿です」

「ありがとう」ジュリアナは鏡越しに彼に目を向けてやさしく答えた。ソフィアがやってきて後ろに立ち、フランス人の手際を検分した。ムッシュウ・アンリはジュリアナのふさふさとしたシルクのような巻き毛を、ハート型の顔をとりまいて緑の目を大きく見せるようにカットしていた。そして、その巻き毛にターコイズ色のリボンを巻きつけ、より短い部分は優美な形に整えた。

鏡に映っているのは、ついこのあいだウェントワース・パークをあとにしたジュリアナ・グレンヴィルではなく、ロンドンの最高の婦人服仕立屋と髪結いが生み出した作品だった。この新たなジュリアナは大胆にも、まつげを黒く塗っていた。鏡のなかから自分を見つめ返してくる異国風の顔は悪くないと思えた。ジュリアナはにっこりして叔母と目を合わせた。

ソフィアはこれほど美しく見えたことがないと思うほどだった。ムッシュウ・アンリは彼女の髪を肩の長さに切りそろえ、その巻き毛を円錐形に結い上げていくつかの束をやんわりと顔のまわりに垂らしていた。そしてそこに目の色やマダム・ブルタンがこしらえた厚手のサテンの舞踏会用ドレスと色を合わせたグレーのダチョウの羽根を加えた。

「ねえ、ジュリアナ、わたしたち、うまくいくかしら？」とソフィアが訊いた。

ジュリアナは挑発するようにドレスを脚のまわりでくるりとまわして振り返り、叔母のまわりをまわった。蠟燭の明かりのもとで、サテンのドレスは光り輝き、その色がソフィアのすばらしい目をさらにきらめかせた。ウェントワース・パークを出てからジュリアナ自身が変わったとしたら、叔母もまたそうだった。今のソフィアには、しっかりした骨組みの顔立ちをやわらかく見せるような陽気さがあった。その新しいドレスは豊満な体形を何よりもすばらしく見せ、叔母は美しさの高みに達している成熟した女性に見えた。その目の輝きを見てジュリアナはふいに理解した。叔母自身、社交シーズンを大いにたのしむつもりでいるのだ。

「きれいだわ！」ジュリアナは叫んだ。「夫を見つけるのが叔母様であっても驚かないぐらいよ」

ソフィアは笑ってジュリアナの手をつかんだ。「だったら、今夜、わたしたちを何が待ちかまえているか、たしかめに行きましょう」

馬車のなかでは、侯爵の鼻を折ってやることで頭が一杯だったため、ジュリアナはグレンヴィル家のタウンハウスが面する通りの両方向に長い馬車の列ができていることに気づかなかった。ふたりの騎乗御者《ポスチリヨン》と御者と馬丁をともなった彼女自身の優美なランドー馬車はゆっくりと前に進み、ようやく玄関の前に達した。そこまで来てはじめて、ソフィアから降りてもいいとお許しが出た。

外套をあずけるためにソフィアに脇の小部屋へとせかされ、グレンヴィル家の邸宅の内装――黒い大理石の柱や、チェス盤模様の床、あちこちに輝くクリスタルガラスのシャンデリア、色とりどりに飾られた生花――もほとんど印象に残らなかった。ジュリアナとソフィア同様、社交界のほかの面々も、このシーズン最初の舞踏会のために、髪結いや婦人服仕立屋や帽子屋を訪ね、宝石を磨かせて準備してきていた。流行の衣装に身を包んだ何十人もの客たちが家のなかを動きまわり、おしゃべりに花を咲かせている。社交界のパーティーとしてはもっとも注目を集め、参加するのが栄誉とされる集まりなのだ。

この家の主に挨拶をする列は階段の上へとつづき、ゆっくりと動いていた。ジュリアナにはまわりの華々しい人々を観察する時間がたっぷりあった。がっかりしたことに、侯爵の姿は見あたらなかった。それでも、叔母を覚えていて、あたたかく挨拶してくる大勢の人には魅了されずにいられなかった。ようやくこの家の主が立つところに達すると、レディ・グレンヴィルが顔に貼りつけていた笑みが、とがめるような冷たい表情に変わってジュリアナは驚いた。

「ソフィア、理解できないわ。どうしてこんなことを許したのか……」

シャーロットがそっと前に進み出た。誰も――シャーロットの母ですらも――彼女がレディ・グレンヴィルの怒りの噴出をうまく抑えたことに気づかなかった。

「ジュリアナ、とてもきれいだわ！　今夜、あなたの前ではみんな影に沈んでしまう」

心地よいあたたかさが全身に広がった。正直に言えば、自分のボディスについてはまだ不安を抱いていたからだ。「あなたも今夜は特別きれいだわ」ジュリアナはそう返し、友人の手を軽くにぎった。「あなたのドレス、とてもすてき」

フランス帝政時代風の簡素な白いサテンのドレスは、シャーロットの背の高い、ほっそりした体形をうまく生かし、社交界にデビューする若い女性がふつう身につける、フリルだらけのドレスとはまるでちがう印象を与えた。

シャーロットは穏やかに肩をすくめた。「まあね。でも、あなたの前ではみんなかすんでしまうわ」

「シャーロット！　そんな途方もないお世辞を言ってジュリアナをうぬぼれさせてはだめよ」レディ・グレンヴィルが小声で言い、真っ赤な羽根でできた大きな扇でせかせかと顔をあおいだ。その扇は着ているサテンのドレスとまったく同じ色だった。

「お世辞なんて言わないわ、お母様。お母様にもよくわかっているように、まぎれもない真実ですもの」彼女の娘は穏やかにそう答えると、ソフィアの頬にキスをした。「ジョージがごいっしょだったらよかったのに」

「ごめんなさい」ソフィアは彼女の腕を軽くたたいた。「あの小麦畑でまだちょっと問題があるようなの。でも、あと数日のうちにはこっちへ来ると言ってるわ」

「田舎の家を離れないのは賢明だわ」シャーロットがうなずいた。「わたしの舞踏会よりも小麦のほうがずっと重要ですもの」

なぜかまだ鋭い目でにらみつけてくるレディ・グレンヴィルに笑みを向けると、ジュリアナは前へ進んだ。そのあとにソフィアがつづいた。

「シャーロットは本気で舞踏会よりも穀物の出来のほうが重要だと思っているようね」ソフィ

アは信じられないというように小声で言った。

「もちろん、そうよ。シャーロットは本気で思っていないことを口に出したりはしない人だもの」ジュリアナはまた舞踏場を見まわしながら、心ここにあらずで答えた。ひどい人ね！　どこにいるの？　彼をうっとりさせようとこれだけ大変な思いをしたというのに、ここにいてわたしを出迎えるぐらいの礼儀も見せようとしないなんて！


あんなに熱心に誰を探しているんだ？　ドミニクは庇のついたくぼみに立ち、彼女たちが階段を上がっていくのをじっと目で追っていた。ふと強い感情にとらわれる。自分のことがよくわかっていなければ、嫉妬かもしれないと思うような感情だ。ジュリアナはとても魅惑的だったが、あんなドレスを身につけさせるなど、ソフィアは何を考えているのだ？　彼女に会うといつもそうだが、惹かれる思いに駆られてつい一歩踏み出す。しかしそこで、彼女が誰か思い出して足を止めた。近づいても意味はない。ぼくのものにはならない人だ。それでも、彼女に惹かれる思いは否定できなかった。

あの髪はどうしたんだ？　〈ブルー・ボア〉まで運んだときにほつれて腕にかかったときと同じ甘い香りはまだするのだろうか？　ここにいるなかで彼女がもっとも美しい女性であるのはまちがいなかった。しかし、彼女は傍目《はため》にわかる魅力だけの人ではない。ウィルの話と、それによって自分が夢見てきたことから、彼女の美が内側から――魂とそのあたたかさから――来るものであるのはたしかだった。彼女の目に表れた真実が、ここに参加しているほかのどんな女性も望み得ないような美しさを反映していた。今の彼女は都会的な美人に見えるが、もっと美しい姿が記憶に刻まれていた。フォーブズ夫人の庭で、ジプシーの音楽の魔法にかかっていた彼女。

脇腹に思いきり肘鉄を入れられ、ドミニクは身をこわばらせた。

「なあ、今部屋にはいってきたあの輝くような赤毛は誰だい？　これまで会ったことがないんだが」ロドニー卿が大きな片眼鏡を持ち上げた。うるんだ青い目が恐ろしく大きく拡大された。

ドミニクは叔父のうっとりするような顔を見てほほ笑まずにいられなかった。ロッドはこの世に残された人間のなかで、ドミニクが愛情を感じる数少ない人間のひとりだった。「名前はジュリアナ・グレンヴィル。サー・ティモシー・グレンヴィルの息子、ウィルの未亡人ですよ」

「サー・ティモシーなら覚えているよ。たしか、バークシャーにすばらしい領地を持っていた」

「そう、ザ・ウィロウズ。今はサー・アルフレッド・グレンヴィル夫妻のものですが」

「レディ・グレンヴィルってのはひどく厚かましい女性だな。おまえのお祖母さんが何を考えているのかわからない。彼女の娘のデビューの舞踏会を一家をあげて支援するなんてな」

「ぼくはわかりますよ」ドミニクは小声で言ったが、叔父の注意はよそに向いていた。また片眼鏡を持ち上げ、口を開けてソフィアを見つめている。

「赤毛の隣にいる女性。彼女は誰だ？」

「ソフィア・サッチャー。ジュリアナの叔母さんですよ」

「サッチャー……サッチャー……ぴんとこないな。ただ、ソフィア……ソフィア。どこで会ったんだったか。あ……まさか！　ソフィア・ヴェインか！　ああ、ソフィア・ヴェインだ！」

叔父は唾《つば》を飛ばすようにして言った。

ドミニクの仕立てのいい上着を皺くちゃにすることになどまるで頓着《とんちゃく》せず、ロドニーは甥《おい》の腕をつかみ、彼を舞踏場へと引っ張り出した。「さあ、行こう。挨拶しなきゃならない」ロドニーの血色のよい顔に少年のような笑みが浮かんだ。「誰にも言ったことはないんだが、ドミニク、ソフィア・ヴェインは二十年前にもう少しで私をつかまえるところだったんだ」


最初のダンスがはじまるのを待っていたジュリアナは、すでに息苦しくなっている舞踏場の空気をかきまわしてくれる風を感じられないかと、開いたフランス窓のそばに立っていた。まわりを見まわすと、太りすぎの紳士をともなったドミニクがこちらへ向かってこようとしていた。そして、どこからともなくソフィアがそばに現れた。

ドミニクの目が自分に向けられるのが意識され、マダム・ブルタンにドレスのボディスの襟ぐりをこれほど深くさせなければよかったとまたも思わずにいられなかった。宝石を最大限きれいに見せるのにそうしなければならないとマダムは言い張ったのだったが、ジュリアナはウィルとの結婚に際して父から贈られた、小さなダイアモンドを長く連ねたイヤリングしか身につけていなかったので、そのドレスが見せているのは彼女自身だった。それでも、侯爵に仕返ししてやりたいという思いのほうが強く、このドレスが彼の注意を惹くのはまちがいない気がしていたので、いつもの慎みは脇に押しやられていた。しかし今、目の前に現れた彼が、〈ブルー・ボア〉以来はじめて本物の笑みを向けてきたため、そうした決意はどこかへ行ってしまった。

でっぷりした紳士のほうはジュリアナには目もくれなかった。ソフィアだけを見つめている。ソフィアは手を伸ばし、うれしそうに笑みを浮かべた。口の横にえくぼが浮かぶ。「ロドニー、またお会いできて光栄ですわ」

ロドニー卿は手袋をはめた彼女の手を唇へと持っていき、キスしたあともその手を両手で包んだままでいた。「ソフィア、きみは変わらないな。二十年前と同じく今でも美しい……よりいっそう美しいよ！」

ソフィアは忍び笑いをもらし、ジュリアナに目を向けた。「ロドニー、姪のジュリアナ・グレンヴィルを紹介させてくださいな」

彼はちらりとジュリアナに目を向け、「お会いできて光栄です」とうわの空で言うと、また目を彼女の叔母に戻した。「ドミニク、ジュリアナと踊ってきたらどうだ。そうすれば、ソフィアと私はしばらくたのしいおしゃべりができる」

「聞いたぞ、ドミニク」フレディの声が割ってはいった。「ジュリアナと最初に踊るのはぼくさ」

ドミニクは首を振った。魅惑的な笑みがゆっくりとすばらしい顔に広がった。「叔父の言ったことを聞いただろう、フレディ」彼はそう言ってジュリアナの手を自分の肘に載せた。

「強奪だぞ、ドミニク！」フレディが温厚そうな声で後ろから呼びかけてきた。

心臓は喉から飛び出そうになっていたが、ジュリアナはドミニクに導かれながら、どうにか肩越しに後ろに顔を向けた。「次の二回のダンスはあなたと踊るわ、フレディ！」

その瞬間、頭上の回廊に隠れていた楽団が最初のダンスの調べを奏で出した——ワルツだった。ドミニクは彼女を腕に引き入れ、軽く抱えた。そうして親密に抱き合うことで、一瞬全身にうずくような感覚が広がり、ジュリアナは身をこわばらせた。それでも、侯爵に仕返ししてやる計画を思い出し、彼のこともジョージやフレディやほかの若者と同じようにあつかうことに決めた。もちろん、彼はほかの若者と同じではない。ドミニクなのだから。庭で唇を奪われたドミニク。頭のなかで心地よくぼんやりとした想像が跳ねまわるのを感じながら、ジュリアナは体から力を抜こうとした。ふたりはくるくるとまわりながら踊った。ドミニクのリードはすばらしく、ジュリアナの足はほとんど床につかないぐらいだった。

ドミニクは腕に抱いたやわらかな曲線を描くほっそりとした体と顎をかすめる赤褐色の巻き毛の甘いにおいを意識せずにいられなかった。彼女が顔を上げてこちらに目を向けたときにその目に浮かんでいたものが、〈ブルー・ボア〉の庭でそうだったように、心の琴線に触れた。

ずっと前なら、ドミニクのなかにも、ジュリアナと彼女がかき立てた感情に反応できる若者がいた。イベリア半島でウィル・グレンヴィルに会ったときにも、まだその若者の亡霊はいた。

ウィルとは同い年だったので、行く道が重なることは何度もあった。ドミニクはウェリントンの命《めい》で密偵をしていたため、戦争に傷つけられたあの半島の各地に張られた野営地を訪ねて歩いたものだ。夜には野営地のたき火の前にすわり、大事に思っていたすべてから、みずからを遠ざける疑問への答えを探して炎を見つめていることも多かった。ウィルと知り合いになったのは、そんなふうにたき火の前で残してきた家族について語り合っていたときだった。恋人や母親や姉妹や妻について男たちが語ることばにドミニクは耳を傾けた。しかし、もっとも興味を惹かれたのは、ウィル・グレンヴィルが田舎の領地と戦地におもむく数週間前に妻にしたばかりの少女について語る話だった。ライオンの魂と子羊の心を持つ若妻について語るウィルの話が、硬い鉄のようになりつつあったドミニクの魂にわずかに触れたのだった。彼女の姿を空想し、それを頭の片隅にきっちりとおさめたのはそのときだった。

それ以降の堕落した年月は長く、かつて大切にしていたものを気にする心はゆっくりと壊れていき、ほとんど粉々になっていた。評判が悪くなればなるほど、望んだ女性はみな自分のものになった。そんななかで、自分の魂に傷をつけた母と異父兄の記憶はこれまでになく赤々と燃えていた。

しかし今、自分はジュリアナと出会い、彼女という人間を知るようになり、これまで経験したことのない形で彼女を欲している。〈ブルー・ボア〉ではこの美しい顔を手で包み、差し出されたやわらかい唇に口を押しつけたいとしか思わなかった。そして自分は今もまだそれを望んでいる。もちろん、彼女が誰かわかった今、そんなことは二度と起こらない。おそらく、だからこそ、ジュリアナに惹かれるのだ。昔からつねに心にあった女性がようやく現実に現れたのだから。恐ろしい記憶も、穢れを広めないためにみずからに課した約束も、彼女によって押しやられてしまった。現実の彼女は生気にあふれ、かつて自分のものにしたいと夢見た少女以上にすばらしかった。男が望むすべてを備えた女性。

ジュリアナがウィル・グレンヴィルの花嫁だと――夢見ていたまさにその女性だと――知ったときの衝撃が彼を揺さぶって現実へと戻らせたのだった。ずっと昔、心のまわりに慎重に築き上げた防壁の陰に彼は引きこもった。可能性を考えることすらみずからに許さなかった。そんな愚かなことをするにはもう遅いのだ。ジュリアナがけっして自分のものにはなり得ないのだということを忘れてはならない。ずっと昔のあの晩が自分から未来を奪い去ったのだから。今の自分に幸せになる資格はない。この穢れを忘れることなどあり得ないのだ。それは自分が受け継いだものなのだから。自分とジュールが。


体にまわされたドミニクの腕が痛いほどにきつくなり、ジュリアナは目を上げた。その顔に浮かんだ表情を見て、声をあげそうになる。オーブリー侯爵のような悪名高き遊び人がどうしてこんな悲しそうでさみしげな顔をするの？

「失礼、ドミニク、音楽は終わってるよ」侯爵の後ろからきっぱりとした声が告げた。

ジュリアナは驚いてまわりを見まわした。舞踏場の音楽はやんでおり、踊っていたほどんどの男女はダンスフロアを離れていた。

ドミニクは手を放し、彼女から離れた。いかにも軍人らしい物腰で堅苦しい装いをした、わずかに白髪の混じった髪の背の高い紳士が彼の後ろに立っていた。

「ご紹介と、きみの魅力的なパートナーとの次のダンスをお願いしたい」見知らぬ男性は静かに求めた。

ドミニクはほんの一瞬ためらう様子を見せたが、すぐに彼女の手に顔を寄せて言った。

「ジュリアナ・グレンヴィル、エッジモント卿のウィリアム・シーモアをご紹介します」

ジュリアナは呼吸ほども自然にお辞儀をしたが、目の前の紳士にはほとんど注意が向かなかった。というのも、ドミニクの目に浮かんでいたものにまだ当惑していたからだ。

「お会いできて光栄です」ぎごちなく慇懃《いんぎん》に腕を差し出すと、エッジモント卿は魅力的な笑みを浮かべた。「次のダンスにお連れしてもいいですか？」

ジュリアナはドミニクとふたり、〈ブルー・ボア〉の庭に戻れればと思わずにいられなかった。彼がふたりのあいだにつくっていた壁がつかのま崩れた場所に。ほんの一瞬垣間見えた彼の傷つきやすそうな魂をもっと探ってみたかったのだが、彼はその場を離れてしまった。

ジュリアナは計画を思い出して決意を固めた。あの人は傷つきやすい魂の持ち主ではない。女性の弱いところを知っていて、もてあそぶ人なのだ。わたしもてあそばれた大勢の女性のひとりだということ。

「喜んで」ジュリアナはそう答え、エッジモント卿にほほ笑んでみせた。その腕に手を載せる前に、ドミニクに目を向け、その完璧な顔立ちのなかに見えた傷つきやすい男性を探さずにいられなかった。見つからなかったけれども。

「ありがとうございます、侯爵様」彼女は冷たい声を出そうとした。「たのしいワルツでしたわ」

それに対し、ひややかにうなずき返されると思ったのだが、そうではなく、フォーブズ夫人の庭でいっしょだったときのように、ドミニクは顔の表情を一変させる笑みを浮かべた。

「ぼくもですよ、ジュリアナ」

どうして彼はこんなお遊びをしかけてくるの？　こんなふうに時によって態度を変えて。ジュリアナは彼のもとに留まって話をし、また彼に触れたかった。しかし、エッジモント卿の袖に手を置き、次のダンスへと導かれる以外にどうしようもなかった。

舞踏場の端から、ドミニクはエッジモントがジュリアナをカントリーダンスへと導くのを見つめていた。

「彼も久しぶりだな」ドミニクがあたりを見まわすと、フレディが半分空《から》になったシャンパンのグラスを指にひっかけて近づいてくるところだった。「伴侶を探しているという噂だ。レディ・エッジモントはドーセットに五人の子供たちを遺《のこ》して亡くなったそうだ」

「暇つぶしの噂話に耳を貸すべきじゃないな、フレディ」音楽に合わせ、ジュリアナが足を交差させて横へ動き、爪先立ち、ダンスの相手とすれちがうステップを踏むのを眺めながら、ドミニクはうわの空で言った。

「貸してないさ。ただ、若い魅力的な未亡人はごめんだというきみの考えが変わった場合にそなえて警告しようとしただけさ」フレディはドミニクの顔を探るようにじっと見つめた。「きみが踊るのを見ていたんだが、きみがあんなふうに礼儀正しく、気をつけて誰かを抱えている姿を見るのははじめてだった。その女性の評判を気にしてあつかうなんてこともね。前には見たことのない顔をしていたし。ジュリアナに対しては別だが」

「変わってなんかいないさ、フレディ」踊っている人々から顔をそむけ、ドミニクはシャンパンのグラスを手にとって中身を大きくあおると、それをフレディの手に返した。「ああ……魅惑のドーラがやってきた。待たせるわけにはいかない」

ジュリアナはドミニクと別れた場所に目を向けたが、彼はそこにいなかった。次のステップへと移りながら、ダンスの相手のほうへ顔を向けると、彼の肩越しにドミニクがレディ・ドーラ・スタンウッドといっしょにいるのが見えた。黒髪の美人は笑い声をあげながら、彼に寄りかかるようにし、下品なほどに襟ぐりのあいたボディスのなかが彼に見えるようにしている。

ドミニクの顔に浮かんでいるのも官能的な悦びだった。踊っているときに深く心に触れた、あの傷つきやすそうな男性はどこにもいなくなっていた。ジュリアナはステップをまちがえたが、急いでやり直し、正気をとり戻した。孤独で悲しいはずがない……オーブリー侯爵が！蠟燭の明かりの為せる業ね。彼はフレディが言っていたように、ひどい女たらしなのだ。彼にきっちりと身のほどをわからせてやるのはとても愉快なはず！

叔母のソフィアや、なぜか叔母のそばを絶対に離れようとしないロドニー卿や、エッジモント卿や、フレディや、その他のみんなに、これほどたのしい夕べを過ごしたのは生まれてはじめてだという振りを何時間もつづけた結果、ジュリアナはひどい頭痛に襲われた。ドーラ・スタンウッドが集まった人々にドミニクを自分のものと誇示するような態度をとるのを見るのもいやでたまらなかった。彼はそれに逆らおうとせず、それどころか、彼女がそうするのをうながす様子まで見せた。悪名高き女たらしとしては当然なのだろう。

ドミニクが金色の頭を下げてドーラの言うことに耳を傾けている光景から目を引き離し、ジュリアナは親切にもレモネードのグラスを差し出してくれているエッジモントに注意を向けようとした。彼は願ったりの相手だった。家と世話をすべき子供たちのいる、爵位を持つやもめ。ロンドンで見つけようと思っていたとおりの男性。彼女に魅了されているのもたしかだった。許されるかぎりすべてのダンスをいっしょに踊り、夕食の席にも連れていってくれた。軍人らしくいかつい物腰ではあったが、魅力的でハンサムな男性だった。先ほどから彼は何分か話しつづけていたのだが、何の話をしていたのか、ジュリアナにはまるでわからなかった。どうしてこの人は少しのあいだ離れていて、わたしをひとりにしてくれないの？　今夜は永遠に終わらないの？

その晩遅く、ようやくひとりになったジュリアナは簡素なシュミーズ姿で鏡の前にすわり、まだ巻髪に巻きついていた細いターコイズ色のリボンをそっとはずそうとしていた。

そこへ、ノックもなしに扉を開け、ソフィアが寝室にはいってきて扉を閉めた。

ドレッシング・テーブルのそばに来て、鏡のそばに置かれていた小さなシタンの椅子にすわった叔母の顔にはかすかな笑みが浮かんでいた。

ジュリアナは横目で叔母を見ながら、リボンをはずしつづけていた。「ご機嫌のようね。ロドニー卿は魅力的な方だから、当然だとは思うけど」

「ええ、そうよ。じっさい、今度こそは彼と結婚するって心を決めたの」

ジュリアナはヘアブラシをとり落とした。ドレッシング・テーブルに置かれていた、いくつかのクリスタルガラスの瓶があぶなっかしく揺れたと思うと、ひっくり返った。

ソフィアは笑った。「その顔を見ると、ドミニクが馬を見ていてくれたお礼に金貨を放ったときの幼いベンの顔を思い出すわ」

「本気なの、ソフィア叔母様？」ジュリアナは椅子に背をあずけた。

「もちろん、本気よ。ロドニーには見るからにわたしが必要だもの。すぐに今の生活をやめさせないと、コルセットでも彼をおさめきれなくなるわ」

「ソフィア叔母様ったら！」

叔母はおごそかにうなずいた。「腰かけたときには椅子がきしんだのよ。せき払いでごまかそうとしたけど、無理だったわ」唇が引き結ばれ、ふだんは穏やかな目がきらりと光った。過去の経験から、それがロドニー卿にとって吉兆とはならないことがジュリアナにはわかっていた。

「わたしが気を配れば、六カ月もしないうちに、コルセットも必要なくなるわ。そうしたら、昔の面影を多少はとり戻すでしょうよ。昔はドミニクと変わらないぐらいすてきだったのよ。じっさい、いとしいコーネリアスが街に現れて、文字どおりわたしを足もとからすくいとっていくまでは、ロドニーと恋に落ちているのかもしれないと思っていたぐらいですもの」

「コーニー叔父様！」ジュリアナは笑いたくてたまらなくなる思いをどうにか抑えた。叔父のコーネリアスは、これまで会った誰よりも理想的な男性とは言いがたかったからだ。背は叔母よりもほんの一インチか二インチしか高くなく、体つきも貧弱だった。髪も薄く、目もほとんど色がないように見えた。ジュリアナは叔父を心から愛していたが、叔母のソフィアがドミニクに似た魅力的な誰かをさしおいて叔父を選んだとは信じられないぐらいだった。

信じられないと顔に書いてあったのを叔母は読みとったようだった。「あなたにはわからないでしょうね。でも、外見とか地位とかに関係なく、ふたりが互いに惹かれ合うものを見つけることは往々にしてあるものよ」

「ねえ、わたし自身、恋に落ちて結婚したことがあるのよ」ジュリアナは叔母にやさしく思い出させた。

「正確には、あなたにとって兄みたいな少年と十八日間いっしょにいただけじゃない」

ジュリアナは胸に熱がのぼるのを感じた。父からは赤毛だけでなく、短気も受け継いでいたのだ。

「これだけは言えるけど、いっしょにいた時間が短かったとしても、兄と妹として暮らしていたわけじゃないわ！　短い結婚生活でも特別な思い出はあるもの」ジュリアナは愛する叔母にはこれまで使ったことがないほど怒った声で答えた。

「これから一生、その思い出だけを胸に生きていくつもりなの？　意に満たない相手とベッドをともにするぐらいなら、思い出のほうがいいってわけね」ソフィアの手厳しい声に刺激され、ジュリアナはさらに鋭い物言いになった。

「夫を見つけるつもりでいるって言ったわよね？」

「ええ、そうね、さみしいやもめを」ソフィアは姪をじっと見つめたまま、声をやわらげた。

「たぶん、エッジモントのような。でも、彼ではウィルの代わりにはならないんじゃないの？　もちろん、あなたは妻としての義務をはたすでしょうけど、ウィルにささげたようには彼に自分をささげようとは思わないはずよ」

ジュリアナは叔母のすべてを見通すような目から目をそらしたかったが、自尊心からそうしなかった。

「ウィルの代わりになれる人なんていないわ、ソフィア叔母様。彼のことは絶対に忘れないって彼のお父様と約束したのよ。跡継ぎを産めなかったわたしにできる精一杯のことだった」

「そうだとしたら、オーブリー侯爵のことはどうするつもりなの？」

ジュリアナは今度は目をそらし、ドレッシング・テーブルの上に散らばったクリスタルガラスの瓶やリボンを片づけはじめた。

「ドミニクは関係ないわ」そう言って肩をすくめる。「どうしてそんなことを訊くのか見当もつかない」

「そう？　わたしだって目は見えるのよ。彼はあなたの心に影響をおよぼしているわ。宿屋でもそうだったし、ロンドンでもそう。でも、今夜ダンスを踊っているときには、今まで以上にそれがはっきりわかった。あなたたちふたりがとても……傷つきやすそうに見えたときがあって」

では、叔母にもそれが見えたのだ。ドミニクの顔に浮かんだ苦痛と孤独の影。彼を胸に抱いてなぐさめてやりたくなるような表情だった。ジュリアナは顔を上げ、今度は叔母のまなざしをためらわずに受け止めた。

「わたしは侯爵に傷つけられたりしないわ。たしかに、〈ブルー・ボア〉ではたのしい人だと思った。あそこではわたしたちに親切にしてくれたし。でも、それはほかにすることがなかったからよ。ロンドンに来てから彼の態度が変わってしまったことは叔母様も認めざるを得ないはずだわ。軽蔑《けいべつ》すべき態度を見せると言ってもいいぐらいよ。つまり、彼はうぬぼれた女たらしの遊び人ってこと。ばかにするようなあつかいをされて黙っているつもりはないわ。身のほどを思い知らせてやるつもりよ！」

膝の上で手を組み、ソフィアは顔をしかめた。「あなたには驚かされるわ、ジュリアナ」

で、叔母様」

「褒められないことをするつもりでいるのはわかっているの。でも、やめさせようとはしない

「いいえ、ジュリアナ。やめさせようとは思わないわ。わたしが驚いたのはまったく別のことよ」ソフィアは立ち上がり、ガウンをきつく体に巻きつけた。「これまでもあなたが人や物に夢中になるのは見たことがあるわ。十三歳のころからウィルに夢中だったように。夫と妻として過ごした数週間、あなたは興奮に輝いて見えた。それに、次から次へと現れる求愛者にまるでそっけない態度をとるのも見てきたわ。でも、今ドミニクに対してそうであるようには、誰に対しても、何に対しても、あなたはそこまで情熱的にはならなかった」扉のところまで行ってソフィアは振り向いた。灰色の目は考えこむように見開かれている。「ジュリアナ、あなたの人生においてドミニクがどんな場所を占めているのかよく考えてみたほうがいいわ。心のなかにすでに彼の場所があるのかどうかもね」

ジュリアナは叔母が部屋を出て扉を閉めるのをすわったまま呆然と見つめていたが、やがて怒りに火がついた。腕を振り、ブラシを壁に投げつける。「ソフィア叔母様、今度ばかりは叔母様もまちがっているわ！　わたしはウィルを忘れたりしない！　ドミニクのためには！　誰のためでも！　約束したんだもの……」

心に思い出がどっと押し寄せた。真っ黒な癖毛と濃い茶色の目をしたウィル。心から愛したウィル。彼が内気な少年らしいやり方でかき立ててくれた情熱の炎が、これまで彼女が知っている唯一のものだった。ウィルや、彼の父や、ザ・ウィロウズや、ウェントワース・パークの思い出はやさしくあたたかいものをもたらしてくれた。こんなふうにおちつかない思いに駆ら

れ、別の何かを強く求めたのは、バークシャーをあとにしてからのことにすぎない。

ジュリアナは首を振り、鏡に映った自分を見つめて左の眉を上げ、右の眉を下げた。そうすると、必ずウィルや彼の家族は噴き出したものだった。悩みなど何もなかったあの幸せな日々を思い出さなければ。彼女は笑みを浮かべた。「自分が誰であるか思い出すのよ、ジュリアナ・ヴェイン・グレンヴィル。自分の目的がなんであるかも。社交界にジョージをしっかりと溶けこませること。そして、弟が妻を迎えて新しい生活をはじめられるよう、自分はいっしょにいて気が楽なやもめを見つけるの。何も変わってなんかいない！　何も！」

彼女は宝石箱を開けて金のロケットをとり出し、じっくりとウィルの肖像画を眺めた。そう、覚えているとおりだ。一瞬、彼の顔をはっきり思い浮かべられなくてうしろめたくなったのだった。そんなことがあってはならない。自分は約束したのだから。父にはしっかりと教えを受けていた――ヴェイン家の人間は軽々しく約束はしないものだ。

6

二日後、ヴェイン家のタウンハウスの扉をたたいたのは、いつになく元気のよいロドニー・クロフォードだった。彼はおもしろがってついてきた甥を渋々ともなっていた。叔父がこれほど興奮しているのをかつて――自分が賭けた男がボクシングで勝ったときにも、カードをしているときでさえも――見たことがなかったドミニクの口の端には笑みが浮かんでいた。叔父の顔にこんな表情が浮かぶのを見るのは、ドミニクが覚えているかぎり、はじめてだった。

ロドニーの性急なノックにもかかわらず、扉は通常と変わらぬ速度で開いた。何事にも動じないスミザーズが急ぐこともなく扉を開いたのだ。

「応接間でお待ちいただければ、ミセス・サッチャーはすぐにまいります」スミザーズはそう言ってふたりを、ドミニクが前に通されたことのある居心地のよい部屋に案内した。

ドミニクはジュリアナの手によると思われる、たくさんの活け花ときちんと片づけられた部屋を見まわした。慎重に貼りつけた仮面がはがれ落ちることのないようにしようと決心しており、とるべき態度を自分に言い聞かせるので頭は一杯だった。今、またも自分を甘い責め苦にさらそうとしているわけだ。夕暮れ時に蛾《が》が蠟燭の明かりを求めて窓で騒ぐのにも似ていた。蠟燭に近づけば、身を焼かれることになるのに。自分には多くの側面があるが、臆病者ではなかった。だからこそ、あの日の朝、フレディといっしょに訪ねてきて、今日もまたロッドといっしょにやってきたのだ。心のまわりには高く頑丈な防壁を張りめぐらしてあり、長年、数多くの女性と情熱的な抱擁を交わしながら、肉体以外にはけっして触れさせないできたおかげで、その防壁は固いものとなっていた。この女性にも防壁を破らせるつもりはなく、それを自分に証明してみせようと思っていた。自分のしなければならないことがわかるだけ、自分にも名誉というものは残っている。


ソフィアが応接間へ行くと、チョコレート・ブラウンの上着に厚手のウールのズボン、茶色の革のブーツという、さりげなく優美ないでたちのドミニクがマントルピースに寄りかかっていた。一方、しゃれた朝の装いをしたロドニーは自分の重みで少しばかり沈んだ狭い長椅子に居心地悪そうにすわっていた。ソフィアの姿を見ると、彼は驚くほどすばやく立ち上がった。

「ソフィア……」ロドニーはそれが挨拶であるかのようにかすれた声で彼女の名前を呼び、手をとって彼女の指を自分の唇に近づけた。

「ご機嫌よう、ソフィア」ドミニクは口の端に愛想のよい笑みを浮かべて言った。

ソフィアがソファーに腰を下ろすと、ロドニーがその隣にすわり、またも大きなてのひらで彼女の手を包んだ。ソフィアはため息をついた。「姪がごいっしょできなくてごめんなさい。家のなかに病人がいるもので」

「ジュリアナが？」ドミニクが鋭く訊いた。けだるく満足げな物腰が突然消えた。

ソフィアは彼をしばしじっと見つめてためらった。「いいえ。多少は看病をほかの誰かにまかせなかったら、姪自身病気になってしまうでしょうけど。病人は幼いベンなの。御者見習いの……事故の日に会ったのを覚えていると思うけど、ドミニク？」

「赤毛の少年ですか？　そばかすだらけの？」

「そう。あの子はベンジャミンのひとり息子なの。あの子の母親は去年の春に亡くなったわ。ジュリアナはあの子をとても気に入っているの……ウェントワース・パークにいる子供たちはみんなそうだけど。自分の部屋の隣の空いている部屋にあの子を移して、自分で看病すると言ってきかなかったの。あの子が病気になってから、ジュリアナはほとんど寝ていないのよ」

ロドニーが彼女の手を撫でた。ソフィアはそれが驚くほど心をなぐさめてくれることに気がついた。「医者は呼んだのかい？」と彼は訊いた。

「昨日の晩は。今日もう一度来てくれることになっているわ。そのころには発疹《はっしん》もなくなっているはずと言って。でも、熱はまだ高くて……おふたりとも、はしかにかかったことはあるわよね？」

「ああ、子供のころに。おまえもだ、ドミニク。発疹がひどかったのを覚えているよ」

ドミニクは口の端にかすかな笑みを浮かべ、笑い声をあげた。「ぼくは覚えてないですよ、叔父さん」

「私のことばを信じるんだな、ドミニク。おまえのお母さんも、今ジュリアナが幼いベンにしているのと同じだけ、献身的におまえを看病していたよ」

ソフィアは〈ブルー・ボア〉の食堂で見たのと同じものをまた目にした。さっきまでマントルピースにゆったりともたれ、魅力的な顔に自信たっぷりの笑みを浮かべていたドミニクだったが、次の瞬間、その目に何か彼女には理解できないものが浮かび、口がこわばったのだ。

美しい形の口があざけるようにゆがんだ。「へえ！　レティシアが母親らしく献身的に看病したたって！　きっと冗談ですよね、叔父さん。彼女は愛人と会うのにずいぶんと忙しかったわけだし」

ソフィアはドミニクの顔に目を釘《くぎ》づけにした。その鮮やかな青い目が嫌悪に暗くなるのを見て、頬に血がのぼった。「邪悪な未亡人は子供たちの看病なんてしなかった。子供たちをだめにすることはあっても」ドミニクは激しい口調で言った。

そのことばは、嵐の気配が濃厚などんよりした空気の蒸し暑い夏の晩に遠くで聞こえる雷鳴のように部屋に響きわたった。ソフィアの顔にはそのことばに対する恐怖があらわになっていたにちがいない。ふいにドミニクはぎょっとした目で彼女の驚いた目を見つめると、悔いることばを発することもなく、急いで部屋から歩み出ると、扉を勢いよく閉めた。

「ばかなことを言った！」荒っぽい声でロドニーが魔法を解いた。

ソフィアは頭を働かせ、ドミニクの言ったことを――ことばにはされずとも、ロドニーの顔にかかった影から読みとれることも――理解しようとしながら、ロドニーを見つめた。「わからないわ、ロドニー」と彼女はやさしく言った。

「もちろん、きみにはわからないさ、ソフィア。私にだってよくわかっていないんだから！」その厳しい声が思いの深さを表していたが、ソフィアの驚いた顔を見て、彼は表情をやわらげた。「きみのせいじゃないよ。悪いのは私なんだ。彼の母親のことなど口に出すべきじゃなかった。もちろん、彼の看病をしたのは私の母だった。レティシアはうつるんじゃないかと恐れて病室に近寄ることもなかったからね。ジュールのことも近寄らせなかった」

「ジュール？」

「ドミニクの五歳ちがいの兄さ」顔をしかめてソフィアは首を振った。「兄？　だったら、どうしてドミニクが侯爵になったの？」

「チャールズが出会ったときには、レティシアは幼い子供を抱えた未亡人だったんだ。そう、彼女はフランス人だった。若いころにサヴィル伯爵と結婚してね。夫の死後、彼女はこっちの親戚を訪ねた。チャールズはそこで彼女と出会い、一カ月もしないうちに彼女と結婚した」

ソフィアは黙りこんだ。ロドニーがことばに出さないものが多くある気がしたからだ。ずっと多くのものが。「彼女とチャールズは幸せだったんでしょうね」しばらくして正しいことばを探しながら言った。「だって、ドミニクみたいなハンサムな息子を持ててうれしかったでしょうし」

ロドニーは肩をすくめ、目を伏せた。「たぶんね。当時私はあまり兄のそばにいなかったから。そう、オックスフォードへ行き、それからロンドンへ来たんだ」

ソフィアはしばらく顔を伏せたロドニーを見つめていたが、やがて立ち上がって火のはいっていない暖炉のところへ行き、長いあいだむっつりと炉床を見つめていた。そして、意を決して彼のほうを振り返った。「こんなことを言うのは率直すぎるかもしれないけれど、あなたと再会してから、今度はわたしたち、前より親しくなれるかもしれないって気がしているの」

「そうなれたら、ほんとうにうれしいよ」ロドニーはやさしく答えた。一瞬で二十年前と同じぐらい若くなったように見えた。

長椅子のところへ戻ると、ソフィアは彼の隣に腰を下ろした。「だったら、ドミニクと彼のお母さんについて知りたいわ。出すぎた真似かしら？」

彼女の手をとると、ロドニーは長く細い指をじっと見つめ、首を下げた。「私は話す立場にないよ、ソフィア。全部を知っているわけじゃないんだ」

「ドミニクのことはとても気に入っていて、できたら力になりたいの。知っているだけのことを話してくれればいいわ」とソフィアは言った。

「ああ、いいさ」きっぱりした声でそう言うと、ロドニーは薄いブルーの目を細め、真剣な顔で彼女を見つめた。「レティシアはその美しさの陰に本性を隠していたんだ。彼女に会っていたら、きみもわかっただろうよ。光り輝くような笑顔と黒く光る目にみんなだまされた。フランス人らしい活力が火花を散らし、その火にみんなを惹きつけたものさ……でも、跡継ぎを産んでからは、寝室に鍵をかけてチャールズをしめ出した」

ロドニーはそこでことばを止めたが、ソフィアがからませた指に力を入れてうながした。

「もっと子供を持とうとするには嘆かわしい夫婦生活ね。でも、レティシアとドミニクやジュールの関係はどうだったの？」

「ドミニクとはほとんどいっしょに過ごさなかった。ただ、なぜかドミニクのほうは母親を崇《すう》拝《はい》していたけどね。レティシアは持てる時間と精力のすべてを自分のなぐさみとジュールのために費やした。ドミニクは兄を慕っていたよ。でも、レティシアが自分よりもジュールのほうをずっと愛していることに傷ついているように見えた」ロドニーは首を振り、彼女の手をにぎる手に若干力を加えた。「悪いのはジュールじゃない。彼を独占したがったレティシアのせいだ。その独占欲は異常なほどだったよ。彼を〝小さな伯爵〟と呼んだりしてね。おそらく、彼が亡くなった父親そっくりだったからだろう。彼女はいつもチャールズとジュールの父親を比べていた……それと、ほかの愛人たちともね」

「そう」ソフィアは冷静な口調で言った。「既婚婦人たちが愛人を持つのは社交界ではめずらしいことじゃないわ」

「ソフィア、きみには理解できないよ！　彼女はチャールズに情事を見せつけるようなことまでしたんだ。彼女からは誰も逃げられなかった。私ですら……」ロドニーは丸々とした頬を真っ赤にして目をそらした。

「まさか、ロッド！」ソフィアは彼に身を寄せ、衝撃を受けたことを必死で隠そうとしながら、からみ合わせた互いの手の上に片手を置いた。

しかし、声に衝撃があらわれだったようだ。ロドニーは薄いブルーの目を見開いてはっと顔を上げた。「ちがうよ、ソフィア。私は……つまり……彼女は真っ裸で私のベッドのなかにいたんだ……彼女がそこにいるなんて知らなかった私は……厩舎へ走り、そのままロンドンへ逃げた。突然の出立を公爵に説明のしようがないこともかまわずに」

ソフィアはロドニーの告白を聞いて安堵したことに自分で驚いた。彼への愛情が大きくなっていることにも。しかし、それについてはあとで考えることにした。今はドミニクのことに気持ちを集中させなくては。

「ドミニクが母親を崇拝していたんだとしたら、いつ反発するようになったの？　成長して母親がどんな人間かわかってから？」

「いや……母親の本性を知ったのは、あの出来事のあとだ」

ロドニーの顔に苦痛と恐怖がよぎり、ソフィアの心のなかで不安がとぐろを巻いたが、彼には話してもらわなくてはならなかった。「その出来事について話して」

「全部を聞いたわけじゃないんだ」彼は話しはじめた。さっきまでの声と比べると、かなり弱々しい声になっている。「レティシアは酔って怒りに駆られた私の兄のチャールズに撃ち殺され、ジュールが負傷した。どんな傷を負ったのかは誰も知らない。それから……それからチャールズは……チャールズは拳銃を自分に向けた。ドミニクもそこに居合わせたが、父を止めることはできなかった」

ソフィアが姪の寝室の隣にある青い寝室へと静かにはいっていったのは、日がかげりはじめたころだった。大きな四柱のベッドが、彫刻をほどこされ、淡い青と白に塗られたオークの羽目板張りの部屋に置かれ、縞模様のシルクを張った繊細な家具調度が部屋のあちこちに置かれていた。ジュリアナは華奢《きゃしゃ》な椅子をベッドのそばに寄せてすわっていた。

彼女はベンが呼吸するたびに良質の青い上掛けの下で薄い胸が動くのを見守っていた。投げ出された手の片方をとってしばし頬にあてると、そっとそれを上掛けの上に戻した。

ふとジュリアナがあたりを見まわした。その頬に涙が光るのがソフィアにもわかった。

「熱は下がったわ」と彼女は小声で言った。

ソフィアはベッドのそばに立ち、ベンをじっと見つめた。そばかすと発疹が入り交じり、蠟燭の明かりのもとでは、どれがそばかすでどれが発疹か見分けはつかなかった。ソフィアはうなずき、ラヴェンダー色とピンク色の大きな花瓶をベッド脇のテーブルの上に置いた。「もう大丈夫よ、ジュリアナ。でも、何か食べてくれないと、わたしたちがあなたの看病をしなきゃならなくなるわ。さあ、いっしょに来て。料理人が軽い夕食を用意してくれたから」

ジュリアナは呼び鈴を鳴らし、幼いベンに付き添ってもらうためにメイドのメイトランドを呼ぶと、少年が目を覚ましたら呼ぶようにと細かい指示を与えた。それから、ベンがようやく危機を脱したと厩舎に知らせてくれとスミザーズに頼んだ。

ソフィアとジュリアナはふたり分の席が用意された家族用のダイニングルームにはいっていった。ソフィアが給仕は要らないと言ってあったため、オークのサイドボードにはすでに湯気の上がる皿が載っていた。暖炉で細々と燃える火のあたたかい空気が、バラの香りと入り交じっている。

ジュリアナは長く細い指でバラの花びらを撫でながら席についた。「また花なの、ソフィア叔母様？」

ソフィアは紋章のはいった磁器の皿にクリームで煮た鶏の胸肉と、アスパラガスと、小さな人参《にんじん》を盛って、疲れた様子の姪の前に置き、自分の分をとりに行った。

「ドミニクがいくつか花束を送ってくれたのよ。寝室にスミレがあって、応接間にはくちなしの花のバスケットが置いてあるわ。わが家の幼い患者のために、イチゴのはいったバスケットと生クリームをひと桶《おけ》も送ってくれたのよ」

ジュリアナの額にうっすらと縦皺が浮かんだ。「どうしてドミニクがベンのことを知っているの？　誰が訪ねてきてもお断りするようスミザーズに言ってあったのに」

「あなたにもよくわかってるでしょうけど、スミザーズには彼なりの決まりがあるのよ。今朝、ロドニーとドミニクのことは家に入れたの。わたしはたまたま二階の廊下にいたので、彼らとちょっとだけ話したわ。どうやらドミニクは花と果物が病室を明るくすると感じたようね」

「とてもやさしい気遣《きづか》いね」ジュリアナは考えこむようにして言った。「彼って人を驚かすこつを知っていると思わない？　遍歴の騎士のように颯爽と救いに来てくれたと思うと、次のときにはまるで冷たい人になり、それで今度はこんなやさしいところを見せるなんて」

ジュリアナの疲れた顔に物憂げな笑みが浮かぶのを見て、ソフィアの胸の奥で痛いほどのいとしさがふくらんだ。この子にはほんとうに幸せになってもらいたい！　今朝までは、ジュリアナにとって理想的な男性を見つけたと思いつつあったのだった。「驚かせるこつ？」ああ、そうね、たしかにドミニクにはそれができる。姪には言わなかったが、何十本もの花と果物とクリームには書きつけが添えられていたのだった。黒いインクを使い、はっきりとひとこと「赦《ゆる》してください」と書かれた書きつけが。


一週間後、ソフィアは寝巻の裾が裏の階段をのぼっていくのに気がついた。「ベン、寝室を出て何をしているの？」

「ジュリアナお嬢様にこれを」ベンは急いでそう答え、階段を降りてきた。「料理人が用意してくれたスコーンとお茶です。ほら」

ソフィアは料理人が彼のために用意したらしい、きれいに食べ物が載せられたトレイに目を向けた。「ジュリアナがあなたにとりに行かせるはずはないわ。どうして呼び鈴を鳴らしてメイドを呼ばなかったの？」

「ぼくに本を読んでくれているあいだに眠っちゃったんです。とっても疲れてる様子でした。

きっとこれを食べたら元気になるんじゃないかと思って。ぼくもそうだったから」彼は胸を張って言った。

ソフィアはため息をついた。自分は使用人を甘やかしすぎると認めざるを得なかったが、発疹のあとが消えかけた赤い顔に浮かんだ笑みを見て、思わずベンのくしゃくしゃの髪を撫でた。

「それはとても親切ね。でも、あなたはベッドにいて早く病気を治さなくちゃ。そうしたら、ジュリアナも元気になるわ。さあ、行って」

ジュリアナのことで頭を一杯にしながら裏の廊下を急いでいるときに、ソフィアはあやうくスミザーズとぶつかりそうになった。

「奥様、通りに面した応接間にお客様です」彼の長い鼻を見下ろしながら、ソフィアは自分の身なりが気になって帽子のリボンを直した。

「ありがとう、スミザーズ」彼には主人らしく接しなければと思い、ソフィアは胸を張ってひややかなまなざしを向けた。「お客様には名前があるはずよ」

スミザーズは鼻をふんと鳴らした。「お茶の時間ですから、当然ながら、お客様はロドニー・クロフォード様です」

ロドニーは暖炉の前に置かれた肘掛椅子にすわっていた。ソフィアが部屋にはいっていくと、立ち上がって彼女の手を自分の唇に持っていった。

「ソフィア、何か悩みごとかい？　病気の子の容態が思わしくないとか？」彼はソフィアを長椅子へと導き、隣に腰を下ろして訊いた。

「ロドニー、気にかけてくださるなんてやさしいのね。ベンは回復しているわ。心配なのはジュリアナなの」

「まさか、彼女まではしかにかかったんじゃないだろうね！」

丸々とした顔に浮かんだ心配の色を見て、ソフィアの胸にいとおしさがあふれた。そう、ロドニーとならきっとうまくいく。

「いいえ、心配なのは彼女の健康じゃないの。計画よ。彼女が家を離れないでいて、どうやって成功させられるというの？」

混乱してロドニーは眉根を寄せた。「よくわからないんだが……」

「ロドニー、絶対に内緒にしてもらいたいんだけど」ソフィアがそうやさしく言うと、崇拝するような笑みが返ってきた。彼女はお茶のポットのほうに身をかがめると、ロドニーのカップには小さな瓶から小さじ二杯の液体を加え、彼に手渡した。「あなたもご存じのように、ジュリアナは六年前に夫を亡くし、それ以来、ウェントワース・パークで弟の世話をしてきたの。ずっとわたしは彼女の将来が心配だったんだけど、最近まではどうしていいかわからなかったの。でも、ジュリアナがみずから答えをくれたわ。弟が人生をたのしんでいないって心配していて、彼が社交界に出るべきだって言うの。それから、自分が子供のいる、いっしょにいて楽なやもめを見つけて結婚し、ジョージには彼の人生を歩ませるべきときが来たって言うのよ。そこで、わたしが計画を立てたってわけ」

ロドニーは片眼鏡を上げてじっと彼女を見つめた。「ソフィア、まだよくわからないんだが。いったいなんの話をしているんだい？」

「わからないの、ロドニー？　わたしがジュリアナに説明した計画は、彼女にやもめを見つける名目でジョージを街に来させ、社交界に溶けこませるというものだった。でも、ジュリアナを子供のいるつまらないやもめなんかと結婚させるつもりはこれっぽっちもなかったわ。まさか！　彼女にはドミニクのような人といっしょになってもらわなくちゃ」驚いたロドニーの目を受けとめ、ソフィアは彼の手をまた軽くたたいた。「ドミニク自身ってわけじゃないのよ。ドミニクのような人。愛するジュリアナが幸せな結婚をするのを見届けたいというのがわたしの一番の願いなの」

彼女と指をからめ、ロドニーは真剣なまなざしをソフィアに向けた。「それがきみの願いだとしたら、それは私の願いでもあるよ、ソフィア」

扉をそっとノックする音がし、スミザーズがはいってきた。いつもは無表情な顔が嫌悪にゆがんでいる。

「お邪魔してすみません。家政婦が階下《した》でお力を借りたいと言っておりまして」

「あら、スミザーズ、何があったの？」

「部屋つきのメイドのひとりを推薦状も持たせずに首にするとかそういうことです。ミセス・ネルソンが奥様の許可が必要だと申しておりまして」そのこわばった態度を見れば、ロドニー卿の前で使用人の問題を告げなければならないのがいやでたまらないのがわかった。

ロドニーはせき払いをした。「では、私はそろそろおいとまするよ、ソフィア」そう言ってでっぷりした体でお辞儀をした。「たぶん、さっきの話については、その、私のほうで役に立てると思う」

ソフィアは彼にえくぼを向けた。「そうしてくださると思っていたのよ」

ドミニクがその通りへ曲がると、ジュリアナのタウンハウスから誰かが出てくるところだった。突然その男性がステッキを振って叫んだ。「ドミニク、ドミニク・クロフォード！」

「くそっ！」ステッキを大きく振っているのが叔父のロドニーだとわかり、ドミニクは声を殺して毒づいた。ソフィアに対して子供っぽく怒りを噴出させてからというもの、彼女の家を訪ねることはなかったのだが、高い御者台の四輪馬車を駆ってウェントワース・ハウスの前を通るのが午後の日課になっていた。今日、叔父につかまったのは不運としか言いようがなかった。

「ドミニク、運がよかった！　おまえに話さなきゃならないことがある」

ドミニクがうなずくと、お仕着せを着た馬丁が馬車から飛び降り、高い座席にロドニーがのぼるのに手を貸した。「ソフィアはどんな様子です？　それと、あのベンという子は？」ドミニクは慎重に問いを発した。

「問題ないさ。ただ、ジュリアナが……」

「ジュリアナ！」馬があとずさりしたため、ドミニクは手綱を引く手をゆるめ、馬を進ませた。

「病気じゃないでしょうね？」

「いや。そういう意味では問題ないんだ。ただ、彼女が夫を見つけられないんじゃないかとソフィアが心配している」

ドミニクは胸の奥が妙にざわつくのを意識した。「ジュリアナが夫を探しているとは知らなかったな」

「そんなに必死で探しているわけじゃないかもしれないが、ソフィアは姪に立派な夫を見つけてやりたいと思っている。たとえば、おまえのようなね」

ごくかすかな笑み以上は自分に許さず、ドミニクは叔父をちらりと見やった。「きっとその栄誉にぼくを推薦してくれたのはソフィアじゃないでしょう」

「まあ、正確にはおまえということじゃない。おまえのような男ということだ。ソフィアの力になる方法を見つけなきゃならない。あの人のためにできるかぎりのことをしなきゃならないぞ、ドミニク。そうじゃなきゃ困る……そこの〈ホワイツ〉の前で下ろしてくれ」

ドミニクは手綱を馬丁に投げ、馬車から降りてロドニーが敷石の上に降りるのに手を貸した。

「おまえも来るかい、ドミニク？　よさそうな候補者を考えておいてくれるか？　そうしてくれるとおおいに助かる」

クラブにはいるとドミニクは、叔父をカードの部屋に残して図書室の重い扉を開けた。その部屋の静けさに包まれる。机へと向かう彼に、深い肘掛椅子にすわったクラブの年輩の会員が何人か目を向けた。ドミニクは手を振ってクラブの使用人に紙とペンとインク壺を持ってこさせた。気が変わる前に急いですませてしまわなければならない。ソフィアが目的を達するのにどうやって手を貸せばいいかはわかっていた。これが最初の一歩となる。

彼は急いで手紙をしたため、ミセス・ジュリアナ・グレンヴィルと宛名を書いた。そして、気が変わる前に、それをそばに控えていた使用人に渡し、届けてくれるよう頼んだ。

硬い椅子に身をあずけ、彼は虚空を見つめた。ソフィアが独身男性に興味を示していることにはじめて気づいた宿屋での日々へと思いがさまようにまかせる。そのときはおもしろいと思ったのだった。しかし、それも自分が唯一望んだ女性がけっして手にはいらない女性だとわかる前のことだ。今は彼女に真にふさわしい誰かを見つける手助けをするつもりでいた。ウィル・グレンヴィルに匹敵するほど善良で立派な誰かを。

三日後、レースの前掛けをしたやせたメイドがジュリアナをソフィアのいる、通りに面した応接間へと導いた。ソフィアは彫刻をほどこした大理石の暖炉のあたたかい火の前にすわっていた。ジュリアナにとってもそのあたたかさはありがたかった。というのも、ベンのベッドのそばで長く寒い看病の夜を過ごしてからというもの、体がけっしてあたたまらない気がしていたからだ。

「新しい部屋つきのメイドとスミザーズは血縁だそうだけど、似ていると思わない?」部屋にはいっていったジュリアナに叔母のソフィアが言った。「ベラはスミザーズのまたいとこの子供なのよ。厨房の流し場のメイドだったのを部屋つきに出世させたの」

ジュリアナは何日かぶりに声をあげて笑った。やせこけた手と長い顎をしたベラがびっくりするほどジュリアスに似ていたからだ。ジュリアスはクローディアスの血を引く最後の子犬たちのうち、亡くなった父が一匹だけ手もとに置いておくことにした犬だった。叔母のソフィアが張りつめた気分をゆるめさせようとして言ってくれたのはたしかで、驚くほど気持ちは明るくなった。

その日の午後、叔母はいい具合に丸みを帯びた肩を見せる、ふくらんだ袖のついた淡い黄色のドレスを身につけていた。黒っぽい髪を黄色のリボンで結い上げ、小さな巻き毛を顔のまわりに垂らしている姿は、三十九歳という年齢よりも若く見えた。

「お出かけするの、ソフィア叔母様？」ジュリアナは長椅子に背をあずけて訊いた。

「ええ。今週は毎日そうなんだけど、今日もロドニーが公園へ馬車に乗りに連れていってくれることになってるの」叔母は満足そうに答えると、姪に灰色の真剣な目を向けた。「あなたも多少新鮮な空気を吸っても害はないはずよ。幼いベンのせいで、厨房は何日も大混乱だったわ。彼の父親だって、自分の住まいに戻るよう息子に命令してるのに、あなたはまだベンをそばに置いているじゃない。少なくとも、乗馬に行こうというドミニクの親切なご招待を受け入れるのね。馬に乗りたくてたまらないでいるのはたしかなんだから」

「ソフィア叔母様」

「言わないで！」ソフィアは何かを打ち明けようとする姪のことばをさえぎるように手を上げた。「かわいそうなドミニクに身のほどをわきまえさせるためにあなたが次に何をするかなんて知らないほうがいいから。ベンが病気のあいだ、彼はやさしさそのものだったわよ。毎日新鮮な果物を送ってくれて、家じゅうを花でいっぱいにしてくれた。でも、まだあなたがばかげた感情にとらわれているなら、それに耳を貸そうとは思わないわ！」彼女は深々とため息をついて首を振った。「もちろん、あなたのほうが正しくて、わたしがまちがっているのかもしれないわね。あなたの付き添いとして、ああいう遊び人とは距離を置くよう忠告すべきなのかもしれない」

ジュリアナは驚きに目をみはった。「ソフィア叔母様、ドミニクからわたしを守らなければならないとおっしゃるの？　そうだとしたら、どうしていっしょに馬に乗りに行けなんて言うの？」

「もちろん、ドミニクからあなたを守る必要なんてないわ。ドミニクがとんでもない遊び人だと忠告しに社交界のご婦人が何人か午前中に訪ねてきたけどね。でも、あなたもよくわかってるでしょうけど、わたしは人を見る目はあるのよ」彼女はこの話は終わりというように手を振った。「これだけは言えるけど、ドミニクが自分の娘に多少でも関心のあるところを見せたら、ああいう噂好きの女性たちだって有頂天になるでしょうよ。彼はほんとうにすばらしい人だもの」

「おっしゃるとおりね、ソフィア叔母様。ドミニクは……ベンが病気になってから、とてもよくしてくれたわ。舞踏会の晩、あんなことを言うなんてばかだった。彼のこと、誤解していたみたいだもの。今日、いっしょに馬に乗りに行くわ」

ソフィアは息を呑み、口に入れたばかりのお菓子を喉につまらせそうになった。

「そう、そのぐらいはしないと」ジュリアナは自分を守るように顎をつんと上げて言った。「今週はフレディとエッジモント卿の両方をお茶にお招きしたんだもの。これだけ親切にしてくれたドミニクを省くのは公平じゃないわ」

「わたしにあたらないで、ジュリアナ。わたしは大賛成なんだから」ベラがお茶と何もついていないビスケットと紙のように薄いサンドイッチにミズガラシの葉を載せた小さな皿を運んできた。

ジュリアナはその貧相な食べ物をじっと見つめた。「まさか、これをロドニー様にお出しするつもりじゃないでしょうね！」

「もちろん、出すわよ。気がついていないかもしれないけど、ロドニーはすでに七ポンドも体重を落としたのよ。すごいことじゃない？　薬を使わなくても、こんなすばらしい進歩がつづくといいんだけど。薬はほとんどなくなってしまったから」

「ロドニー様にミセス・フォーブズの薬をあげてるのね！」

「ええ、もちろん。いつか役に立つときが来るって言ったでしょう。たしかに役に立ってるわ」お茶が充分抽出できたと考えたらしく、ソフィアはティーコージーをとって湯気の立つ液体を白いカップに注いだ。「お茶を飲みなさいな。それから、外出着に着替えるの。あの黄褐色のベルベットの乗馬服にしなさい。あなたの髪の色によく合うわ」

ドミニクがやってきたときには、ジュリアナは三十分前に準備ができていて、彼が来ないかと寝室の窓から外を見ていた。彼が来ると、鏡の前で一瞬足を止めて浅い帽子を巻き毛の上にうまく載せ、乗馬服のスカートの皺を伸ばして階段へ向かった。

スミザーズに玄関の間に招じ入れられると、スカートがこすれるかすかな音がドミニクの注意を惹いた。目を上げると、そこに彼女がいた。高窓から射しこむ陽光を受け、輝いて見える。階段を一段降りるごとにベルベットの乗馬服が光り輝いた。歩み寄ってジュリアナを腕に抱きたくなる衝動と闘って、玄関の間を横切ってくる彼女を待ち、手袋をはめた手をすばやく唇に持ち上げる。

「お会いできて光栄です、ジュリアナ。今日はとてもきれいだ」これまでほかの何十人もの女たちに向かって口にしてきたありふれたお世辞は容易に口にのぼってきた。

彼女がめったに見せないようなあたたかく甘い笑みを向けてくれたせいで、彼は思わず自分の決心を忘れそうになった。忘れはしなかったが。ソフィアの一番の願いは姪が幸せに結婚することだとロッドは言っていた。だからこそ、ソフィアが目的を達する手助けができるかどうか、慎重にことを進めなければならないのだ。そして、自分にわずかに残された道義心が、ジュリアナの幸せを求めるソフィアに力を貸せと言っていた。オーブリー侯爵といっしょにいるところを人に見られれば、ジュリアナの評価は上がるだろう——こっちが関心を寄せているのが傍目に明らかにならないように気をつければ。関心を見せすぎると、自分と同じように彼女も噂の的となってしまう。この世界のことはよくわかっていたので、ジュリアナの株を上げる方法を慎重に考えたのだった。社交界のどこかには、彼女にふさわしい男がいるはずだ。あとはその人物が彼女に気づけばいいだけのこと。すぐに尻に敷かれそうなフレディやエッジモント卿は候補としてあまりよくないと彼はきっぱりと断じていた。

ドミニクの馬はロンドンで一番の駿馬《しゅんめ》だというフレディのことばは、あながち誇張でもなかった。ドミニクは自分の白いアラブ種、ブケファロスに乗ったが、ジュリアナには上品な身のこなしの濃い茶色の去勢馬を選んだ。ドミニクに鞍の上に上げてもらう前に、彼女はその馬の鼻面を撫でた。

「名前はシーザー。今朝はまだ元気がありあまっているよ」ドミニクは警告した。

連れ立ってハイド・パークへと向かう道中、ジュリアナは笑みを押し隠していた。ウィルと結婚する前には、夜明けとともに起きて、鞍もつけず、靴も履かずにバークシャーの草原で馬を走らせたものだったが、それをドミニクが知るはずもなかった。

疾走《しっそう》する二頭立て二輪馬車が去勢馬に近すぎるところを追い抜いていったが、ジュリアナは馬の首に身を倒し、小声で話しかけて怯《おび》えた馬をすばやくおちつかせた。身を起こすと、馬が緊張をゆるめ、またきびきびと足を運びはじめるのがわかった。

「うまいことおちつかせたね、ジュリアナ」ドミニクは息を奪うような笑みを向けてきた。目の色を深めるような笑みで、その深みにジュリアナは溺《おぼ》れた。「きみは思ったとおりの乗り方をするよ」

そのことばと笑みがジュリアナを喜びにうっとりさせた。心臓が早鐘のように打ち、胃がしめつけられる。この人のそばにいてこんなふうに感じるのは正しいことではない。うんとまちがったこと。ドミニクはさまざまな人にとってさまざまな存在のようだが、ジュリアナ・ヴェイン・グレンヴィルにとっては、理由はよくわからないものの、並外れて親切にしてくれる男性というだけの存在だ。そしてそれをわたしはありがたく受け入れている。わたしにとってこの人は友人であってそれ以上の何者でもない。

ふたりは公園の入口にある石の門を通り抜け、まだほとんど人のいない乗馬用の小道へ馬を進めた。上流社会の人々が日々の散歩に出かけるにはまだ少し早い時間だったのだ。ドミニクは黙ったままで、ジュリアナは気をゆるめ、不規則になった脈を鎮める時間が持てたことをありがたく思った。目を公園の緑の丘にゆっくりとさまよわせる。背の高い木々の雑木林があり、大きな噴水がある。陽光を浴びて噴水の水はダイアモンドのようにきらきらと輝いていた。咲き誇る何百という花のにおいが公園じゅうにただよっている。

ジュリアナの唇がほどけ、顔がほころんだ。「ほんとうにきれいだわ」

ドミニクもあたりを見まわした。おもしろがるような表情が浮かんで顔がやさしくなる。「そうかい？　正直に言って、もう何年もそれに気づかなかったな」ドミニクは彼女に目を向けた。険しいと言ってもいい目ねと彼女は胸の内でつぶやいた。「きみのおかげで物事に別の光があたる気がするよ」

公園の美しさと彼の声に表れた真剣な響きに呼応するように馬たちが足を止め、ジュリアナは彼の目を探るように見ることができた。

本心なんだわと胸の内でつぶやく。いつもこうならいいのに。やさしく、穏やかな彼なら。彼の気分を理解できさえすれば。

馬に乗った人物がひとり近づいてきて、ジュリアナはつと目をそらした。まるでことばを介さずに会話していたかのように、侯爵とのあいだに目に見えないつながりを感じ、当惑したからだ。

エッジモント卿が自分の馬を停《と》め、思わず頬が染まるようなあたたかい笑みをジュリアナに向けた。「そうして馬に乗っている姿はまるで女神ですね、ジュリアナ」彼はことばを発し、手を伸ばして彼女の指をとった。それから手袋を下げ、彼女の手首に軽くキスをした。

ドミニクが見ていると思うと、恥ずかしさと誇らしさがせめぎ合った。少なくとも、ある方面では自分も成功をおさめているのだという誇らしさ。彼の反応を探ろうとすばやく目を向けたが、彼は肩にぴたりと合った上着からほこりを払うのに没頭しているように見えた。

「ありがとう、エッジモント様。とてもやさしいおことばね」彼女は軽く笑った。ふだんよりも声が高くなる。緊張しているときにはいつもそうだった。今週毎日訪ねてきていたエッジモント卿は熱心に求愛しているとしか思えなかったが、それには少々とまどっていた。そのため、ドミニクがひややかに会釈しただけで唐突に前に馬を進めたときには心からほっとした。彼女の乗った去勢馬もそのあとを追い、エッジモント卿は何歩かあとずさってそこにとり残された。

しばらくしてドミニクが馬の足をゆるめ、もう少しのんびりやってエッジモントも仲間に加えるかとひややかに訊いてくると、ジュリアナは眉を上げた。

「いいえ」と言って馬を彼の馬と並べる。「ふたりだけでとてもたのしいもの」

「よし」〈ブルー・ボア〉で感じたあたたかさが即座に戻ってくる。「エッジモントの言うとおりだ。馬に乗るきみは月の女神ダイアナだ。きみならブケファロスのこともあやつれるかもしれない」

ジュリアナはきっと顔が喜びに真っ赤になっているだろうと思った。オーブリー侯爵のように乗馬の名手と称賛される人間にそんな褒めことばをもらえるのはまさしく名誉なことだった。ドミニクから褒められたら、どんなことばでも貴重だわと、彼女は悲しく胸の内でつぶやいた。

「ありがとう。一日に二度も女神にたとえられるなんてはじめてよ！」

ジュリアナの明るい緑の目が輝き、サクランボ色の唇が魅惑的な笑みの形に曲がるのを見て、その上気した頬にドミニクは思わず手を伸ばしかけた。しかし、そこで甲高い女性の声で名を呼ばれ、その手を止めた。

赤く塗られた屋根のない街用の馬車が停まり、道をふさいだ。ドミニクとジュリアナはレディ・グレンヴィルとシャーロットに挨拶するために慎重に馬を進めた。

馬車の横からぎごちなく差し出されたレディ・グレンヴィルの手にドミニクが首をかがめて

いるあいだ、ジュリアナはシャーロットと親しく笑みを交わした。

「ドミニク、お会いできるなんてすばらしいわ！　今朝、お返事が届いたの。それがどんなにうれしかったか、ことばにできないほどよ」レディ・グレンヴィルの丸々とした顔はじっさいに喜びに輝き、赤に金の飾りのついた馬車の内装を映して赤くなっていた。それは運悪く、彼女がその日選んだドレスの色とも同じだった。

「ジュリアナ、あなたとソフィアからはまだお返事いただいていないけど、あなたたちもいらっしゃるの？」シャーロットが熱心な口調で訊いた。

ジュリアナは当惑顔になった。「ごめんなさい、なんのことかわからないわ」

シャーロットはひややかな目で母親を見やってから、友人に笑みを向けた。「あなたたちあての招待状がどこかにまちがって届いたんだわ。明日の夕方、ヴォクソール・ガーデンズで夕食会を開くの。侯爵様とロドニー様も参加してくださるわ。あなたとソフィアも明日の予定が空いているといいんだけど。ねえ、お母様？」

「ええ、もちろんよ」レディ・グレンヴィルはジュリアナには腫れぼったい小さな目をちらりと向けただけでつぶやくように言った。「もう一度すぐに招待状を送るわ」

「ありがとう、レディ・グレンヴィル。たのしみにしていますわ」ジュリアナは静かに言った。頬にかすかな赤みが差す。

ドミニクはまた手を伸ばしてその頬に触れたいという妙な衝動に駆られた。レディ・グレンヴィルめ！　このがみがみ女はジュリアナに招待状など送っておらず、ジュリアナもそれがわかっているのだ。

「失礼しなければ。馬たちがおちつきを失いつつありますから」彼はそう言って会釈し、ゆっくりと馬車から離れた。ジュリアナが先へ進みたがっているのがわかり、彼自身、レディ・グレンヴィルと話すのはもうたくさんだったからだ。ただ、彼女はソフィアの計画を押し進める機会を与えてくれた。ヴォクソールでの夕食会にジュリアナを参加させるのはいいことだ。ヴォクソールには上流階級の若い男たちがみな集まっているだろうから。今週末には、オーブリーにつづけとばかりに、彼女の家に訪問客たちがつめかけることになるだろう。そういうことはこれまでもよくあった。そう考えてもまったくうれしくなかったが、それを自分では認めようと思わなかった。

ドミニクは彼女の横顔を見つめた。高い頬骨と形のよい眉には強さが表れているが、せわしくしばたたかれるまつげとわずかに突き出した口からは弱さが透けて見えた。「シャーロット・グレンヴィルはあんなに年若いのに恐れを知らないね」彼は穏やかに言った。ジュリアナが手綱をきつくにぎりしめていた手をゆるめると、馬はそわそわするのをやめた。彼女はからかわれているのだろうかと探るような目をドミニクに向けたが、彼は同じ穏やかな口調でつづけた。「ああいう母親がいると、世知に長《た》ける必要があるんだろうな」

ジュリアナはそれに応えるようにほほ笑んだ。美しい口を笑みの形にできたことがなぜかうれしくて、彼は笑い声をあげた。「駆けさせるからついてきてくれ」

ふたりはあまり人通りのない脇道にはいった。そこでは馬を駆けさせることができる。ジュリアナにちらりと横目をくれただけで、ドミニクは呼びかけた。「競争だ！」ゆるい駆け足は全速力の競争に変わった。競争をするなど、社交界の決まりにそぐわないことだったが、そんな遊びに興じても、誰も見ている人間はいなかった。

ジュリアナは笑った。髪は帽子の下から落ち、乗馬用のスカートは脚のまわりで黄褐色の帆のように広がった。ドミニクの馬が疲れているように見えたため、彼女は勝利の甘さを感じながら前に飛び出したが、すぐさま抜かれて負けてしまった。

心臓が耳の奥でどくどくと鼓動し、深くなった呼吸のせいで、体にぴったり合った上着は胸がきつかった。ドミニクのそばまで行って彼の目が自分の体に向けられ、それからゆっくりと顔へと持ち上げられたときには、当惑の思いが全身に走った。

「髪を肩に下ろしているととてもすてきだよ。でも、ピンでもとに戻したほうがいいかもしれない」彼の声は低くおもしろがるように甘くなっていた。

彼はジュリアナの感覚を失った指から手綱をとった。馬たちが親しげに鼻面を押しつけ合うと、ブケファロスが一度鼻を鳴らし、去勢馬にそっと鼻息を吹きかけた。ジュリアナは両手を持ち上げ、落ちた巻き毛をねじり上げて帽子の下にたくしこんだ。乗馬のおかげで、レディ・グレンヴィルのせいで生じた当惑や心の痛みはすっかり晴れていた。すべてが明瞭になり、わかりやすくなった。目の前にいる男性以外のすべてが。

ドミニクのまなざしのおかげで震えそうになる手を抑えることができ、ジュリアナはその手をゆっくりと膝に戻した。何を考えているのか探るように目を彼の顔に向けると、静かな満足感と確信に心がゆっくりと満たされた。〈ブルー・ボア〉の庭にいたときと同じように、彼が心の手を差し伸べてくれているのが感じられたからだ。やがてドミニクは彼女の頰をかすめていた髪を手にとり、それを指に巻きつけた。

「きみの髪はシルクのようだな」彼の指が巻き毛をもてあそぶあいだ、ジュリアナは息ができなかった。彼の口の端がゆっくりと持ち上がる。「こんな手触りだと前からわかっていたよ」

「ドミニク、わたし……」ジュリアナは口ごもった。そのかすれたささやき声は自分の声とわからないほどだった。

ドミニクはゆっくりと巻き毛を指からほどいた。髪の先が彼女の顎を軽くなぞる。「もう戻ったほうがいい、ジュリアナ」

彼女は深々と息を吸い、またも彼が互いのあいだの扉を閉めたことへの失望を抑えようとした。この人のことはけっして理解できないだろう。その防壁をもうすぐ突破できそうだと思うとすぐに彼が身を引くのだった。しかし今回はジュリアナも決意を固めていた。この人を理解する方法を見つけるのだ。やってみなくては。そうすれば、互いのあいだに感じる絆《きずな》のようなものが何なのか理解できるだろうから。

彼はジュリアナの手綱を放し、馬の首を公園の大通りへと向けさせた。

「ありがとう」ジュリアナの声が力強くなった。「ちょうど速駆けがしたかったの」

彼は笑みを浮かべて振り返ったが、すぐさま鮮やかな青い目は内心の思いの読みとれないものとなった。驚いたことに、彼は手綱を強く引き、ブケファロスを停まらせた。シーザーが何歩か先に進んだため、ジュリアナはシーザーの手綱を引き、張りつめたまなざしを肩越しに後ろに向けた。

ドミニクは身じろぎもしなかった。陽光が彼の髪のまわりに後光のように射し、引きしめた唇のまわりに影を落としている。顔は生気が失せ、何かにとりつかれたようになっていた。

わたしは何をしてしまったの。ジュリアナはそう自問し、やみくもにまわりを見まわした。見えるのは馬に乗ったひとりの男性だけだった。込み合った大通りにいても目立ったことだろう。雪のように白いクラヴァットと袖の襞飾り以外は真っ黒な装いをしている。その男性が近づいてくると、ジュリアナは妙な不安に駆られた。やがて、顔の左半分を覆っている黒い眼帯に気がついた。男性は馬で近づいてくると、彼女が見えなかったかのようにそばを通り過ぎた。

黒い装いの男性はドミニクの馬から数インチのところで馬を停め、鞍の上でわずかに身を前にかがめた。「ああ、オーブリー侯爵」右の眉が答えを待つように持ち上がった。

「ここで何をしている、ジュール？」ドミニクがぶっきらぼうな低い声で訊いた。

雷雲が立ちこめるように緊張が高まるのを感じたのか、黒い馬があとずさった。ジュリアナはおちつきをなくしてその場で足踏みする自分の馬を抑え、ふたりの男性のあいだで恐ろしいことが起こるのではないかと不安に駆られながら息をつめた。きっと昔の敵ねと彼女は思った。おそらくは戦争で戦った敵。

「公爵夫妻に会いにタワーズに行ったんだ。きみの祖父母は大歓迎してくれたよ」

「二度とぼくの領地には足を踏み入れてほしくないと言ったはずだ！」

「ああ、でもな、ドミニク」さらにあざ笑うような響きが声にあらわになる。「あそこはまだおまえの土地じゃない。それに、公爵はぼくに会えて喜んでいたよ」彼は目を細めてきっぱりと言った。「あのご老人は好きなだけタワーズを自分の家とみなしてくれてかまわないとも言った」

ひどく緊張した馬たちはしっかり手綱を引かれてはいたものの、神経質にぐるぐるまわりながら、警戒しつつ互いを値踏みしていた。乗っている主人たちもそれは同様だった。黒ずくめのジュールは愛想のよい声をつくってはいたが、敵意を完全に隠すことはできなかった。淡黄褐色と褐色の装いのドミニクは礼儀を保つことをすっかりやめ、あからさまに相手を脅そうとしている。

緊張のあまり、ジュリアナの手に力がはいった。彼女はシーザーをふたりのあいだに割りこませる心の準備をした。ふたりの男性のあいだに立ちこめる不穏な空気を破れるならなんでもよかった。互いにまばたきもせずににらみ合っている男性たちが彼女のことをすっかり忘れているのはたしかだった。

「タワーズに近づくな、ジュール。祖父母にもだ。これは最後通牒《つうちょう》だ」ドミニクが挑むようにことばを発すると、ジュールは小さく笑った。「約束したはずだ。あんたにもそれを守ってもらいたい！」

「ドミニク、ドミニク」ジュールは信じられないというように首を振った。「そんなのずっと昔のことじゃないか。あのころぼくたちは若すぎた。状況は変わったんだ」

ブケファロスが前に飛び出したと思うと、ドミニクがジュールの手綱をつかみ、彼の馬の首をまわさせた。「何も変わってなどいない！」ドミニクは歯を食いしばるようにして言った。「約束はまだ有効だ。フランスでもどこでも、もといたところへ戻れ」

ジュールは手綱からドミニクの手を振り払い、ブケファロスから自分の馬を離れさせたが、そこで突然動きを止め、はじめてジュリアナに注意を向けた。

「すてきだ。なんとも言えず美しい」彼は引き伸ばすようにそう言って、紹介を求めるようにドミニクのほうを振り向いた。紹介されないとわかると、彼はあざけるような笑みを浮かべた。「弟は礼儀を忘れてしまったようだ。ぼくはサヴィル伯爵、ジュール・デヴロー」

ジュリアナは驚きのあまり馬の上で身をこわばらせた。ドミニクにお兄様が！　そんなことがあり得るの？　「ジュリアナ・グレンヴィルと申します、伯爵様」彼女は礼儀正しく答えた。今目の前でくり広げられているのは兄弟のうれしい再会などとはまったく別物だ。このふたりの男性のあいだに何があるにせよ、不安にジュリアナの体は震えた。

ジュールは馬を近くに寄せ、彼女の手をとった。その手を礼儀正しく口へと持ち上げてキスをしたが、ドミニクがふたりのあいだに馬を割りこませた。

「その人に触れるな！」顔は凍《こお》りついた御影石《みかげいし》のようだった。「さあ、ジュリアナ。そろそろきみを叔母さんのところへ返す時間だ」

彼はブケファロスの首をまわし、彼女に別れを告げる暇すら与えずに二頭にだくを踏ませた。背後で笑い声が響き渡った。

「ドミニク」思わずことばが口をついて出た。「あなたにお兄様がいたとは知らなかったわ」

「異父兄だ。ぼくの父と結婚したときには彼の母は未亡人だったんだ。半分つながっている血は母の血さ」

7

ヴォクソール・ガーデンズはそこ自体がお祭りのようだった。木々に吊るされた色とりどりのランタンや、生い茂った木陰に隠れるように設置された食事用のボックス席や、音楽を奏でながら歩きまわる演奏家たちが、社交界の厳しい決まりをゆるめるのに一役買っていた。上流階級の人間がここで夕べを過ごしたいと思うのも不思議はない。

レディ・グレンヴィルが招待した客たちは、給仕が不便なほど奥まった場所ではないものの、人目は避けられる、選《え》りすぐったテーブルについていた。それでも、夜が深まるにつれて、その場の不協和音は大きくなっていた。レディ・グレンヴィルはシャーロットをジュールとドミニクのあいだの席につかせた。母の礼儀違反を何気ないやり方でたくみに正す娘ではあっても、シャーロットはふたりの男性の緩衝材にはなり得なかった。ジュリアナはその様子をテーブルの反対側からじっと見守っていた。彼女自身はわざと独身男性から離され、ロドニー卿とサー・アルフレッドのあいだに守られるように腰を下ろしていた。

夕食のあとの出し物がはじまったときには、兄弟のあいだの空気に電流が走っているのに誰も気づいていないことにジュリアナは驚いた。ドミニクが緊張をたぎらせているのは誰の目にも明らかなようだったが、ジュールも張りつめた気分でいることに気づいているのはジュリアナだけのようだった。というのも、指で片眼鏡をぐるぐるとまわしている彼は、どこをどう見ても退屈しきった貴族のようにしか見えなかったからだ。しかし、ジュールがほかの紳士たち同様、ポートワインにひたりきっているように見えても、ジュリアナは彼が自分をじっくり観察しているような妙な感覚にとらわれていた。

レディ・グレンヴィルがテーブルの会話をすっかり独占していたため、ほかの面々はほとんど呆然とした沈黙におちいっていた。出し物も休憩にはいっていて、そこへ一同の目をそらさせることもできないまま、ジュリアナは胸騒ぎを募らせていた。休憩中にボックス席から抜け出すのはばかげたことだったが、ジュールの強いまなざしから逃げ出さずにいることもできなかった。それとドミニクからも。今夜はいつもとひどくちがって見えた。ハイド・パークでいっしょに乗馬をたのしんだときの愉快な相手ではなくなっていた。ジュールがシャーロットとその母親の付き添いとして現れたせいだ。

ドミニクに仕返ししてやり、遅まきながら謙虚になることを教えてやろうというばかげた計画は、ベンの病気のときに彼がやさしさと思いやりを示してくれたことで、すっかり忘れ去られていた。

今は彼のことをもっとよく知りたいと思っていた。というのも、すぐに親戚同士になりそうだったからだ。ロドニー卿は今夜、ほとんど夕食には手をつけなかった。これまで食べることをたのしんできたにちがいない男性とすれば、それはつまり、恋に落ちているか、病気かのどちらかだった。彼がソフィアに向けるまなざしを見れば、そのどちらかは疑う余地もなかった。

騒がしい人ごみにまぎれ、ジュリアナはヴォクソールの見慣れない光景や物音にひたりきろうとした。凱旋門《がいせんもん》をもっとよく眺めるために、公園を横切り、サウス・ウォークへとつながっているグランド・クロス・ウォークを選ぶ。バークシャーに置いてきたと思っていた自由にうっとりしつつ歩くうちに、遠くへ行きすぎ、ようやく気がついたときには、あたりには人影がなくなっていた。明かりに照らされた最後の門の先まで来ている客は誰もいなかったのだ。ジュリアナは急いでもと来た道を引き返し、浮浪者に遭遇しなかったことにほっとした。しかし、その幸運もそこまでだった。見るからに酩酊《めいてい》してばか騒ぎしている若い男たちが道をふさいでいたのだ。ジュリアナは急いでもっと小さなあまり明るくない道へそれ、彼らを避けてグレンヴィル家のボックスへ戻ろうと考えた。夜にひとりでうろつくのは良家の婦女にはあるまじきことで、ヴォクソールではみだらな女が男を誘うときにする行為だった。ひどく困ったはめにおちいることにもなりかねない。

暗闇を縫ってつづく、ほの暗く照らされたたくさんの小道をのぞきこみ、しまいにひとつの小道を選んだ。自分の方向感覚に頼れば、その道は明るく照らされた大通りへとつながっているはずだった。

小道はどんどん狭くなり、頭上に垂れさがる枝のせいでいっそう暗く思えた。低い茂みにドレスが引っかかり、足にからみついた蔓《つる》をほどくのに一度は足を止めなければならなかった。この草の生い茂る照明の乏しい道をさらに数分進んだところで、自分が恐ろしいまちがいを犯したことを認めざるを得なくなった。こっちは正しい方角ではなかったのだ。音楽はどんどん遠くなり、置かれたランプとランプの間隔も広がり、明かりに照らされた場所よりも暗闇を進むことのほうが多くなった。

ジュリアナは足を止め、荒くなった息を鎮めようとした。背後のうっそうとした茂みをかき分けて誰かが急いでやってくるような音が聞こえてきた。振り返って目を凝らし、唇を噛んで恐怖の悲鳴をあげそうになるのをこらえる。というのも、大きな影が暗闇のなかを突き進んできたからだ。

くるりと振り返って足を速めると、庭のさらに奥へと進んだ。頬に熱がのぼり、ドレスのボディスを押し上げるように胸が上下した。呼吸は痛むほどのあえぎとなっている。大通りからこれほどはずれた暗い場所で誰かに出くわしたらどうなるだろうということは容易に想像でき、恐怖がさらに足を速めさせた。

突然、暗闇のなかから目の前に、廃墟と化した寺院が現れた。助かった！　なかへ忍びこむと、身を隠す場所はないかとあたりを見まわしたが、廃墟のなかは石のベンチがあり、床に落ち葉が積もっているだけだった。すばやく身を隠せたかしら？　石の壁に身を押しつけて息をつめると、壁は熱した肌に冷たく感じられた。追ってきた人にここにはいるのを見られた？

そんなことを考えているあいだにも、背の高い人影が月明かりに照らされた入口に現れた。心臓が沈みこみ、ジュリアナは生まれてはじめて真の恐怖を感じた。

彼女は慎重に何歩かあとずさり、暗がりにさらにはいりこもうとした。目を閉じ、自分が見えなければ、自分も見られることはないという子供のころの思いこみにすがろうとする。突然、二本のたくましい男の腕に腰をつかまれて、彼女は悲鳴をあげ、必死でもがき、その男を蹴りつけた。

「ジュリアナ、大丈夫だから！」

信じられないことに、恐怖の霞のなかで、オーブリー侯爵のよく響く声が聞こえた。自分をつかまえている腕がドミニクのものだとようやく気づくと、ジュリアナはほっとしてすすり泣き、体をよじって彼の腕のなかに身を投じた。

「ああ、ドミニク、とても怖かったの。だって……」声がつまり、ことばを発することができなくなる。「何だと思っていたのか、わからないわ」

ドミニクは彼女を引き寄せ、腕にそっと抱いた。早鐘を打っていた彼女の鼓動はおさまりはじめていたが、まだ正常に戻ってはいなかった。そして恐怖がおさまると、それに代わってもっと大きな感情が心を占めた。

ジュリアナは彼の夜会用のシャツのやわらかい襞に頬を載せ、こぶしをにぎった手を肩の近くに置いた。てのひらが平らになるまで指をゆるめて彼の上着のあたたかいブロケードにあてると、ゆっくりと身を引き離して彼の目をのぞきこんだ。背中にまわされた腕がこわばるのがわかる。

肺に送りこむ空気が薄くなった気がし、突然息ができなくなった。彼にすっかりあずけた体は重さを失ったように思えた。重さはないが、うずくような感覚が広がっている。手で触れている上着の感触や、胸を押しつけている彼のシャツのやわらかさ、脚を押しつけている彼の脚の硬さ――暗闇のなか、ジュリアナはこれまで経験したことのない方法でその感覚をたしかめていた。いいえ、それはほんとうではない。前にもこんなふうに感じたことはある。ジプシーの音楽の響きに満たされたフォーブズ夫人の庭で。血管のなかを駆けめぐるその感覚はまるで音楽のようだった。これをもう一度感じたいと思っていたのだ――ドミニクと。

ジュリアナが身動きひとつせずにいると、ドミニクが手をそっと彼女の肩に置いた。「怖がらなくていい、ジュリアナ」あの庭で発せられた声と同じだった。欲望と渇望《かつぼう》に満ちた声。

「美しいジュリアナ」

彼は両手で軽くうながすようにして抱擁をきつくすると、唇を彼女の額と、まぶたと、頬にあて、あたたかく湿った肌に焼けつくような感触を残し、しまいに口へ下ろした。ひんやりと乾いた唇をゆっくり動かしたと思うと、彼は声をもらして彼女の開いた口を覆った。暗闇と恐怖から脱し、痛いほどの欲望に満たされて、ジュリアナは泣き声をもらした。

ふたりはともに溶け合った。形よく筋肉のついた彼の体のすべてが女らしいやわらかい体に刻みつけられ、彼がどれほど欲望に駆られているかがわかった。奇妙なことに怖いとは思わなかった。そこまで求められていることに気持ちが浮き立っただけだ。

唇がまた触れ合い、深く情熱的なキスとなった。ジュリアナはどれだけ近づいても足りないというように、彼をきつく抱きしめた。

ジュリアナの巻き毛がもつれて落ちている首の横に顔をうずめて彼女の名前をささやきながら、ドミニクは器用な指でドレスのひもをほどいた。薄暗い明かりのもと、胸が半分あらわになる。口が手のあとをなぞり、ぞくぞくする感覚にジュリアナの体は震えた。

「きみはあまりに完璧だ」彼はやわらかい肌に口をつけたままかすれ声で言った。

今この場にはなんの決まりも約束もなく、あるのはこれまで感じたことがないような発見と喜びだった。それが永遠につづけばいいとジュリアナは願った。

枯れ葉を踏みしだく足音がし、ジュリアナがはっとすると、男性がせき払いした。「ああ、ここにいたのか、ジュリアナ。きみがいなくなったのにレディ・グレンヴィルが気づいて、ぼくを探しによこしたんだ」

ジュリアナがドミニクの腕から自分を引き離し、くるりと振り返ると、ジュールが寺院の石づくりの入口にもたれていた。

ドミニクは彼女の手首を痛いほどきつくつかみ、彼女を自分の後ろに押しやった。どこからか分別が戻ってきて、ジュリアナは恥ずかしさに身を焼かれる気がした。

廃墟に射す、かすかな月明かりがふたりの男性のまわりに青白い光を投げかけ、ドミニクの目がサファイアのように光り、ジュールの目は燃え残った石炭のように光った。兄と弟からは怒りが波のように押し寄せ、ジュリアナを呑みこもうとしていた羞恥と混乱の波を突き抜けた。

「もうすでに充分笑い種なんだから、これ以上ことを大げさにしないでくれよ、ジュール」ドミニクのかすれた声はひややかで抑揚がなく、ジュリアナの心を包んでいたやさしさの名残りをかき消してしまった。「いったいなんのお遊びに興じているんだ？」

ジュールは薄い唇を曲げて肩をすくめた。「お遊びに興じているのはぼくのほうじゃないね。ぼくはきみたちふたりが困ったことになる前に、きれいなジュリアナをボックス席に連れ戻すためにやってきただけだ」

そのことばは心に突き刺さったが、ジュリアナは自尊心から頭を高くもたげ、ドミニクの前に出てその兄と面と向かった。

「ありがとうございます、伯爵様《コント》。夕食用のボックス席を抜け出てうろついたのは愚かでしたわ。わたしを救ってくださったのがあなたと侯爵様でよかった」気恥ずかしさを晴らそうとするように彼女は言った。あとはジュールが協力してくれさえすればよかった。

軽く笑いながら、ジュールは手を伸ばし、彼女の手を自分の腕に置いた。「こちらこそ、光栄です。さて、ボックスに戻り、ドミニクが庭であなたを案内してまわっていたとほかの面々に説明しましょうか。シャーロットに声をかけなかったのは少々不作法だったが、きっと赦してもらえるでしょう。ふたりを見つけたので、ぼくも散歩に参加したと言いますよ。それでいいだろう、ドミニク？」

　ほっとしてジュリアナは首を傾け、ドミニクに目を戻した。彼は身動きひとつせず、手を脇で固いこぶしににぎっていた。ジュリアナには目を向けず、じっと兄に視線を注いでいる。ジュリアナがぎょっとしたことに、その顔は彼女の悪夢に登場するような険しいものだった。

「兄さん《モン・フレール》、今度ばかりはあんたが正しい」彼は静かにばかにするような口調で言った。


　レディ・グレンヴィルの扇がぴしゃりと閉じられた。ソフィアとロドニーはひそかに目で語り合うのに夢中で、ジュールが知り合いに挨拶に行くとその場を辞したときには、二十分も前にレディ・グレンヴィルの話に注意を払うのをやめてしまっていた。ジュリアナを非難する母の話に耳を傾けざるを得なかったシャーロットは、そういう場合のためにとってある、心のなかのひとりだけの場所へと引きこもっていた。

「シャーロット、これを教訓としなさい」レディ・グレンヴィルはひとことひとことを強調するように、扇でテーブルをたたいた。「あの子を招くべきじゃなかったのよ。いつも何かしら自分に注意を惹くようなことをするんだから。どうやら、ドミニクもジュールも彼女を追っていったようだわ。付き添いもなしにあなたをここに残して」

　答えを待たずに、彼女はボックスの暗がりに引っこんですわっている人影のほうを振り返った。「ねえ、サー・アルフレッド？　何かおっしゃることはない？」

暗がりからどんな答えが返ってきたとしても、それはうまくシャーロットにさえぎられた。

「お母様、ほら、戻ってきたわ。それに、ジュリアナは……大丈夫みたい」

ジュリアナが近づいてくると、レディ・グレンヴィルは不愉快そうに目を細めた。ジュールは肘に彼女の手をたくしこみ、溌剌《はつらつ》とした様子でヴェネツィアのサン・マルコ広場のハトについて語っていた。ジュリアナはまだおちつきをとり戻してはいなかったが、できるかぎり自然に見えるように努めていた。ずっと傲慢な態度をとりつづけていたドミニクは、全身に怒りをたぎらせながらそのそばを歩いている。

「ああ、レディ・グレンヴィル。なんともたのしい夕べですね。ジュリアナがここに来ている人たちについてあれこれ話してくれて、たのしませてくれました」

「いったいどこに……」

「お母様」シャーロットが急いで口をはさんだ。「たぶん、伯爵様とドミニクは長い散歩のあとにポートワインをご所望よ。給仕を呼んでくださる？」

ジュリアナはシャーロットがたくみに口をはさんでくれたことに感謝しながら、ロドニー卿とサー・アルフレッドのあいだの席に腰を下ろした。シャーロットは事情を察し、レディ・グレンヴィルの激しい質問攻めがはじまる前に、自分をとり戻す時間を多少与えてくれたのだとジュリアナにはわかった。

ポートワインが運ばれると、ロドニー卿が沈黙を破ってまあまあだと言った。

「そんなふうに大きくあおるんじゃない、ドミニク」彼はドミニクに向かって言った。「ポートワインはあおるんじゃなく、舌の上でころがすんだ」

「そのとおりよ」とソフィアも言った。それから、ジュリアナのほうに顔を向けた。「散歩は気持ちよかった？」

無難な答えはできるだけ真実を語ることだとジュリアナは思った。「残念ながら、脇道にはいりこんで迷子になってしまったの」

「ふん！　そうだと思ったわ」レディ・グレンヴィルが耳障りな声を発した。「ソフィア、あなたたって役に立たない付き添いね！」

「でも、大丈夫でしたわ、レディ・グレンヴィル」ジュリアナが急いで付け加えた。「すっかり迷子になってしまう前に、ドミニクとジュールが見つけに来てくれましたから」そう言ってジュールに目を向け、その穏やかな顔にほほ笑みかけた。ドミニクの顔に目を向けまいとしながらも、向けずにはいられず、そこから目をそむける強さがあればと思わずにいられなかった。というのも、どれほど最悪の夢のなかでも、彼の顔がこれほどに険しかったことはないからだ。


数時間後、ようやく無事に自分の寝室に戻ると、ジュリアナはベッドのそばに膝をつき、ひんやりとしたなめらかなサテンの上掛けに頬を載せた。じっさいには人生が永遠に変わってしまったのに、何も変わったことなどないという振りをして気を張りつめていたせいか、疲れはてていた。ジュリアナは目を閉じ、心を過去へ戻そうとした。ウィルのもとへ。

胸が痛くなるほどのひどい悲しみが襲ってきた。ウィル……その少年のような顔……顔をとりまくくしゃくしゃの黒い癖毛……イベリア半島へと出立する日、彼はとても幸せそうだった。

懸念などかけらもない様子で、ただの閲兵式にでも出かけるかのように嬉々としてザ・ウィロウズを発《た》っていった。

それから数カ月のあいだ、不安と孤独にさいなまれながらも、隣り合うザ・ウィロウズとウェントワース・パークでの責任をはたし、みずからを忙しくさせて、それに雄々しく耐えようとしたものだ。唯一のたのしみは——弱さを見せたのは——ふたつの領地を分かつ小川まで馬で出かけることだった。その小川はウィルとの甘い思い出をよみがえらせてくれるものだった。

ウィル……二度と会うことのないウィル。陸軍省からの正式な通知を若い将校が届けてくれたときにウィルの父の顔に浮かんだ表情はけっして忘れないだろう。いつも自分の人生の一部だったウィルが永遠にいなくなってしまったのだとようやく悟ったときに身の内を焼くようだった苦痛のことも。

彼女はサー・ティモシーの悲しみをやわらげようと努めたが、うまくいかなかった。短い結婚生活のあいだに身ごもれなかったことを絶えず思い出させるだけだったからだ。ことばに出してこう言われたのは一度だけだった。「子供が生まれるなら、ウィルがまだいるように思えるんだが」とはいえ、彼の目は毎度同じことを語っていた。心の痛みと罪の意識のせいで、実家に戻ろうかと思うほどだった。しかし、やがてサー・ティモシーが病に倒れ、ジュリアナは彼のベッドのそばで息子の話をする彼の手をにぎっているしかなかった。最期《さいご》の日まで、来る日も来る日も、ウィルとの愛に貞節を誓うよう頼まれ、ジュリアナはそれを受け入れたのだった。

目を開けると、頬に涙が伝った。てのひらに載せたロケットに目を向け、蓋《ふた》を開ける。サー・ティモシーの黒い目とくしゃくしゃの癖毛は息子に受け継がれていた。しかし、ウィルの笑みには、父にはない甘さがあった。

「あなたのことは絶対に忘れないわ、ウィル。わたしの心にはいつでもあなたがいる」すすり泣きながら、彼女はドレスの袖で濡れた頬を拭いた。「わたしって最低……最低だわ！　彼にキスさせるなんて……触れさせるなんて……ああ……あの人を求めてしまった！　赦して、ウィル……お願いよ！」首を振ってジュリアナはベッドに身を投げ、泣きながら上掛けをつかんでよじった。若すぎるウィルの死を悼《いた》み、がっかりさせたサー・ティモシーを悼み、自分をあわれんで泣いた。

泣きやんだのはだいぶたってからだった。しばし眠りに落ちたのだが、声を殺した自分自身の叫びに目が覚めた。ようやく涙は止まっていた。サー・ティモシーとの約束を破ってしまった事実に向き合わなければならない。心に触れられることも、傷つけられることもない男性との無難な未来を手に入れようという計画は粉々になってしまった。そんな男性に自分をささげることはできない。想像もしていなかったことが起こってしまったのだから。

二度と誰かを愛することなどないと思っていた。この思いはウィルに対する思いとはまるでちがう。それでも、愛であるのはたしかだ。

皺くちゃになった上掛けを押しのけ、ジュリアナはベッドを出て窓辺に寄り、朝のはじまりを告げるかすかなピンク色の光に目を向けた。オーブリー侯爵を愛してしまった。社交界一の遊び人を愛してしまったのだ。恥を知らない女たらし！　その彼を愛してしまった！　彼のせいで混乱し、傷つきもしたけれど、彼はわたしを求めてくれた。宿屋にいるときにそれがわかった。そして昨晩——昨晩のことはけっして忘れられないのでは？　わたしのほうも彼を求めていた。あれほど自分が生きていることを実感したことはない。思い出しても体が震えるほどだ。

窓から離れると、ドレッシング・テーブルのところへ行った。引き出しを開け、宝石箱をとり出す。

「さようなら、いとしいウィル。あなたのことは絶対に忘れないわ。でも、過去は過去のものとするときが来たの」

ジュリアナは大きく息をすると、決然とした手つきでロケットを宝石箱のなかに入れ、ゆっくりと蓋を閉じた。

ジュールはドミニクを探すのをあきらめかけたところで、夜明け近くに最後に一度〈ホワイツ〉を訪ね、そこで彼を見つけた。図書室の肘掛椅子に身をあずけ、冷えたコーヒーのカップを両手で包んでいる。

ジュールはテーブルの反対側に腰を下ろし、ドミニクが重いまぶたを上げてあざけるように声を発するのを待った。

「向こうへ行けよ、ジュール」

ズボンから目に見えない糸くずを払いのけながら、ジュールは弟を探るように見つめ、「どうしてそんなに動揺しているんだ？　おまえは月明かりのもとで若い女性の唇を盗んだだけじゃないか」と言った。

そのことばがドミニクの神経に障ったらしく、眠そうだった目が険しくなった。「もう一度言う。向こうへ行け、ジュール。あんたが兄であることをぼくが忘れる前に」

「でも、それこそがこの十年、おまえが忘れようとしてきたことだと思うが」ドミニクが答えずにいると、ジュールはテーブルに身を乗り出し、さらに言った。「どうして手紙をすべて開けずに送り返してきた？　三年前に同じときにブリュッセルにいたこともあったが、ぼくがおまえの部屋を訪ねると、おまえは街をあとにしたと使用人に言われたよ」

「あんたに会いたくなかったからさ。そのときも今も」ドミニクはそっけなく言った。

「ぼくの言うことを聞き、真実を知ってもらわなければならない。かつての愛情をとり戻すために。道義心のためにもそうしなければならないとどうしてわからない？」

「道義心だって！」ドミニクは身を乗り出して嚙みつくように言った。「道義心なんてもうかけらも持ち合わせていないさ」

今度は身を引いて椅子に背をあずけるのはジュールのほうだった。「ドミニク、ばかな真似はよすんだ。おまえはぼくがどこにいようと気にもかけなかったかもしれないが、ぼくはおまえの行方をしっかりと追っていた。イベリア半島ではウェリントンのお気に入りだった。聞いた話では、今でもそうだ。たぶん、だからこそ、ブリストル卿とモンマス公爵が政治の世界に一日も早くはいるようおまえを説得しているわけだ。戦争で手柄を立てた英雄だからな」

「あんたの情報源はまちがっているよ、ジュール。真の英雄はイベリア半島のくさいぬかるみのなかで命を落とした連中だ」ドミニクは立ち上がったが、彼が背を向けるまえにジュールが最初の切り札を出した。

「ぼくはレティシアとチャールズが亡くなった晩の出来事について、借りを返しに来たんだ」

それから十年がたっていたが、弟の目は新たに掘られたふたつの墓越しにジュールを見つめていたときと同じ鮮やかなブルーで、苦痛の色を帯びていた。

「あの晩のことをぼくに思い出させるなど、正気の沙汰じゃない」ドミニクは挑むようにことばを発し、テーブルに手をついてジュールのほうへ身を乗り出した。「あの晩のことを話したいというわけだ。結局、どちらも母親の穢れた血からは逃れられないとわかったあの晩のことを」ドミニクは苦々しい笑い声をあげた。「ああ、あの女の本性なら前々からわかっていたさ。あんたは隠そうとしていたけどな。若い跡継ぎが真実にさらされるのを、やさしい兄が防ごうとしてくれたわけだ。父親は酔っ払いで、母親はふしだらな女だという真実に……」

ジュールから身を離し、ドミニクは立ち上がった。「真実を知らずにいたら、母親の愛人でさえ受け入れていたかもしれないな。親の因果が子に報う。そうじゃないかい……兄さん？ぼくたちはあの母親の息子なんだ……あんたがそれをぼくに証明してくれた」

「この十年、おまえがこんなふうに暮らしてきたのはぼくのせいだと言うのか？」ジュールはドミニクの体を揺さぶってやりたい思いに駆られながらも、穏やかな声を出そうと努めた。弟がどれほどひどく傷ついたか、完全には理解していなかったのだ。長く待ちすぎたのかもしれない。

「よく知ってるね」ドミニクの笑みは愉快なものではなかった。「でも、正直に言わせてもらえば、それでもまだあんたほどひどくはないさ。ただ、今夜はとんでもなく幸先のいいことになったけど」

ドミニクの顔からすべての感情が消え失せ、ジュールは弟と目を合わせられなくなった。目をそむけても、弟のことばから逃れることはできなかったが。

「今夜、ぼくはあんたと同じぐらい見下げはてた人間だということが自分でよくわかったよ。そう、結局血は争えないってことさ」

8

ジュリアナは姿見の前でくるりとまわった。模様のついた藤色のシルクのフランス帝政時代風のドレスが藤色の子ヤギの革でできた上靴の先で優美な円を描いた。期待に頰が染まる。今夜のレディ・アトウッド主催の音楽会にはきっとドミニクも出席せざるを得ないはずだ。二日ほど、彼を避けようとして過ごしたが、どこへ行っても彼がいないとわかってかえって苛立たしい思いが増した。それから、マーチャム家の舞踏会があったが、彼の注意はドーラ・スタンウッドのみに向けられていて、彼にとって自分がほかのどんな女性とも変わらないのだと思い知らされた。

彼の最新の戯《たわむ》れの恋について噂はすでに広まっており、レディ・グレンヴィルが薄い唇を引き結んで眉を上げ、「ほんとうなのね」と言って何度も舌打ちしたため、ジュリアナは頭痛を訴えて早く引き上げることになった。

ドミニクと恋に落ちたことは自分でも認めざるを得なかったが、それを明かすつもりはなかった。いずれにしても、自分にはエッジモントとフレディがいる。ジュールでさえ、傍目にわかるほどの関心を寄せてくれていた。ジュリアナはドミニクへのもつれた思いをどうにかほどこうとする一方、この社交シーズンをたのしむつもりでいた。

寝室の扉をそっとノックする音がし、叔母のソフィアが扉から顔をのぞかせた。「ジュリアナ、うれしそうね。でも、急がなきゃならないわ。ロドニーが言うには、音楽会に参加する人たちがもう驚くほど大勢広場に集まりはじめているそうよ。うちの馬車もそれだけの馬車がひしめき合っているところを通り抜けるには時間がかかるわ」

「今行くわ、叔母様」ジュリアナは縁にオコジョの毛皮のついた紫がかった灰色のマントを肩にはおり、肘までくる藤色の子ヤギの革の手袋をはめながら階段を降りた。

アトウッド家に到着すると、ロドニーが両腕にソフィアとジュリアナをつかまらせ、今晩、大勢の客をもてなすために扉を開け放たれた鏡張りの舞踏場へとふたりを導いた。

「社交界の全員がここに《トゥー・ル・モンド・エ・イシ》いらしてるのよ」レディ・アトウッドは気どって扇をばたつかせた。「いらしたときに入口でお出迎えできなくてごめんなさい。よそで呼ばれたものだから。キャスパーがここにいないのもたしかだし。ピニョッティの声が癇《かん》に障るということで、クラレンス公爵とモーティマー・デスプリーとモンマス公爵を引き連れて図書室へカードをしに行ってしまったの」

ロドニーがつかのま顔を輝かせたように見えたが、ソフィアにとがめるような目を向けられて、その輝きも失せた。

「へえ」彼は言った。「私は昔からピニョッティの歌は好きですね」

フレディが部屋を横切ってやってくると、レディ・アトウッドの手をとって優美に唇へと持ち上げ、軽くキスをした。「いつもながら魅力的でいらっしゃる」彼はそうゆっくりと言い、それを聞いてジュリアナは忍び笑いをもらした。彼は振り向き、優美にお辞儀をした。

「わたしに気どってみせても無駄よ、フレディ・リスコーム」ジュリアナが声をひそめて言った。

「きみにかかると、うぬぼれもしぼむよ、ジュリアナ」彼はそう言って彼女をほかの人たちから引き離し、内緒話をするように耳打ちした。「いっしょにダイニングルームに来て。ロブスターの焼き菓子がなくなりそうで、最後に行ったときには、給仕ににらまれたんだ」

「いくつ食べたの、フレディ？」ジュリアナが陽気な口調で訊いた。

「たった六つさ。きみがいっしょに来てくれれば、きみがいくつかほしいんだという振りができる」

「でも、ほんとうにほしいわ、フレディ！」彼女は抗議の声をあげた。フレディといっしょにいると、ジョージといっしょにいるような気がした。まわりに誰がいようと気を楽にしてたのしめた。ダイニングルームにはいっていくと、ジュールの浅黒い顔が目にはいり、フレディの腕に置いた手に力が加わった。ジュールとその弟が反目し合っている原因がわかれば、ドミニクのことも理解できるかもしれない。

「全部は食べないと約束するよ、ジュリアナ」フレディはきっぱりと言った。急に腕をきつくつかまれたのは、またロブスターの焼き菓子をとろうとするのを止めるためだと勘ちがいしたのだろう。

「心配要らないわ、フレディ。お菓子を食べたい気分じゃなくなったから。でも、オレンジエードを一杯もらえるとうれしいけど」

すばやく一礼すると、フレディは人ごみを縫って歩きはじめた。その前にもうひとつ焼き菓子をくすねるのは忘れなかったが。ジュリアナは戻っていく彼の背中に向かってほほ笑んだ。エッジモントが突然目の前に現れたときにも、少しばかりひきつりはしたものの、笑みは消さなかった。彼は何かで頭が一杯という顔をしていた。

「ジュリアナ、とても大事なことについてすぐにきみに話さなきゃならない」

「エッジモント様、ここはこんな悲惨な混み方よ。大事なことを話し合う場所でないのはたしかだわ」彼女はなだめるように言った。この意を決した求愛者とじっくりと話し合うのはどうにか避けたかったのだ。「明日訪ねてきてくだされば いいわ」

彼の顔は真っ赤になり、軍人らしい堅苦しい物腰がいつもよりも目についた。「明日までは待てない。今きみに話さなくては」ジュリアナは頭を高く掲げ、エッジモントをやりこめようとしたが、そこで彼の肩越しにドミニクの姿が見えた。蠟燭の明かりを受け、金色の頭に後光が射しているように見える。すばらしい顔には明るい笑みが浮かんでいた。青いベルベットの服で覆われた腕につかまっているのはドーラ・スタンウッドだった。

「ジュリアナ」エッジモントがまた言った。「ほんの少しだけ時間をもらえればいいんだ。この驚くほど込み合った場所からきみを連れ出させてもらいたい」

そうね、ドーラのきれいな顔を見下ろすドミニクを見なくてすむなら。ドーラの目が光るのを見なくてすむなら。あの目はわたしがドミニクを見つめるときと同じなのかしら……渇望と欲望に満ちた目。

エッジモントが彼女の手を自分の袖に置き、人ごみを縫うようにきっぱりとした足どりで歩みはじめたときに抗議しようとしなかったのはそのせいだった。しかし、ふいにあたりがずいぶんと静かになると、ジュリアナは即座に手を離してまわりを見まわした。背後で扉が音を立てて閉まると、扉に背をあずけてほほ笑むエッジモントを振り返った。そこは照明の薄暗い小さな控えの間だった。

ぞっとしたことに、彼は膝をつき、手を彼女のほうに伸ばした。ジュリアナはあとずさったが、彼は手を止めず、膝をついたままにじり寄ってきた。

「エッジモント様、お願い」彼女は彼のぎごちない追跡から逃れようとゆっくりとあとずさって言った。

しまいに小さな長椅子のところまで達し、そこにどさりと腰を下ろすことになった。にじり寄っていたエッジモントの手が彼女の膝に載った。

「愛する人」彼は小声で言った。「きっと私のあなたへの思いはおわかりのはずだ」

彼女は身をよじって膝を彼の手から離した。突然熱くなった頬に両手を押しつけると、首を振った。「エッジモント様！　どうか立ってくださいな。わたし……」

「私が誰かの前にひざまずくなど、信じられないことに思えるだろうが、ジュリアナ……よければ……私がどれほど深い思いを抱いているかわかってもらいたい……」

「いいえ」

「正しいやり方に従いたかった」彼は間を置くことなくつづけた。「私は何においても正しいやり方をする人間なのでね」

恐怖はばかばかしくて笑いたいような気分に変わっていた。たぶん、この人に最後まで言わせてやればいいのだ。何を言っても止められないようだから。

「それに、信頼できる筋から聞いた話では――」彼は延々と話しつづけている。「結婚の申しこみをするには片膝をつくのが正しいやり方ということだから」

そこで扉が勢いよく開き、ジュリアナは不安になって目を上げた。邪魔がはいれば、エッジモントを止めることはできるだろうが、彼がひざまずいているところを誰かに見られるのはいやだった。後ろの廊下が見えないほどに入口をふさいで立っていたのはドミニクだった。

笑いたい思いは消え去った。屈辱のあまりことばもなく、ジュリアナは呆然とすわりこんでいるしかできなかった。一方のエッジモントは邪魔されたことに抗議しながら立ち上がった。

ドミニクがわずかに顔をまわし、「ほら」とはっきり言った。「誰よりも尊敬すべき人たちですら、この部屋を……人ごみからの避難所として使うんだ。残念ながら――」あざけるように唇がゆがむ。「この部屋はもう使われている」

ドーラが入口からなかをのぞきこみ、はにかむようにえくぼを浮かべた。「わたしたち、大事な話の邪魔をしたようよ」

「ああ、ジュリアナ、そこにいたのか」ジュールが部屋にはいってきて、手を差し伸べた。「きみの叔母さんに連れてきてくれと言われてね」

ジュリアナは引っ張り起こされ、何かつぶやいているエッジモントの脇をすり抜けて入口へと導かれたが、そこでドミニクのひややかな青い目と一瞬目が合った。

「われわれは失礼させてもらうよ」伯爵が喉を鳴らすような声でやんわりと言った。

ジュールが明るく騒がしいアトウッド家の音楽会へと連れ戻してくれるのにジュリアナはいそいそと従った。彼がいい時に現れてくれたのはなぜだろうとまだ不思議に思いながらも。

「もっと早く迎えに行けなくてすまない。途中でレディ・セフトンに邪魔されてね」

ジュリアナははっと目を彼の顔に向けた。「でも、わたしに助けが必要だとどうしてわかったの?」

「きみはうわの空だったんだろうな。そうでなければ、エッジモントにまんまとあの小さな部屋に連れこまれることはなかったはずだ。もちろん、その目的はひそかなあいびきだが」

「ドミニクがドーラをあそこに連れてきたのも不思議はないわけね」彼女は怒った声を出した。ジュールはソフィアのそばの席に彼女を導いた。「そう、弟の真の目的は誰にもわからないけどね。そのことは誰よりもきみがはっきりわかっているはずだ」彼は驚いた顔のジュリアナに謎めいた笑みを向けた。

それからその目を舞踏場の反対側に向けた。無意識にジュリアナがその目を追うと、窓辺に立つドミニクが怖い目で見つめてきていた。

ジュリアナはジュールが関心を示してくれることに困惑していた。なぜかはよくわからないが、ドミニクに対して不貞を働いているような気分だったからだ。それでも、ジュールがなぐさめとなってくれているのはたしかで、これほど望ましい独身男性がこんな特別な形で関心を寄せてくれているのは心強いことでもあった。心の奥底では、ジュールが自分に恋心を抱いているわけではないとわかってはいたが、復讐《ふくしゅう》の手段として利用されているのでもないと思おうとしていた。少なくともそれだけは自分の直感を信じられる気がしたのだ。その後、エッジモントは姿を消したようだったが、ありがたいことにフレディが現れて、ピニョッティのリサイタルが行われる音楽室へ連れていってくれた。耳をつんざくような高音のせいで腕に鳥肌が立ち、アトウッド卿がカードの部屋のほうを好んだ理由がよくわかった。

ジュリアナはフレディとそのおもしろさを分かち合おうと彼のほうに顔を向けたが、彼は歌手の歌声にうっとりと聴きほれていた。蓼食《たで》う虫も好き好きねとかすかに首を振りながら、音楽室を見まわすと、一瞬ドミニクと目が合い、互いに妙に相通ずる思いを抱かずにいられなかった。

そのとき、モンマス公爵が手を振ってドミニクを呼んだ。部屋を出ていく彼とともに、その晩のたのしみはすっかり消え失せた。

窓を打つ雨音にジュリアナは目を開けた。家のなかは静まり返っており、朝のチョコレートを運ぶメイドが扉をノックする音もまだなかったので、早い時間であるのはたしかだった。彼女はまた眠りたいとは思わず、身を起こして枕をふくらませ、そこに背をあずけた。

カーテンの隙間から、風にあおられる木々が見えた。雨粒が風に舞っている。最悪の天気の日だった。誰かとあたたかい暖炉の前にすわって過ごしたい日。

この一週間は毎朝そうだったのだが、今日はなおさら、ドミニクのことを考えずにはいられなかった。ドミニクが赦しを乞うてきて、腕に抱き上げられ、愛を告げられ、すばらしいキスの雨を降らしてくれる喜ばしい情景が何度も心に浮かんだ。子供っぽい白昼夢であるのはわかっていた。彼は離れていてくれるほうがいい。おかげで彼に感じている愛情について真剣に考える時間ができたのだから。

ジュリアナは身を起こし、上掛けを押しやった。まだどうするのが一番か決心はついていなかったが、彼のことを考えるのをやめ、家のなかのことに忙殺されることにした。

その日の午後、ジュリアナが応接間にはいっていくと、叔母とロドニー卿が何かを熱く論じ合っていた。

「あら」ジュリアナは気まずい思いで言った。「お邪魔するつもりじゃなかったんです。いつものように朝の間にいらっしゃるかと思って」

「邪魔だなんてばかばかしい」叔母のソフィアはにっこりした。「ロドニーとわたしはささやかな議論を交わしていただけよ、そうでしょう？」

ロドニー卿は毒でもはいっていればと願うようにお茶のカップのなかをじっと見つめた。それからふいに決意を固めた顔で立ち上がった。彼がじっさいだいぶやせたことがわかってジュリアナは驚いた。

「いや、ささやかな議論というわけじゃない。はじめて意見がくいちがったんだ。それにそれはきみに関することだ、ジュリアナ」

「わたしに！」ジュリアナは叔母に目を向けた。叔母は意を決した様子で立っているロドニーをじっと見つめている。その口にはおもしろがるような笑みが浮かんでいた。

「あら、ずいぶんと横柄な言い草ね、感心するわ」

「いいかげんにしてくれ、ソフィア！　きみはドミニクと私といっしょにカルター・タワーズに来るんだ。公爵夫妻もきみに会いたがっている」

ジュリアナは穏やかに長椅子にすわっている叔母から目をロドニー卿に戻した。彼は部屋のなかを行ったり来たりしはじめている。彼女はソフィアの隣に腰を下ろし、この奇妙な宣言の意味を解釈しようとした。

「もちろん、行かなきゃだめよ、ソフィア叔母様。とてもわくわくすることじゃない！」

叔母は姪に驚いた目を向けた。「ここにあなたをひとり残していくわけにはいかないわ。そんなこと、どうして考えられるの？」

ロドニーは満足そうな笑みを浮かべ、体を揺らした。「心配要らないさ、ソフィア。解決策ならある。ジュリアナもいっしょに来ればいい」

「すばらしい考えね」ソフィアはロドニーにうっとりするようなまなざしを向けていそいそと同意した。

「あら、そんなの無理よ……」ふた組の目がこれで決まりというように自分に注がれるのに気づき、ジュリアナはそこで口をつぐんだ。それから、ことばを継ごうとした。「もちろん、カルター公爵夫妻にお会いできるのは光栄だけど……ジョージが……ジョージが街に来る前にここを離れるわけにはいかないわ」

それが合図であったかのように、応接間の扉が勢いよく開いた。

「ウェントワース卿です！」スミザーズが声を張りあげて告げた。

「知らせる必要はないさ、スミザーズ」ジュリアナの弟がにやりとして言った。「みんなぼくが誰かは知っている」

「ジョージ！」ジュリアナとソフィアが口をそろえて言い、どちらもジョージに駆け寄って首に抱きついた。

「おいおい、ふたりとも首を絞めないでくれよ」ジョージは明るくそう言い、ふたりの頬に音を立ててキスをし、ふたりの腕をほどいてロドニーに堅苦しいお辞儀をした。

「はじめまして。ウェントワース卿ことジョージ・ヴェインです」

ロドニー卿のそばに寄ると、ソフィアは彼の腕に軽く手を載せた。「ジョージ、ロドニー・クロフォード様をご紹介するわ。わたしの婚約者なの」

ジョージはぽかんと口を開けたが、すぐに気をとり戻した。「ソフィア叔母さん、なんて言っていいかわからないな」

「お祝いを言って」ソフィアは笑いながら腕を広げ、ジョージは彼女をあたたかく抱きしめた。ソフィアはジュリアナに目を向けたが、その顔に当惑があらわなのを見てまた笑った。

「つまり、そういうことなのね。わかってしかるべきだったわ。ソフィア叔母様、わたしもとってもうれしい」

ジョージはしばらく値踏みするようにロドニー卿を見つめて立っていたが、やがて片手を差し出した。「あなたは幸運な男ですよ」

ロドニー卿の顔に浮かんだ誇らしげな表情にジュリアナはうれしくなったが、答える彼のことばはさらに喜ばしいものだった。「ああ、そうだね。自分の運の良さが自分でも信じられないくらいだよ!」

「やめて、ふたりとも、顔が赤くなってしまうわ」ソフィアが笑ってそう言い、ジョージを暖炉の前に置かれた大きな肘掛椅子へと導いた。「きっと喉のほこりを流すものが要るわね。ジュリアナ、呼び鈴を鳴らしてベラを呼んで。みんなお茶があると助かるわ」

「きっとジョージはブランデーがほしいはずよ」ジュリアナはそう言い、ベラを呼んでほしいという無言の命令を厨房に伝えるために呼び鈴のところへ行ってひもを引っ張った。それからジョージの椅子のそばを通りしなに、身をかがめてふさふさとした赤褐色の巻き毛にキスをした。

　ジョージは姉の手をとって唇に持っていった。目がきらりと光る。「ああ、うるわしの姉上が恋しくてたまらなかったよ。姉さんはまだキューピッドの矢に射られてはいないんだろう？」

　ソフィアの目を意識して避けながら、ジュリアナはゆっくりと笑みを浮かべた。「もちろんよ。まだあなたはわたしから逃れられないわよ」

「それで、ジョージ、きみは知っているのか、あの計……痛っ！」ソフィアに思いきり足を踏まれ、ロドニーは唾を飛ばした。

「あら、ごめんなさい。ショールをとろうとしたの」ソフィアは穏やかにそう言ってショールを肩にはおった。「ええ、ジョージ、わたしたち、社交シーズンをたのしんでいるわ。でも、何週間か、カルター・タワーズに住むロドニーのご両親の公爵夫妻を訪ねるつもりなの。あなたとジュリアナもいっしょに来てくれるといいんだけど」

　弟が答える前に、ジュリアナは軽い笑い声をあげ、親しげに両手を弟の肩に置いた。

「ジョージはまだ着いたばかりよ、ソフィア叔母様。ロンドンのたのしみを味わう前に、街から追い立てるわけにはいかないわ」

　姉の指と指をからませ、ジョージは目を上げた。「たしかにね、ジュリアナ。姉さんの言うとおりだ。〈ホワイツ〉でカードをしてもいいな」

「〈ホワイツ〉だって！　私の客としてぜひ歓迎したいよ……」ロドニーはソフィアの上靴が自分のブーツのそばでまたあやしい動きをするのを警戒するように見やった。「〈ホワイツ〉へ行こう。もし、長旅で疲れていなければ」

ソフィアが勢いよく立ち上がった。「それはありがたいわね、ジョージ。あなたはカードが大好きだから」

ジュリアナが事態をよく呑みこめないうちに、ソフィアはふたりの男性を応接間から追い立てていた。「そう、こんないい機会を逃す手はないわよ、ジョージ。ジュリアナとわたしは今晩は家に残って軽い夕食をとるわ」応接間に目を戻すと、ソフィアは顔を輝かせた。「ほらね、ジュリアナ」彼女はささやいた。「計画はうまく進んでいるわ」

軽食とともにソフィアが部屋に引きとるのを見送ると、ジュリアナはうわの空で宝飾品に触れながら階下《した》の部屋を歩きまわった。母が婚約の贈り物として受けとったセーブルの花瓶、祖父が競馬の賭けに勝って手に入れたらしい金箔《きんぱく》を張った時計、冒険好きの大叔父が旅先から持って帰ってきた金細工の卵。応接間の暖炉の上にはレノルズが描いた父の肖像画がかけられていて人目を惹いた。ジュリアナはその前で足を止めた。

「ねえ、お父様」気に入りの犬の上に手を置いて笑う男性に彼女はささやきかけた。「ようやくジョージをここに連れてこられたわ。たぶん、ここにいるあいだに、あの子も多少人生のたのしみ方を学ぶでしょう……わたしたちみんなもそうだけど」

彼女は暖炉のそばへ行って蠟燭に火をつけ、椅子に腰かけた。ロドニー卿がジョージを〈ホワイツ〉に連れていき、エッジモントのカード・パーティーへの招待には断わりの伝言を送っておいたため、今夜はひとり静かに夜を過ごすことになった。

また部屋のなかの短い距離をおちつきなく行ったり来たりしはじめると、しまいに窓辺へ寄ってセント・ジェームズ・スクエアを眺めた。街灯には火がともされていて、奇妙な形の影を歩道に投げかけていた。馬車が行きかい、上流社会の人間たちが夕べのおたのしみに出かけていく。ドミニクは何をしているのだろう？　たぶん、パーティーに参加しているか……友人たちと賭けに興じているか……ヴォクソールに行っているか……いいえ、ヴォクソールはないわね。ドーラか、彼が浮名を流している上流のみだらな女性の誰かを訪ねているのよ。ひんやりした窓ガラスに額をつけ、ジュリアナは目を閉じた。少なくとも、ジョージがそれなりの付き添いを務められる今、ロンドンに留まる言い訳ができた。侯爵にまた会うのは先に延ばせればそれだけいい。

ドミニクは〈ホワイツ〉の社交室の片隅にいる叔父を見つけた。カーテンのついた屋根窓のそばでロドニーはブランデーのグラスをのぞきこみ、悦に入った笑みを顔に浮かべていた。ドミニクは叔父と向かい合うように深い肘掛椅子にすわった。「見るからにご満悦ですね、叔父さん」

「そうさ、ドミニク、そのとおりさ！」ブランデーの残りをあおると、ロドニーはグラスを置いて椅子に背をあずけた。「ソフィアがいっしょにカルター・タワーズに来てくれることになったんだ。ジュリアナの弟がロンドンに到着したので、言い訳がなくなったってわけだ。おまえもあの若者には会うべきだ。気に入るぞ」

「会ったし、気に入りましたよ」ドミニクは笑った。「フレディといっしょにカードの部屋で彼に出くわしたんです。フレディ同様、ジョージも根っからのカード好きみたいですね。お互い馬が合うようだった」

「そうか。ソフィアも喜ぶよ」ロドニーは忍び笑いをもらした。うっとりするような表情が顔に浮かぶ。「今日の午後にも喜ばせたがね。ジュリアナもいっしょにタワーズに連れていったらどうかと言ったんだ。今もそう思ってるよ。ジョージも連れていって、本物のハウスパーティーを開けばいい」ロドニーはしぼみつつある太鼓腹の上で手を組み、ドミニクに目を向けた。「どう思う、ドミニク？　うんざりするようなグレンヴィル家の連中といっしょでも気がまぎれるはずだ。彼らを招くなんて、おまえのお祖母さんが何を考えているのか理解できないよ。ユージニア・グレンヴィルはおまえが幼いころ招待されて以来、タワーズには呼ばれていない。突然また彼女を招くなんてわけがわからないな」ドミニクはグレンヴィル家が招待された理由を叔父に説明しかけたが、すぐに言わないほうがいいと考えて口をつぐんだ。もしかしたら、祖母の意図を誤解しているのかもしれないからだ。おそらくそうではないと思うが。おまえももう二十九歳なのだから、そろそろ身をおちつけて跡継ぎをつくるころあいだと祖母に言われたのだった。つまりは妻を見つけろということだ。正確にはなんと言われたんだった？結婚してもいいと思える女性が見つかるまで、独身女性を次々に目の前に並べてみせるとかなんとか。もっと正確に言えば、公爵夫人という肩書のために女たらしという評判を見すごしてくれる人が見つかるまで。祖母がそれを遠縁の娘からはじめようと決心したのは明らかだ。

「よければ、ふたりとも招待してくださいよ」ドミニクは肩をすくめた。「ただ、ジョージはロンドンのたのしみから離れたくないかもしれない。まだロンドンに来たばかりなんだから。ぼく自身もロンドンに残ろうかと思っているし」

叔父はすわったまま背筋を伸ばした。「私にそんな仕打ちはできないぞ！　おまえが現れなかったら、おまえのお祖母さんは怒って大騒ぎするだろうさ。おまえがまた公爵をがっかりさせることのないようにしてくれと細々と書かれた長い手紙までよこしたんだ。彼女の癇癪《かんしゃく》がすごいことはおまえも知っているはずだ」

「お祖父さんがなだめてくれますよ」

「公爵はもっと最悪さ。声を荒らげたことはないが、イートンの学生に戻った気分にさせられる。おまえがいなかったら、あのふたりに対面するなんて無理だ。約束したんだから！」

ドミニクは顔をしかめた。カルター・タワーズにジュリアナがいて、日々姿を目にすることになるのだ。ヴォクソールでは彼女に触れずにいることができなかった。あのときよりも彼女への感情は強くなっている。彼女にふさわしい男を見つけてやれるだろうなどと思ったとは。ふさわしい男などいない。とくに自分はふさわしくない。愛想をつかされるに決まっている。ほかの女性たちと同じようにあつかってきたが、彼女はほかの女性たちとはちがう。彼女は……だめだ！　そんな考えは頭から追い払わなければ。

ドミニクが手を上げると、すぐに給仕がブランデーのグラスを持って現れた。彼は叔父に答える前に中身を喉の奥に流しこんだ。ああ、ぼくは彼女を求めており、彼女がぼくに惹かれていることも知っている。ジュールには道義心などかけらも持ち合わせていないと言ったが、ぼくにもまだ多少の道義心は残っている。夜ごと眠れぬまま横たわり、いかなる状況においてもジュリアナを自分のものにはけっしてできないわけをまざまざと思い返すだけの道義心は。自分にまだ残っている自尊心をかき集め、彼は決心した。そして、ロドニーが心配そうな顔をし

ましょう」

ているのに気づき、かすかな笑みを浮かべてみせた。

「叔父さんにそんな仕打ちはできないな。ジュリアナとジョージを招待すればいい。公爵夫人がハウスパーティーを開きたいというなら、開かせてやらなくては……さあ、ピケットをやりましょう」

ふたりが部屋の片隅の窓辺から歩み去ったところで、一本の長く白い指がカーテンをわずかに開いた。誰も見ていないことをたしかめると、ジュールがすばやく社交室の真ん中へ歩み出て使用人用の通路を通り抜け、姿を消した。

スミザーズのノックが、頭のなかを駆けめぐっていた白昼夢からジュリアナを覚めさせた。

「あら、ずいぶんと暗くなったのね。シャンデリアに明かりをともしてくれる、スミザーズ？」

「かしこまりました。お客様です」彼はわずかにためらう素振りを見せた。「殿方です」

ドミニクかしら。ほつれた髪を直そうと無意識に手が髪に行った。ジュリアナは息を整え、小さな声で答えた。「ここへお通しして」

部屋は高い位置に吊るされたシャンデリアと火の入れられた暖炉でやわらかく照らされた。カーテンを閉めると、ふいに応接間は小ぢんまりとした部屋に感じられた。ジュリアナは金めっきされた額の鏡の前に立ち、急いで自分の姿をたしかめた。ええ、大丈夫。

「サヴィル伯爵様です」

失望のあまりめまいを覚えながらも、ジュリアナはどうにかおちつきをとり戻し、歓迎の印に手を差し出した。ジュールがそっと手をとって顔を近づけた。

「おすわりくださいな、サヴィル様」

「ジュールです」

「スミザーズ、お茶をお願い。サヴィ……ジュール、もっと強いものがいいかしら？」

「お茶で結構です。ほかに誰か来る予定でしたか？」

ジュリアナはすばやく振り返り、暖炉のそばの椅子に近寄った。「いいえ、めずらしく静かな晩をたのしんでいましたの」ジュリアナは彼の目を気にするようにドレスの皺を伸ばした。「でも、あなたがどうしてこんな遅くに訪ねていらしたのか、不思議ではありますわ」

「ジュリアナ」ジュールはなめらかな口調で話しはじめた。「ロドニーとソフィアの婚約のことを聞きました」

「それで？」

彼はわずかに目を細め、ジュリアナのまっすぐなまなざしから目をそらした。「もちろん、お祝いを言いたかったんですよ」

「それはご親切に。でも、ふたりともここにはいないんです」自宅の応接間にいるのに、なぜかジュリアナは居心地が悪く、ジュールの言うすべてに異を唱えたくてたまらない気がした。

「ええ、知ってますよ」ジュールの薄い唇の端が上がった。「ロドニーとドミニクは〈ホワイツ〉に残してきましたから。あなたも参加する予定のカルター・タワーズでのハウスパーティーのことを話していました。公爵夫妻はソフィアとその家族にとても会いたがっているそうで」

「ソフィアも公爵夫妻とお知り合いになるのをたのしみにしてますわ。でも、あなたのおっしゃることはまちがっています。ジョージとわたしは参加しませんから」彼女はきっぱりと言った。

ジュールはひややかな目をしばらく彼女に向けてから、眉根を寄せて肩をすくめた。「あなたがいっしょに行ってソフィアの支えにならないとは残念だ」

「支え？」彼女はすばやく応じた。「伯爵様、ソフィアだったら、カルター公爵夫妻のこともロドニー様同様、すぐに魅了してしまいますわ」

ジュールは笑った。片方の目はきらめいていたが、ガラスのようにもろく見えた。「ロドニーはあなたの叔母さんに夢中ですからね。でも、公爵夫妻はよくてもむずかしい人たちだ。とくに血筋をつなぐということになると」

わずかながら、ジュリアナは虚をつかれた。ジュールが叔母の年齢を示唆《しさ》しているのは明らかだった。「公爵夫妻はロドニーが女学校を出たての若い女性ではなく、成熟した女性を選んだことに不満を抱かれるとおっしゃるの？」彼女は形だけ礼儀を保ちつつ訊いた。

ジュールは両手を広げ、ゆったりとソファーに背をあずけた。「彼女を知れば誰でも、ソフィアの独得の魅力をすばらしいと思うはずだ。そのうちにはきっと……」

「そのうち！」ジュリアナは伯爵の見下すような声の響きに我慢できなくなり、怒った口調でさえぎった。「ロドニーが……ご両親の公爵夫妻も……どれだけ時間をかけて探しても、ソフィア叔母様以上にすばらしい人は見つからないわ！」

怒りにジュリアナの体は震えていた。愛する叔母を守りたいという思いが熱くたぎるほどになっていた。

ジュールはふいに身を乗り出し、彼女の震える指をあたたかい手でつかんだ。「ジュリアナ、きみを動揺させるつもりはなかったんだ。ソフィアといっしょにタワーズに来るよう説得したかっただけでね」

そう言うと、突然震えの止まった指を放した。浅黒い顔に心配そうな表情だけを浮かべる。

「われわれみんな……きみにタワーズに来てもらいたいと思っている」ジュールは彼女が立ち上がって暖炉のそばに寄り、くすぶっている薪《まき》を火かき棒でつつくのを見守った。小さな炎に照らされたその横顔から、彼女が意を決した瞬間がわかった。

「たぶん、決めるのが早すぎたんだわ」ジュリアナは決意を固めたように顎を上げた。「弟がロンドンに来たばかりなので。どうするか決めるのに何日か猶予を持てばよかったのよ……ご心配いただいて……感謝しますわ」

彼女がお茶のトレイのほうへ顔を向けると、ジュールは口の端が満足げに持ち上がるのを止められなかった。この女性を通して、ドミニクへの借りを返せるのはわかっていたのだ。

9

カルター公爵は一行をタワーズに迎えるために、豪奢な長旅用の馬車を差し向けてくれた。レディ・グレンヴィルと向かい合う席にすわったジュリアナは、彼女が大量のクリームをなめ終えたばかりの猫のように見えると思っていた。叔母のソフィアはいつものように穏やかな表情でいたが、ときおりレディ・グレンヴィルに目を向けては唇をゆがめていた。馬車に乗りこんだ四人目はサー・アルフレッドだったが、いつものように口を閉じ、〈ザ・タイムズ〉の陰に隠れている。ときおり、そこにいるのを忘れられることもあった。ジュリアナは腰のかすかな痛みをやわらげようと座席に背をあずけ、窓の外へものほしげな目を向けた。シャーロットとジョージは並んですわり、夢中になって話しこんでいる。陽光が降り注ぐなか、田舎の新鮮な空気を吸いながら、いっしょにいてたのしい相手と馬に乗っていけたらどんなにすばらしいだろう。

ブケファロスに乗ったドミニクが視界をさえぎった。ジュリアナは考え直した。外で彼といっしょにいるよりは、この息苦しい馬車に閉じこめられているほうがましだ。

ドミニクが馬に乗るのは法律で禁じるべきだ。心の平穏に多大な影響をおよぼすのだから。すばらしい仕立てのパールグレイの乗馬服に身を包み、白い馬に乗った彼は、まわりのすべての人間を熱狂させるアドニスそのものだった。多くの女性の心を奪ったと噂されるのも不思議はない。そして、彼女自身もほかの女性たちとなんら変わらなかった。その伝説的な魅力に屈してしまったのだから。

問題はそれにどう対処するかだ。この旅には加わらないわけにはいかなかった。とくに、叔母のソフィアが公爵夫妻に受け入れられるかどうかに疑問を呈するジュールのことばを聞いたからには。怒りで体が震えそうだった。愛する叔母をおとしめるような発言を誰にも許すつもりはなかった。そう、ロドニーがこれほどすばらしい女性を見つけたことを、彼の両親も喜んでしかるべきだ。

その朝早く、カルター・タワーズへ出立するために全員がウェントワース・ハウスに集まったのだった。ドミニクはジュリアナにシャーロットに対するのと変わらない程度の親しさを示し、慎重に挨拶した。そして、彼女が馬車で旅することに心から賛成する様子を見せた。おそらくは自分が彼を愛しているせいだろうが、彼のなかに、以前はなかった抑制のようなものが感じとれた。ふたりは互いに、過剰すぎるほどに礼儀正しく振る舞っていた。ヴォクソールでのことを彼が考えることはないのかしら？　あの晩のように、わたしを腕に抱きしめたいとさらなる欲望に駆られることはないの？　ジュリアナ自身は寺院の廃墟でのあの瞬間に思いが戻ってばかりいた。うっとりするような震えが全身に走り、彼女は肩にはおった軽いカシミアのショールをきつく体に巻きつけた。その記憶はあまりに貴重だった。これからどうしたらいいか……ドミニクが何を考えているのかわかったなら。自分をとりまくすべての感情のなかを手探りで進むのはむずかしかった。ウィルとのときはこんなふうではなかった。愛情もとても単純で容易なものに思えた。ドミニクとのあいだでは、何ひとつ容易なものはなく、従うべき道筋すらなかった。ジュリアナはドミニクとの貴重な記憶をひとつひとつ選り分けていった

――傲慢な貴族は消え去り、代わりに寺院の廃墟やフォーブズ夫人の庭でのやさしい男性が浮かび上がった。

どこからか節の曲がった手が現れ、胸に押しつけられる気がした。心のおもむくままに進みなさいとフォーブズ夫人に言われたのだった。はかりしれないほどに賢く見える女性だった。それでも、心のおもむくままに振る舞ったら、社会から期待されるすべてを裏切ることになってしまう。そんな危険を冒したとしても、それでどうなるの？　ジュリアナは軽くため息をつき、隅に立てかけたクッションに頭を押しつけた。

ジュリアナのため息を聞いてソフィアは物思いからさめた。ロドニーがジュールといっしょに先に行っていなければ、話をしてみんなをたのしませてくれただろうに。そうすれば、サー・アルフレッドも妻の非難を避けるために新聞の陰に隠れて居眠りせずにすんだことだろう。ジュリアナも一心に何か考えながら眉根を寄せていることはなかったはずだ。シャーロットがドミニクの目に留まるようにとユージニアが立てた戦略を滔々《とうとう》と述べ立てることもなかっただろう。ソフィアは不安のせいで気分が悪くなりそうだった。ジュリアナとドミニクのあいだに張りつめたものがあるのには気がついていた。それがヴォクソールではじまったことも。あの晩、ふたりのあいだに何かがあったのだ。ジュリアナは誰かに触れられたら、粉々に壊れてしまうように見えた。そしてドミニクは……ソフィアには何も恐れるものはなかったが、彼の顔の表情を見ると、寒気を感じた。同時に彼のために心のなかで涙せずにいられなかった。ロドニーが彼の人生として描いてみせたものは美しいものではなかった。彼は複雑でおそらくは暗い一面を持つ人間だが、ジュリアナとのやりとりを見れば、魂の強さとあたたかさが垣間見えた。ソフィアの直感は当たることが多く、彼女自身、それを信じていた。誰かが彼の心に触れられるとしたら、それは自分の大事な姪だ。遅きに失して後悔することにならないといいのだが。

夕方近くになって、カルター・タワーズが見えてきた。銀色に輝く長いブナの並木道を下った先に、ふたつの石づくりの塔が美しい真っ赤な夕日を背にそびえたっていた。

「すごい、堂々たるお屋敷ね」ソフィアが窓から頭を突き出して言った。

「あなたがこんな壮麗なお屋敷に慣れていないのはわかるけど、ソフィア」レディ・グレンヴィルが鼻を鳴らして言った。「不作法な田舎者みたいな振る舞いはやめて」

「ユージニア、心配してくれるなんてとてもやさしいのね」ソフィアは危険なほどにやさしい声で言った。「でも、その必要はまったくないわ。公爵夫妻もわたしを魅力的だと思うにちがいないとロドニーが請け合ってくれたから。結局、すぐにわたしもおふたりの娘になるわけだし」

レディ・グレンヴィルの顔が恐ろしいほど真っ赤になったと思うと、彼女が旅のあいだ耐えず動かしていた赤い扇がふたつに折れた。

「自分のこと、うんと賢いと思ってるのね！」レディ・グレンヴィルは歯を食いしばるようにして言った。「でも、わたしには負けるわ。次の公爵夫人はシャーロットであって、あなたじゃないんだから！」

レディ・グレンヴィルの敵意に満ちたことばにぎょっとしながら、ジュリアナは叔母がそれほど自信に満ちあふれているのはなぜだろうと考えていた。ソフィアがあまり歓迎されないかもしれないとジュールはほのめかしていたが、叔母はそんなことは思ってもいないようだった。明るい笑い声が馬車のなかに響き、張りつめた空気を追い払った。サー・アルフレッドは隅にさらに体を押しつけ、軽くいびきをかき出した。

「ばかなことを言わないで、ユージニア。わたしは公爵夫人になんかなりたいと思っていないわ。きっとシャーロットもそうよ」

「じゃあ、ジュリアナは？　ジュリアナにもそうなってほしいと思ってないといいんだけど。だって、今度の跡継ぎまで未亡人と結婚するなんてことを彼らが許すはずがないのはたしかだもの。あんなひどい……」

「もう充分よ！」叔母が鋭く言った。

「ソフィア叔母様……」とジュリアナは言いかけたが、叔母が首を振るのを見てことばを止めた。

ジュリアナはこの奇妙な会話の成り行きに驚いてぎごちなく背筋を伸ばした。いったいどういうこと？　叔母の顔に罪悪感のようなものが浮かぶのを見て、胸の奥の心臓のあたりがしめつけられた。叔母はけっしてジュリアナと目を合わせようとしなかった。こぶしににぎった手を膝の上に置き、表情を消そうとしている。

馬車が敷石を敷いた中庭で大きく揺れて停《と》まった。広い石段ではロドニーがそわそわと待ちかまえていた。ジュールがその少し後ろに立ち、ジュリアナが馬車から降りると、かすかな笑みを浮かべた。

レディ・グレンヴィルはサー・アルフレッドを追い立てて石段をのぼり、挨拶をする必要もないとでもいうようにロドニーの脇を通り過ぎると、公爵夫妻が待っている、彫刻をほどこした大きな扉へと向かった。

ロドニーはソフィアを軽く抱きしめ、歓迎するようにジュリアナにうなずいてみせてから、婚約者を石段の上へと導いた。ジョージとシャーロットが厩舎から笑い合いながら走ってやってきて、ジュールとひそかに話をしようと思っていたジュリアナの邪魔をした。

「ドミニクは馬の面倒を見てくれているよ」ジョージはふたりの女性を片腕ずつにつかまらせて石段をのぼった。ジュリアナは問うような目をジュールに向けてためらったが、ジュールがほほ笑んで首を下げただけで一歩脇に退いたため、三人はカルター公爵夫妻が待つ場所へ進んだ。

公爵夫人は予想とはまるでちがった。透き通るような美しい肌をした、小柄でほっそりとした体つきの人だった。やさしくはかなげに見える。想像していた傲慢な公爵夫人とは似ても似つかなかった。逆に公爵のほうは想像どおりだった。ドミニクが七十代になったらこんな感じだろうと思う外見で、背が高く、背筋が伸びていて、髪は真っ白だった。第八代カルター公爵のオースティン・クロフォードも息を呑むほどに魅力的に見えた。とくにドミニクと同じ鮮やかな青い目を突然向けてきたときには。

「それで、こちらが美しいジュリアナだね」公爵は彼女の指を唇へと持ち上げながら、力強く太い声で言った。「カルター・タワーズにようこそ」

ジュリアナは彼の顔を探るように見たが、そこには彼女と叔母のソフィアへの歓迎の気持ちが表れているだけだった。ソフィアについて懸念を述べていたジュールのことばはなんだったの？　公爵の肩越しにドミニクが祖母にキスをしに来るのが見えた。この家族が抱える秘密ってなんなの？　レディ・グレンヴィルが辛辣《しんらつ》な口調で言おうとしていたことは何？　そして、もっと重要なのは、どうしてソフィア叔母様があんな苦悩の表情を浮かべたの？

それをさらに考える時間はほとんどなかった。公爵夫人がとても愛想はいいものの、有無を言わさぬ態度でそれぞれを部屋へと向かわせたからだ。

ジュリアナの部屋は巨大な庭のようだった。ピンクや、紫がかった青や、クリーム色の花模様の壁紙が隙間なく壁に貼られ、ベッドや窓のカーテンも花模様だった。お湯のはいった大きな壺を持った従者がすばやく現れ、ことばを発することなく脇の小部屋から銅製の風呂桶を引っ張り出すと、暖炉の前に置いてそこにお湯を注いだ。

そのすぐあとにカナリア色のつややかな巻き毛をした小柄な若い田舎娘がラヴェンダーの香りのするタオルを持って現れた。「あたしはメアリーです。ここにいらっしゃるあいだ、お嬢様付きのメイドをいたします」彼女は従者にぞんざいな笑みを向け、彼を部屋の外へ追い立てると、香りつきのオイルの瓶を開け、中身を何滴か蒸気の上がる湯船にそっと落とした。「ほうら。これはお肌にとてもいいはずですよ。髪を洗う香りつきの石鹸《せっけん》もあります。タオルは気持ちよくあたたまるように暖炉のそばに置いておきますね。ほかに何かご入用なものはありますか？　ご用があれば、喜んでおうかがいしますが」

「あなたが来てくれてうれしいわ、メアリー。メイドを連れてこなかったので、途方に暮れていたの」ジュリアナはそんな白々しい嘘を言ったことに罪の意識はまるで覚えなかった。メアリーは役に立ちたくてとても熱心で、着替えならほぼいつも自分ひとりでしていると、ほんとうのことは言えそうもなかったからだ。

メアリーはにっこりとほほ笑み、絶え間なくおしゃべりをつづけた。ジュリアナは湯船につかるあいだ、メアリーが訓練を終えたばかりで、貴婦人のメイドを務めるのはこれがはじめてだと知った。メアリーの実家が農家で七人の兄弟がいることや、末っ子の赤ん坊を産んでから母親の具合がよくないことや、トーマス以外の年上の子供たちが家計を助けるために働きに出ていることも知った。トーマスはドミニク様の学校時代の友人の従卒となるべく、海軍に入隊した。ドミニク様いわく、その方にちゃんと面倒を見てもらえるはずだとのこと。「それを想像してみてください！」

ジュリアナは暖炉の前にすわり、若いメイドにほほ笑みかけて話の先をうながしながら、銀色のブラシで濡れた巻き毛を梳いていたが、心はドミニクのことと叔母から聞き出さなければならない秘密でいっぱいだった。

「ああ、お嬢様、これはお嬢様の髪に映えてとてもきれいですよ」メアリーはジュリアナが一度も着たことのない、翡翠色《ひすいいろ》のサテンの夜会用のドレスを持ち上げていた。「それに、今晩の晩餐にぴったりです。奥様はいつもすばらしいドレスをお召しになるんです。奥様と旦那様とおふたりのときにも。ハウスパーティーなどではほんとうに公爵夫人らしい装いをされます」

充分休息し、光るドレスに身を包み、思いがけず才能豊かなメアリーの手で髪を魅力的な形に結ってもらうと、ジュリアナは叔母を探しに行った。ソフィアの部屋の前で左右の廊下に目をやって立っていると、そうして廊下に立っているのはばかばかしい気がしたが、叔母の部屋からは声が聞こえていた。叔母のソフィアを問いただすためにはふたりきりになる必要があった。

ようやく扉が開くと、部屋から出てきたのはメイドではなかった。金色のサテンのオーバースカートのついたクリーム色のシルクのドレスに身を包んでまばゆいほどに美しい叔母自身が現れ、その後ろにロドニー卿がいた。

「ジュリアナ！」ソフィアが虚をつかれて息を呑んだ。その顔が輝く。叔母の目とロドニーの目には新たな光があった。

ロドニーはソフィアの肩を抱いた。「驚いたよ、ジュリアナ」彼は誇らしげな声で口を開いた。「たった今、クロフォード家の婚約指輪をきみの叔母さんに受けとってもらう光栄に浴したところなんだ」

満面の笑みでソフィアは手を掲げてみせた。その指にはきらめくダイアモンドに囲まれた大きなエメラルドが光っていた。「きれいじゃない？」

ジュリアナの目に涙が浮かんだ。「きれいだわ」とかすれた声で言うと、叔母の両方の頬にキスをした。「おふた方が再会できてほんとうによかった」

ロドニーはジュリアナに腕を差し出し、ソフィアには手を伸ばした。「誰よりも美しい女性をふたりも晩餐の席へ導けるとはなんとも運がいい」

三人は公爵夫妻が客を待っている応接間へはいっていった。ロドニーはソフィアのために大きな肘掛椅子を引き、またも正式に婚約者として彼女を紹介した。ジュリアナは婚約に反対する気配はないかとその場の様子を注意深く見守ったが、そんな気配はみじんもなかった。黒いシルクのドレスを身につけ、首と耳と手首にダイアモンドを光らせた公爵夫人は屈託なく、あたたかくソフィアを受け入れた。ロドニーの名前を口にするときには、眉を上げ、生徒をしかる教師のような声を出したが。

ロドニーはすばやくソフィアの手を持ち上げた。ダイアモンドとエメラルドが光を反射してきらきらと光った。

公爵夫人はほっとした顔になった。「ああ、つまり、今夜はお祝いの晩餐になるわけね！」そう言ってロドニーを手招きした。彼は首をかがめてお祝いのキスを受けた。

「彼を幸せにするよう精一杯努めますわ、公爵夫人」ソフィアがおごそかに言った。

「あなたがそうできるのは疑わないわ」末っ子の息子に厳しい目を向け、彼女は息子の夜会用の靴の爪先からきちんと櫛《くし》のはいった黒っぽい巻き毛までをじろじろと眺めた。「すでにここ何年かで一番立派に見えるもの。きっとコルセットをつけなくても……」

「ロドニー！　おまえのためにうれしいよ！」公爵がさえぎるように言った。「こんな美しい娘が持てるとは思ってもみなかった」そう言って若い女性であるかのようにソフィアの顔を両手で包んだ。ソフィアは格別に魅力的な笑みでそれに応えた。「うっとりするほどだ」公爵はそう小声でつぶやき、彼女の頰にキスをした。

「祖父はいつもきわどいところで助け舟を出すんだ」ドミニクがささやいた。その息がやさしくジュリアナの巻き毛を揺らした。「ミセス・フォーブズの歯に衣《きぬ》着せぬ物言いは祖母を思い出させると言ったのを覚えているだろう」

彼はいつ部屋にはいってきたの？　ロドニーとソフィアのことで頭が一杯で、はいってきたのに気づかなかった。ジュリアナはゆっくりとドミニクのほうに顔を向けた。蠟燭の明かりが彼の髪に金と赤の陰影をつけ、彫りの深い顔に魅惑的な影を投げかけている。その顔には久しぶりに見る本物の笑みが浮かんでいた。ジュリアナは息が荒くなるのを必死で抑えた。

「よく覚えているわ、ドミニク。あなたと会ったときのことはいつのことも……ただ、そのなかには、ほかのときよりもいっそう鮮明に記憶に残っているものもあるけど」

なぜこんなことを言ってしまったの？　彼の目に驚きの色が揺らめくのを見て悦に入りたいから？　おそらく、彼はヴォクソールでのことを忘れてしまったのだ。あのときはわたしへの欲望を否定しようとはしなかったのに。でも、わたしは忘れはしない。自分にとって大事な分岐点となった出来事だったから。今、自分の幸せが彼次第だと思うと、怖くてたまらなかった。

こんなことを言うべきではなかったのだ。生気に輝いていたドミニクの目がなぜかうつろになり、少し前の親密な雰囲気はなくなってしまった。

「今夜も記憶に残る晩になるよ。もうすぐ親戚になるとわかったんだから」彼は軽い口調で言った。それから、ジョージとシャーロットからのお祝いを受けているロドニーとソフィアに目を向けた。「今夜叔父はとても幸せそうだ。このままずっと幸せでいてくれるといいなと思うよ」

ジュリアナがそれに答える前に、彼は離れていった。ジュリアナは苛立ちを覚え、そのあとを追いたくなった。ロドニーとソフィアの幸せにどうして疑問を呈したりするの？　距離をつめようとすると、かえって遠くへ行ってしまうのはなぜ？　ドミニクはレディ・グレンヴィルのそばへ行こうとしていた。ジュリアナは馬車のなかで彼女が言いかけた謎めいたことばについてもっと詳しく知るまではレディ・グレンヴィルと面と向かいたくはなかった。

執事のディアボーンが夕食の用意ができたと告げた。ドミニクはシャーロットに腕を差し出した。それを見て彼の祖母とシャーロットの母はにっこりとほほ笑んだが、ジョージと公爵は考えこむように眉根を寄せた。

アーチ型の天井のせいで、正餐室は薄暗かったが、部屋にはお祝いの雰囲気が満ちあふれていた。暖炉では赤々と火が燃え、六枝の燭台《しょくだい》がふたつ、磨きこまれた長いテーブルの上に置いてあった。マントルピースの上や、ディアボーンが給仕を監督するサイドボードの上にも蠟燭がともされていた。

グリーンピースのポタージュと、魚介類の料理を味わい、子牛の首肉が出されるころには、ジュリアナは部屋に戻りたくてたまらない思いになっていた。テーブルで割り振られた席はジョージとレディ・グレンヴィルにはさまれ、サー・アルフレッドと向かい合う、中央のつまらない席だったからだ。公爵の右隣にすわる叔母がうらやましくてたまらなかった。テーブルのそちら側からは何度も笑い声が聞こえてきた。誰にも無視されていたわけではないが、レディ・グレンヴィルの退屈なひとり語りを延々と聞かされるはめになることが多かった。おかげで、レディ・グレンヴィルとクロフォード家のつながりや、タワーズの歴史や、跡継ぎの婚約指輪の宝石の大きさまで、すべてを知ることになった。跡継ぎの婚約指輪はソフィアに贈られたものよりも大きく、もっと貴重なものということだった。

その話をするときには、レディ・グレンヴィルは気どった笑みを浮かべ、身を乗り出して向かい側にすわるジョージに熱心に語りかけているシャーロットに甘い目を向けていた。「ふっうは――」彼女はジュリアナに向かって言った。「あんな不作法なことをして、シャーロットはしかられるべきでしょうけど、これは身内の夕食会なんだから、社交界の厳しい決まりも多少ゆるめていいはずよ」

ジュリアナは胸の内でつぶやいた。シャーロットにとって、この訪問は田舎暮らしに関心があって、知識もあるということを表明するいい機会だわ。じっさい、今もジョージと、ウェントワース・パークとザ・ウィロウズを隔てる川の東側にある四百エーカーの沼地を干拓する利点について話し合っている。これまで気づかなかったけれど、このふたりには共通するところがとても多い。

少なくとも、ふたりともたのしんでいるわ！　真向かいにすわっているのがサー・アルフレッドでなければ、テーブルに飾られている花を押し分けて、新しい話題を見つけたことだろう。しかし、相手が彼ではそれもうまくいかない。何についても自分の意見を述べるのを聞いたことがなかったからだ。いずれにしても、答えるのはレディ・グレンヴィルということになるだろう。

ジュールの姿は見えなかったが、公爵夫人と冗談を言い合う魅力的な声の断片がときおり耳にはいった。ジュリアナと同じように不快な思いでいるのはドミニクだけのようだ。彼のほうに目を向けるたびに――見とがめられそうなほどに何度もそうしてしまったのだが――無表情か、なお悪いときにはしかめ面が目にはいった。今晩のうちにどこかで叔母のソフィアと話をしなければならない。隠されていることについて知れば、彼が自分のまわりに張りめぐらしている防壁をどうやって突き破ったらいいかわかるかもしれない。

公爵夫人が優雅に立ち上がり、ソフィアに指で合図した。「さあ、行きましょう。殿方が男同士の話をするあいだ、わたしたちは気安く打ちとけたおしゃべりをしましょう」公爵夫人はレディ・グレンヴィルが指に残った甘いデザートの最後のかけらを拭《ふ》きながら、重い体を椅子から持ち上げるのを待ち、それから、女性たちを廊下の向こうの音楽室へと導いた。母親から目で合図され、シャーロットはまっすぐピアノのところへ行って感嘆の声をあげた。

「どうぞ好きに弾いてくださいな、シャーロット。夕食のあとに音楽を聴くのはたのしいものだわ」公爵夫人はソファーにすわり、レディ・グレンヴィルとソフィアにもいっしょにすわるように言った。

ジュリアナは敷石を敷きつめたテラスを見晴らす扉のところへ近づいた。片方の扉をわずかに開け、夏の夕べの甘いにおいを吸いこむ。少しでも心安らぐ時間を持てることに感謝しつつ、男性たちがやってきて、ドミニクの存在を意識せずにいられなくなる前に気をしっかり持とうとした。何を見聞きしても、必ずドミニクを思わずにいられなかった。会話の断片が耳にはいれば、ふたりで交わした会話が思い出され、公爵がほほ笑むのを見れば、笑うドミニクの口が目に浮かんだ。ロドニーとソフィアを包む愛情と安心の空気に自分も包まれたかったが、自分が幸せでないために、それもかなわなかった。ジュリアナはひどく孤独だった。

ロンドンで親しく接してくれていたジュールもここでは力になってくれなかった。彼は何かを待つようにほかの面々から離れていた。何を考えても、むっつりしているドミニクがそこにはいりこみ、ジュリアナは彼のほうに目を向けずにいられなかったが、彼は必ず目をそらすのだった。ジュールのほうに目を向けても、彼はただそんなふたりを眺めているだけで、力になってくれることはなかった。

そよ風にうなじの巻き毛を揺らされながら、ジュリアナはソフィアのほうに目を向けた。公爵夫人はうれしそうにクロフォード家の結婚のしきたりを説明している。ジュリアナはため息をついた。ジュールにあざむかれたのだ。ソフィアが拒絶されたり、歓迎されなかったりする気配はみじんもなかった。わたしは来る必要はなかったのだ。ロンドンに留まってこんな目に遭わずにすんだのだ。

廊下で足音がし、公爵夫人は呼び鈴を鳴らしてお茶を頼んだ。気が滅入り、ドミニクと顔を合わせる気分ではなかったため、ジュリアナはしばらく庭に出ているとソフィアに合図した。男性たちが部屋にはいってきたときには、扉をすり抜けてテラスに出ていた。

きれいに花が植えられた花壇ときちんと手入れされた生垣のそばを通る砂利道を歩きながら、ジュリアナは張りつめていたものがゆるむ気がした。小道は曲がっていたが、突きあたりまで行ってみることにした。行き止まりの小さな広場には足もとに子羊が丸くなって眠っている羊飼いをかたどった大理石の彫像が立っていた。ジュリアナはベンチに腰を下ろし、子羊の頭にそっと指を走らせた。石は冷たかった。涼しいイギリスの晩に外を歩きまわるには、マダム・ブルタンのきれいなドレスは向かなかった。ジュリアナは身震いし、両手をむき出しの肩に置いた。

「ショールをとってこようか？」太い男性の声が暗がりから聞こえた。

ドミニクが月明かりのもとに姿を現し、ジュリアナは息を呑んだ。腹のあたりではじまった震えが全身に広がりそうになる。ヴォクソール以来はじめて、ようやく彼とふたりきりになれたが、不安に押しつぶされそうだった。心のおもむくままに……そんな勇気はなかった。

「ありがとう。でも、寒くはないので」彼女は小声で答え、震える手をドレスの襞のなかにたくしこんだ。

ドミニクはうつむけた彼女の顔と胸の谷間の影に目を向けた。いつものように、触れたくてたまらなくなる。しかし、彼はそうせずにベンチの彼女の隣に腰を下ろした。そしてしばらくのあいだ、夜の静寂のなかで彼女といっしょにただすわっていた。

おそらく、ヴォクソールでのあの晩のことを釈明すべきなのだ。彼女の目には当惑と心の痛みが浮かんでおり、それをどうにかとり除かなければならなかった。ジュリアナのために、ふたりのあいだに起こったことについて話をしなければならないのだ。そうすれば、お互いそれを忘れることができる。悪いのは自分だ。恋患いの少年のように自制心を失ってしまったのだから。しかし、今夜は酒を過ごしてもいない。今夜は自制心も働く。こんなふうにそばにすわっていても大丈夫だ。

「ぼくたちははずれたところでばかり会うようだね、ジュリアナ。ひとりで歩きまわるときにはもっと気をつけないといけないよ」

彼女ははっと顔を上げた。心の痛みと当惑がまたその目にあらわになる。

「あなたって簡単にお礼も言わせてくれないのね……わたしたちのあいだに何があったにしても……あの晩わたしを見つけてくれたことはとても恩に着ているの」

「恩に着ることなど何もないさ」自分の耳にもかすれて聞こえる声だった。「あの晩、きみに触れるべきじゃなかったんだ。きみはあまりにすばらしく、完璧で……」彼はことばを止めた。

「あんな行動に出たことを謝るよ。どうか赦してほしい」

彼女の目が静かに訴えるように彼に注がれた。

この女《ひと》は何を求めているんだ？　自分の家の庭でこうして彼女といっしょにいるのは夢のようだった。そんなことがあり得るとは思っていなかったのだが、こうして彼女はここにいて、自分はそれに耐えられなくなっている。唐突に彼は立ち上がった。

「ドミニク」ジュリアナは震える手を差し出して立ち上がり、彼女のにおいが五感を満たすほどに近くに来た。

彼女はまだ寒いのだ。だから震えているのだ。ドミニクはそれがまちがっているとわかっていながら、彼女をそっと腕に引き入れずにいられなかった。

「寒いんだね、ジュリアナ。なかにはいったほうがいい」

震えがドミニクにも伝わってきた。永遠とも思える時間、ふたりは抱き合って立っていたが、やがて彼はゆっくりとジュリアナをさらに引き寄せ、唇を彼女のやわらかい口へと下ろした。そうせずにいられなかったのだ。もう一度だけ、腕のなかで溶ける彼女を感じたかった。そっと彼女の腕に指をくいこませながら、彼はまたキスをした。彼女の口から小さなため息と甘い息がもれる。キスが深まり、腕は下へ降りて彼女の腰に巻きついた。

まるで恋患いの少年ではないか！　ドミニクはそっと彼女を押しやって互いの体を引き離した。今やめなければ、近くの花壇に彼女を運び、はじめて会ったときからしたくてたまらなかった愛の行為を遂げてしまいそうだった。

「ほかの人たちのところへ戻ったほうがいい、ジュリアナ。いなくなっていることに気づかれているだろうから」ぼく自身から彼女を守らなければならない。この星空のもとで彼女といっしょにここにいたくてたまらない思いではあったが、すぐに安全な家のなかに戻れと分別は告げていた。

ジュリアナは夢を見ている思いだった。ドミニクはほんとうはここにいないのかもしれない。これはきっと暗闇にひとりですわっているあいだに頭のなかでつくり上げた夢にすぎないのだ。彼女は手を彼の頬へ伸ばし、あとずさった彼に驚いた。わたしは何をしてしまったの？

ドミニクは礼儀正しく腕を差し出し、家のほうへと小道を戻った。彼女の指は筋肉質の彼の腕にそっと載せられていた。身の内で激しくせめぎ合うものがあるかのように、彼の腕はこわばっていた。ふたりともことばは発さず、すぐにも家の明かりが見えてきた。

ジョージ以外の全員がお茶のトレイのまわりに集まっていた。ジョージはシャーロットにピアノで弾いてもらう曲を選んでいる。部屋に戻ったふたりに最初に顔を向けてきたのはジュールだった。その顔はかすかにこわばっている。彼は眉を上げたが、何も言わなかった。

ソフィアの屈託のない笑い声が部屋を満たした。「お庭の散歩はたのしかった？　ここのお庭はきれいだってロドニーから聞いているの」彼女はそう言って公爵夫人のほうを振り向いた。「全部あなたが設計されたそうですね」

レディ・グレンヴィルが口を開きかけたが、また公爵が口をはさんだ。「ドミニク、ブリストルとモンマスがおまえを政治の世界に引き入れようと考えていることについておまえと話したかったんだ。すばらしい考えだとは思わないか？」

ジュリアナは公爵の真剣な顔に笑みを向け、それからドミニクのほうを振り返った。ごくりと唾を呑みこむと、意志の力で速まる鼓動を抑えようとした。「お庭を案内してくださってありがとう」ときっぱりと言う。「新鮮な空気を吸いすぎて疲れてしまいましたわ。そろそろ部屋に引きとったほうがいいと思います」

ひとりになって先ほどの奇跡をじっくり味わいたかった。ドミニクがまたキスしてくれたのだ。きっとそれははっきり顔に表れているはずで、部屋にいるみんなに気づかれてしまうかもしれない。

ふいにドミニクが行く手をふさぎ、彼女のほうに首をかがめた。「疲れているといっても、明日ぼくといっしょに遠乗りに出かけることはできるはずだ」彼は彼女だけに聞こえる小さな声で言った。「きみの技量に見合った馬を用意すると約束する。ブケファロスの子供だ」

ジュリアナはそのひそやかなささやきに抗うことができなかった。彼の目がきらりと光るのを見て全身に興奮の震えが走った。「ぜひいっしょに出かけたいわ」

「十時に。遅れないで」

ジュリアナはレディ・グレンヴィルにつめ寄られる前に部屋を抜け出した。廊下に置いてある背の高い時計が時を告げるなか、階段をのぼって寝屋へ向かった、これほど多くの相反する感情に襲われたのははじめてだった。でも何よりもすばらしい喜び！　彼がまたキスしてくれた。とても単純なことだ。わたしは彼を愛していて、彼がそばにいてくれると、すべてが非の打ちどころのないものになる。そして彼はふたりきりで遠乗りに出かけようと誘ってくれた。もしかしたら、ロンドンから離れたこの家でなら、彼も何に心を悩ませているのか話してくれるかもしれない。明日、ふたりのあいだに立ちはだかるすべてを解決できるかもしれない。彼をこれほどに求めていることを恥じる気持ちはなかった。望まれたら、庭の花のなかで彼と寝てもいいとすら思ったことを。ヴォクソールで抑止力となった不安やたしなみにふたたび邪魔されるつもりはない。それはたしかだった。ようやく、ドミニクを愛するのは正しいことと確信が持てたのだから。

眠りへと落ちていきながら、フォーブズ夫人のことを思い出した。そう……わたしは心のおもむくままに進んでいる……それはどこへ行きつくの？

廊下の時計が十二回鳴り、窓の外を見ていたドミニクはため息をついて振り返った。どうしてふたりきりの遠乗りに彼女を誘ったのだ？　自分にも礼儀にかなったことができるのだと証明しようとしたのか？　きちんと客をもてなすこともできるのだと。陽の光のもとなら、彼女といっしょにいて――彼女への敬意を失ったわけではないと説明するのも容易だろう。良家の女性の品位をおとしめるようなことは何も起こらないはずだ。ウィル・グレンヴィルの若妻に手を出すことはできない。

この十年を悔やむ気持ちが心を暗くした。自分がこんな人間になってしまったことを悔やむ気持ち。少なくとも、それについてジュールは正しかった。

蠟燭を持つ手がわずかに震え、彼はまだ燃えている蠟燭を下ろした。ジュール。かつて誰よりも慕い、誰よりも信頼していた兄。自分の家族がどれほど腐っていたのか知ることになったあの晩までは。ああ、そうだ、自分自身があきれはてた振る舞いをすることで、あの記憶を消し去ろうとしていたのだった。ジュールには愚かだと言われた。たしかに愚かな若者だったのかもしれないが、十八歳のときには、ほかにとるべき道は開かれていなかった。今となってはもうあと戻りできないが。

それは自分で選んだ道だ。決心はついている。ジュリアナを見るたびに感じる心の痛みも、長年耐えてきた痛みとは比べるべくもない。祖父母を失望させることにはなるだろう。彼らを喜ばすためだけに妻を見つけることはできないとわかったのだから。庭で腕に抱いたジュリアナのやわらかさとやさしい反応を思い出すと心が痛み、突然、どちらの痛みのほうが大きいかはっきりしなくなった。

自分の過去の暗い秘密や評判のせいで噂の的になることを彼女が見逃してくれるかもしれないと考えるなど、愚かなことだった。それでもなぜか、彼女を永遠に遠ざけるようなことばを口に出すことはできなかった。

蠟燭が燃え尽き、部屋は暗くなっていた。ドミニクは図書室の扉を通り抜け、ぴしゃりと扉を閉めた。

自分は愚かかもしれないが、ジュリアナとふたりきりで遠乗りに出かけるほど愚かではない。明日は馬丁も同行させよう。

10

ジュリアナは朝早く目を覚ました。ドミニクと遠乗りに出かけることへの甘い期待から、朝食の間を避け、厨房の庭へと歩み出た。いい天気になりそうな日だった。明け方の太陽がすでに残っている雲を払いつつあった。ジュリアナはきちんと植えられた野菜の畝《うね》のあいだを歩きながら、自分がまるでちがう人間に感じられることに驚いていた。ドミニクがまたキスをしてくれた！　そのあとの彼は少し心ここにあらずではあったが、いっしょに馬に乗ろうと誘ってくれた。もはやひとりぼっちの気はしなかった。

「ジュリアナ」後ろから呼びかける声がした。

家のほうを振り返ると、ジョージとシャーロットがまっすぐこちらへやってくるところだった。

「ずいぶんと早起きなんだね」ジョージがたのしそうにほほ笑みかけてきた。「ぼくたちといっしょに出かけないかい？」

「ええ、そうしましょうよ」シャーロットも熱心に言った。「今朝は離れの邸宅を訪ねて、それから、公爵家の農場を見てまわってお昼はピクニックにする予定なの」

「悪いけど、ほかに計画があるの」ジュリアナは首を振った。ふたりが自分たちだけで過ごしたいと思っているのはたしかだった。

彼女はふたりが歩み去るのを見送った。シャーロットは大きなルバーブの茎を指差し、ジョージの腕に手をそっと置いた。彼は夢中になっている彼女を笑い、ふたりは手に手をとって仲良く歩いていった。

ジュリアナは自分のまわりのすべてがうまくいっていることに満足してひとりほほ笑んだ。誰もひとりぼっちではない。ロドニーとソフィア叔母様も、わたしとドミニクも。そしてジョージとシャーロットもそのようだ。


ソフィアと将来の義理の母は、タワーズの図書室で紫がかった青色のダマスク織のソファーに並んで腰を下ろしていた。ソフィアはその昔キリスト教徒たちがライオンと対峙《たいじ》させられたときの気持ちはこうだったにちがいないという思いだった。公爵夫人はなんともやさしい笑みの持ち主だったが、その舌といったら！　ソフィアはすでに三度、恥ずかしさに頬が真っ赤になる思いを経験していたが、今度ばかりはロドニーの母も行きすぎだった！

「公爵夫人」ソフィアは冷静さを保とうと努めながらやさしい声で言った。「わたしがロドニーの跡継ぎを産むという話は、お互いのあいだでも話題に出たことはありませんわ」

「出すべきだったわ！」公爵夫人はきっぱりと言った。「わたしが知りたいのは……それが可能かどうかってこと」

「ええ」ソフィアは当惑しきって言った。「でも……」

公爵夫人は片手を上げた。「この件についてはもうこれ以上言わないわ。ようやくもうひとり孫が期待できるのかどうか知りたかっただけなの。そう、ずいぶん久しぶりですもの。ドミニクは二十九歳になるわ」

「たぶん、ひいお祖母様《ばあ》になることを考えたほうがいいかもしれませんわ」ソフィアは話題を変えられることに嬉々として明るく言った。

「それについてはずいぶんと考えてきたのよ。シャーロットがいいかと思っていたの。遠縁でもあるしね。たとえ彼女の母親がぞっとするような人間でも。でも、まちがっていたわ」公爵夫人ははっきり鼻を鳴らして言った。「シャーロットはドミニクには関心がないようだもの」

「ドミニクのほうは?」ソフィアは真剣な口調で訊いた。自分と同じだけ公爵夫人も鋭い目の持ち主に見えるが、ほんとうにそうなのかどうか知りたかった。

公爵夫人に険しい目を向けられて、ソフィアはなぜか自分が小娘に戻った気がした。「あの子が誰に関心があるかはあなたにもわかっているはずよ。庭からいっしょに戻ってきたときには、ふたりとも顔を輝かせていたわ。ドミニクがあんな顔をするのなんて見たことないもの。あのとき以来」

公爵夫人は首を振った。その顔はふいに七十歳という年相応に見えた。「ドミニクの結婚に関してはとても心配しているの。若いときには、指をぱちんと鳴らせば、上流社会のどんな女性でも手にはいったはずよ。今は……まあ、わたしもまだ多少影響をおよぼせるわ。でも、あの子はまったくその気を見せなかった。これまでは」

公爵夫人は金の縁のついたお茶のカップを口に持ち上げてごくりと飲んだが、指がほんのかすかに震えていた。彼女はため息をついてつづけた。「ジュリアナは似合いの相手になるわ。家柄もいいし、若く美しい未亡人。でも、うまくいかないわ。チャールズのせいよ。〝穢れた売り物〟とチャールズだったら呼んだことでしょうね。胸の悪くなるような言い方だけど、ドミニクはそんな父親に育てられたの。父と母のせいであの子はだめになってしまった。神よ、ふたりをお赦しください」

ジュリアナは図書室の開いたフレンチドアの脇のざらざらとした石壁に体を押しつけ、こぶしににぎった手を腹に押しあてた。立ち聞きするつもりはなかったのだが、石づくりのテラスにのぼったときに、自分とドミニクについて話す叔母の声に気を惹かれたのだった。こんなことは夢にも思わなかったのだが、今知ったことのせいで、太陽の明るさもその日の美しさもすべて失われてしまった。心が冷たく空っぽになる。昨日の庭での出来事を思い出し、今朝は空虚な気分がすっかりなくなったと思っていたのに。奇跡のような出来事――ドミニクを信じることが現実的と思えた。それなのに。

どうして彼の祖母はこんなことを口に出せるの？　穢れた売り物？　だめにした？　彼はだめな人間なの？　わたしにとっても、ほかのどんな女性にとっても？　そんなことはあり得ない。政界では彼を必要としている。ロンドンで彼の気を惹こうとする女性も数多く目にしてきた。つまり、ドミニクが悪いわけではない。悪いのはわたしのほう。耐えがたいほどに混乱し、ジュリアナは壁を押しやって離れると、よろよろとテラスを横切った。いまわしいことばを立ち聞きした場所から離れたくてたまらなかった。

厩舎に着くと、ブケファロスが小石を敷いた厩舎のなかでおちつきなく床を蹴っていた。額に白いぶちのある黒い雌馬の手綱を持っていたドミニクは顔を反対側に向けて馬丁と話していたために、ジュリアナに気づかなかった。

公爵夫人のことばが耳の奥で鳴り響き、みじめな気分で泣きそうになっていたジュリアナのなかで何かが壊れた。彼女は驚いた表情の馬丁からブケファロスの手綱を奪いとり、気の立っている馬に飛び乗ると、誰にも止められないうちに裏庭を駆け抜けた。叫び声が聞こえたが、耳を貸すことなく、すばらしい牡馬に拍車をかけてケントの田舎道へ飛び出した。

ブケファロスは元気よく一定の調子で駆け、彼女の巻き毛はほつれて後ろにたなびいた。

突然行く手に低い塀が現れたが、ジュリアナはまるで不安を感じなかった。馬は合図にしたがって軽々と塀を飛び越えた。一度彼女は肩越しに後ろを見やったが、追ってくる者は見えなかった。ドミニクにはあとで馬を奪ったことを謝ればいい。今はひとりになる必要があった。

風が顔を打った。誰にも会いたくなかったため、ジュリアナは道をはずれ、丈の高い草や夏の花が揺れるみずみずしい草原や林のなかの空き地を何マイルも駆け抜けた。しまいに小さな小川を見つけ、ブケファロスの足をゆるめさせると、狭い木の橋を渡らせた。川の対岸には、木々に囲まれた平らな牧草地があり、土手のあいだを深い川がゆったりと流れていた。川沿いに生えている大きな木々の巣のそばでカラスが鳴いている。頭上では下向きに伸びる葉の少ない枝がかさこそと音を立て、地面にまばらな影を落としていた。ほかに生物は見あたらなかった。

空気の甘さと、すべてが雨に洗われたばかりのにおいと、サンザシのあいだで羽をばたつかせるツグミが、その場を穏やかな避難所に思わせた。ジュリアナはブケファロスの背から降りると、馬の鼻面を軽くたたいた。

「おまえはなんてすばらしい馬なの」そうつぶやくと、手綱を細い若木に結びつけた。それから、やわらかい草を食《は》みはじめた馬を残し、土手のところへ行って腰を下ろした。首にひもでひっかかっている帽子が重かったので、それをとって脇に放ると、木の下に群生するユリのなかに横たわった。ほんのつかのま、まわりの美しさをたのしみ、意識の端に押し寄せてくる暗い考えを押しやることができた。夏の日のあたたかさはありがたかったが、眠気も覚えた。昨夜はひと晩じゅうまんじりともできなかったので、眠気に襲われ、それがありがたくも忘却を誘った。

彼が近づいてくる音は聞こえなかった。最初に彼がそこにいるのに気づいたのは、自分の名前を呼ぶかすれた声と体を撫でまわす手の感触のせいだった。

彼女ははっと目を開けると、驚いてひるみ、身を起こした。「眠っているときに何をするの！」

またも花のなかに身を倒すことになったが、今度はドミニクの腕のなかにとらわれていた。硬い胸が震えたと思うと、信じられないことに笑い声が聞こえた。

「なぜ笑うの？」眠気でぼうっとした頭を働かせようとしながら、当惑して彼女は訊いた。

「眠っていただって！」彼はあきれたように言った。「馬に投げ出されたと思ったんだ！　それで、骨が折れていないかどうかたしかめていたんだ。何時間もきみを探していたんだぞ」

突然目の焦点が合い、ドミニクの顔がはっきり見えた。髪が前に落ち、顔を半分隠している。揺れる葉の合間から射す木漏れ日が金色の髪をきらめかせていた。この人がだめな人間であるはずはない。わたしに生きる希望をとり戻させてくれたすばらしい人なのだから。自分自身と向き合わせてくれ、もう一度やり直せると気づかせてくれた。彼のすばらしい腕のなかにいれば、何があっても乗り越えられる。ジュリアナは下唇を噛み、ドミニクが目をきらめかせているのを見て笑いたくなるのをこらえようとしたが、こらえきれず、彼の肩に顔をうずめていっしょに身を震わせて笑い出した。並んで横たわると、互いの笑い声と彼のなだめるような手の感触がゆっくりと空虚な思いを溶かしていった。

　最初にわれに返ったのはドミニクだった。彼は首をめぐらし、ジュリアナの顔をまじめな目で見つめた。あまりに近くにいるせいで、彼の息が頬にかかった。着ているシャツは襟が開いていて、喉のくぼみで血管が力強く脈打っていた。肌はうっすらと湿っている。鮮やかな青い目がゆっくりとくもるのがわかった。

「きみはブケファロスに乗ってはいけなかったんだ、ジュリアナ。簡単に投げ出されたかもしれないんだから。きみがここに横たわっているのを目にしたときは……」彼はそこでことばを止めた。そのときの不安を表すように険しい顔になっているのを見て、ジュリアナの息が喉でつまった。

「それがあなたにとってそんなに問題なの、ドミニク？」彼女は静かに訊いた。ドミニクがなんと答えるかはとても重要だった。遊び人らしく、口先だけのことばが返ってくるのだろうか？　それとも、わたしが愛するようになった人らしく、真摯《しんし》な答えなのか？

　ドミニクは心臓が止まりそうになるような笑みを浮かべて彼女を驚かせた。「問題だって！きみは何年ものあいだ、昼も夜も心から離れなかった人なんだ。もちろん、問題さ！」

　花の香りのする空気を深々と肺に吸いこみ、ジュリアナは喜びに笑い声をあげた。彼のお祖母様がまちがっていたのだ。何も問題などない。損なわれたものなど何もないのだ。

彼もわたしと同じように愛のせいでぼうっとしているにちがいないとジュリアナは胸の内でつぶやいた。だって、わたしが何年ものあいだ彼の心から離れないなんてことがあるはずはないのだから。わたしたちはまだ出会ってほんの数週間だ。

それでも、ジュリアナのほうも彼がずっと昔から心のなかにいたような気はしていた。そして、フォーブズ夫人のことばに従うつもりでいた。心のおもむくままに進むのだ。ドミニクの腕のなかで身をまわすと、彼女は彼の首もとの血管が激しく脈打つところに唇を押しあてた。その唇を喉に這わせ、耳たぶを軽く嚙んで頰をなぞり、唇へと動かすあいだ、彼は身動きひとつせずにいた。ジュリアナは彼の唇に軽く触れ、やがてキスを深めた。肺に入れる甘い空気ではなく、これこそが命の呼吸だった。

ドミニクはそっと彼女の体を動かすと、うっとりしている顔を見つめながら、美しい手でゆっくりとジュリアナの体を撫でた。それから首をかがめ、キスで彼女の口を開けさせた。ジュリアナは渇望のあまり、背をそらし、彼に身を押しつけずにいられなくなった。何度も口が口をふさぎ、繊細な指がうなじの巻き毛をもてあそんだ。

「きみはとてもやわらかいな」ドミニクは驚いたような声でささやいた。

これまでジュリアナは抑えきれない欲望がどういうものか知らなかったが、今それを感じることができた。血管のなかを熱い液体が流れるかのようだった。彼の体に体を押しつけながら口を探る。見つけると、小さな声をもらした。この人はわたしを愛してくれている。キスされるたびにそれを感じることができた。

口をゆっくりと持ち上げた彼の息は甘かった。「ああ、ジュリアナ……きみがほしい」

首に顔をうずめてきた彼をジュリアナはさらにきつく抱きしめた。

「わたしもあなたがほしいわ……愛してる。お願い……すぐに結婚して……」息が切れ切れになる。「そんなに長く待てないわ」

体にまわされた腕に痛いほどの力がこめられた。ドミニクはぴたりと身動きをやめ、息すらしていないように思えた。やがてジュリアナの顔の両側に手をついて身を起こし、彼女の目をのぞきこんだ。彼の顔ははじめて見るような強い感情にゆがんでいた。

「ジュリアナ……ジュリアナ、きみがほしい」その声はやさしかったが、フォーブズ夫人の食堂ではじめて聞き、けっして理解できなかったときと同じ響きがあった。「これほど誰かを求めたのははじめてだ。でも、ぼくたちが結婚することはあり得ない」

彼のことばに彼女は頭をなぐられたような気がしたが、ひるみはしなかった。ただじっと彼を見つめ、しまいにそれがどういうことか理解した。

ミセス・フォーブズ、あなたはまちがっていたわ！

わたしは何をしてしまったの？　ジュリアナは屈辱の淵に沈んだ。

「わたしが起き上がれるようにどいてもらえます？」体を内側から震わせる寒気に匹敵するほど冷たい声を出す。彼の残酷なことばのせいで心が壊れてしまったことを彼に知らせるつもりはなかった。

押しつけられていたあたたかい体がすばやく動き、ジュリアナは自分の体が重さを失った気がした。ゆっくりと身を起こすと、シュミーズをもとに戻す。すぐに恥ずかしさと自己嫌悪がしっかりと魂に刻まれることだろうが、今は妙に何も感じなかった。指が留め金をうまく留められず、彼に手を払いのけられて留め金を留めてもらっているあいだも。

差し伸べられた手を無視して彼女はひとりで立ち上がった。それから、彼のほうを見ようともせずに馬が草を食んでいるほうへと歩き出した。

「ジュリアナ！」

その声に苦痛の響きを聞いて足を止めたが、振り返って彼に顔を向けるまでしばし時間がかかった。

自分自身みじめな思いに駆られていながらも、彼の顔に表れた不幸せと孤独の影には反応せずにいられなかった。どうしてこの人はこんなことをするの？　高みまで持ち上げてから、絶望のどん底へと落とすような真似を何度も。彼はその顔で赦しを乞い、自分はもう少しで赦しそうな気持ちになっている。噂はほんとうだったのだ。この人はわたしにはふさわしくない最悪の遊び人なのだ。今度ばかりはこの人もやりすぎた。こんなふうに自尊心を傷つけられて赦せるはずはない。ジュリアナは彼の助けを拒み、手に持った手綱をとられまいとした。

「きみにはわからないよ、ジュリアナ」ドミニクは彼女から目を離そうとせずに首を振った。

「きみに話せさえしたら、きみもぼくがなぜこんなことをするのかわかってくれるだろう」

目に涙が浮かびそうになり、ジュリアナは口をゆがめた。馬に乗ってそのベルベットのようなあたたかさに包まれ、しっかりと鞍にまたがってから答えた。「わかるわ……わかる。わたしが一度結婚した未亡人だからでしょう。オーブリー侯爵は〝穢れた売り物〟とは結婚できないのよ」

そう言って彼女は馬を走らせ、彼の抗議の声はとどろく蹄《ひづめ》の音にかき消された。

11

　ジュリアナは寝室へと駆けこみ、扉に鍵をかけると、疲れきってベッドの脇に膝をついた。それから、涙が涸《か》れるまで泣いた。焼けつくような苦い痛みは永遠に心に残りそうだった。ドミニクを愛してしまったせいで、これまでみずからに課してきた決まりをすべて破ってしまった。サー・ティモシーと交わした約束を破ったことで名誉を穢し、結婚する相手にしか愛をささげないという絶対的な確信も破られてしまった。彼への思いは空ほどもはてしないものだったため、あのとき花咲く土手で彼に愛の行為を許してしまっていたかもしれない。彼は欲望に駆られていただけなのに、愚かなわたしはそれを愛だと勘ちがいしてしまったのだ。心のおもむくままに進み、すなおに愛を告白したのに、彼は……

　ジュリアナは洗面台に行き、陶製の水差しから冷たい水を手首にかけた。それから熱くなった顔と首に水をかけ、吐き気に襲われそうになるのを抑えようとした。あまり効果はなかったが。よじれた上掛けの上に身を投げ出し、枕に顔をうずめる。いとも簡単に彼の魅力に屈してしまったものだ。わたしに垣間見せてくれた楽園を彼がこれまでほかの女性たちにも見せてきたことはわかっていたのに、ばかなわたしは自分がそうされる最後の女性になるのだと信じてしまった。

　ああ、そう、侯爵様、あなたの魅力はほんとうに破滅的ね。

　ジュリアナはベッドに横たわったまま、みじめな気分にひたりきった。寝室の扉の取っ手がわずかに揺らされたが、扉は開かなかった。

「ジュリアナ、入れてちょうだい！」叔母のソフィアだった。「お願いよ。ほんのちょっとだけ。あなたに話したいことがあるの」叔母はやさしく言った。

ベッドからよろよろと降りると、扉へ急ぐあまり、転びそうになった。これまでのように叔母が力になってくれるかもしれない。叔母が頼りになることはたしかだった。もしかしたらようやく、このみじめな一家の秘密が明かされるのでは？

叔母を見れば、自分が泣いてよろめきながら階段をのぼったのを見られたことはわかった。それでも、ソフィアは口先だけでなぐさめることはせず、その顔は険しかった。

ソフィアがベッドにすわると、ジュリアナはそのそばに寄り、足もとに膝をついた。

「ドミニクの何がいけないのか話して。レディ・グレンヴィルが馬車のなかで言っていたのはどういうこと？　それに公爵夫人は？」ジュリアナは叔母の手をつかんだ。「図書室でおふたりが話しているのを聞いたの。わたしにも教えて」

「ああ、ジュリアナ、ごめんなさい」ソフィアは唇を引き結んで首を振った。頬の皮膚がぴんと張っている。「いっしょにすわって」そうやさしく言うと、ジュリアナを引っ張って立たせ、ベッドにすわるよううながした。「ドミニクのお母様に関することだとしか言えないわ。ロドニーが何週間か前にドミニクと彼の両親について打ち明けてくれたの。誰にとっても耐えがたいほど辛い記憶なのよ。たぶん……ロドニーもわたしに打ち明けてしまったことで動揺したと思うわ。だからわたしも、そのことは誰にも話さないと約束したの」

「たしか、ご両親は亡くなったはずだけど、何があったの？」また浮かんだ涙をまばたきで払い、ジュリアナは叔母のほうに身を乗り出した。「わたし、ドミニクを愛しているの。彼を傷つけるようなことは何もしないし、言わないわ。叔母様にもそれはわかってるはずよ」

ソフィアは立ち上がって窓辺へ寄り、しばらく窓の外を見つめてから、すばやくジュリアナのそばに戻ってきた。そしてうなずいて深々と息を吸った。「あなたにはこの秘密を打ち明けてもいいと思うわ、ジュリアナ。知ってることを話すわね」

「いや、ソフィア、ぼくが話しますよ」

ジュリアナもソフィアも寝室の扉をわずかに開けたままにしていたことに気づいていなかったのだが、今そこに、薄い唇を険しくゆがめたサヴィル伯爵が立っていた。

「ロッドがあなたに話したのは身内に知らされたことだけだから。みんなが真実をすべて知っているわけじゃない。ぼくは知っている。その場に居合わせたのでね」彼は部屋にはいり、扉を閉めて言った。「これでようやく過去を過去のものにできる」

ジュリアナは胸の奥で息をつめて彼を見つめていた。ウィルのロケットをしまいこんだときに、自分もまったく同じことばをつぶやいたのだった。

「ジュリアナとふたりきりで話したいんですが、ソフィア」とジュールは言った。

ソフィアはためらい、目を細めてジュールの険しい顔を見つめた。「一度ジュリアナにも言ったことがあるんだけど、彼女を誰かから守らなければならないとなったら、わたしは竜のようにその人に襲いかかるわよ」

ジュールは黒っぽい眉の片方を上げ、笑みの形に口の端を上げた。心痛むほどに弟にそっくりの笑みだった。

　ソフィアはうなずいた。「部屋に行ってショールをとってくるわ。それから、バラ園を少し歩きまわって戻ってくる」ジュリアナの頭にキスをするために一度足を止めただけで、彼女は部屋を出ていった。

　ジュールは両手をマントルピースに置き、少しのあいだ自分の指先を見つめて立っていたが、やがてジュリアナに目を向けた。「きみはぼくの弟と恋に落ちているんだね」きっぱりとした率直な言い方をされ、とり澄まして答えるわけにもいかなかった。

「ええ、ドミニクを愛しているわ」とささやくように答える。心は麻痺したようになっていたが、ジュールのほっそりした顔に安堵の色が広がるのを見て、驚かずにいられなかった。

「きみがテラスを横切って厩舎の裏庭へ走っていくのを見たんだ。それから、戻ってくるのも見かけた。きみはドミニクに傷つけられたようだが、彼がきみを愛しているのはたしかだ」

「いいえ、それはちがうわ！」そう声に出して言うと、あまりに心が痛み、耐えられなくなってジュリアナは両手に顔をうずめた。

「ジュリアナ、きみがブケファロスに乗って裏庭から疾走していったときに、ぼくもあそこにいたんだ。弟は正気を失ったかのようだったよ。愛する女性の身を心配して恐怖に駆られていた。その顔にははっきりと愛情が見てとれた……ロンドンのヴォクソールで見たときと同じようにね。昨日の晩もそうだが」

　それを聞いてジュリアナはどうにか涙をまばたきで払い、目を上げた。「ええ……わたしもそう思っていた……」そこでことばを止め、唇を噛むと、深々と息を吸って胸をふくらませた。心に渦巻く疑問への答えを求めてジュールの顔を探るように見る。

ジュールはベッドの上の彼女のそばに腰を下ろしたが、彼女に触れようとはしなかった。「昔話をしていいかな?」声がやさしくなる。「たのしい話ではない。でも、たぶん……ぼくらが力を合わせれば、それに幸福な結末をつけることもできるはずだ」

ジュールにこんな一面があるとは思ってもみなかった。ジュールにも弟と同じ魅力があるのはたしかだ。ロンドンで魅力を発揮しているのを目にしたこともある。しかし、今彼の顔に浮かんでいるような表情――やさしさや思いやり――を目にしたことはなかった。彼がまた眉を上げたので、ジュリアナはうなずき、うながすようにかすかな笑みを浮かべてみせた。

「はじまりはドミニクの生まれる前のことだ。彼の父のチャールズがレティシア――ぼくの母――と出会ったとき」

母について話すときの口調はドミニクそっくりだった。つまり、いつも正反対に見えるこのふたりにも共通点はあるということ。

「ふたりが結婚し、タワーズで暮らすようになったのは、ぼくがまだ幼いころだった」彼は無意識に指を曲げた。「ぼくはここへ来て幸せだった。レティシアも幸せそうに見えた。ただ、残念ながら、それも長くはつづかなかった。結婚から一年足らずでドミニクが生まれた。ドミニクが生まれてから、母はぼくを連れて西の塔に移った。ドミニクのことは子供部屋に残し、乳母にまかせた。母はチャールズからも離れてしまった。ふたりが夫と妻として暮らすことは二度となかった。でも、ぼくの母が相手に困ることはなかった。愛人が山ほどいたからね」

ジュールはゆっくりと立ち上がり、窓辺へ寄った。その事実が彼にとってどれほど辛いことだったか、ジュリアナにも感じとれた。発するひとことひとことに苦悩がにじんでいたからだ。

彼の沈黙が長引くと、ジュリアナはそばへ行って腕に触れた。「これ以上つづけないほうがいいのでは？」

「いや、話さなくては！」きっぱりとそう言われ、ジュリアナは手を下ろしてあとずさり、彼から離れた。しかし、ジュールは彼女の肩をつかんで引き止め、顔と顔を突き合わせるようにした。「彼の父とぼくらの母が亡くなった晩、何があったのか、ドミニクにきちんとわからせるためにぼくは戻ってきたんだ。前にも話そうとしたんだが、彼は聞く耳を持たなかった。きみに聞く勇気はあるかい、ジュリアナ？」

突如としてジュリアナは怖くなった。知りたくなかった。これから耳にすることによって人生が永遠に変わってしまうかもしれない。

それでも、知らなければならない。

「ええ、勇気はあるわ、伯爵様《コント》」しばらくして彼女は答えた。

深く息を吸うと、彼はうなずいた。「ドミニクは十八歳で、ケンブリッジの学生だったが、休暇で家に帰ってきていた。チャールズは深酒をしていた。飲酒の習慣は年を追うごとにひどくなっていた。それで、レティシアもやはり、ワインを大量に飲むようになっていた。彼女が飲酒を習慣にして日は浅かったが、美しさが薄れつつある彼女にとって、それが憂いを忘れる方法となっていた。夕食のあと、チャールズはドミニクに、次の誕生日に贈る予定の決闘用の拳銃を見せると言いはじめた。そのころぼくはオックスフォードを卒業していて、ギリシャへ長期の旅行に行くつもりだった。ぼくにとって唯一訪れることのできる場所だったからね。フランス人のぼくは、ナポレオンが行軍しているヨーロッパ大陸に行くわけにはいかなかった。

レティシアはぼくとふたりきりで話したいと言った。いつものように母が自分のために時間をとってくれないことにドミニクが傷ついていたのはわかっていたが、ぼくも母と過ごせる時間があまり残されていなかったので、母といっしょに西の塔へ行った」

ジュールはそこでことばを止めた。首の大きな血管がどくどくと脈打っているのが傍目にもわかった。ジュリアナは口を開こうとしたが、ジュールは首を振った。「ドミニクは彼の父の寝室へ行き、父が拳銃に弾丸《たま》をこめるのを見守った。それはマントンだった。最高峰の職人がつくった、すばらしく完成された銃だ。おそらく、チャールズはすでに正気じゃなかったんだ。というのも、その拳銃を脇にかかえ、ドミニクの腕をつかんで西の塔へと引っ張ってきたんだから。チャールズはぼくと母の住まいの扉をたたいたが、レティシアとぼくは……話に夢中で、彼が無理やり扉を開くまでそれに気づかなかった」

ジュールがジュリアナに見せている厳しい横顔は弟にそっくりだった。以前ドミニクの目に表れたのと同じ痛みがその顔にあらわになっている。長い時間が過ぎ、それ以上つづける気がないのではないかと思われたところで、静かな池に石が落ちるように、彼のことばが静寂のなかに投げこまれた。

「チャールズは何かを見たと思いこんだ……そして、誤解したんだ。そのせいで……正気をすっかり失ってしまった。彼は狂ったようにレティシアを撃った。ドミニクが父の手を払わなければ、ぼくも命を落としていたことだろう。そうしてぼくは片目を失った」

「あなたのお継父《とう》様がお母様を殺したの！」ジュリアナは叫んだ。恐怖が波のように全身に襲いかかってきた。

「そうだ」彼は抑揚のない声で答えた。「でも、それだけじゃない」

目の奥が焼きつくようになり、耐えられないほどだったが、ジュリアナは彼の顔に目を戻すことをみずからに強いた。若かりし日のドミニクとジュールを思って心は痛んだが、真実を知らなければならない。「お願い、すべて話してもらわなくてはならないわ」

ジュールはこわばった顔でゆっくりとうなずいた。「そうするさ。レティシアを救うのは無理だと悟り、ぼくのために助けを呼ぶと、ドミニクは父のあとを追った。チャールズはわれわれを破滅に追いやった現場から立ち去っていたからね」

ジュリアナは自分の震える手でジュールの指を包んだ。「お気の毒に」

その声はジュールの耳には届いていないようだった。目は宙を見つめ、声はかすれたささやき声になっている。「執事のディアボーンがチャールズの書斎の扉をこじ開けようとしたが、扉は開かなかった。そこでやむにやまれず、ドミニクが蔦を伝って二階のバルコニーにのぼり、フレンチドアをこじ開けたんだが、そこでまた銃声が鳴り響いた」

はっと息を呑み、ジュリアナはジュールから離れた。「彼のお父様は自分を撃ったのね！」

「ああ。ディアボーンが扉をようやくこじ開けたときには、ぼくもふたりの使用人の助けを借りてその部屋にやってきていた」

「でも、どうして？　そんなひどいけがを負ったのに！」

ジュールは険しい顔をしたまま、そのことばを振り払った。「ドミニクのあとを追わずにいられなかったんだ。何があったのか彼は理解していなかった。ああ、ぼくはほとんど意識を失いかけていたが、そこに行かなければならなかったんだ。ぼくは……。チャールズはドミニクの腕のなかで息絶えたよ。邪悪な未亡人……われわれの母親を呪いながら。まわりのすべてを穢さずにいられない〝穢れた売り物〟と呼んでね。それからぼくを呪った。ドミニクのことも。彼の最後のことばは穢れきった息子たちを非難することばだった……」

「あなたを呪った！　でも、どうして？」ジュリアナは訊いた。「どうしてなの、ジュール？」

今度は彼女から顔をそむけて身を引き離したのはジュールのほうだった。

「きみにこの秘密を明かす前に、ドミニクとのあいだで解決しなければならないことがあるんだ、ジュリアナ」彼はまたジュリアナに顔を向け、ほっそりした手を上げて彼女の頰から涙をぬぐった。

「わかってくれ。あの晩を境にぼくたちは変わってしまった。とくにドミニクは。彼は辛辣で利己的な人間になってしまった。ときに残酷なほどに。女性を利用するようにもなったんだ、ジュリアナ……ぼくたちの母が愛人を利用していたようにね」ジュールはやさしくほほ笑み、驚くように首を振った。「これまではね。きみが現れるまでは。きみといっしょにいる彼を見てきたが、ドミニクもようやく誰かと恋に落ちたのがわかった。しかし、彼にはそれをどうすることもできないんだ。きみにこのことを知ってもらわなければならなかったわけはわかるだろう。彼がきみを傷つけている理由がわかったはずだ」

「どうすることもできないの、それとも、どうするつもりもないの？」持てる自尊心のすべてをかき集めて彼女は苦々しく訊いた。ドミニクがひどく傷ついたのはまちがいない。そのときの悲しく孤独な年若い少年のためにジュリアナは内心泣かずにいられなかった。それでも、今は彼も大人で、自分の運命は自分で切り開かなければならない。わたしも自分でそれを思い知ったのではなかった？

「彼がわたしを愛するのを邪魔しているのは過去の亡霊にすぎないわ。わたしはドミニクを愛するために自分の過去を脇に追いやった。彼にもそれはわかっているのに、わたしの愛を拒んだのよ」

「きみの力でドミニクから過去の亡霊を追い払えるはずだ。彼がまた以前の彼に戻れるよう助けてやってくれ。ぼくは弟に借りがある。でも、ぼくひとりの力では彼の心には届かない。きみの力が必要だ」

涙をまばたきで払い、ジュリアナは首を振った。胸が痛み、呼吸がむずかしいほどだった。

「わたしが彼を愛していることは彼も知っているわ。それ以上は何もできない。過去を過去のものとするのは彼自身にしかできないと、ほかの誰よりもわたしにはわかっているんですもの。鍵をにぎっているのはわたしじゃないわ、ジュール。過去の亡霊を葬り去ることができるのはあなたとドミニクだけよ」


ドミニクは東の塔にある自室のなかを歩きまわっていた。その場所はいやでたまらなかった。これだけ時が過ぎても、部屋のなかは何も変わっていなかった。家具はジュールの部屋とまったく同じだったが、レティシアがドミニクの部屋は青と銀色に、ジュールの部屋は真紅とクリーム色に整えていた。この部屋の何もかもが母を思い出させた。葬り去れない記憶のせいで、タワーズに来るのは避けてきたのだった。今こうして来てみれば、思った以上に最悪だった。

すべてはここで終わったのだった。ここで自分を愛してくれてしかるべき人たちのみならず、自分自身にも裏切られたのだ。今はそれがわかる。逃げるように戦争へ行き——自分の身に何があろうと気にもかけなかったので無鉄砲な行動をとったがために——勇敢な英雄という評判を頂戴《ちょうだい》し、その後極限まで堕落しきった生活を送る代わりに、ここタワーズに留まり、亡霊を追い払うべきだったのかもしれない。

ジュリアナは自分にとって正気のよりどころだった。それなのに今日の午後、彼女のことも裏切ってしまった。自分の棲《す》む地獄へと彼女を引きずり下ろしてしまった。これほどに望み、愛しながら、彼女を手に入れられないのはあんまりだった。自分は赦しがたいことをしてしまったが、少なくとも、それを誰にも知られることはない。彼女は彼女の人生を歩んでいけるはずだ。二度とふたたび彼女とふたりきりにはなるまい。そうすれば誘惑にさらされてしまうのだから。

自分は真に見下げはてたくそ野郎だ。ジュールと同じように、道義心というものを失ってしまい、それをとり戻すことはできないのだ。

ノックの音がし、はいるなと拒む前に、ジュールが扉を開けて部屋にはいってきた。

「弟《モン・フレール》よ、もうお遊びはおしまいだ。話がある。今すぐだ」

頭がジュリアナのことでいっぱいだったため、兄に対する怒りをふるい立たせることができなかった。「話すことなど何もないさ、ジュール。もといたところへ帰ってくれ」ドミニクは鉛でできた窓枠の窓の前で足を止めた。射しこむ陽光が後光のようにブロンドの頭をとりまき、顔は影になった。

「もう充分時間は過ぎ、おまえにも充分いろいろなことがあった。そろそろぼくの話に耳を傾けてもいいはずだ」ジュールは言い張った。「あの晩の真実を聞いてもらわなければならない……」

「何も言うことはないはずだ！　それに、どうしてぼくがあんたの言うことを信じると？　ぼくはあんたを信じていた。年の離れた立派な兄さんをね！　家族のなかで唯一ぼくを気にかけてくれる人だと思っていた。でも、あんたは……あんたも同じだった。何年もぼくに嘘をついてきたんだ！　あの晩本当のことがわかったよ。どう釈明されても、ぼくが目にしたものを変えることはできない……そのあとの出来事も」

「ドミニク、おまえはもう多感な若者というわけじゃない」ジュールは窓に近づいた。「あのときぼくはおまえをなぐさめようとした。真実を話そうとしたんだが、おまえは聞く耳を持たなかった」

「今もそうさ」ドミニクはジュールがそばに来ることを嫌うように顔をそむけた。かつての心の痛みと怒りが戻ってきて、両手がこぶしににぎられる。「あのときのことを思い出すのはごめんだ……忘れてしまいたいんだ……この場所のことも、あんたのことも」

「忘れられたなら、ぼくはここにはいないさ。忘れることなど絶対にできない。お互いそれはわかっているはずだ。でも、過去を過去のものとして片づけることはできる。ぼくの言うことに耳を貸してくれさえすれば」

ドミニクは兄の顔をしばらくじっと見つめたが、やがてわざと顔をそむけた。

「耳を貸してもらわなければならない！　そうでなければ、おまえの未来に希望はない。おまえとジュリアナの関係にも……」

「彼女の名前を口に出すな！」ドミニクは兄のほうに顔を戻した。怒りのあまり耳障りな声になる。「誰よりもあんたにはわかってるはずだ。彼女がぼくらには手の届かない存在だと」

ジュールは手を伸ばし、あの晩以来はじめてドミニクに触れた。「説明させてくれ。そうすれば、おまえとジュリアナのあいだに立ちふさがるものなど何もないとわかるはずだ」

ドミニクは身をひるませた。「わかってないのはあんたのほうだ。あの晩以降……あまりに多くのことがあって、ぼくはジュリアナのような女性に望んでもらうことなどできないんだ」

「それをジュリアナに言うんだな」ジュールはあざけるように笑った。「おまえを幸せから遠ざけているのはおまえ自身の頑固な自尊心だけだとわからないのか？　ジュリアナはおまえの救世主になってくれるはずだ」

「でも、それで彼女になんの得がある？」突然怒りが消え失せ、ドミニクは虚無感に包まれた。「ジュリアナはぼくがこれまで知っているなかで誰よりも立派な男に愛されていたんだ。ぼくが手を差し出すことで彼女を侮辱することなどどうしてできる？」

ドミニクは入口のところへ行き、ジュールに部屋を出るよう身振りで示した。「もうこれ以上ぼくの心を乱すようなことはやめて放っておいてくれ。お互い言うべきことはずっと昔に言い合ったはずだ」

ジュールは最後に一度弟に顔を向けた。その顔は険しく、口は嘲笑するように曲がっていた。

「おまえはばかだな！　分別をとり戻したら、ぼくがどこにいるかはわかっているはずだ」

ドミニクは兄を追い出し、その鼻先で閉めた扉をぼんやりと見つめたまま突っ立っていた。西の塔にあるジュールの部屋へなど行けるはずはなかった……悪夢を見た場所へは。

12

ロドニーとソフィアの幸せはまわりにも伝染した。ふたりのためにジュリアナはハウスパーティーの陽気な気分に溶けこもうと努めているようだった。その努力は誰の目にも明らかだった。残念なことに、レディ・グレンヴィルでさえ、ジュリアナが〝いつもの彼女ではない〟と誰かしらに言っていた。

ジョージとシャーロットは気をきかせて、いっしょに丸一日かけて離れを見て歩こうとジュリアナを誘った。翌日の午後は公爵が、友人がふたり訪ねてきたときに、ジュリアナをホイストのテーブルにずっと引き止めておいた。

しかし、食事のときはドミニクと顔を合わせなければならなかった。ジュリアナが無理に明るく振る舞っていることはサー・アルフレッドにさえわかり、彼は不思議そうな目を彼女に向けていた。

ジュリアナが傍目にも明らかなほど打ちしおれているときに、無理に明るくしようと努める姿は見ていられないとソフィアは強く感じた。今ソフィアとジュリアナはふたりきりで階上《うえ》の居間にいた。そこはドミニクがけっして姿を見せないはずの場所だった。ソフィアがとりとめのない話をするあいだ、ジュリアナはぼんやりと窓の外の庭を眺めていた。

「あなたは気づいていないでしょうけど、ドミニクも幸せそうではないわ」ついにソフィアはそう口に出した。「彼と話そうとは思わないの？　彼が部屋にはいってきた瞬間にあなたが部屋を出ていったりすると、ほかのみんなが少しうろたえてしまうのよ」

「そうよね」ジュリアナはため息をついた。「たぶん、わたしはタワーズからおいとますべきなんだわ。叔母様の幸せを損なってしまっているもの」

「いいえ、そんなのだめよ！」ソフィアは即座に答えた。「逃げてはだめ。逃げてもいいことは何もないわ。ロドニーが言うには、あれほどに憔悴《しょうすい》しきったドミニクは見たことがないそうよ」ジュリアナの傷ついた目を見れば、彼女もドミニクの様子に気がついているのは明らかだった。

ジュリアナは訴えるような目を叔母に向けた。

「それは彼自身のせいよ、ソフィア叔母様。わたしはできるだけのことをしようとしたわ……」涙声になる。

「さあ、ジュリアナ」ソフィアがなだめるような声を出した。「何か手を考えましょう」そう言って顔を輝かせた。それについて考えをめぐらす前に、扉をノックする音がした。

ジュリアナははっとして頬を染めた。「だめよ。彼には会えないわ！」口をついたようにことばが発せられた。

ソフィアが立ち上がって扉を開けると、ディアボーンが部屋にはいってきて、かしこまった様子で銀の盆に載った白い書きつけをジュリアナに差し出した。

それを読むジュリアナの手が震えているのにソフィアは気がついた。「返事はないわ、ディアボーン」姪は静かに威厳のある声を出した。

執事として非の打ちどころのないディアボーンは無表情のまま下がった。

「なんだったの、ジュリアナ？」立ち上がって窓辺へ寄るジュリアナをソフィアは心配そうに見守った。

「ドミニクからよ。会って話がしたいって」ジュリアナは首をそらして笑い、ソフィアはすばやく姪に近づいて肩に触れた。その笑いにかすかに発作的なものがあったからだ。

「行くの？」

「まさか！」震える手が書きつけをくしゃくしゃに丸めて脇に放った。「行けないわ！」

農地の排水のことで問題が持ち上がり、ジョージがウェントワース・パークに呼び戻されたときも、ジュリアナは動揺しなかった。何カ月もかけて計画してきたのに、弟が社交界で過ごした時間がほんのわずかだったことも、今はさして重要とも思えなかった。

ジュリアナは玄関の石段でジョージに別れを告げた。目の前にはシャーロットがいて彼の馬が邸内路で足踏みしているあいだ、ジョージに何か急いでささやいていた。弟とシャーロットがふたりきりで別れを惜しめるよう、ジュリアナは何気なく離れて立っていた。そして、シャーロットが静かにタワーズのなかに戻ってから、前に進み出て弟の手をとった。

「こんなにすぐに戻ることになって残念だよ、ジュー。公爵夫妻には謝っておいた。まあ、姉さんが知らないうちに街に戻っているかもしれないけどね」ジョージは声に楽観的な響きをこめた。「何が問題かはわからないけど、ジュー、そう、きっといいほうに向かうさ」

弟が自分を笑わせようとしているのがわかって、ジュリアナは彼をあたたかく抱きしめた。

「無事にね、ジョージ。わたしのことは心配しないで。ソフィア叔母様とわたしは二週間以内にはロンドンに戻るわ」

ジョージが馬に乗ったところで、ブケファロスに乗ったドミニクが現れた。ジュリアナは彼に姿を見られないよう、すばやく玄関の暗がりに戻った。ドミニクは鞍から降り、ジョージの肩に手を置いた。乗馬のせいで髪は乱れ、顔には血がのぼっている。とても若く、たくましく見えた。彼を苦しめている暗い秘密の影はなかった。どうしてこの人はいつもこんなふうでいられないの？

男たちは握手を交わし、ジョージの馬がブナの並木の向こうへ消えるまで、ドミニクはその場で見送っていた。

扉のほうを振り返ったドミニクは、小さくなっていくジョージを最後にひと目見ようと首を伸ばしているジュリアナに気づいた。ふたりはことばもなく見つめ合った。

見つめ合っていることに耐えられなくなると、ジュリアナは目を伏せ、タワーズのなかへと戻った。

その晩、二通目の書きつけが届いた。

ディアボーンはさらに三度書きつけを持って彼女の部屋の扉をノックしたが、三度ともジュリアナは返事はないと答えた。ドミニクと会わない理由については正直に自分に認めていた。彼の腕に身を投げ、彼が何を言おうと受け入れずにいる自信がなかったからだ。

最後の晩は内輪の夕食会が催されると告げられていた。ソフィアの結婚式についてその場で正式な発表があるのはたしかだった。ソフィアとロドニーはそれまで、公爵夫人と詳細を話し合って長い午後を何度も過ごしていた。

ソフィアがそっと打ち明けてくれたことによれば、公爵夫人が完璧を求めるため、ロドニーの忍耐力も腹まわりと同様に細りつつあるということだった。それでもどうにか話し合いは終わり、叔母が目を輝かせて二十羽あまりのキジバトを飛ばすことになるかもしれないと言うせいで、ジュリアナもその夕食会に参加しないではいられなくなった。

寝室にメアリーが焦った様子で現れた。「お嬢様、ほんとうにすみません。厨房で人手が足りないとディアボーンに言われまして」小柄なメイドは顎をつんと上げた。「あたしの仕事はお嬢様のお手伝いをすることだとあのいばりくさった年寄りに言ってやったんですが、どうにもしつこくて。お嬢様、ひとりで大丈夫ですか？　さあ、ここに青緑色のドレスを出しておきますね。できるだけ急いで戻ってまいりますから」

ジュリアナはメアリーのひっきりなしのおしゃべりを恋しく思いながら、鏡の前にすわり、ぼんやりと巻き毛をもてあそんだ。着替えならひとりでできるが、メアリーにすべてやってもらう習慣がついてしまっていた。扉が開き、メアリーだと思ってほほ笑みながら目を上げると、入口にドミニクが立っていて顔から血の気《け》が引いた。彼が扉を半分閉めて近づいてきても、ジュリアナは動くことができなかった。

「メアリーが来ると思っていたんだろうけど、彼女はやむを得ず、厨房で足止めされていたよ」

ジュリアナは立ち上がり、モスリンのショールをきつく体に巻きつけた。「何がしたいの、ドミニク？」

「話し合う必要がある」強い感情が彼の目を暗くし、声を荒くしていた。

「あなたと話がしたかったら、書きつけに返事を出していたわ。お互いあのくさむらで言うべきことは全部言ったはずよ」

ドミニクは胸の前で腕を組んだ。「いや、きみに知ってもらわなければならないことはもっとずっとたくさんあるんだ。きみが聞いてくれるまでぼくはここから出ていかない」

「あなたのお父様のことはもう知ってるわ。お母様のことも。何もかも」彼の目がうつろになるのを見て、ジュリアナは後悔の波に襲われた。彼を傷つけたかったわけじゃない！　愛しているのに！

彼女は窓辺へ寄り、おどおどとショールをいじった。「あなたのお父様が……未亡人を〝穢れた売り物〟と感じてらしたのもわかるけど……」

「そのことばは二度と口にしないでくれ！」彼は激しい口調でさえぎり、彼女を腕に抱いて自分のほうを向かせた。「きみについてそんなことを言うやつは殺してやる。ぼくがなぜここへ来たのかわからないのかい？　ぼくはきみを傷つけた……それが耐えられないんだ」

彼は彼女の頬に軽く両手を添えてあおむかせた。目と目が合う。「きみは誰よりもすばらしく、大切な人だ。完璧な人だ」

彼女の顔を放し、彼は首を振った。「ぼくが何からきみを救おうとしているか、きみにはわからないんだ」

「きみにはわからないってことば、もうこれ以上聞きたくないわ！」ジュリアナは顎をこわばらせて身を引き離し、激しい口調で言った。「わかっていないのはあなたのほうよ！　わたしはウィルを絶対に忘れないってサー・ティモシーに約束したの。彼がいた場所にはほかの誰も入れないって」ジュリアナは短い笑い声をあげた。「その約束を五年ものあいだ、ちゃんと守っていたのに、あなたと会って何時間もしないうちに、あなたのことを心から追い出すことができなくなった」ジュリアナは探るように彼の顔を見つめた。「そう、わたしは約束を破ってまであなたを愛しているのよ。過去を乗り越えて……これまで学んできたすべてを振り捨てるほどに……あなたを愛しているの」

身動きひとつせずに立っているドミニクの内心の思いの読みとれない暗い目がジュリアナに向けられた。「あってはならない結婚がどんなものかわかっているかい、ジュリアナ？」口を開いた彼の声にはわずかに刺があった。「どちらかが相手の激しすぎる情熱にとらわれた結婚だ。それが母と父の結婚だった。そのせいで両親は互いを滅ぼし……ジュールと……ぼくを滅ぼした」

「わたしはあなたのお母様とはちがうわ！」涙がしまいに顔を伝い、ジュリアナは振りしぼるようなか細く小さな声で言った。

「わかってる」彼は静かに言った。頬に血の気が戻ってきた。「でも、ぼくは母の息子だ。ぼくのほうが〝穢れた売り物〟なんだ。ぼくがきみを何から救おうとしているのか説明させてくれ」

ジュリアナは突然恐怖に駆られ、身を震わせながらあとずさった。

「ぼくがどんな人間なのか聞いてくれ。ぼくはきみをヴォクソールで穢しかけたが、まさにあの同じ寺院で前に女性を穢したことがある。ぼくはきみには想像もつかないような忌まわしいことをしてきたんだ。イベリア半島に逃げ出したのも、穢れた血から逃れるためだったが、さらに名に泥を塗っただけだった……」

美しく磨き上げられた石のようになっている彼の顔に目を向けたまま、ジュリアナは首を振った。「あなたも死にたかったの、ドミニク?」

ほかの誰も想像し得なかったことを彼女が理解したことへの驚きが彼の目に浮かんだが、それはすぐに消え去った。「最初はたぶん。でも、戦いはぼくの飢えを満たしてくれた……しばらくのあいだは」できるだけ残酷な声を出そうとしながら彼は言った。「それから、その後マドリッドで魅惑的な伯爵夫人が多くを……きみのような女性には理解できないようなことを教えてくれた……」衝撃を受けたジュリアナの顔を見て、彼は身をひるませた。自分の穢れた過去を明らかにすれば、彼女もついには嫌悪から顔をそむけるにちがいないと思っているのだ。しかし、涙の光る彼女の目をのぞきこんだせいで、それ以上つづけられなくなった。その目にはすでに互いに対してのありあまるほどの痛みが浮かんでいたからだ。ドミニクは自分の罪を並べ立てることができなくなった。「ぼくはきみにふさわしくない。ふさわしくなれることなどあり得ない。与えられるものがほとんどないのにきみに結婚を申しこんできみをおとしめるつもりはない。与えられるものがあったとしても、それは損なわれたものだ」彼は小声でしめくくった。

「それによってふたりの将来を決めるってわけね」と彼女は言った。突然ドミニクに対する怒りに駆られ、憤怒《ふんぬ》のあまり胸が大きく上下した。「わたしの感情をわたし自身よりもよくわかってると思ってるわけ? あなたの考えが正しくないことだってあるのよ!」

ジュリアナはきっぱりと彼に背を向けた。「言いたいことはそれだけ、ドミニク?」

「ああ」聞いたことがないほどに弱々しい声だった。「悪いのは……きみじゃなく、ぼくなんだとわかってほしくて、ジュリアナ。きみは男なら誰でも手に入れたいと願うような女性だ」

ジュリアナは彼のほうにまた顔を向けた。「それでも、あなたはわたしを手放すのね」

「きみは手の届かない存在なんだ、ジュリアナ」

「あなたが手を伸ばそうとしないからよ……」

「ちがう。きみがあまりにすばらしいからだ」思いがけず彼は彼女の手をとり、ベッドに腰かけさせた。「最初からこの話をしておけば、きみもわかってくれただろうね」ドミニクは考えをまとめようとする顔で部屋のなかを歩きまわった。

「ウィルとぼくはイベリア半島で親しくなった。バダホスでいっしょだったんだ」彼女が息を呑むのを無視してドミニクはつづけた。「彼は死に瀕してぼくの腕に抱かれ、愛するジュリアナを呼んでいた。あの呪わしい戦場の真ん中で、彼はよく若い花嫁の話をしていたんだ。きれいな赤褐色の髪をし、やさしくて、愛らしくて、激しくて、愛情豊かなとてもすばらしい人だと。戦場で恐怖に囲まれ、泥のなかで死にゆく彼の目に浮かんだきみが、彼の心を安らかにしてくれた。きみのことを思うと、なぜかぼくの心も安らかになった。それからきみはぼくの守護天使になったんだ。あの戦争で何をするにも、どんな危険を冒すにも、どんな戦闘を戦うにも、それはきみのためだった」

彼は顔をそむけた。「ぼくはきみのことを想像するようになった。平和な田舎で、花咲く野原を歩くきみのスカートのまわりを犬たちが跳ねまわっている。もしくは、ワルツの調べに合わせてきみが踊り、その目には無数の蠟燭の光が映っている」

ウィルがそれほど自分を愛してくれていたとわかってジュリアナは幸せを感じた。しかし、それは過去のことだ。今は闘って未来とドミニクとの愛を勝ちとらなければならない。

「それなのに、わたしは約束でわたしを過去にしばりつけようとする冷酷な老人の看護をしていたんだわ」ジュリアナは立って彼と向き合った。「あなたが今そうしようとしているように」

ドミニクはそのことばを否定するように首を振った。

「そうよ」彼女は言い張った。「あなたが想像したことは夢でしかない。わたしの人生はあなたが想像していたような完璧なものとはまるでちがってたわ。苦しみと怒りと責任しかなかった。でも今、それがまた愛で満たされたの。一からはじめる機会とともにね。その機会を与えてくれなくてはならないわ、ドミニク」

「ぼくに二度目の機会などない」

ジュリアナはこぶしを握り、心のなかのすべての愛情を彼に伝えようとするように彼をじっと見つめた。「どうしてこんなことをするの？　どうしてお互いを否定するようなことをするの？」

しばしの沈黙が流れ、やがて声が発せられた。「ぼくはきみにふさわしい男じゃないんだ、ジュリアナ」

「いいえ、それはちがう」ジュリアナは静かに返した。「あなたが何を言おうと、わたしが何を知ろうと、あなたへの愛が小さくなることはない。ああ、あなたが何をしてきたとしても関係ないわ。昨日は過去のものですもの。でも明日はわたしたちのものよ」

ドミニクは部屋から出ようと振り返りかけたところで動きを止め、彼女のほうに顔を向けた。そのわずかなためらいがジュリアナの胸にかすかな希望の火をともし、新たな決意を根づかせた。彼の防壁を破る方法をどうにかして見つけてみせる。

彼は何も言わずに彼女の手を持ち上げ、てのひらに唇を押しつけると、部屋を出ていった。

わたしはまちがっていた。ジュールの言うとおり、ドミニクはわたしを愛していた。ふたりの幸せを彼が放り出すのを許すわけにはいかない。高貴なジプシー一族の血を引くフォーブズ夫人に心のおもむくままに進めと言われたように、絶対にそうするつもりだ。残された時間はほとんどない。今夜、ジュールを探し、ドミニクの防壁を破るために知らなければならないことを教えてもらおう。それ以外のことはどうでもいいこと。

13

ジュールは悪夢を克服していた。それをたしかめるために、タワーズに滞在するあいだ、もとの自分の部屋を使いたいという要望を出した。公爵夫妻が閉ざされていたその部屋を彼にとって居心地よいものにするためにずいぶんと骨を折ってくれたのは、ペンキと蜜蠟のにおいがかすかにすることからも明らかだった。

　夕食は耐えがたいものだった。ジョージがいなくなり、シャーロットはうんざりするような母親の話を一、二度そらしただけでほとんど口を開かなかった。公爵夫妻はソフィアとロドニーの助けもあって、結婚式の計画を話題にして会話を盛り上げようと努めていた。教会での結婚式のあいだ、二十羽あまりのキジバトを頭上に飛ばそうという公爵夫人の壮大な計画も、即座にきっぱりと公爵に拒まれ、その場の空気を変えることにはならなかった。ドミニクかジュリアナにふと目を向ければ、その空気がさらに重いものになった。意を決したような険しい顔をしたドミニクは話を向けられても短いことばでしか答えず、ジュリアナのほうはにじんだ涙で目を光らせ、ほほ笑むだけで何も聞いていなかった。公爵夫人が今夜は早くお開きにして各自で夕べをたのしみましょうと告げたときには、全員がほっとしたのだった。

　書斎でひとりブランデーをたのしんでから、ジュールは自分の居間の扉を開けた。廊下の端にある塔への入口から太い蠟燭を持った従者がはいってきた。

「今夜はもういい。休んでくれ」ジュールは従者にやさしく呼びかけた。

それから、ひとり居間を通り抜け、寝室にはいって扉を閉めた。

部屋のなかで彼を待っていたのはジュリアナだった。

彼は見えない壁に突きあたったかのように足を止めた。ジュリアナは新緑色のやわらかい綿のガウンに身を包み、豊かな赤褐色の髪を肩から背中に垂らして立っていた。どう見ても、ベッドにはいる準備をしていて気が変わったという姿だ。

ジュールは何歩か部屋のなかにはいってから、足を止め、警戒するように彼女に目を向けた。美しい顔のなかで大きくみはられた目が彼に向けられた。「このままではいられないわ、ジュール。あなたの力になりたくて来たの」

ジュリアナは懇願するように両手を広げて彼に歩み寄った。「でも、まずはすべてを知らなくてはならない。あなたとドミニクにとりついているすべての亡霊を」

「そうか」とジュールは言い、言った瞬間に青ざめた。思いもよらないことで、一瞬途方に暮れてしまったのだ。しばらくして彼は暖炉のそばに寄って火を見下ろし、マントルピースに軽く指を載せた。「どうしてぼくの力になろうと思ったんだい？」

「ドミニクを愛しているからよ。それにどうやら……わたしが彼に対して抱いている思いを……彼もわたしに抱いてくれているみたいなの。でも、何かがわたしたちを引き裂いている。彼は遊び人としての過去から、自分はわたしにふさわしくないと言うんだけど、それとはちがう何かがある気がするの」

ジュールは暖炉から振り向き、そのそばに置かれている、毛糸刺繍《ししゅう》をほどこした肘掛椅子に深々と腰を下ろした。そうすれば、薄暗い明かりの部屋のなかで、ジュリアナに自分の顔がよく見えないとわかっていた。

「すまない、ジュリアナ。でも、ぼくがまちがっていた。きみの言うとおりで、ぼくたちにドミニクは救えない。鍵をにぎっているのは彼自身なんだから」

顔の筋肉が震えたが、ジュリアナはそれを鎮めた。「せっかくわたしたちに機会が与えられたのに、それを彼に放り出させることはできない」

「両親がぼくたちに遺した苦しみに終止符を打てるのはたったひとりだ。それはぼくではないし、きみでもない」ジュールは少し黙りこんでから、やさしい声で言った。

それを聞いてジュリアナは暖炉のほうに顔を向け、ささやかなあたたかさを求めるようにその前にしゃがみこんだ。「だったら、わたしのことを信用して、彼の心を開けるかもしれない真実を打ち明けてくれるつもりはないのね」

「どうやらぼくもドミニクと同じで、他人にその傷を容易に見せたりはできないようだ」彼は抑揚のない声で言った。

「そうなの。だったら、あなたもドミニクと同じように、このまま自己憐憫《れんびん》にひたりきって生きることを選ぶというわけね」ジュリアナはさげすむように言った。

ジュールはすばやく動き、彼女を引っ張り起こして向き合った。そして、彼女のきれいな顔にとめどなく流れ落ちるままになっている涙を目にした。ジュールはジュリアナの涙に濡れた大きな目に浮かんだ懇願の色から目をそむけることができなかった。

「母とチャールズは出会ったときから結婚してはいけないふたりだったんだ」ジュールはゆっくりと話しはじめた。「どちらも激しい情熱の網にからめとられていた。レティシアはぼくの亡くなった父への情熱にとらわれ、チャールズはぼくの母への情熱にとらわれていた。その悲劇はまわりのすべてに影響をおよぼすほどになった。チャールズがぼくの母を自分のものにしようとすればするほど、母は父の記憶にどっぷりとひたるようになり……次から次へと愛人をつくった。チャールズには、ぼくの父と同じように感じさせてくれる人を探しているんだと言っていた」ジュールは激しい鼓動を鎮めようとするように深呼吸した。これだけの年月がたっていても、それを口に出すのは容易ではなかった。

「酒を飲むようになってからは、ぼくのことを亡くなった父だと思いこむこともたまにあった。ぼくは父そっくりなんだそうだ。チャールズは幻滅し、苦悩し、激しい情熱は憎しみへと変わってしまった。母のことは邪悪な未亡人と呼んだ……ぼくの父との結婚で穢れ、愛人を持つことでさらに穢れてしまったと」ジュールはそこでためらったが、やがてすばやくことばを継いだ。「ドミニクとぼくは彼らが織りなす網にとらわれていた。悲劇ごっこの駒だったのさ。ぼくはドミニクにはそれをあまり気づかせないようにしようと努めていたけどね。彼は当時まだ年若く、寄宿学校に行っていて家にいないことが多かった。レティシアが彼と過ごすことはほとんどなかったから、最悪のことは知らないと思っていた。そうじゃなかったが。おそらく、ぼくがしたことはまちがっていたんだ。それを認めて、彼にも理解させようとしたほうがよかったのかもしれない」

ジュリアナの頬に色が戻り、やわらかそうな口が震え出すのを見てジュールはことばを止めた。

「お願い、最後まで聞かなくちゃならないわ」彼女はささやいた。

「あの晩……ぼくは母とけんかをした。もうこれ以上彼女の独占欲には付き合えないといって。ぼくが離れれば、状況が多少ましになるかもしれない、母がもっとチャールズを受け入れるかもしれないと思ったんだ。母は……母は動揺して、ぼくが寝る準備をしている部屋にやってきた。ひどく酔っ払ってね。それで……ぼくの前にひざまずき、置いていかないでと懇願した……たぶん、ぼくのことを父だと思っていたんだ」話をつづけるためには、ジュリアナの顔に浮かんだ表情から目をそらさなければならなかった。

「そこへチャールズとドミニクがやってきた……ぼくと母は愛人同士のように見えたはずだ」彼はもう一度ジュリアナに目を向けることをみずからに強いた。「でも、そうじゃなかったんだ、ジュリアナ！　ぼくのことを信じて、ドミニクにもぼくの言うことを信じさせてくれ！　チャールズは正気を失ってレティシアとぼくを撃ち、レティシアとぼくが通じていると思って死んでいった。ぼくたちを呪いながら。ドミニクを呪いながら。狂気のなかで、ドミニクのこともぼくと同じく穢れた存在だと決めつけたんだ。弟があんなふうになったのはそのせいさ。きみの愛にふさわしくないと感じている理由もそうだ」

ジュリアナの目に同情するような光が宿り、ジュールはつかのま息をつめた。

「あなたたちのどちらにも罪はないわ、ジュール。どうにかしてドミニクにもそれをわからせましょう」と彼女は言った。

そして、ジュールの人生でははじめてのことだったが、女性に同情と友情から抱きしめられた。彼は涙で濡れた頰を彼女のかぐわしい髪にうずめた。

ドミニクはそれ以上待てなかった。兄は真実を知りたかったら部屋に来いと言っていた。自分とジュリアナに希望があるとすれば、それはその真実のなかにある。真実が何かはわかっていたが、人生を変えられる可能性がもしあるならば、それをとらえたいという思いには逆らえなかった。ジュリアナが愛してくれている――それは貴重な天からの贈り物に等しく、危険を冒すに足るものだった。ジュールの部屋を訪ねさえすればいいのだ。

ドミニクは西の塔へとつづく羽目板を張った木の扉に触れた。鍵はかかっていなかった。一瞬、父が肩越しにささやきかけてくるのが聞こえた気がしたが、振り返りはしなかった。その代わり、そっと力をこめて扉を押し開け、十八歳のとき以来はじめて西の塔に足を踏み入れた。

廊下は静まり返っており、真っ暗だった。ドミニク・クロフォードは西の塔の入口に立ち、耳を澄ましながら、猫のように瞳孔を広げた。やがて窓がぼんやりと見えた。真っ暗ななかで灰色に見える。空にまたたく小さな星の明かりによって、壁際にタンスと大きな椅子がきちんと置かれているのがわかった。今回は自分ひとりきりだが、あのときはちがった……。

父に肩をつかまれ、腕に熱い痛みが走ったが、彼は身を引こうとはしなかった。そうせずに、父の歩幅に合わせて小走りになった。「いっしょに来るんだ、ドミニク。邪悪な未亡人とその息子がどんなふうに夜を過ごしているのか、暴いてやるときが来た！」父の息はジンくさく、そのにおいが服にもしみついていた。

今、廊下のにおいは心地よいものだった。使用人が空気を入れかえ、廊下の羽目板に蜜蠟を塗ったばかりのようだ。静寂のなか、自分の不規則な息が響いていた。呼吸が荒くなるのはいやだったが、すべての記憶があふれ出すのを留めておけるならば、このぐらいの弱さが表に出るのはしかたなかった。

ドミニクは誰もいない暗い通路を通り抜け、しまいに住まいのある場所へと到達した。扉は閉まっていたが、鍵はかかっていなかった。彼は扉を開いた。あの晩は鍵がかかっていたのだった……

「ちくしょう、あの女め！」父は怒り狂い、どっしりとした扉をこぶしでたたいた。
「父さん、やめてよ！」年若いドミニクは懇願したが、押しのけられ、石の壁にたたきつけられて痛い思いをしただけだった。
「邪魔するな！」父は叫んだ。「こんなふうに鍵をかけて私を閉め出すことは二度と許さん」そう言うと、父は掛け金を蹴りはじめた。両手に一丁ずつ決闘用の拳銃を持ったまま、蹴りに蹴っているうちにしまいに鍵がはずれた。扉が開くと、そこは妻の居間だった。

居間のなかはあたたかかった。暖炉の火は燃えつきようとしており、部屋にバラ色のほのかな光を投げかけていた。あの晩、暖炉の火は赤々と燃えていて、部屋を明るく照らしていた。ドミニクにも彼の父にも、レティシアの寝室の扉が開いていて、なかに蠟燭がともっていないことはすぐさま見てとれたが、ジュールの部屋に通じる扉は閉まっていた。

今夜ドミニクは母の部屋のほうへは目を向けず、兄の部屋のほうに向かった。すると、木の扉の向こうから声が聞こえてきた。

しかし今回は、蝶番《ちょうつがい》ががたつくほどに勢いよく扉を開ける、正気を失った酔っ払いはいっしょではなかった。今、扉を大きく開いたのはドミニク自身だった。

時間が止まり、過去への扉が目の前に開かれていた……

部屋の中央にふたりがいた。シャツを脱ぎ、ズボンのボタンを半分はずし、これまで見たことがないほどこわばった顔をした兄と、ほどいた髪を肩に下ろし、彼の前にひざまずいて濡れた頬を彼の太腿《ふともも》に押しつけている母が。母は彼の胸と腹の引きしまった筋肉を必死で撫でながら、懇願していた。「わたしを置いていかないで、あなた。ずっとあなたを待っていたのだから」

父が叫んだ。「薄汚い女め！　おまえはみんなを穢した！　ドミニクも！　ジュールも！　われわれみんなを！　しかし、もうこれ以上穢させはしない！」銃声が響き、悲鳴があがり、やがて突然静寂が訪れた。

この部屋こそが自分の苦しみの源だった。悲しみの暗い波が持ち上がり、押し寄せてくる。その波にすっかり呑まれ、ドミニクは目を閉じた。

目を開けると、寝室の中央にふたりの人間が立っていた。ドミニクが見たことのない表情を浮かべた兄と、彼を抱きしめているジュリアナ。ほどいた髪を肩に垂らし、涙で頬を濡らしている。

ドミニクは否定するように首を振った。目の前の光景があり得ないことはたしかだった。ぼくのジュリアナがこんなことをするはずはない。静けさのなか、声が聞こえた。

「おまえはまったくちがうものを見たと思いこんだんだろう、弟《モン・フレール》よ?」

ドミニクは顔を上げてジュールと向き合った。ジュリアナは彼から離れていた。信じられないほどの意志の力で震える両手をガウンの襞のなかに隠し、兄弟から離れて立っていた。ここに自分の出番はないからだ。

「何の話をしている、ジュール?」心の痛みを表すように低くなったドミニクの声が静寂のなかで響きわたった。

「おまえは愛人同士が抱き合っていると思った」ジュールが彼に目を向けると、ドミニクは青ざめ、それから、その顔にゆっくりと色が戻った。「おまえはわれわれの母親と……ぼくが……愛人同士として抱き合っていると思ったんだろう、ドミニク?」

ドミニクの目は見開かれ、顔の骨格が鋭くなった。「彼女はあんたの前にひざまずいていた。愛人のように。置いていかないでくれとあんたに懇願していた。父さんもそれを見た。だからこそ、それ以上耐えられなくなったんだ」

「ぼくはギリシャで暮らすためにタワーズを出ていこうとしていた。おまえもそれは知っているはずだ。そのせいで、彼女は置いていかないでくれとぼくに懇願していたんだ」ジュールはうんざりしたように言った。「おまえの父は彼女のせいで悪夢と化した自分の人生しか見ていなかった。思い出してくれ、ドミニク。ぼくは最悪のことをおまえから隠そうとしていたが、うまくいかなかった……彼らの関係がどんなだったか思い出すんだ」

ドミニクの心に記憶がどっと押し寄せたらしく、美しい目がくもった。ジュリアナには彼の苦痛が自分のことのように感じられた。ジュールもそれを目にしたにちがいなかった。

「あのふたりが互いの人生をみじめなものにしていたのはふたりのあいだだけのことだった」ジュールは声をやさしくしてつづけた。「ぼくたちは利用される駒にすぎなかった。あの晩まではは。あの晩以降、ぼくたちは犠牲者になったんだ」ジュールは背筋を伸ばし、弟の目の前まで歩み寄った。「あのときおまえはぼくの命を救ってくれた。今度はぼくが借りを返す番だ。穢れていたのはあのふたりだけだ。ぼくのことばを信じてこの部屋の扉を永遠に閉じるんだ」

ジュールはジュリアナのところへ戻り、彼女の震える指を持ち上げてそっと唇を押しつけると、部屋を出ていった。

ジュリアナはなぐさめるためにドミニクのそばへ行かずにいられなかった。離れていても、彼のシルクの上着につけられた宝石が揺れてまばゆく光り、彼が猟犬に追いつめられたキツネのように荒い息遣いをしているのがわかった。髪を両手で梳いたらしく、前髪が垂れて額で濡れている。着ているサテンのシャツほども顔は真っ白だった。部屋の明かりを受けて唯一見える色は、信じられないほど青い目の色だけだった。彼がまぶたを閉じるとその色も消えた。

頬にあてられた愛情をこめたやさしい指の感触に彼は目を開けた。愛と命を見つけようとするように。

「ジュリアナ？」彼は問うように名を呼んだ。ジュリアナがほかの何にもまして愛するようになった声。「ぼくは……」

「ドミニク、わたしはここよ」彼女はやさしく言った。

彼の青い目が見たことのない色にくもったが、口が理解したというように曲がり、手が手をとった。「十年前にここで起こったことを知っているんだね」

彼女がうなずくと、ドミニクは目をそらし、ゆっくりと部屋を見まわした。「母と父については何があろうともほんとうだと思えた。子供はみなそうだろうが、欠点があっても両親のことは愛していたけどね。でも、ジュールは……そう、彼はぼくに乗馬や……狩りを教えてくれた。ぼくは彼を崇拝していたんだ。ジュールが両親と同じなんだと思ったときに、ぼくのなかで何かが壊れた。たぶん、もっと年が行っていれば、その痛みに対処することもできたんだろうね。現場に居合わせたのに、止められなかったという罪悪感……母と父を救えなかった罪悪感もあった」彼は最後にジュリアナの顔に目を向けた。「十八歳のときには、唯一残された生き方は、これまでぼくが生きてきた人生しかないように思えたんだ。そんな愚かな少年がとってきた行動のせいで、ぼくは救いようのない人間と世間で思われている」

「モンマス公爵があなたに政治の世界にはいってほしいと思っているのもそのせいなの？」彼女は誰にも――とくに過去の亡霊に――この幸せの邪魔はさせないと心に決め、やさしく訊いた。

それを聞いて彼はようやく笑みを浮かべた。「最悪に堕落した人間でも貴族院の議員にはなっているからね」そう言って彼女の指をつかむ手に力を加えた。「ぼくの言う意味はわかるはずだ。噂されていることは大部分が真実なんだ。どの社交の集まりに行っても、ぼくが昔付き合っていた愛人の誰かには出くわすだろうよ。あれこれ陰口をたたかれたり、噂されたりすることにもなる。きみをそんな目に遭わせるべきじゃない」

ドミニクの手から手を引き抜き、ジュリアナは背を向けて暖炉のそばに行き、彼の懸念をなくさせる答えを慎重に考えた。

「世間はすぐに新たな噂の種を見つけるわ。遊び人の侯爵を忘れさせるような何かを」彼女はそうきっぱり言うと、ドミニクのほうに顔を向けた。

「ジュリアナ、いったい……？」

「何をたくらんでいるのかって訊いてるの、侯爵様？」ジュリアナは強情そうに腕をしっかりと胸の前で組んだ。「わたしが恥も外聞もなくオーブリー侯爵を追いかけていることについてみんな噂しはじめるわ。容赦なくそうするつもりだから」

ドミニクが何歩か近づいてきて、彼女はことばを止めた。それでもあとずさりはしなかった。

「それに、あなたがヨーロッパに逃げ出すつもりでいるなら、追いかけるだけよ。その噂があなたの過去の輝かしい業績をちっぽけなものに見せるでしょうよ」

彼はすぐそばに立っていた。手を伸ばせば触れられるところに。しかし、ジュリアナは手を伸ばそうとはしなかった。

「きみはそのつもりなんだね」彼はやさしく言った。

「愛のためなら、自尊心も……特権も……何もかも犠牲にできるわ。そうでしょう？」

突然彼の目のくもりが晴れ、その輝かしさにジュリアナは驚いた。ドミニクは一瞬ためらっただけで指を彼女の髪にすべりこませ、首をかがめて口を求めた。陽射しのせいでひどい渇《かわ》きを覚えた男が水を求めるように。

「誰かが何かしたのよ！」ハウスパーティーの客たちが深夜のホイスト遊びのためにふたたび集まった応接間に駆けこんできながら、レディ・グレンヴィルが叫んだ。「ドミニクとジュリアナが階上《うえ》の廊下でキスをしていて、いつまでもやめようとしないの！」

「きっといつかはやめるわよ、お母様。五十年かそこらたてばね」シャーロットが穏やかに言った。

ユージニア・グレンヴィルの顔にさまざまな感情が浮かび、やがて彼女が口をとがらせるのがソフィアには見てとれた。

「でも、そんなの公平じゃないわ！」彼女は泣き声で言った。「ソフィアにはロドニーがいて、今度はジュリアナにドミニクよ。あなたには誰もいないじゃない！」

「それはちがうわ、お母様。わたしにはジョージがいるもの」

ロドニーのすばやい行動によって、ソフィアのワイングラスが床に落ちて砕けるのは防がれた。レディ・グレンヴィルはぽかんと口を開けた。

「ジョージ？」

「そうよ、お母様。わたしが昔からジョージを望んでいたことはご存じでしょう。社交界にデビューしたのは、それがお母様を満足させる一番いい方法だと思ったからよ。もうデビューしたから、これで家に帰れるわね」

彼女は公爵夫妻に深々とお辞儀をすると、母の腕をしっかりとつかんだ。「わたしたちはそろそろ失礼したほうがいいわ、お母様。そうすれば、ご家族の集まりになるから。ああ、お父様、ごめんなさい、そこにいらっしゃること、忘れるところだったわ。さあ、おふたりともいらして。荷づくりをしなくては」

「でも、シャーロット」彼女の母は声に不安をにじませて訊いた。「ジョージはあなたを望んでいるの？」

「たぶん。たぶんそうよ」

グレンヴィル家の三人が部屋を出ていくと、カルター公爵夫人がソフィアのほうに顔を向けて訊いた。「まったく、あの娘《こ》、本気で言っているの？」

ソフィアはこの世の何もかもに満足しきってにっこりした。フォーブズ夫人には予言者の目がある！　夢見ていたどれほど明るい未来でも、みんながこれほど幸せになることはなかった。

「ソフィア、聞こえてる？」

「もちろん、シャーロットは本気で言ってますわ、公爵夫人。本気でないことを言う娘じゃありませんから！」

エピローグ

「信じられないわ！　双子だなんて！」カルター公爵夫人が五度目にそうつぶやいたのは、長旅用の馬車に夫の手を借りて乗りこんだときだった。

「ああ、そうだね。それも男の子と女の子の」公爵は妻の手を軽くたたき、石段の上に身を寄せて立つひと組の男女に別れを告げるために振り向いた。ジュリアナの頬にキスをして彼はほほ笑んだ。

「きみも体に気をつけるんだ。何にしても、ドミニクのせいでやりすぎないように。きみたちのそばを離れたくはないんだが、ロドニーにはわれわれの助けがどうしても必要だろうからね。最後に彼に会ったときには、さらにやせていたよ。きみの叔母さんは丸々としてきていたが」

「ジュリアナ」公爵夫人が馬車の窓から首を突き出した。「毎日午後には昼寝をするのを忘れないでね。あなたのお産の前には戻るから。まったく、ソフィアが双子を産んだなんて！」彼女は座席に背を戻してくり返した。

体にまわされたドミニクの腕に力がこめられ、ジュリアナは笑った。「ええ、公爵様、体には気をつけますわ。ソフィア叔母様によろしく言ってください。彼女が長旅に耐えられるようになったらすぐに、四人家族に会いたいって伝えてください」

一時間後、ジュリアナは言いつけを守ってベッドにはいった。ドミニクがフランスからとり寄せた、天蓋《てんがい》がつき、彫刻をほどこした大きなベッドに深々と身をあずける。そして隣にはドミニクがいた。

ジュリアナは彼の規則的な鼓動が頬に感じられるほどにきつく抱きしめられていた。

「疲れたかい、ジュリアナ？」

ジュリアナは笑った。「わたしたちがしていることって、毎日横になるようにと言ったときにお医者様が考えていたのとはちがうと思うわ」

ドミニクの指がそっと彼女の顎を持ち上げた。鮮やかな青い目が探るように目をのぞきこんでくる。その目にはまだジュリアナの息を奪う力があった。「やめるべきかな？」

「まさか！　たのしみを奪われるつもりはないわ。わたしがひどく無様になって、あなたがわたしとベッドをともにしたくないと思うまで、まだ何カ月もあるはずよ」

「そんなふうに思うことは絶対にないよ！」ドミニクはあおむけに寝転がり、自分の上に彼女をそっと引き寄せた。

「重すぎない？」彼女は顔をしかめた。腹はふくらんでおり、胸も腫れていた。

「いや……悪くないよ……愛してる」ドミニクは彼女の唇を唇でかすめるようにして言った。

それからふいにすばらしい目をみはった。「ああ、これは何かな？」

ジュリアナはまた笑った。人生はとてもすばらしい。「これはあなたの息子が蹴ったのよ」

「もしくは娘がね……ああ、もしかしたら……両方かもしれない！」その声は愛情にあふれていてあたたかかった。「双子が生まれたらどうしたらいい？」

ジュリアナはふさふさとした金色の髪に指をからめて彼にキスをした。「簡単よ。みんなでずっと幸せに暮らすの」

醜聞《スキャンダル》がくれたもの

子供たちに愛をこめて――
ハイディ、アラン、ジェフ、マイケル、ローレン、キャスリン、デイヴィッド、ロッド、カレン、オリヴィアに

主な登場人物

キャスリン（キャット）・ディッスルウエイト……貴族令嬢。
ジュール・デヴロー……サヴィル伯爵。
マライア・ディッスルウエイト……キャスリンの姉。
ジョン（ジャッコ）・ディッスルウエイト……キャスリンの双子の弟。
グウィネス・タットウィリガー（ウィリー）……キャスリンの名づけ親。
ハンナ・ハミルトン……グウィネスの親戚。
キャロライン・ストレインジ……上流階級の娘。
サー・エドマンド・トリッグ……上流階級の紳士。
クリスチャン・ヴァンダーワース……裕福なアメリカ人。
ヘレン・ヴァンダーワース……クリスチャンの妹。
ドミニク（ドム）・クロフォード……オーブリー侯爵。ジュールの異父弟。
オースティン・クロフォード……カルター公爵。ドミニクの祖父。
シビラ・クロフォード……ドミニクの祖母。
ミセス・フォーブズ……宿屋〈ブルー・ボア〉の主人の祖母。

プロローグ

　クロフォード家の邸宅がカルター・タワーズと呼ばれるようになった由来である銃眼のある塔を、早朝の霧がとりまいていた。かつてあまりに大きな悲劇の舞台となったこの館は、新しい女主人のジュリアナがやってきて、主人のドミニクが見るからに幸せそうなこともあり、息を吹き返していた。

　今やこの館には喜びが宿り、ジュールは異父弟のもとに留まりたいと思わずにいられなかったが、自分の役目は終わっていた。そろそろここを立ち去るころあいだ。彼は黒い旅行用のマントの裾を後ろにたなびかせながら、馬車の邸内路をそわそわと行ったり来たりしていた。邸内路の端までくると、薄暗いなかで母と継父の墓がある丘に最後にもう一度目をやった。

　フランス人の血が半分しか流れていない弟のドミニクとちがい、フランス人の魂を持ったジュールは、絶えず失ったものを悼《いた》む気持ちに襲われることにはもうずっと前から慣れっこになっていた。しかし、驚いたことに、十年ぶりにその痛みがほぼ消えていた。おそらくはようやく兄弟が過去を過去として葬ることができたからだろう。

　静かな夜明けの空気を元気のよい泣き声がつんざいていた。慣れた様子で生後六週間のジャイルズ・ロバート・アレクサンダー・クロフォードをあやすドミニクにジュールは笑みを向けた。

「赤ん坊を起こすなといったはずだ、ドミニク」ジュールが甥《おい》の小さなこぶしを撫《な》でながら言った。ジャイルズの小さな指がすぐにジュールの指をつかみ、それをバラのつぼみのような口へ持っていこうとした。

そっと指を引き抜きながら、甥には彼の小さな親指をくわえさせ、ジュールは弟の鮮やかな青い目と目を合わせた。ふたりは噴き出した。

この瞬間を分かち合えるとはなんとすばらしいことだろう！

ドミニクが暗い過去の記憶からようやく抜け出したことにジュールは安堵《あんど》し、そのせいで別れるのがよけいに悲しくなった。ドミニクとジュリアナのあいだで育《はぐく》まれた愛情と幸福に満ちた小さな家庭に、自分も加えてもらっていたからだ。大切な息子の名づけ親になってほしいとまで言われた。それなのに今、自分はここを去らなければならない。

「兄さんが沿岸地方へ急いで向かうつもりだったことはわかっているんだ。ジュリアナの願いを聞き入れて、贈り物を届けてくれるのはありがたいよ」

「弟《モン・フレール》よ、ぼくは彼女のおかげで伯父《おじ》さんになれたからね。おまえと同じく、彼女の気まぐれに付き合うのは、ぼくにとっても喜びなのさ」ジュールは肩をすくめた。「それに、この〈ブルー・ボア〉という宿屋に寄ればいいだけだしね。正直、ミセス・フォーブズに多少興味も覚えたよ。ジュリアナが面白い話を聞かせてくれたから」

腕のなかの赤ん坊をそっと揺らしながら、ドミニクはほほ笑んだ。「ジュリアナが言うには、ミセス・フォーブズはジプシーの血を引いていて、手相を読んで、われわれが将来いっしょになると予言したそうだ。ミセス・フォーブズには未来を見通す目か何かが備わっていると信じている。でも、ぼくがジュリアナにひと目惚《ぼ》れだったことは、占い師じゃなくてもわかるはずだ」

女性に関してドミニクが長年にわたってかんばしくない評判を頂戴《ちょうだい》していたことを思い出し、ジュールは〈ブルー・ボア〉の女主人にさらに惹《ひ》かれるものを感じた。

「幼いクロフォード卿が元気でいると伝えるよ」最後に一度触れずにいられず、ジュールはジャイルズのバラ色のやわらかい頬に指の腹を走らせたが、赤ん坊はぐっすりと眠ってしまっていて目を覚まさなかった。

もうこれ以上出立を遅らせるわけにはいかない。弟のドミニクがおちついた幸せな生活を手に入れた今、今度は自分の人生を立て直さなければならないのだ。

「さよならを言うのは嫌いだから」彼はそうぶっきらぼうに言うと、一歩下がった。

ドミニクは澄んだまなざしをまっすぐ兄に向けた。「カルター・タワーズは何があろうと兄さんの家だ。今度はあまり長く留守にしないでくれ」

何年か前とはまったくちがい、別れの挨拶にジュールは弟の肩を親しげにつかんだ。おくるみに包まれて眠っている赤ん坊を起こさないように気をつけながら。

「約束するよ」

ジュールは辛抱強く待っていた馬のノワールの手綱をつかみ、それを馬の首に放った。牡馬《おすうま》は軽く鼻息を吐き、足踏みをした。出立のときが来たとわかっているかのようだった。それ以上口を開くことなく、ジュールは馬にまたがると、邸内路を進んだ。門の近くまで行くと振り向いて手を振り、それから、低く垂れこめる霧のなかへ姿を消した。

この出立は以前とはちがう。かすかな後悔はあっても、苦々しさはない。ドミニクの人生はようやくあるべき形をとったのだ。愛する妻と信頼のおける友人たちに囲まれて、彼はこの世のなかにまっとうな居場所を手に入れた。サヴィル伯爵であるジュール・デヴローにそんな居場所はない。生まれ故郷はフランスだが、人格を形成する年ごろをイギリスで過ごしてからは、フランスに戻るのはむずかしい気がした。

それでも、戻らねばならない！　ナポレオンの帝政時代に没収されていた父の領地が返還されたのだから。管理をまかせた男の話では、なんともひどい状態のようだが、それでも、祖先から受け継いだ領地なのだ。とはいえ、幼いころに母に連れられてフランスから逃れたため、そこについてはぼんやりとした記憶しかなかった。

奇妙なことに、こうして一年イギリスに滞在しているあいだ、あの出来事からの十年について思い出すことは一度もなかった――居場所を転々とし、女から女へと渡り歩いていたときのことを。未来は目の前に開けていた。おそらく、このフォーブズ夫人という女性が、未来に何が待ちかまえているか、教えてくれることだろう。魅力的な義理の妹が強い愛情を寄せている宿屋の女主人に会い、弟の人生が新たにはじまった場所を訪れるのだと思うと妙にわくわくし、ジュールはおかしくなった。

フォーブズ夫人はジュールがこれまで見たこともないほど小柄な女性だった。炒《い》った木の実のような色の顔には年輪が刻まれている。それでも、目は抜け目なく、突き刺すほどにまっすぐだった。彼女はジャイルズ誕生の知らせと、ドミニクとジュリアナと赤ん坊の肖像画を度を超すほどに喜んで受けとった。

「予見したとおりだわ」ほっそりした顔を細かい皺《しわ》だらけにして、彼女は大きくうなずいた。

「さて、お部屋へご案内しましょうかね、伯爵様。弟様に用意したのと同じ部屋ですよ」

案内された部屋は宿屋の最上階にあり、清潔できちんと整えられていて、期待していた以上に設備もちゃんとしていた。食事も同じで、煮こんだきのこを添えたローストした鶏《とり》、揚げた子羊《こひつじ》の肉、焼いたジャガイモ、粒コショウで味付けしたタンのシチュー、新鮮なエンドウ豆などが供され、そのあとで出された大きなイチゴを添えたバターケーキは非の打ちどころのないものだった。

概して、弟がすばらしきジュリアナをようやく見つけたこの宿屋は、期待にたがわぬ場所だった。弟にはずっと愛情を抱いてきたが、今、羨望《せんぼう》も感じていた。自分があんな幸せを見つけられるとは思えなかったからだ。過去に受けた自分の傷痕《きずあと》は弟のよりも傍目《はため》にはっきりわかるものだった。

ジュールは椅子に背をあずけてポートワインを飲んだ。胸の大きな給仕の女がブラウスの襟が大きく開くのもかまわず身をかがめ、グラスにワインを注《つ》いだ。そうしてあけすけに誘われたことだけが、その晩の唯一の欠点だった。

ジュールにうぬぼれはなかった。どうしてうぬぼれなど持てる？　彼は内心鼻を鳴らした。傷痕の残る頬と眼帯を必要とする光を失った目を持つ顔はハンサムと言えるはずもなかった。しかし、長年のあいだに、そうした容姿に惹かれる女もいるらしいことはわかった。自分が愛せるような女ではないある種の女たち。そういう女たちは家庭と――彼はジャイルズのことを思い出した――子供を与えてはくれない。

以前は将来のことなどあまり考えてもみなかった。その日その日を生きていた。しかし、カルター・タワーズでジュリアナとドミニクとともに何カ月か過ごした今、彼らのような暮らしを自分がけっして手に入れることはないと思うと残念な気持ちになった。これまでの自分の生き方が突然無意味に思われた。上流階級の女性で、この傷を見過ごせる人がいるだろうか？　これが敵と戦ったときに負ったものだろうとうっとりと空想する女性がいたとしたら、その女性は驚くことになる。

真実にはうっとりさせるものなど何もない――ジュールはポートワインの残りを喉に流しこみながら、苦々しく胸の内でつぶやいた。

その記憶をよみがえらせることを拒むように、彼はゆっくりと立ち上がり、宿屋の狭い階段をのぼった。給仕の女は不満そうに口を突き出していた。

単にたわむれの関係を持つ気分ではなかったのだ。ジュールは早くベッドにはいるつもりだったが、驚いたことに、フォーブズ夫人が部屋の前で待っていた。

彼はほほ笑んでお辞儀をした。「すばらしい夕食でした。最高に」

フォーブズ夫人は上流階級の貴婦人のように堂々とした態度でうなずいた。その誇り高い物腰に、思わずジュールは彼女の指を持ち上げて軽くキスをしていた。自分自身の行動に驚くあまり、手をきつくつかまれて裏返されても抗わなかった。手相を見られるということがどこか愉快な気がして、そんな親しげなやり方も見過ごせた。

しかし、フォーブズ夫人の顔に浮かんだ表情には愉快そうなものは何もなかった。突き刺すような目は彼に注《そそ》がれている。

「あなたは空っぽの部屋を数多く通り抜けてきましたね。今、まちがった扉があなたにとって正しいものとなるでしょう。あなたは信じないかもしれないけれど、追い求めてきた幸せが手にはいることになります」

1

「あなたたちふたりには寿命を縮められるわ！」レディ・タットウィリガーは息を呑《の》み、寝椅子の大きな枕に背をあずけた。「誰か気つけ薬をとって！」

レディ・キャスリン・ディッスルウエイトは語りかけるような目を姉のレディ・マライアに向けた。

「ウィリーおばさま、気つけ薬なんて一度も使ったことないじゃない。そんなふうに気どるのはやめて」キャットがきっぱりと言った。

それを聞いて名づけ親は目を開け、身を起こすと、名づけ子に冷たい目を向けた。「なんて思いやりのない子なの！　わたしがあなたのおふざけに我慢しているのは、亡くなった父のフロッグモートン卿の遺言があるからよ。そうじゃなかったら、前の社交シーズンにあなたがバートン卿との婚約を破棄し、マライアがブロムストン公爵の申しこみを断ったのをどうやって耐えられたというの？」

マライアはふわふわとした黒っぽい巻き毛を後ろに押しやった。「あの公爵は父親と言ってもいいぐらいの年なのよ！　犬の遠吠《とおぼ》えみたいなぞっとする笑い方のせいで、変に注目されてばかりだわ。でも、最悪なのは、クラヴァットの結び目がいつも曲がっていることよ」

「わたしの場合は、バートン卿にうんと好意を持っていたので、彼と愛のない結婚はできなかったってわけ」キャットがすばやく口をはさんだ。「ウィリーおばさま、あなたも昔からずっと言っているじゃない。心のおもむくほうへ向かわなければならないって」

「ええ、そう、わたしたちはいつものように、あなたの言う、ごくふつうのやり方に従っているだけよ」マライアが甘い声で言った。

「あなたたちは言い訳ばっかりじゃない。みんな知ってることだわ」レディ・タットウィリガーは鼻を鳴らした。「でも、こんなおふざけももう終わりにしないと。今すぐに。さもないと、待ってるのは破滅の道だけよ」

「でも、ウィリーおばさま、社交シーズンははじまったばかりよ。わたしたち、とてもお行儀よくしているわ」マライアはうわの空で巻き毛をいじりながら言った。髪はいつものようにハート型の顔をとりまくよう、完璧な形に下ろしてあった。

「このシーズンははじまってまだ一週間よ。だから、もちろん、あなたたちだって何も悪いことはしてないでしょうよ。あのジャッコがヴァンダーワース家の晩餐会《ばんさんかい》に現れなかったことを除けばね。あの子には困ったものだわ。ミス・ヘレン・ヴァンダーワースは年に二千五百ポンドの収入があるのよ。軽く見るべきじゃないわ。たとえ植民地の出身だとしても」

「でも、ミス・ヴァンダーワースも彼女のお兄様もあらゆる点でちゃんとしてるわよ。それどころか、ミスター・ヴァンダーワースはイギリスの紳士たちを恥じ入らせるほど優秀なところを見せることも多いわ」

　キャットは驚いて姉を見つめた。ブロムストン公爵の申し出を断ったのはたしかだが、マライアはいつも礼儀作法の鑑《かがみ》と言ってもいい人間だったからだ。じつのところ、キャットはミスター・クリスチャン・ヴァンダーワースにはさほど注意を払っていなかったのだが、マライアが褒《ほ》めるなら、彼の礼儀作法は非の打ちどころのないものにちがいなかった。

「そう、たしかに感じのよい人だわ。でも、わたしが心配しているのはあなたの態度よ。前のシーズンであなたがわがままな行動をとったせいで、おしゃべりな人たちがまた〝ディッスルウエイト卿の心変わり〟について噂するようになったわ」レディ・タットウィリガーの堂々たる胸がはちきれんばかりにふくらんだ。「あなたの亡くなったお父様があの恐ろしいレディ・アナベル・サーストンとの婚約を破棄してあなたたちのやさしいお母様と結婚したのが正しいことだったのはたしかよ。アナベルの夫は早くに亡くなったもの。でも、昔の悪い噂がまた広がるのはあなたたちの評判のためにいいことじゃないわ。それでも、わたしに信用があるから、どうにか社交界でやっていけるのよ。このシーズンにおいては礼儀作法の鑑になるって約束してちょうだい」

彼女の目はキャットに向けられていた。というのも、お行儀においても、身だしなみにおいても、マライアはつねに完璧だったからだ。

即座にキャットは自分のサフラン色の散歩用ドレスの裾が汚れているのに気がついた。まったく、公平じゃないわ！　マライアだってハイド・パークの同じ道を歩いたのに、彼女の桃色のスカートにはしみひとつついていない。ばつの悪そうな顔をしたせいで、そこに注意を惹いてしまった。

「キャット、あなたはもっと身のまわりの物に気をつけなければならないわ。そうやっていつも汚したり、変な場所に忘れ物をしたりしてばかりいたんじゃ、やっていけないわよ。みんなにまぬけだと思われるようになってしまう」

キャットはうなずくよりほかにしようがなかった。もっとうまく立ちまわらなければならないということ。昔から両親の駆け落ちを理想だと思っていて、自分も結婚する前に真の愛を見つけようと心に誓っていたが、レディ・タットウィリガーとマライアにも深い愛情を感じていた。愛するウィリーおばさまを動揺させ、マライアが幸せに結婚する可能性をさらに低くするようなことはけっしてしてはならない。

「約束するわ、ウィリーおばさま。わたしのこと、退屈だと思うほどにお行儀よくするつもりよ」キャットは本気でそう言った。

レディ・タットウィリガーは多少疑わしそうな顔をしつつもうなずいた。「ありがとう、キャスリン。さて、あなたの困った双子の弟を見つけて、彼にも約束させれば、みんなうまくいくわ。ハンナ！」

キャットはびくりとした。ミス・ハンナ・ハミルトンが部屋にいるのを忘れてしまっていたからだ。

小さくあくびをしながら、目も髪も、着ているドレスまで灰褐色の地味な女性がゆっくりと暖炉の前の椅子から立ち上がった。ウィリーの遠い親戚であるハンナ・ハミルトンはキャットが覚えているかぎり昔から、いつもウィリーといっしょだった。おそらくは個人的な秘書のような役割をはたしているのだろう。ハンナはレディ・タットウィリガーの言いなりで、その気まぐれに忠実に付き合っていた。しかし、ウィリーが亡くなった父親から強い意志を受け継いだのだとしたら、ハンナにその血は流れていなかった。言い争いがはじまると見るや、すぐさま居眠りに逃げるのがつねだったからだ。

「ハンナ、ジャッコに手紙を書いて、すぐに来るように言って！」レディ・タットウィリガーはそう命令してから、キャットたちに目を戻した。「じゃあ、あとでね。レディ・セフトンの音楽会に行くために着替えをしてらっしゃい。みんなが参加する音楽会なんだから、最高の装いをしてもらいたいわ。今夜、ディッスルウエイト家の人間がまた社交界を席巻するのよ！」

キャットのおちつかない思いは、カララ地方産の大理石の暖炉から通りに面した居間の窓にかけられた緑のブロケード地のカーテンのところまで、絶えず行ったり来たりする様子に表れていた。社交界そのものは怖くなかった。その厳しい決まりに苛立《いらだ》つことがあるとはいえ。お辞儀の仕方や、歩き方、笑い方にまで決まりがあった。ときに、そうした決まりが遊びのように思えた田舎での生活に戻りたいと思うこともあった。ときには……でも、今夜はちがう。

今夜はみんなにとって大事な夜となる。またもウィリーおばさまをがっかりさせるわけにはかない。マライアは今シーズンにお相手を見つけなければならないのだ。そしてジャッコは……まったく！　いつ現れるつもり？　彼の未来もかかっていることなのに！　必要とされているときに姿を現さないなんて彼らしくない。

廊下で物音がして、キャットは足を止めた。神経質に指を動かし、夜会用ドレスのハイウエストから垂らした、バラ色の波紋模様のシルクのやわらかな襞《ひだ》に折り目をつけようとしはじめる。ジャッコなの？

しかし、現れたのは思慮の足りない双子の弟ではなかった。

ドレスに皺をつけたら、レディ・タットウィリガーに小言を言われるとふいに気づき、キャットは窓辺に戻ってカーテンを開け、外をのぞきこんだ。

「キャット、何をしているの？」

マライアのとがめるような声にキャットははっと現実に戻った。ばつが悪そうにカーテンを放す。「ジャッコが来たのかと思って」

「あの子がようやく現れたら、ひとこと言ってやるつもりよ」マライアは苛立ちもあらわに言った。

「ジャッコが舞踏会に姿を現さない理由はわかるわ、マライア。ウィリーおばさまの縁結びのやり方はずいぶんとあからさまだもの」

「もちろん、あなたが彼を守るのよ！」マライアがとがめるように言った。「あの子にはほんとうに困ったものね。ヴァンダーワース家の人たちはどう思うかしら？」

マライアはシタンの額の鏡の前に立ち、ハート型の顔をとりまくつややかな茶色の巻き毛にからみつけた、紫がかった青いリボンをそっと引っ張った。リボンの色はドレスの前面を覆う布と合っており、ふくらんだ短い袖の端につけられた小さなリボンの色とも同じだった。

ふたりともディッスルウエイト家特有の濃いまつげに縁どられた淡青緑色の目をしていたが、マライアのほうが亡くなった母に似て小柄でやわらかい体つきをしていた。キャットはジャッコと二インチしか背が変わらないほどひょろりと背が高く、父と同じブロンドだった。それでも、三人ともディッスルウエイト家の頑固さはあり余るほどに備えていた。だからこそ、キャットはジャッコが今どこにいるのか不安に思わずにいられなかったのだ。

「キャット、そんなに心配そうな顔をしないで」マライアがふいに笑みを浮かべると、バラ色の頬にふたつの魅力的なえくぼが現れた。彼女は妹の手を軽くたたいた。「今夜のレディ・セフトンの音楽会では、そんなひきつった顔をしてちゃだめよ。ジャッコもすぐに現れるから」

「ええ、すぐに現れてもらわないと！」レディ・タットウィリガーが部屋にはいってきながら太い声で言った。ターバンにつけた薄紫色の羽根が震えた。「今夜現れるといいんだけど。ミス・ヴァンダーワースとそのお兄様を招いたわたしの夕食会からは逃げたんだから。彼らがどう思ったかしらね？」

「ヴァンダーワース兄妹《きょうだい》はとても感じのいい方々よ、ウィリーおばさま。きっとわかってくださるわ」マライアがいつものようになだめようとしながら、問うように目をキャットの顔に向けた。

キャットは姉の美しい顔にそんな表情が浮かぶのを見たことがなかった。そう、わたしももっと社交界のパーティーに積極的に参加して、ヴァンダーワース家の人々のこともよく観察しなければならない。ジャッコについては思い悩むのをやめて、彼がこのシーズンを台無しにするようなことをしないようにと祈るしかない。ウィリーおばさまとマライアにとってはとても大事なことなのだから。キャットはすでに最高にお行儀よくしようと心に誓っていた。

ジャッコはレディ・セフトンの音楽会にも現れなかった。上流社会の半分の人間が参加した音楽会だったが。応接間にひしめき合い、シャンパンを飲んでロブスターのパッティー（練り粉で包んで揚げたもの）を食べながら、上流社会の面々は社交シーズンのはじまりにうきうきした気分でいた。舞踏会やパーティーや社交の集まりが目白押しのシーズンがはじまってまだ一週間だったが、キャットは悲惨なほどの押し合いへし合いにすでにうんざりしていた。

人ごみがまわりで動き、マライアがキャットの腕をつかんだ。そっと腕をつかむ手に力を入れると、彼女はある方向を示した。「あそこにいるわ！」と彼女自身はそちらに目を向けずにささやいた。

キャットにそんなためらいはなかった。きちんとクラヴァットを結び、非の打ちどころのない装いをした背の高い紳士が彼女たちのほうへ向かってこようとしていた。その腕には薄い色の髪をし、慎み深い白いクレープ地のドレスを身につけた若い女性がつかまっている。近くに来るまで、その若い女性は傍目にもわかるほどに眉根を寄せていたが、近くに来ると、笑みを浮かべた。それほど人目を惹く顔ではないけれど、笑顔は悪くないわねと、そばに来たミス・ヘレン・ヴァンダーワースとその兄を見てキャットは胸の内でつぶやいた。

ミスター・クリスチャン・ヴァンダーワースの顔に浮かんでいる表情ははっきりしなかった。挨拶には礼儀正しく応えたものの、心ここにあらずのようにも見えた。キャットはマライアの目が輝くのに気づいた。先ほど彼の名前を聞いたときもそうだったように。まさか姉がこのアメリカ人に心を奪われたなんてことはないわよね！　キャットは不安の目をレディ・タットウィリガーに向けたが、名づけ親がマライアのうっとりとした顔にまるで気づいていない様子なのにほっとした。

「ええ、ミス・ヴァンダーワース、ディッスルウエイト卿は今夜参加できなくてほんとうに残念がっていましたわ」レディ・タットウィリガーが言った。「とくにあなたにそのことを伝えてほしいと言われましたの」

ヘレン・ヴァンダーワースはバラ色に頬を染めて目を伏せた。「ありがとうございます、レディ・タットウィリガー。光栄ですわ」そう言って目を上げ、マライアと同じように目を輝かせた。「今夜いらっしゃらないのは残念ですわ。いらっしゃれば、この集まりもずいぶんとたのしいものになったと思いません？」

この気の毒なミス・ヴァンダーワースも双子の弟のうんざりするような美しい外見に心射抜かれた女性たちの仲間入りをしたと気づき、キャットは胸の奥で何かが沈みこむような思いにとらわれた。三人姉弟《きょうだい》の全員がディッスルウエイト家に特有の淡青緑色の目をし、特有のえくぼを持っているとはいえ、ジャッコの目はもっと鮮やかで、えくぼも深く刻まれた。キャットの髪は金褐色だったが、ジャッコはもっと明るい色で、太陽に絶えず口づけされているかのように輝いていた。それが運命的な組み合わせであるのはたしかだった。唯一の救いは、あの子自身は自分の外見が女性にどんな影響をおよぼすか、まるで無頓着《むとんちゃく》だということね、とキャットは胸の内で渋々認めた。

「そろそろ歌を聴きに音楽室へ行く時間だと思いますよ」クリスチャン・ヴァンダーワースの声は洗練されていて、レディ・タットウィリガーに腕を差し出した姿には確信に満ちた雰囲気があった。

「ミスター・ヴァンダーワース、どうか妹さんとレディ・マライアをお連れになってくださいな。わたしはキャスリンとふたりきりで話すことがありますので」

キャットは三人が気安く会話しながら部屋を出ていくのを見送り、腹を立てている名づけ親とふたりで残された。

「あなたの小物入れはどこなの？」とレディ・タットウィリガーが訊いた。

「あっ！　マントといっしょに置いてきてしまったんだわ」次にどうなるかわかってキャットはため息をついた。

「いつになったら、持ち物をあちこち置いてくるような子供っぽい失敗をしなくなるの？　わたしの言うことをちゃんと覚えておいたほうがいいわよ。そのうちひどく困ったことになるんだから。とってらっしゃい。それから、困り者の双子の弟が来てないか見てきて。その辺をうろついているかもしれないから。ほんとうに困った子！」

かわいそうなジャッコも巻き添えになってしまった。しかし、彼がうまくウィリーを言いくるめることはわかっていた。名づけ親もほかの女性たちと変わらず、ジャッコの魅力には逆らえないのだから。もちろん、昔から大変な思いをしてきた姉たちは別だが。

レディ・タットウィリガーの怒りから逃れ、キャットはゆっくりと応接間を通り抜け、カードが行われている部屋をのぞくまでした。何人かの紳士たちがすでにそこに陣どり、レディ・セフトンが上流社会の面々をもてなすために雇ったイタリア人のソプラノを聴きに行くこともなく、カードに興じていた。残念ながら、ジャッコはそのなかにいなかった。

廊下をさらに下り、控えの間の扉を開けるとキャットは足を止めてはっと大きく息を呑んだ。

「ごめんなさい」彼女は低い長椅子の上に身を寄せ合って男女がすわっているのに驚き、口ごもりながら言った。

紳士は淡青色の目を一瞬きらりと光らせて立ち上がり、「この部屋は使われていますよ」となめらかな口調で言った。

キャットは急いであとずさったが完全には扉を閉めなかった。若い女性のほうは急いで顔をそらしたのだが、わずかに遅かった。キャットにはそれが誰かわかった。キャロライン・ストレインジ。裕福な家の娘と評判の若い女性。彼女がいっしょにいる相手も誰かわかった――サー・エドマンド・トリッグ。純然たる財産ねらいの男だ。ミス・ストレインジの付き添いはどこにいるの？　こんな評判の悪い年上の男性といっしょにいるのを誰が許したの？

キャットは廊下に留まって若いミス・ストレインジに善意の忠告をしたい衝動に駆られたが、このシーズンはとりわけ慎重に振る舞わなければならないというレディ・タットウィリガーの警告を思い出したせいで、その思いも抑えられた。口出ししないほうがいいとキャットは決心した。キャロライン・ストレインジも、ジャッコと変わらず、悪知恵とはまるで無縁な人間のように見えたため、それはむずかしいことだった。

遠くでソプラノがとくに高い音程を出そうとして失敗するのが聞こえ、キャットは鼻に皺を寄せた。深々とため息をつく。社交界のためになんと大きな犠牲を払わなければならないことか！

ひとりの使用人が突然脇に現れた。「レディ・キャスリンでいらっしゃいますね？」彼は小さな銀のトレイに載せた手紙を差し出してきた。

そこに書かれたジャッコの乱れた筆跡に気づき、キャットの笑みはすぐさま消え去った。大きな鉢植えの植物の陰になかば隠れたベンチにすわると、キャットは弟の手紙を開けて読んだ。

「ああ、まさか！」と息を呑む。双子の弟の心得ちがいの言い分を理解できないほどだった。

手紙にはこう書かれていた。レディ・タットウィリガーが自分に結婚相手を見つけようとするのにうんざりして、大陸へ逃げ出そうと思っている。しかし、幸い、親友のミスター・グラッドストン・ペニントンとサー・パーシー・アレンデールに偶然会ったので、みんなでまずはバークシャー・ロードで行われるボクシングの試合を見に行くつもりだ。それから、高貴なジプシーの一族の血を引く、風変わりな老女が経営する〈ブルー・ボア〉に宿をとる予定でいるので、心配しなくていい。何もかもたのしくてしかたがない。キャットもこちらに加わってくれればいいと思う。

キャットは手に持った手紙をたたんだ。ウィリーおばさまはこんなことは絶対に許さないだろう！　いったいどうしたらいい？　ああ、かわいいジャッコはわたしがちゃんと導いてやらないと、きっとひどく困ったことになる。

ディッスルウエイト・ホールとディッスルウエイト・マナーと農園《グレインジ》の相続人である、ディッスルウエイト卿、ジョン・チャールズよりもこの世に五分早く生まれた結果、双子のなかではつねにキャットが主導権をとってきた。

この困った状況についてはどう対処したらいい？　ジャッコのこのとんでもない逃走のことを名づけ親やマライアにそのまま知らせるという考えは即座に否定した。どうにかしてこれを防がなければ。

廊下の背の高い時計が時刻を告げた。目を上げてみると、まだだいぶ早い時間であることがわかって驚いた。まだ窮地を脱する猶予はある。

ゆっくりと立ち上がると、キャットは手で額を撫で、芝居がかったふらついた足どりで、玄関の間で背筋を伸ばして立っているレディ・セフトンの執事のもとへ近づいた。

「馬車を呼んでくださいな。それで、レディ・タットウィリガーに、わたしが頭痛のせいで家に戻ったと伝えて」キャットは息も絶え絶えに言った。

執事は名づけ親を呼ばせてくれと懇願するように言ったが、キャットはどうにかそれを阻止した。無事に馬車の座席に背をあずけたときには、目の奥がほんとうにずきずきと痛んだ。

レディ・タットウィリガーの執事のウェストリーは、家の石段の上に彼女がひとりでいるのを目にして、彼らしくなく青ざめて息を呑んだ。

「レディ・キャスリン！　何か困ったことになったわけではないといいのですが」

ディッスルウエイト家の姉弟がこの社交シーズンで成功をおさめる可能性がいかに低いものであるか、使用人には知られたくないとわずかな望みを抱いていてもこんなもの。

「いいえ、ウェストリー。ただ、残念なことに頭痛がしたので戻ってきたのよ」キャットは深々とため息をつき、わざとゆっくりと階段へ向かった。「メイドには、明日の朝遅くまで部屋に来てくれなくていいって伝えて。邪魔されたくないの」

「おおせのままに、お嬢様」彼はお辞儀をした。その顔と声に心からの心配が表れていたために、キャットは罪の意識に駆られた。

それでも、二階の廊下の最初の角を曲がって執事から見えないところへ行くと、スカートを片手につかみ、ジャッコがごくたまにタットウィリガー・ハウスに泊まるときに使っている部屋へと走った。

部屋にあと少しで着くというときに、別の部屋の扉が開き、蠟燭を一本持ったハンナ・ハミルトンが廊下に出てきた。

「キャスリン！　どうしたの？」薄暗い明かりのなかで驚愕《きょうがく》したハンナの顔は幽霊のようだっ

た。

はっと足を止め、キャットは弱々しい笑みを浮かべた。「ああ、ハンナ。驚かせてしまったとしたら、ごめんなさい。頭が痛くて戻ってきただけよ。ゆっくり眠れば治るわ」

「でも、キャスリン、あなたの部屋はこっちじゃないでしょう」ハンナは心配そうに額に何本か皺を刻んでかすれた声で言った。

「ええ、でも……でも、さっきジャッコの部屋にいて、詩集を忘れたものだから……その……たぶん、寝る前に読もうかと思って」キャットは真っ赤な嘘《うそ》をすばやく思いついた自分に驚きながらも意気揚々としめくくった。

「でも、キャスリン、本を読んでもきっと頭痛はよくならないわよ」心配そうだったハンナの顔にうつろな表情が浮かんだ。何か困ったことに巻きこまれそうだと気づいたときにいつもそうであるように。

「きっと明日にはすっかりよくなっているはずよ、ハンナ」キャットはやさしくそう言うと、わざとらしくあくびをした。「たぶん、あなたも早く寝たほうがいいんじゃないかしら」

「そうね、あなたの言うとおりね」小さくあくびをすると、ハンナは自室へとあとずさった。「なんだか急に眠くなった気がするわ。おやすみなさい」

扉が閉まるやいなや、キャットはすばやく廊下の左右に目を向け、誰もいないのをたしかめると、ジャッコの部屋へはいって扉に鍵をかけた。

必要なものはそこにすべてそろっていた。

2

どうして自分がバークシャー・ロードのボクシングの試合を見に行ったのか、ジュール自身にもわからなかった。それでも、そこへ行って賭けたボクサーが試合に勝ち、大金を手にしたのだった。今は多少ならず酔っ払って、上流社会に属する三人の若者たちといっしょに〈ブルー・ボア〉に戻っていた。みな、自分たちが負けたことには頓着せず、彼の勝ちを有頂天になって喜んでいた。

「さあ、サヴィル、このブランデーをやってくれ。上物だぜ」新たに知り合いになったジョン・ディッスルウエイトが呂律《ろれつ》のまわらない口調で言い、テーブルの上でグラスをすべらせてよこした。

ジュールはブランデーをあおった。そのあたたかさがゆっくりとけだるく全身に広がり、彼はうなずいた。「すばらしいよ、ディッスルウエイト。さて、ぼくはそろそろ早じまいするよ。明日は夜が明けたらすぐに沿岸地方へ向かうんだ」

「くそっ、伯爵《コント》。親しくなったばかりなんだぜ！　ボクシングについてのきみの知識には感心したよ」若い貴族はいたずらっぽいえくぼを浮かべてほほ笑んでみせた。「ペニーもパーシーも今夜は相手にならないしね。そうじゃなくても手一杯だし」

たしかにそうだった。彼の友人たちはどちらも給仕の女といちゃついていた。ミスター・グラッドストン・ペニントンはクラヴァットを右耳の下まで曲げ、寝こみそうな様子に見えたが、サー・パーシー・アレンデールのほうは膝の上に女をしっかりと抱えこんでいられるほどには正気を保っていた。

ジュールが思うに、ペニントンとアレンデールはつるむのに悪くない相手だった。ただ、サー・パーシーのほうはとんでもないおしゃべりではないかと思われたが。三人のなかではディッスルウエイトがとくに気に入った。おそらく、彼がもっと若いころの弟のドミニクを思い出させたからだろう。

そこでジュールはブランデーをまた大きくあおると、若い貴族とその友人たちとボクシングについてさらに詳細に語り合うことにした。


バークシャー・ロードはキャットが予想していたよりもずっと遠かった。乗っている馬の規則正しい足音以外は、暗闇を引き裂く物音は何もなかった。一マイル進むごとに疑念が募った。これは正しい行動だったの？　今あきらめて、家を抜け出したのを誰にも見つからないうちに戻ったほうがいいのではないだろうか。本物のジプシーに会えるのはおもしろいかもしれない――ほんとうに宿屋の女主人がジプシーだとしたら。そろそろ着いてもいいころでは？　ジャッコの手紙はどうしただろう！　どこかにしまってきたならいいんだけど。まあ、でも、わたしが双子の弟を従えてロンドンに無事戻るまでは、誰もジャッコの部屋をのぞこうとは思わないだろう。

空に低くかかる月がようやく〈ブルー・ボア〉の木製の看板を照らし出し、キャットはほっとするあまり、半分気を失いそうになりながら息を呑んだ。

鞍《くら》から降り、手綱を宿屋の使用人に放ると、声をひそめ、無理にかすれた声を出した。「こすってやって、オート麦を余分にやってくれ」彼女は少年に硬貨を放った。少年はまばたきすることもなくすぐさま言われたとおりにした。最初の難関はくぐり抜けた。

外套《がいとう》を直し、背筋をぴんと伸ばすと、キャットは宿屋にはいった。騒がしく陽気な男たちの笑い声が酒場から聞こえてきた。帽子をさらに額に深く下ろすと、キャットは開いた入口からそっとなかをのぞきこんだ。暖炉では火が盛んに燃えており、すわり心地のよさそうな背の高い椅子が四角いテーブルをとり囲んでいた。テーブルには空《から》の瓶が転がっている。

よかった、ここにいた！　弟に会えなかったらほんとうに困ったことになるとずっと不安だったのだが、その懸念が払拭《ふっしょく》された。想像していた以上に彼女はほっとした。

ペニーとパーシーが給仕の女たちといちゃついている。女たちは胸を隠すよりも露出している部分のほうが多い、襟ぐりの深いブラウスを身につけていた。ジャッコの笑い声がして、キャットの目は薄暗い隅のテーブルへと惹きつけられた。ジャッコの弟がえらくたのしそうに大きな身振りをし、キャットに背を向けている誰かと話をしていた。そこでは双子の弟がえらくたのしそうに大きな身振りをし、キャットにわかるのは、その見知らぬ人物が黒髪で広い肩をしていることだけだった。

どうしたらいい？　このままさっすぐ部屋にはいっていって困り者の双子の弟と対決するわけにもいかない。

「何かご用ですか？」

澄んだ声で尋ねられ、キャットははっと振り返った。皺の寄った茶色の顔をし、灰色がかった白髪を太いお下げにした小柄な女性が目の前にいた。これがジャッコが言っていたジプシーのプリンセス？

「おやおや、最初はお客様だとはわかりませんでしたよ。また外出なさったのにも気づきませんでしたから」宿屋の女主人の鋭い目がキャットの肩からだらんと垂れた外套を探るようにゆっくりと見つめた。

外套をもとの位置に直しながら、キャットはできるだけ背を高く見せようとした。「用事があって降りてきたんだけど――」できるだけ男っぽい声を出す。「ちょっと寒くなってね」

その老いた女性が疑うような笑みを浮かべてもキャットは驚かなかっただろう。じっさいはなぜかとてもあたたかい笑みだったが。

「ディッスルウエイト様、熱いパンチをすぐにお部屋にお届けしましょう」

「部屋に？」キャットは訊いた。「ああ、そうだね、部屋に」キャットは狭いらせん階段へと後ずさりながらびくびくと小声で言った。「部屋に戻るとするよ」

老女の目が背中に注がれるのを感じながら、キャットは階段をのぼり、六つの閉じた扉をじっと見つめた。

「右の三番目です」と宿の女主人が呼びかけてきた。

キャットはうなずき、何度かせき払いをした。「すぐにその熱いパンチを届けてくれ」男の声でそう頼むと、ジャッコの部屋へと逃げこんだ。

暖炉の火とベッド脇のテーブルに置かれた三叉の燭台《しょくだい》が天井の低い小ぢんまりとした部屋を照らしていた。すでに覆いをとり払われたベッドは寝心地がよさそうに見えた。てのひらを走らせると、シーツは洗い立てで清潔だった。ラヴェンダーの香りがする。宿屋の女主人はシーツをラヴェンダーにつけているのだ。その繊細な香りが枕とシーツにしみついていた。

短いノックの音がしたと思うと、老女がはいってきて、キャットははっと背筋を伸ばした。老女は湯気の立つおいしそうな飲み物のマグカップを載せたトレイを手に持っていた。

「どうぞ」と彼女は短く言ってトレイをベッドの脇に置いた。「これが効きますよ」

「ありがとう」キャットは部屋のさらに隅に寄ろうとしながら言った。服がわずかに体に合わないことを疑問に思うような目でまた見られたからだ。「ありがとう。もう用事はないよ。おやすみ」キャットはきっぱりと言った。

おごそかにうなずくと、宿屋の女主人は部屋を出て静かに扉を閉めた。

どうすればいい？　双子の弟が部屋へ戻ってくるのを待つよりほかに選択肢はなかった。黒髪の紳士がジャッコをあまり長く引きとめなければいいがとキャットは心から願った。ロンドンまでのうんざりするような道のりが待ちかまえているのだから。ジャッコが付き添いとなっても、こうしてここへ来たことを釈明するのは大変なことだろう。

ジャッコの衣装ダンスにあったなかで、女であることを隠してくれるだけ大きな唯一の服だった不格好な外套を嬉々として脱ぐと、キャットはベッドに腰を下ろした。ヘシアンブーツはすぐに脱げた。彼女の足には大きすぎたからだ。それを履《は》くには穿き古《ふる》したストッキングを爪先につめなければならなかった。クラヴァットを外套といっしょに暗い隅にある椅子へと放る。それから深々と息を吸うと、腹を引きしめてジャッコのズボンのボタンをはずした。

ほっとする！　友達をだますために弟の服を最後に着たのは数年前だった。そのときはズボンもこれほど体にぴったりはしていなかった。ローン地のシャツも胸のあたりが引きつれていたため、いくつかボタンを開けた。おそらく、ようやくマライアと同じように体が曲線を描き出したせいで、もうジャッコの服が体に合うことはないのだろう。

ずっと楽になり、キャットは枕に背をあずけた。湯気の魅惑的な香りに誘われるようにカップを唇へと持ち上げる。ここまで来るのにひどく喉が渇《かわ》いたのはたしかだった。パンチは驚くほどすんなりと腹に落ちた。じっさいそれはとても気持ちをなだめてくれたため、キャットはマグカップの中身をすべて飲み干した。

突然まぶたが妙に重くなった。ジャッコを待つあいだ、目を閉じてほんの少し休んでも問題はないはずだ。

蠟燭《ろうそく》を吹き消すと、キャットはやわらかい枕にまた背をあずけた。まったく、突然こんなふうに疲れを感じるなど、おかしなことだ。ジャッコについての不安はゆっくりと消え、キャットは至福の安らかさに包まれた。


ジュールの目には階段が驚くほどゆがんで見えた。ブーツがすべってうまくのぼれないほどに。おかしなことだ。前はゆがんではいなかったのだから。この宿屋の廊下にこれほど多くの扉があることにも前は気づかなかった。彼は扉の数を数えた。自分の部屋は左の……三番目だ。

「サヴィル！」

ジュールは振り返って手すり越しにのぞきこんだ。廊下がさかさまになってぐるぐるとまわり、やがて像を結んだ。金色の巻き毛が乱れて真っ赤な顔をとりまいているジョン・ディッスルウエイトがじっと見上げてきていた。手に持ったブランデーの瓶を振っている。

「サヴィル、まだ残ってるぞ」

「ぼくにかまわずやってくれ」ジュールはうながした。「きみには明日別れの挨拶をするよ」

小さく敬礼し、またほほ笑んでえくぼを浮かべながら、ディッスルウエイト卿は千鳥足で酒場へ戻っていった。

深呼吸しても酔った頭ははっきりしなかったが、ジュールは三番目の扉に目を向けた。そう、沿岸地方へと発《た》つ前に、ひと晩ぐっすり眠る必要がある。階下《した》の若い連中と酒量を競い合うような年は過ぎているのだ。

天井の低い部屋は暖炉で消えかけている燃えさしのかすかな黄色い明かり以外は暗闇に沈んでいた。蠟燭はいったいどこだ？　この宿ももう少し明かりを備えておくべきだ。疲れすぎていて怒る気力もなく、ジュールはベッドの端を手探りし、慎重に腰を下ろした。酔っ払っている状態で従者の手も借りられなかったため、フランス語で小さく毒づきながらヘシアンブーツを脱ぐのに苦戦した。

裸足《はだし》になると、立ち上がってシャツを体からはぎとって床に放った。ズボンのボタンはどうにかいくつかはずしたが、途中でいやいやながらあきらめた。枕に頭をあずけると、ゆっくりと目を閉じた。ここまで酔っ払ったのはオックスフォード以来だった。

だからこそ、部屋の扉が勢いよく開き、突然部屋が光と怒号を発する人々でいっぱいになったときには、最初は幻覚を見ていると思ったのだった。

グウィネス・タットウィリガーは生まれてこのかた気を失ったことは一度もなかった。少なくとも、慎重にはかってそうしないかぎりは。ただ、今この瞬間はあやうく意識を失いそうになった。

「キャスリン！」

「サヴィル！」ジャッコの怒鳴《どな》り声がそのすぐあとに響きわたった。

ふたりは同時にベッドの上で身を起こした。キャスリンはまぶたの上のまつげが重すぎるというような目をしており、帽子の下にたくしこむためにリボンで結んだ髪はほどけ、ローン地のシャツは半分ボタンがはずれ、ズボンも半分脱げて形のよい太腿《ふともも》にまとわりついていた。サヴィルのほうはまっすぐな黒髪が左目を覆う眼帯の上に垂れ、広い肩と筋肉質の胸が暖炉の明かりを受けて金色に輝いて見えた。ズボンは男性の証《あかし》をかろうじて隠すところまでボタンがはずれている。

「サヴィル、これはどういうことだ？」ジャッコが一歩前に進み出て怒鳴った。

サヴィル！　レディ・タットウィリガーの頭は混乱していたが、その名前は頭に引っかかった。黒い眼帯をし、頬に傷のあるサヴィルはひとりしかいないはずだ。コント・ド・サヴィルのジュール・デヴロー。旧友であるカルター公爵夫人シビラの義理の孫。

まだ救いの道はある！

レディ・タットウィリガーは腕を広げ、ジャッコがベッドへ突撃しようとするのを止めた。

「サヴィル、レディ・キャスリンの具合が悪いときに、あなたがここにいて助けてくださったとはほんとうにうれしいわ！」レディ・タットウィリガーはそう言って唖然《あぜん》として自分を見つめる面々のほうを振り返った。

マライアとハンナは同様にぎょっとした顔をしていた。ジャッコは口をぽかんと開き、それはグラッドストン・ペニントンも同様だった。彼女は突き刺すようなまなざしをサー・パーシーの呆然《ぼうぜん》とした顔に向けた。この哀《あわ》れなおしゃべり男はもちろん、もっと強い男性ですらもひるませるようなまなざしだった。急いで行動を起こさなければ、パーシーがロンドンに戻るやいなや、このことが上流社会の噂の的となるのはまちがいなかったからだ。

力をふるいたたせ、グウィネス・タットウィリガーは運命がもたらした大惨事を世間に知られてもかまわないものへと無理やり変えようとした。

「サー・パーシー、レディ・キャスリンのために精のつくスープを持ってこさせるよう、宿屋の主人に頼んでくださいな。うちの馬車の馬の一頭が蹄《ひづめ》をなくさなければ、わたしたちもレディ・キャスリンといっしょに到着できて、気の毒なジュールが看護人の役割を演じずにすんだはずなのよ。でも、婚約している男女がどれほど衝動的な行動に走るかはあなたにもおわかりでしょう」

サー・パーシーは眉を上げた。「レディ・キャスリンとサヴィルが婚約しているですって?」彼はあつかましくも唇をゆがめてみせた。

「ええ、もちろん!」レディ・タットウィリガーは脅すように目を細めた。「ずっと昔、ひそかにとり決められたことなの」

彼女にじっと見つめられ、サー・パーシーは赤くなってあとずさった。「それはそうでしょう。すぐにスープを頼んできます」

「いっしょに行くよ」グラッドストン・ペニントンが唾《つば》を飛ばすようにそう言って、友を扉のほうへ押し出した。

ふたりが出ていくと、マライアが自分を抑えきれなくなった。かすかに赤くなった頬に涙をしたたらせながら、妹のそばに駆け寄り、守るように肩に腕をまわした。ハンナはその機に乗じて、暖炉のそばの小さな椅子のところへ行ってすわり、すぐさま目を閉じた。ジャッコもこらえきれず、サヴィル伯爵と対決すべく、名づけ親の脇をすり抜けた。サヴィル伯爵はその間にローン地のシャツをはおり、レディ・タットウィリガーがこれまで目にする幸運に恵まれたことがないほど魅力的な胸は隠されてしまった。

「すまない、サヴィル。きみのことは気に入ったんだが、夜明けに拳銃で片をつけなければならない」ジャッコが苦々しげに告げた。


ジュールの頭は自分の部屋で突然起こった大混乱のせいで霞がかかったようになっていたが、女性たちがいっせいにあげた悲鳴が、それをうまく払ってくれた。

「ばかなことを。姉の婚約者と決闘なんてできないわよ」ライラック色のターバンを巻いた口やかましい女性が金切り声をあげた。

椅子にすわっている地味な女性が「でも、ジャッコ、あなたって銃の腕前は最悪じゃない」とかすれた声を発するあいだだけ目を開け、また目を閉じた。

黒っぽい巻き毛の小柄な美女が足を踏み鳴らした。「ジャッコ、あなたの銃弾は納屋の広い壁にだってあたらないじゃない！　決闘なんてさせるわけにいかないわ！」

「もちろん、弟は決闘なんてしないわ！」とレディ・キャスリンが膝立ちになり、その場にいる全員に懇願するような目を向けた。「何かとんでもないまちがいが起こったんだから！」

ジュールの目にはじめて、このばか騒ぎの原因がはっきり映った。彼女はジョン・ディッスルウエイトそっくりだった。ただ、よくよく見てみれば、肌や顔立ちにやわらかさがあって、はっきり女性とわかる。それでも、上等のローン地のシャツ越しに形がよくわかる胸のふくらみを隠し、ズボンを穿いて尻や太腿の曲線をわかりにくくすれば、容易に弟の振りができるはずだ。少なからず人は自分の見たいものを見るものだから。今夜、彼女がディッスルウエイト卿の振りをしてここまでやってきて、まちがった部屋にはいりこんだのは明らかだ。

「きみの姉さんの言うとおりだ、ディッスルウエイト。どうやら彼女が部屋をまちがえたようだな」

「まちがえてないわ！　悪いときに部屋をまちがえたのはあなたのほうよ！」黒っぽい髪の美人がきっぱりと言った。輝く淡青緑色の目を見れば、彼女もディッスルウエイト家の人間とわかる。「あのおしゃべりなサー・パーシーがこの話を広めるでしょうから、かわいそうなキャットの評判には瑕《きず》がつくわ。すべてあなたのせいで！」

「ねえ、マライア、おちついて」紫のターバンを巻いた女性がなだめるように言い、まっすぐジュールに目を向けた。「サヴィル、わたしはレディ・タットウィリガーよ。ディッスルウエイト家の子供たちの名づけ親で唯一の保護者なの。あなたとキャスリンの婚約を官報に発表すれば、きっと悪い噂もうまく抑えられるはずよ」

ジュールは精一杯感情を抑えた目を彼女に向けた。「今は一八一九年で、中世の暗黒時代というわけじゃないんですよ。結婚を無理強いすることはできないはずだ」彼は目をジョン・

ディッスルウエイトに移すと、赤くなった若々しい顔をじっと見つめた。「きみと別れたのはほんの十五分前で、ぼくにはきみの姉さんを穢《けが》す時間はなかったはずだ」

そのジャッコは姉に目を向けた。懇願するような姉の顔を見て降参し、肩をすくめて首を振った。「どうするんだ、サヴィル？　頼むからぼくには訊《き》かないでくれよ」

「しなければならないことはわかっているわ」レディ・タットウィリガーが胸を突き出して言い張った。ライラック色のサテンのドレスが限界まで伸びた。「それにきっと、わたしの昔からのお友達である、カルター公爵夫人のシビラも同じように思うはずよ」

ジュールの背筋を冷たいものが這《は》った。そのことばを聞いて、酒の影響が完全に消えてなくなった。「ぼくの義理の祖母を知っていると？」

「知っているですって！　四十年前にいっしょに社交界にデビューして以来の友人よ。ついこのあいだもあなたの異父弟のオーブリー侯爵と生まれたばかりの赤ちゃんについて嬉々として手紙をよこしたわ。ジャイルズ！　そう、あなたの甥御さんの名前はジャイルズじゃなかった？」

ジュールは尊大に首をもたげ、レディ・タットウィリガーの目を受けとめた。「ええ、それが甥の名前です。ぼくの家族をよくご存じで」

「もちろんよ」レディ・タットウィリガーはにっこりしてみせた。「よく知っているから、あなたが弟さんの例に従って、結婚という幸せな人生の局面に足を踏み入れたら、きっとシビラも喜んでくれるとわかるの。悪い噂にさらされるよりもずっと愉快なことよ」

ジュールには人であれ何であれ、恐れるものは何もなかった。最悪の瞬間に直面して生き延びたことがあったからだ。自分に悪い噂が立つのは怖くなかったが、ドミニクの幸せを損なったり、公爵夫妻に苦痛を与えたりするつもりはなかった。多くのことにおいて味方になってくれる彼らが、自分に残された唯一の家族だからだ。

「ウィリーおばさま、何を言っているの？」レディ・キャスリンが息を呑み、急いで名づけ親のそばへ行こうとしてベッドから落ちそうになった。「こんなことすぐにやめて！」そう言って姉と弟に懇願するような目を向けたが、ジャッコは避けがたい決闘を避けられてありがたく思っているのか、おどおどと目をそらし、マライアのほうは顔をうつむけていた。すすり泣いているせいで震えているのは見てとれたが。少ししてレディ・キャスリンはジュールのほうを振り向いた。「どうか、みんなにわからせてやってくださいな」

ジュールはレディ・キャスリンの興奮したまなざしを値踏みするような目で受け止めた。彼女は女性にしては背が高く、これからもっと肉づきがよくなりそうな、ほっそりした体つきをしていた。金色の豊かな髪が乱れて美しい顔をとりまいている。濃いまつげに縁どられた淡青緑色の目は見開かれていて、その奥には恐怖が見てとれた。この娘は見た目どおりに純真なのだ。

ジュールは力づけるように一瞬ほほ笑んでみせた。「レディ・タットウィリガー、レディ・キャスリンと少しふたりだけで話をしたいんですが」

キャスリンはその大胆な要望を聞いて驚いた顔になったが、彼女の名づけ親はすぐさまうなずいた。「もちろん、この寝室であなたたちをふたりきりにするわけにはいきませんから、ハンナが付き添いを務めます。さあ、いらっしゃい、マライア、ジャッコ」

母鳥のように、彼女は名づけ子たちを扉へと追い立てようとした。マライアはそれに逆らうかに見えたが、妹をしばらく抱きしめてから部屋を急いで出ていった。

「五分だけよ」レディ・タットウィリガーはそう宣言すると、首を伸ばし、ターバンの羽根を揺らしながら扉の外へ出ていった。

ジュールは暖炉の前に静かにすわっているハンナのほうに警戒するような目を向けた。

「自由に話してくださっていいわ。彼女は眠っているから」キャスリンがうつろな声で言った。

たしかに、暖炉の前からは小さないびきが聞こえてきた。

ジュールは苦笑いせずにいられなかった。なんとも大変なはめにおちいったものだ。自分はもっとずっと最悪のことを見聞きしてきた人間ではあるが。ここへ来る途中、自分の未来が目の前に開けたと思っていたのだが、どうやら、まちがった扉を開けてそれを見つけてしまったようだ。

ジュールはフォーブズ夫人の予言を思い出し、はっとして身動きを止めた。〝まちがった扉があなたにとっては正しいものとなるでしょう〟。正しいにしろ、まちがっているにしろ、賽《さい》は投げられたのだ。

二歩前に進み出ると、彼はキャスリン・ディッスルウエイトの怯《おび》えた青白い顔をのぞきこんだ。

「レディ・キャスリン、どうかぼくの妻になってくれませんか？」

3

キャットは恐怖に呆然としていた。家族が入口から部屋になだれこんできて、自分が見知らぬ男性と同じベッドにいることがわかったときからずっとそうだった。彼がレディ・タットウィリガーのとんでもない提案を穏やかに受け入れたことで、キャットはもともとの気性をとり戻した。

「そんなのとんでもないわ！　わたしたち、まったく知らない者同士なのに！」彼女は言い争おうとした。

「レディ・キャスリン、上流社会では、まったく知らない者同士が婚約することもないわけではない」彼は静かに答えた。

どうにかしてこの人に道理をわからせなければ！　キャットは長くすらりとした体を持つ男性をじっと見つめた。キャットも小柄ではないが、目の前にそびえたつほどに彼は背が高く、目を合わせるのに首をそらさなければならなかった。やわらかい暖炉の明かりが彼の額に落ち、左目を覆う眼帯にかかる黒くまっすぐな髪を照らしている。眼帯の下には、頬骨からこめかみまでうっすらと白い傷痕が残っているのがわかった。鼻はまっすぐで、強い感情を表すようにきっちりと引き結ばれた口もまっすぐだった。

キャットも同じようにきっちりと口を引き結び、胸の前で腕を組んだ。「今回のことはどこまでもばかばかしいかぎりだわ！　お互いのあいだにこんな運の悪いことが起こるなんて、あなたもわたしも知らなかったわけだし。ほかのみんなにも道理をわからせればいいのよ」

「きみの名づけ親は社交界が受け入れるであろう、唯一の解決策を示してくれているわけだ。それでも噂は立つだろうけどね。結婚して利のある相手はもちろん、どんな相手でもつかまえようと思ったら、きみの評判に瑕があってはならないと彼女にはわかっているわけだ」彼は悲しげな笑みの形に口をゆがめた。目は真っ黒に見えるほどに濃い茶色だった。「上流社会の人間というのは何かにつけてあら探しをするからね」

キャットにもそれはわかっていた。昔からずっと。ディッスルウエイト家の人間として――公爵の娘を捨て、領地管理人の娘と駆け落ちした貴族の子供として――育ったので、噂というものが人生にどんな影響を与えるものか、早いころに悟っていた。最初から悪い噂に包まれた子供だったのだ。社交界におけるレディ・タットウィリガーの力と、ディッスルウエイト家が百の名家の半分と縁戚関係にあるという事実のみによって、彼らは社交界に受け入れられていた。キャットは非難されることも噂を立てられることも恐れなかった。すでにそんなことは乗り越えてきていたからだ。

頭を高く掲げ、キャットはサヴィル伯爵にそれを告げた。「噂なんて怖くありませんわ。前々からさらされていますから」

「きみの勇気は褒められてしかるべきだよ、お嬢さん《マ・プティット》。きみの弟がきみの名誉を守ったこともあるのかい？」苛立ちのせいか、その声には刺《とげ》があった。「この話が広まるのを防ぐには、彼は友人のアレンデールと決闘しなきゃならないだろうな。その決闘を生き延びたとしても、きみを侮辱する人間はほかにも現れるだろう。きみの弟は考え得る唯一の手段できみを守るのを名誉に思うだろうさ」

涙とともに腫《は》れて急に熱くなった喉に手をあて、キャットはあとずさった。「ジャッコに決闘なんてさせられないわ！　命を落としてしまう」彼女はささやくように言った。自分がどれほどの窮地におちいっているか、ようやく気づいたのだ。ジャッコが大陸に逃げてしまわないように計画したことが、どうしてこんなとんでもないことになってしまったの？　この知らない男に背を向けて逃げろと直感は告げていた。ウィリーに負けず劣らずばかげた決意を固めているように思えるこの男から。キャットは苛立って彼に背を向けると、こぶしににぎった両手を頬に押しつけ、何かいい考えはないかと頭を働かせた。

「きみを守らなければならない立場にジャッコを立たせるわけにはいかない」彼は穏やかにつづけた。はじめて顔にやさしい表情が浮かんだ。「レディ・キャスリン、きみと同じく、ぼくだってこんなことは望んでいない。ただ、悪い噂が立つのは避けなければならない。ぼくがきみにとって申し分のない相手と言えないのはわかっているが――」そう言いながら、彼は長く細い指で自分の頬をなぞった。「それでも、ぼくはそれなりの立場にいて、名誉を重んじる人間だ。きみにとってまああの夫にはなるだろうよ」

みずからを愚弄《ぐろう》するようなそのことばを聞いてキャットは驚いた。彼の顔を醜いとは思わなかったからだ。たぶん、謎めいているとは言えるだろうが。もしくは、超然としていると言ってもいい。まるですっかり自分の殻のなかに引きこもっていて、誰もそこには手が届かないというように。そんな人を夫にはできない。キャットは子供のころの思い出としてぼんやり覚えているような、愛情と笑いに満ちた家庭がほしかった。

「ぼくはイングランドに領地は持っていないが、いつも歓迎してくれる親戚はいる」彼は肩をすくめた。「フランスにあるシャトー・サヴィルはかつて美しい場所だったという話だ。今ぼくはその修繕の監督をするためにシャトーに向かっているところでね。たぶん――」

「でも、それって何よりもすばらしいことだわ！」キャットが口をはさんだ。その可能性に心が飛びつく。「問題がすべて解決することになる」

「失礼だが、どう解決するんだい？」彼はかなり尊大に眉を上げながらも、静かに返した。

「フランスに行くのよ！ ええ、完璧だわ！」キャットは興奮して行ったり来たりしながらきっぱりと言った。「ウィリーおばさまと社交界には婚約していると思わせるの。あなたとわたしと、もちろん、ジャッコとハンナもいっしょにあなたのシャトーへ行くのよ。それで、二週間ぐらい滞在するの。それから、お互い合わないということがわかって、婚約を破棄するのよ。ジャッコとハンナとわたしはシャトー・サヴィルをあとにして、ジャッコの旅行熱を満足させるために大陸をゆっくりと旅するわ。そのころにはマライアもおちついてたのしい社交生活を送っているはず。そう――」彼女は内緒話をするようにつづけた。「今回の社交シーズンは姉にとって四度目なの。最初の年は父が重い病気だったから、姉はデビューするのを拒んだの。それから、父が亡くなって、一年喪に服すことになった。去年のシーズンにわたしと姉はいっしょにデビューしたの。でも、公爵様の申しこみを断ったので、姉は今年こそは……」

キャットは息をつぐためにことばを止めて目を上げた。伯爵は唖然とした顔をしていた。

「ごめんなさい。わたしのこと、最悪のばかだと思ったわよね。でも、じっさい、この案がお互いの必要を満たすことになると思うの」

伯爵は首を振って彼女に一歩近づくと、にっこりとほほ笑んだ。謎めいたひややかな顔を一変させるような笑みで、キャットは突然、マライアといっしょにフッカムの貸し本屋からよく借りている小説に登場する、颯爽《さっそう》とした男性主人公を思い出した。

彼はキャットの手をとり、それをゆっくりと唇に持ち上げた。そうして触れられたことで、キャットの体の妙な部分に興奮が走った。

「レディ・キャスリン、きみをばかとは思わないよ。きみの名づけ親がその思いつきを聞いてどう思うかぜひ聞きたいものだね」

「思いつき！　なんの思いつき？」レディ・タットウィリガーが入口から訊いてきた。部屋にはいってくると、そのすぐ後ろにジャッコとマライアもつづいた。ハンナすらも目を開けて背筋を伸ばし、何が起こったのかというようにまわりを見まわしていた。

「ウィリーおばさま、完璧な解決法を思いついたのよ！」キャスリンが叫んだ。

ジュールは暖炉のところへ下がり、マントルピースに片方の肩をあずけ、ディッスルウエイト家の面々を眺めていた。

彼の許嫁《いいなずけ》は――自分がすでに彼女をそう考えているのは驚きだった――ジュールとともにフランスへ行くという案を説明していた。しかし、婚約を破棄するつもりだということは言い忘れている。破棄などさせるつもりもなく、そんなことはできるはずもなかったが、彼女がうまい戦略を考えついたばかりの今、それを告げる勇気はなかった。しまいにはこの結婚が双方にとって悪くないものだと理解させるつもりでいた。自分がこの結婚に同意した理由はよくわからなかった――充分辛い思いをしてきたドミニクとその家族を噂好きの連中から守るため。そう、それが理由であるのはたしかだ。ただ、それだけではなかった。ジュールはこれまで非常にかぎられた人間にしか愛情を感じてこなかった。もちろん、あの出来事のあとでは、そんなやさしい感情など心にはいりこむ余地はほとんどなかった。それでも、唯一の〝家族〟と過ごしたカルター・タワーズでのこの数カ月のせいで、自分の内部にあるとは思っていなかった願望が表に出てきていた。

彼の世界では、ドミニクやジュリアナのように愛情で結びついた夫婦はほとんどいなかった。ジュール自身もそれを望むことはできなかった。ゆえに、レディ・キャスリン・ディッスルウエイトとの縁組みはほかの誰との縁組みと変わらず、願ったりだった。結局、自分も傍目には幸せに見える家族を持てるということだ。それに、大胆な気性らしいこの風変わりな若い女性にはかなり魅せられていた。

ジュールが驚いたことに、レディ・タットウィリガーはフランスに行くという案に言下に反対はしなかった。その代わり、名づけ子に厳しい目を向けた。「それもいい考えかもしれないわね。最近持ち主に返されたばかりのサヴィル家代々の領地で家族だけで結婚式をあげるの」そう言ってしばし考えをめぐらした。指でテーブルをたたくのに合わせ、ライラック色の羽根が揺れた。「悪くないわね」

「まさか、キャットの結婚式じゃないわよね！」マライアが涙声でそう言うと、妹のそばに寄って彼女を抱きしめた。

「いいえ、マライア、動揺しないで」キャスリンはなだめるように言った。「大丈夫だから、心配しないで」

レディ・タットウィリガーはジュールにひややかな目を据えた。「それで、伯爵、あなたがこの計画をどう思っているのか、まだうかがっていませんけど」

「ぼくは婚約者のおおせのままに従いますよ」彼はお辞儀をしてそう言い、キャスリンの驚くほど美しい目と目を合わせた。もはやそこに恐怖は浮かんでいなかった。決意と、そう、興奮のきらめきがあるだけだ。このほっそりした美人が冒険者の心を持っているのを彼は理解しつつあった。

ふいにひとつだけ知らなければならないことがあるのに気がついた。「ひとつだけ質問させてもらいたい。われわれの結婚のせいで、レディ・キャスリンが心の命じるところへ行けなくなるということは？」

部屋にいた全員の目がキャスリンに向けられた。彼女はそれに気づいていないようで、じっと彼を見つめ返してきた。澄んだ美しい目をみはっている。「わたしの心はわたしのものですわ、ムッシュウ・ル・コント」彼女は静かに答えた。

ジュールの心臓の鼓動が一拍妙に大きく打った。鼓動がおちつく前に深々と息を吸わなくてはならないほどに。

「だったら、フランスへ向かいましょう」

グウィネス・タットウィリガーは長旅用の馬車の青いベルベットのクッションにさらに深々と身をあずけた。非常に望ましい成り行きになったことに心からほっとしていたが、心底疲れきってもいた。ディッスルウエイト家の子供たちは手にあまったが、実の子のようにいとおしかった。じっさい、彼らのことは自分の子供と考えていた。彼らの実の母のベッティナは双子がたった五歳のときに亡くなり、実質自分が子供たちを育ててきたようなものだからだ。ほかに誰も手を差し伸べる者がいないところで、彼女がフランシス・ディッスルウエイトに力を貸したわけだ。しかし、つまるところ、フランシスとは赤ん坊のころからの友人同士だったのだから、どうして力を貸さずにいられる？　そしてそれを一瞬たりとも後悔していなかった。子供たちには手を焼いたが、彼らのことは心から愛しており、全員が幸せにおちつくのを見届けようと決心していた。

またマライアがすすり泣き、レディ・タットウィリガーはもうそれ以上無視できなくなった。

「何を泣いているの？」

マライアは涙で濡れたまつげで目を上げた。「あの宿屋に戻らなくちゃならないわ。体面を保たなければならないからってキャットをいけにえにすべきじゃない。あの子は愛に理想を抱いているんだもの、愛のない結婚に耐えられるはずはないわ」

妹を助けたいというマライアの強い思いに感心し、レディ・タットウィリガーは豊かな胸の前で腕を組み、マライアにうながすような笑みを向けた。「だったら、どうしたらいいの？」

「ジャッコとキャットを連れて田舎に引っこむわ」彼女は鼻をすすった。「いつか悪い噂もおさまるでしょうよ。ジャッコはアドニスみたいな容姿ですもの、そのうちすばらしいご縁に恵まれるわ。キャットは昔から望んでいたように、ほんとうの愛を見つけるのよ」またすすり泣きをもらし、マライアはレースのハンカチで目をぬぐった。「それで、わたし……わたしは慈善に力を注ぐの！」

「まあ！」甘い名づけ親は笑った。「それで、ミスター・ヴァンダーワースはどうするの？」

マライアは顔色を失い、ディッスルウエイト家特有の驚くべき目を強い感情に輝かせて名づけ親をじっと見つめた。「家族に対する義務と愛情のほうが、わたしが……ミスター・ヴァンダーワースに抱いているほんの少しの好意よりもずっと重要だわ」マライアはやわらかい曲線を描く顎をつんと上げた。「宿屋に戻ってもらうわ、ウィリー」

「前にも言ったけど、もう一度言うわ。あなたたちってほんとうに困った子たちよね！　あなたが妹と呼ぶあのおてんば娘は、じっさいに結婚するつもりなんてこれっぽっちもないのよ。でも、わたしをだますことはできないわ。すぐにシビラに手紙を送るつもりよ。あの一家は結束すると手強いの。伯爵は正しいことをしようとしているわけで、キャットもそれに反対するわけにはいかないわ」

マライアはぞっとして名づけ親を見つめた。「ウィリーおばさま、どうしてそんなに残酷になれるの？　キャットはお父様とお母様と同じように愛のある結婚をするつもりでいるのに」

それ以上名づけ子が泣くのに耐えられなくなった心やさしきレディ・タットウィリガーはマライアの手を軽くたたいた。「元気を出して、マライア。伯爵をよく見た？　あれほど若い娘をうっとりさせる容姿の男性は見たことがないわ。キャットはすぐにあのハンサムな放蕩者《ほうとうもの》とまっさかさまに恋に落ちるわよ。そうならなければ、わたしはグウィネス・ユーターピ・フロッグモートン・タットウィリガーの名前を返上するわ！」

4

キャットは首をそらし、英仏海峡の潮の香りを吸いこんだ。彼女は海が好きだった。海のまったくちがうふたつの顔が感覚に訴えかけるからだ——周期的な潮の満ち引きと突然の激しい嵐。自分が結婚する目的でフランス行きの定期船に乗ってここにいるのが信じられないぐらいだった。はからずも同じベッドで五分いっしょに過ごしてしまっただけで、見も知らぬ男性と結婚するのだ。ばかばかしいにもほどがある！　名づけ親に嘘をついたことにはほんの少しも罪悪感はなかった。そう、たぶん、ほんのちょっとはあったかもしれない。とくに波止場で約束どおりトランクが待ちかまえていたときには。トランクには名づけ親からの手紙も添えられていて、キャットはわずかに目頭が熱くなった。愛するウィリーおばさまにはどうにかして償おう。それでも、愛のない結婚はできない。

「レディ・キャスリン、きみとミス・ハミルトンにとって船室が満足いくものだといいんだが」

キャットは振り向き、世間から自分の夫になるとみなされている男性と向き直った。海峡の湿った新鮮な空気が彼の黒い髪を揺らし、今は前髪も額にまっすぐ垂れてはおらず、眼帯の近くでわずかに波打って揺れていた。

「ええ、とても。ありがとうございます、ムッシュウ・ル・コント。ミス・ハミルトンは海峡を渡るあいだ、すでに部屋に引きとってますわ。船も海も旅行も嫌いなんです」

「でも、きみは？」伯爵は右眉を上げて訊いた。そのせいで、ほっそりした顔は気むずかしく見えた。

「わたしは大好き！　遠く離れた場所へ船で行って新しい景色を見ると考えると、なんともすごい冒険だわ！」彼女は純粋な興奮を覚えて笑ったが、そこでふいに、言うべき以上を口に出してしまったかもしれないと気がついた。「レディ・タットウィリガーによれば、わたしって少し冒険しすぎるそうなんです」慎ましく聞こえるといいがと思いながら付け加える。

「そうかい？」伯爵はあたたかい口調で言った。彼の顔には礼儀正しく興味を示す表情が浮かんでいるだけだったが、声に笑いが含まれているのはたしかな気がした。それも意外ではなかった。自分たち家族が異常な人間ばかりだと思われているのは明らかだったからだ。彼も今回の騒ぎに巻きこまれた人間だったが、自分の提案に驚くほど我慢強く付き合ってくれていた。ただ結局は、彼もこの不運な状況から自由になるのだ。

　キャットは生まれてからずっとそうだったように、この危機にもまっすぐ向き合っていた。

「伯爵様、あなたがどうしてこんなご親切にわたしの計画に付き合ってくださっているのかわかりませんわ」彼女はにっこりした。「でも、できるだけご迷惑をおかけしないと約束します。妥当な時期が来たら、すぐにシャトー・サヴィルを発《た》ちますわ。ディッスルウエイト家の人間はみんなどこかおかしいと思われるかもしれないけれど、きっと悪くない結果に終わるとお約束しますわ」

「レディ・キャスリン、ディッスルウエイト家の方々は愉快だと思いますよ。ぼくもきっと悪くない結果に終わると思っている」彼は〈ブルー・ボア〉の寝室でそうしたように、心からの笑みをキャットに向けた。黒っぽい目をチョコレート・ブラウン色に変える笑みだ。またも小説に登場するような颯爽たる男性主人公の姿が彼女の脳裏をよぎった。

「でしたら、お互い理解し合えたということですわね」キャットは感謝するようにきっぱりと言った。

伯爵は刺すような鋭いまなざしをキャットに向け、手を差し出した。「レディ・キャスリン、ぼくは――」

手が途中で止まり、突然ふたりのあいだにジャッコが割ってはいった。どこからともなく現れたと思うと、親密な空気を吹き飛ばしたのだ。「悪いが、姉を借りなくちゃならない」

キャットはうなずくのがやっとで、伯爵のことばを最後まで聞けなかったことにかすかな失望を感じながら、ジャッコにすばやく連れ去られた。ふたりのあいだで何もかもしっかりと話がついていれば、かかわったすべての人間にとって好ましいことになるにちがいないからだ。

ジャッコは彼女を下の狭い通路へと引っ張っていった。

「ジャッコ、いったい――？」弟に口をふさがれ、ことばは唐突に途切れた。

「聞いてくれ！」ジャッコは切羽詰まった口調でささやき、彼女の背後の扉を頭で示した。

キャットが木の扉に耳を押しつけると、女性のすすり泣く声が聞こえてきた。

彼女はそっと弟の手を顔から押しのけた。「若い女性が泣いているわ」

「船の上で見かけたんだ。女性の顔は見えなかったけどね。フードのついたマントに身を包んでいたから。でも、男のほうは見えた。サー・エドマンド・トリッグさ。とんでもない悪党で、誘拐だってやるやつだ」

双子の弟の目が燃えているのがわかった。彼女自身の目もそうだ。ふたりは昔から同じ熱意に駆られるのだった。傷ついた小鳥がいたら、家に連れ帰って馬丁《ばてい》に手当をしてもらう。野良の子猫はみな家に連れ帰る。一度、赤ん坊のスカンクを家に連れ帰ろうとしたこともあった。ふたりは助けが必要な生き物がいたら、背を向けることができなかった。

このあいだの晩も、あの少女をそのまま置いてくるのに自分の心と闘わなければならなかった。

「なんてこと、キャロライン・ストレインジだわ！」ふいに扉の向こうにいるのが誰か気づいて、キャットは息を呑んだ。「ジャッコ、サー・エドマンドはどこ？」

「甲板をうろついていたよ。姉さんとサヴィルを探しに行ったときに見かけた」

「階段を見張っていて。彼が戻ってきたら、警告の口笛を吹いてちょうだい。どうなっているのかたしかめてくるから」彼女はそうささやくと、弟を階段のほうへ追いやってから扉をノックした。

「ミス・ストレインジ……ミス・ストレインジ、レディ・キャスリン・ディッスルウエイトよ。なかに入れて。力になるわ」彼女は自信があるところを示すように、穏やかにきっぱりと言った。内心自信があるかどうか自分でもわからなかったが。

部屋のなかから扉を開けようと差し錠をいじる音がしたため、キャットは安堵の息を吐いて一歩下がった。小さく空いた隙間から、真っ赤になったふたつの青い目がのぞいた。

「ひとりなの？」とかすれた小さな声が訊いた。

キャットがうなずくと、人が通れるだけの隙間が開き、彼女がなかにはいると、扉がぴしゃりと閉まった。キャロライン・ストレインジはしっかりと差し錠をかけた。キャットに向けた顔からは血の気が失せている。激しく泣いたばかりであることを示すように、目のまわりだけが赤く腫れていた。

「お願い、助けて！」そう言って彼女は泣きながらキャットの腕のなかに身を投げた。

キャロライン・ストレインジは小柄な女性だった。マライアよりもさらに小さいほどだったので、そばにいるとキャットは自分が大女になった気がした。弱きを助けたいという思いが熱くなり、キャットは動揺した若い女性を励ますように肩に腕をまわし、ベッドへといざなってすわらせた。

「そんなに泣いてはだめよ。さあ、ハンカチを使って」キャットはなだめるように言った。

「そう、それでいいわ。目を拭《ふ》いて、話して」

「わたしの人生は終わりよ」キャロラインは小声で言った。怯《おび》えて見開かれた青い目が異常に大きく見える。

キャットの心を恐怖が占めた。あの悪党がこのかわいそうな女性に何をしたの？「最初から話して」彼女は湿ったハンカチをおどおどと引っ張っているキャロラインの手を軽くたたきながら励ますように言った。「あの晩、レディ・セフトンの邸宅でわたしたちを見たでしょう。サー・エドマンドに結婚を申しこまれたの」

「ああ、よくもまあ！　あなたの付き添いはどこにいたの？　どうしてこういうことになったのか教えて」キャットはやさしく訊いた。

「ああ！　父はとても裕福だったの。二年前に父が亡くなったときに、事務弁護士のサー・ジョージ・バーソロミューがわたしの保護者になったわ。でも、サー・ジョージはノーサンバーランドから離れようとせず、デビューに際してわたしの付き添いを彼のいとこのミセス・アップルトンに頼んだの。レスター伯爵と縁つづきの方よ。でも、彼女はわたしのことをあまり気に入っていないんだと思うの。だって、舞踏会ではどこへ行くにもわたしの好きにさせておいたから」

この若い女性の評判をまるで気にしないそんな理不尽なやり方にキャットの血はたぎった。

「だったら、サー・エドマンドと会わないようにとは言われなかったの？」

「それどころか、会いなさいとうながされたぐらいで。きっと……わたしの付き添いというお役目から解放されたかったんだわ。わたしはできるだけのことをしようとしたんだけど、ロンドンの社交界のことはよくわからなくて。それで、そう、サー・エドマンドはそうしようと思えばとてもすてきになれる人だから。彼の気を惹くことができて幸運だと思ったの——ずっと年上で賢い人だからって」そう言うと、キャロラインは新たな感情の波に呑まれ、キャットがつづけてとうながせるようになるまで何分かかかった。

「どうしてフランス行きのこの船に乗っているの？　彼に……拉致《らち》されたんじゃないの？」

しゃくりあげながら、キャロラインは首を振った。「もっと悪いわ。駆け落ちしてるの」

ぎょっとするあまり、キャットは啞然としてすわっているしかできなかった。

「わたしが救いようのないばかなのはわかってるわ」キャロラインはすすり泣いた。「でも、とてもすてきなことに思えたんですもの！　わたしを花嫁にするのが待ちきれないって言われたわ。でも彼が待ちきれないのは、わたしが毎年受けとっている五千ポンドなんだってことがだんだんわかってきたのよ」両手に顔をうずめ、キャロラインは抑えきれずに泣きじゃくった。

キャットは年若い女性をできるだけなぐさめようとした。そうしながら、キャロラインの窮状を救う方法はないかと忙しく頭を働かせていた。キャット自身、婚約を破棄したことはあったが、その男性とふたりきりで過ごしてしまった以上、駆け落ちをなかったことにするのは……単純には……

とても単純なことだわ。キャットは声を出して笑った。

キャロラインは驚いて涙で濡れた顔を上げ、キャットに当惑の目を向けた。

「手紙は残してきたの？」キャットは急いで訊いた。

「ええ、ミセス・アップルトンに、ノーサンバーランドへ行くつもりだと書き残してきたわ」

「すてき！　それでうまくいくわ。カレーについたら、わたしの付き添いのミス・ハミルトンがミセス・アップルトンにあなたの計画が変更になったと手紙を送るの。仲のよい友人のレディ・キャスリン・ディッスルウエイトとシャトー・サヴィルで行われるハウスパーティーに参加することになったって。同じ内容の手紙を保護者のサー・ジョージにも送るのよ」

「わたしのためにそんなことをしてくださるの？」明るい笑みがハート型の顔を輝かせ、キャロライン・ストレインジは弱々しい天使のように見えた。「でも、あなたとは知り合いとも言えないのに」

「わたしを信じて。あなたが困ったことになっているのはよくわかるし、喜んで力になりたいと思っているのよ。それに、あなたがいっしょだとたのしいでしょうしね。急いで。サー・エドマンドが戻ってくる前にここを出なきゃ。荷物はあるの？」

ベッドから降り、キャロラインは小さな旅行鞄《かばん》をつかんだ。「これだけよ」はじめて生き生きとした表情が顔に浮かんだ。

「いいわ。来て」キャットは扉の鍵を開け、手をとってキャロラインを廊下へ連れ出した。二歩ほど進んだところで弟の口笛が聞こえ、そのすぐあとにサー・エドマンド・トリッグに行く手をふさがれた。

あの晩、レディ・セフトンの家で見てよく覚えている淡青色の目がキャットにちらりと向けられ、キャロラインに据えられた。キャロラインは身を縮めてキャットのそばに寄った。

「なんなんだ？」トリッグがなんなのかはよくわかっているという口調で訊いた。

彼を前にして、キャットにはあとずさりせずにいるのがやっとだったが、ジャッコがそばにいるのに力を得て、その場に踏み留まった。

「仲良しのお友達のミス・ストレインジを迎えに来ただけよ。わたしの船室のほうがくつろげるから」キャットは背筋を伸ばしてきっぱりと答えた。

エドマンド・トリッグはさほど背の高い男性ではなかったので、目の高さはほぼ同じだった。キャットは彼が考えこむように目を細めるのに気づいた。まわりを見まわし、すぐ後ろに立っているジャッコをたいした相手ではないとでもいうように無視したのもわかった。

「何かのまちがいだ。ミス・ストレインジは私の客だから」彼はなめらかな口調でそう言うと、青白い手をキャロラインのほうへ伸ばした。キャロラインはキャットの腕にきつくしがみついた。

「まちがえているのはきみのほうだ、トリッグ」ジャッコが彼の前に立ってきっぱりと言った。

「ミス・ストレインジはぼくらの連れだ」

怒りに身をこわばらせてトリッグはジャッコをにらみ返した。「おい、若いの、邪魔するんじゃない！　あんたには関係ないことだ。さあ、キャロライン、部屋に戻ろう」

ジャッコはわざと立ちふさがった。

「おい、どいててくれ。さもないと、責任をとってもらうからな！」エドマンドが嚙みつくように言った。

張りつめた沈黙が流れた。ジャッコはその場をどこうとせず、姉にキャロラインを連れていくように身振りで示した。その瞬間、トリッグの真っ赤になった顔を見て、キャットの胸に恐怖の塊がつかえた。彼女はふたりのあいだに割ってはいろうと身がまえたが、突然トリッグの目が彼女の後ろで動くものへと向けられ、彼の顔から血の気が引いた。

「サヴィル！」彼はかすれた声を出して一歩あとずさった。

「なんともたのしそうな集まりだな」伯爵《コント》がそう言ってからかうように眉を上げてみせた。「しかし、ここはちょっと狭いんじゃないか？　たぶん、船のサロンに行って話を終わらせたほうがいいな」

「話など何もない」トリッグがどうにか気をとり直して小声で言った。「ミス・ストレインジは私の連れだ。私といっしょにいなければならない」

伯爵の刺すようなまなざしがそれぞれに向けられ、最後にキャットの顔に据えられた。彼女はできるかぎり懇願するような目を返した。〈ブルー・ボア〉で彼に向けたまなざしと同じだった。そのときと同じように、今もそれに応え、励ますような笑みが彼の顔に浮かんだ。

「それで、それについてミス・ストレインジはどうお考えなんです？」伯爵はキャロラインの怯えた目をあたたかい目でとらえ、やさしく訊いた。

　キャロラインはぼうっとした様子だったが、やがてキャットのほうに問うような目を向けた。彼女がうなずくと、キャロラインは顔を上げた。

「サー・エドマンドは誤解しています。わたしはレディ・キャスリンと彼女の弟といっしょにシャトー・サヴィルに向かうところなんです」

「では、そういうことで」伯爵はやさしくそう言うと、前に進み出て、キャットとキャロラインのために道をつくった。「ミス・ストレインジはお茶の前に休みたいんじゃないかな」

　伯爵のあとにつづき、キャットは足もとに目を落としたままのキャロラインを連れてトリッグの前を通りすぎた。

　トリッグは怒りに身を震わせ、両脇でこぶしをにぎりしめたまま、キャットには聞きとれないほどの低い声で何かつぶやいていた。

　その声に伯爵も気づき、「何か言ったかい、トリッグ？」と鋭く訊いた。

　また血の気を失ってトリッグは一歩下がり、わざとらしくお辞儀をした。「また会おうと言っただけさ、サヴィル」

「くそ野郎め！」ジャッコが階段をのぼりながら毒づいた。「やつに決闘を申しこまなきゃならないかと思ったよ」

「ジャッコ、ばかなことを言わないで」キャットは息を呑んだ。弟の衝動的な気性を不安に思う気持ちから、偽らざる心配が声に表れていた。悪い噂がさらに増えることだけは避けたかった。おまけに、エドマンド・トリッグが名誉ある行動をとり、自分よりもずっと若く経験のない男性からの挑戦を拒んでくれるかどうか確信が持てなかった。

「すべてわたしが悪いんです！」キャロラインが叫び、キャットの肩に顔をうずめてふくらんだドレスの袖を濡らした。

ジャッコの淡青緑色の目が同情するように即座に見開かれた。彼は自分を責めるようにすり足で歩いた。「ちぇっ、動揺させようとして言ったんじゃないのに」

「ジャッコ、ぼくたちは失礼して、あとはきみの姉さんとミス・ハミルトンにまかせよう」伯爵がそう言い、優美な仕草でキャットを示した。「しかし、きみとは夕食前に話さなければならないな、レディ・キャスリン」

キャットは後悔に駆られた。ただでさえふつうとは言えないこのハウスパーティーにもうひとり仲間を加えることになったことを、伯爵にどう説明したらいいのだろう？


ジュールはかろうじて飲める味のワインを飲みながら、船の小さな食堂を行ったり来たりしていた。口の端には笑みが浮かんでいる。先祖代々の家へと向かうこの旅は、そこにいたころの記憶もあり、多少不安をともなうものだったが、それがどうしてこんな愉快《ディヴェルティスマン》なものになったのだ？　彼は付き添いの家庭教師になった気分だった。目を配ってやらなければならない子供たちを何人も抱えていて、その子たちの誰ひとりとして分別を持ち合わせていないというような。おまけに付き添いだというあの女性！　一度も甲板に出てくることすらない。

自分が結婚したと知らせたら、ジュリアナとドミニクはどう思うだろう？　すばらしい義理の妹のことを思い出すと、胸に愛情があふれた。きっとジプシーの血を引くというフォーブズ夫人とその予言のおかげだと言うことだろう。

しかし、ジュールはそういうことを信じる人間ではなかった。彼は単に部屋をまちがえただけで、運命がそこへ介入してきたのだ。そうとなれば、それを最大限利用するしかない。そして、かかわった全員にとってもっともいいのは、すばやく静かにレディ・キャスリン・ディッスルウエイトと結婚することだった。自分がしなければならないのは、あのおてんば娘に分別を教えてやることだけだ。

その計画はあまりうまくいきそうになかった。未来の花嫁が顎を上げ、ディッスルウエイト家特有のすばらしい目をきらめかせて部屋にはいってきたのだ。

「伯爵様《コント》」彼女はきっぱりと言った。「何をおっしゃられても、わたしがミス・ストレインジを守ろうとするのをやめさせることはできませんわ。いっしょにシャトー・サヴィルに連れていくか――」

また長広舌をふるわれるのを避けようと、彼は手を上げ、「わかった」と小声で言った。

レディ・キャスリンは口をつぐみ、長く黒いまつげをおかしなほどにばたつかせた。「わかった？」

「もちろんさ。ミス・ストレインジがわれわれの保護を必要としているのは明らかだからね。ただ、多少状況を説明してくれてもいいな」

レディ・キャスリンが状況を説明するあいだ、ジュールはゆっくりとワインを飲んでいた。外見上は穏やかで退屈そうにすら見えるように努めていたが、内心ははらわたが煮えくり返る思いだった。サー・エドマンド・トリッグのことは知っていて、まだ彼を紳士と呼ぶ者がいることはジュールの理解を超えていた。彼とはヨーロッパで一度、ある出来事があって遭遇しただけだったが、それ以前もそれ以降もさまざまな噂が耳にはいっていた。その出来事にもとても若く、裕福で、とても愚かな女性がかかわっていた。その女性の評判を守ってやることはできなかったが、命は救ってやり、トリッグがその卑怯《ひきょう》な行動から絶対に利益を得ることがないようにしたのだった。女性の保護者は彼女をすぐにアメリカへ送り、彼女は人生をやり直すことができた。

トリッグにはジュールを憎む理由があり、彼は社会の倫理に従って行動する人間ではなかった。マリエッタ・プリマヴェエッタ伯爵夫人もトリッグとは知り合いだった。彼女が彼のなかに何を見ていたのか、ジュールには理解できないことだったが。

トリッグのことを話すレディ・キャスリンの目には恐怖があらわになっていた。そう感じるのは正しいことだ。あの男はまたもくろみをくじかれたのだから、みな用心したほうがいい。

「そう、そうすれば、すべてうまくいくわ」レディ・キャスリンはため息とともに話し終えた。「わたしが婚約を解消してあなたの城からロンドンに戻るときに、キャロラインもいっしょに連れ帰るわ。そうすれば、彼女の評判に瑕もつかないはずよ。ねえ、伯爵様、どう思います？」

蠟燭の明かりのもと、金色の髪は後光のように見え、淡青緑色の目は興奮に見開かれてきらめいてた。下唇がふっくらとした、ルビーのように赤い口には、うっとりするような笑みが浮かんでいる。真剣な表情を浮かべたその顔を見ながら、ジュールの心に即座に浮かんだのは、レディ・キャスリンの耳に入れるわけにはいかない考えだった。

そこで彼は眉を上げ、一瞬笑みを浮かべることで応えた。「たぶん、うまくいくだろうね。でも、ひとつ頼みがある。われわれは世間の目には婚約しているわけだから、ぼくのことは名前で呼んでくれないか？」

「ジュールと？」レディ・キャスリンは小声で訊いた。ジュールがうなずくと、彼女はにっこりした。「あなたって不思議なほどにわたしの考えを理解してくださるのね」

ゆっくりと彼女の笑みが消えた。すばらしい目は興奮に見開かれたり、おもしろがるように細められたりして彼をうっとりさせていたが、それが今は静かに真剣な光をたたえていた。

「伯爵さ……ジュール、こんな大混乱に巻きこまれていて、どうしてそんなふうに理解してくださるのかわからないわ。でも、ご親切には感謝します」高い頬骨がうっすらとピンク色に染まった。「わたしが婚約を解消するのはあなたがいやだからというわけじゃないことは知っておいてもらいたいわ。結婚するのは愛する人とだけとわたしが心に決めているせいなんです。母と父のように」頬は今や髪が跳ねないようにからめて抑えているリボンと同じバラ色になっていた。

彼女が答えを期待していないようだったので、彼は何も答えず、レディ・キャスリンが部屋を出ていくときに立ち上がっただけだった。

ジュールは理想の愛を追い求める人間ではなかった。昔から現実的な人間だった。しかし今、どうしたらレディ・キャスリンの心を変えられるだろうと考えながら、脈がわずかに速まったのはたしかだった。

5

グウィネス・タットウィリガーは寝室の書き物机に向かい、手紙をしたためていた。そばに置かれたゴミ箱には少なくとも十あまりの丸めた紙がはいっていて、格闘のあとがうかがえた。

シビラへのこの手紙は、明日の明け方、一番早い配達人に託さなければならない。すばやく行動すればそれだけ、愛するキャットが幸せに身をおちつけられる。そうすれば、わたしもマライアのことだけに専念できる。グウィネスはすでにミスター・ヴァンダーワースが彼女にぴったりの相手であると決めていた。あとはあの若者にマライアこそが理想の相手と認めさせればいいだけのこと。

たった今書いた文章に目を落とし、グウィネスは声をもらした。くだらないことをつらつらと！　わたしもシビラも驚くほど歯に衣着《きぬ》せぬ物言いをすると評判だけど、長年の友情を貫いている。つまり、ほんとうのことをわたしらしく書けばいいだけのこと。

新しい紙をとり出すと、グウィネスは鵞《が》ペンをインク壺《つぼ》につけて書き上げた。「親愛なるシビラ。すぐにロンドンにいらして。あなたの継孫のジュールがわたしの名づけ子のキャスリン・ディッスルウエイトとただちに結婚しなければならなくなりました。敬意をこめて、グウィネス」

これでよし！　彼女は満足げなため息とともに椅子に背をあずけた。これでうまくいくはずよ。運に恵まれれば、シャトー・サヴィルに到着して数日後に名づけ子たちをびっくりさせてやることになる。

サヴィルが雇ったフィアクル馬車は驚くほどよくばねが効いていた。馬車のなかも、クッションや毛布が豊富に備えつけられていて快適だった。キャットは片側の席にミス・ハミルトンを居心地よくすわらせ、自分とキャロラインはもう一方の側にすわった。男性陣は馬車の脇を馬で進んでいた。キャットの目にも窓からふたりが見えた。サヴィルはイギリスから船に載せて連れてきた黒い馬に乗っており、ジャッコはさっき借りることにした豊かな栗色《くりいろ》の去勢馬に乗っていた。

サヴィルが振り向き、ほほ笑みながらジャッコに何か言った。キャットは彼の横顔のたくましさに驚かずにいられなかった。この角度から見ると、秘密を抱えた心ここにあらずの顔には見えない。気骨のある高貴な人物に見える。信じて頼ってもいい人物に。おそらく、彼がとっつきにくく見えるのは、あの眼帯のせいなのだろう。

「穿鑿《せんさく》好きで下品だと思われるかもしれないけど、サヴィル伯爵様はどうして片目の視力を失ったの？」キャロラインが首を伸ばして窓の外を見ながら訊いた。

キャロラインは恐慌状態からゆっくりと回復しつつあった。生来は活発な女性なのだろうと思い、キャットはぶしつけな質問も意に介さないことにした。キャットがサヴィルの婚約者である以上、その秘密を知っているとこの若い女性に思われたのも当然のことだった。

「その話はしたことがないわ」キャットはほほ笑んだ。「わたしにはさして重要なことじゃないから」

「まあ、なんてすてきなの！」キャロラインはため息をついた。「彼の傷痕が気にならないほどに愛しているなんて！　あれはきっと恐ろしいナポレオンの軍隊と勇敢に戦ってできた傷ね」

「ええ、わたしもキャロラインに賛成だわ」ハンナ・ハミルトンがそっとあくびをした。「イベリア半島かワーテルローに行ったのか、訊いてみなくてはならないわ、キャスリン。彼の弟のオーブリー侯爵は戦場で功績をあげたって話を聞いたことがあるし」ハンナは目を閉じたが、すぐにまたまぶたを持ち上げた。「もしくは、もちろん、決闘で負った傷ということもあり得るわね」

キャロラインの引き結んだピンク色の唇から息を呑む音がもれた。「そんなこと、おっしゃらないで、ミス・ハミルトン！　ああ、決闘のはずはないわ」

「わたしもちがうと思うわ」キャットも首を振り、窓の外へ目を向けながら言った。

男性たちは笑い合っていた。陽光を受けて黒と金色の髪が好対照に見える。ふたりはとても気が合っているようだった。ジュールはジャッコにとっていいお手本になるとキャットは胸の内でつぶやいた。双子の弟が年上のこの人を見習ってくれるのは別にかまわない。

それでも、決闘などという話が出たのは怖かった。ジャッコが自分をめぐってサヴィルに決闘を申しこむなどということをキャットが許すことは絶対になかった――今となれば、サヴィルが決闘を受け入れることはなかっただろうと確信できたが。というのも、双子の弟は〈フォー・ホースマン・クラブ〉のもっとも若い会員ではあったものの、剣にしても銃にしても、社交界で最悪の使い手だったからだ。

全身に恐怖の震えが走る。邪魔をしたときに真っ赤になったサー・エドマンドの表情は忘れられないだろう。ジャッコが彼と決闘する可能性はどのぐらいあったのだろう？

心のなかで首を振り、キャットはそんな恐ろしいことを考えるのはやめにした。これからヨーロッパ大陸をはじめて旅することになり、フランスの田園風景を心からたのしむつもりでいたのだから。

戦争の傷痕はみずみずしい緑に隠され、村の家々には新たに漆喰《しっくい》が塗られていた。それでもときおり、木製の義足をつけた人や腕のない袖をぶらつかせている人はいた。そういう光景を見れば、戦争を忘れることなどできなかった。イギリス人の自分たちがジュールの国の人々にどう受け入れられるものか、キャットは考えずにいられなかった。とはいえ、ここに滞在するのは短いあいだだけなので、それがそれほど問題というわけではなかったが。それでも、これはジュールにとって帰郷であり、それに自分が影を落としたくはなかった。

ジュールは無理に先を急がず、フランスの近くの宿でひと晩泊まることにしたとキャットに告げた。

〈レジロンデール〉はイギリスの宿屋とほとんど変わらなかった。二羽のハトの絵をペンキで塗った木の看板は、イギリスの村でよく見かける酒場の看板とよく似ていた。それでも、宿屋のもてなし方はだいぶちがった。貸し切りにできる食堂はなく、地元の人間と同じ食堂を使わざるを得なかったが、キャットはそれを喜んで受け入れた。下手なフランス語を練習する機会になると思ったからだ。ジュールが前もって宿屋の主人に指示を送っておいたらしく、宿屋の主人のフランス語にじっと耳を傾けると、キャットにも彼が伯爵とその連れを歓迎していること

せながら言った。キャットをテーブルの上座につかせ、キャロラインとジャッコを片側に、ハンナをもう一方にすわらせると、彼自身はテーブルの下座の席にすわった。

「よく旅をなさいますの、伯爵様？」キャロラインが大きな青い目を好奇心にきらめかせて訊いた。

「ええ、ミス・ストレインジ、ヨーロッパとギリシャを十年ほど」

「まあ、なんてすてきなの！」キャロラインは熱のこもった声で言った。「わたしはロンドンに出るまで、ノーサンバーランドを離れたことがなかったんです。イベリア半島にはいらしたんですか？」

「いや、イベリア半島に行ったのは弟のオーブリー侯爵のほうだ。ぼくはフランスとの戦争には加わらなかった」彼はそっけなく返した。ジュールがうわの空で傷痕のある頰に長い指を走らせるのをキャットははじめて目にした。

　キャロラインは驚いた目をハンナに向け、それからさらに訴えかけるような目をキャットに向けた。彼女の問うような顔の意味するところは、テーブルについた全員にわかった。サヴィルが戦争でけがをしたのではないとしたら、いったいどこで？

「ねえ、ミス・ストレインジ、今夜はずいぶんおしゃべりなんだね」ジャッコが姉妹のあつかいに慣れた男らしく、気安く笑って言った。「平和に食事をしようよ。ほこりを流すのにワインが必要だ、サヴィル」

それが合図であるかのように、ふたりの給仕の女がワインの瓶とグラスを持って現れた。キャットにとってうれしかったことに、キャロラインはジャッコのことばに反感を覚えたふうではなかった。彼女は肩をすくめただけで、ワインを少しだけ飲んだ。

ジュールはキャロラインの穿鑿にまごついた様子を表にはまるで出さなかった。自分の外見が多くの疑問を呼び起こすことはわかっていた。もっと早くその疑問が発せられなかったことのほうが驚きだった。それもキャスリンから。彼女は彼の外見を当然のように受け入れているかに見えたが、そもそもほんとうに結婚するつもりはないのだから、おそらくそれもたいして重要なことではないのだろう。

ジュールは椅子に背をあずけた。まだテーブルのまわりで湧《わ》き起《お》こった自分に対する興味に応える気になれないのか、またも謎めいた心ここにあらずの雰囲気をかもし出している。

キャットは突然、その仮面の下をのぞいてみたいという危険な願望に駆られた。しかし、その願望を実行する代わりに、マッシュルームソースのかかったオムレツや、おいしいカスレ（肉と白インゲン豆の煮込み）や、エンドウ豆や、バスケットに山と盛られたきれいな菓子などを少しずつ食べた。それでも、アップルタルトにも手を出さずにはいられなかった。

ジュールの傷痕については気にならないとキャロラインに言ったのは本心からだった。それが彼の魅力を損ねることにはなっていないからだ。彼が魅力的に見えるのはたしかだった。彼が妙に親切なせいでもあり、社交界の決まりをかいくぐろうというこの作戦で手を結んでいるせいでもあったが、キャットにはよく理解できない理由もあった。婚約の破棄を宣言する前に、少なくとも二週間はシャトー・サヴィルに滞在する必要があるだろう。いっしょに過ごすあいだに、彼のことをもっとよく知ろうとキャットは決意していた。

「キャット……キャット、空想にふけるのはやめるんだ！」無神経な双子の弟が言った。「ぼくらがポートワインを飲むあいだ、ミス・ストレインジが庭を散歩しないかと訊いてるんだぞ」

キャットが目を上げると、ジュールはすでに立ち上がってキャロラインとハンナがテーブルから立つのに手を貸していた。

彼はその独特の眉を上げ、小さく笑みを浮かべてみせた。「レディ・キャスリン、大丈夫かい？」

すばやくまばたきして彼女はうなずいた。「ええ、部屋に引きとる前に庭を散歩するのはいいことだわ」

ジャッコとサヴィルがすでにポートワインを片手に暖炉のそばに移った食堂をあとにすると、ハンナがあくびをした。「キャスリン、いっしょに行かなくてもいいかしら？　長旅でとても疲れたわ」

「ええ、ハンナ、先に階上《うえ》に行っていて。わたしたちもすぐに行くわ」キャットはそう答えると、すでに横の扉から月明かりに照らされた庭へ出ているキャロラインに追いつこうと急いだ。

「まあ、この星を見て！」キャロラインはため息をつき、小石を敷きつめた小道でくるりとまわった。「それになんともいい香りがするわ」

「ここは香草の庭ね」キャットは植物のほうに身をかがめて言った。「ローズマリーや、タイムや、フェンネルがあるわ。向こうからはミントの香りがする。フランス人ってお料理にとてもうまく香草を使うのよ」

「ああ、キャスリン、あなたって物知りなのね」薄暗い月明かりのなかでも、キャロラインの小さな顔が悲しげにくもるのがわかった。「わたしにはそういうことを教えてくれる人がいなかったの。夫のために食事のメニューをどうやって考えたらいいかもわからないのよ。いつもサー・ジョージの家政婦がしていたし、その前はお父様がしていたわ」

衝動的にキャットは自分より小柄な若い女性を抱きしめた。「シャトー・サヴィルについたら、わたしがいくつか助言してあげるわ」

「まあ、すてき!」キャロラインは手をたたき、突然また生き生きとした顔になった。「すぐにあなたはシャトーの女主人になるんですもの。リネンや厨房《ちゅうぼう》の管理をすることになるのよね。どうすればいいのかわたしに教えてくれればいいわ。ああ、きっとたのしいわよ。でも、わたし、おしゃべり女みたいよね。あなたの弟さんが言ったように!」

「ジャッコに面食らわないで」キャットはほほ笑んだ。「あの子はわたしや姉のマライアとやりとりするのに慣れているのよ。たぶん、ちょっと甘やかされているかもしれないわね」

「あら、ちっとも気にならないわ」キャロラインは快活に言った。「こんなに親切にしていただいて、何かに文句を言うなんて最低だもの。わたしはただ、あなたの弟さんといっしょにいるのはとても居心地よくて、わたしのことを妹のようにあつかってくれるのがうれしいと思ってるだけよ」

キャットの二十年の人生のなかで、ほかの女性が自分のとんでもなくハンサムな弟について、こんなふうにぞんざいな言い方をするのを聞いたのははじめてだった。興味をそそられ、小さな笑い声をあげずにいられなかった。「あなたってとても変わってるのね、キャロライン」

「あら、それってアドニスのようなディッスルウエイト様にうっとりしないから？」彼女はキャットが思うに少々芝居がかった様子でため息をつき、薄暗いなかでほほ笑んだ。「わたしはもっと年上の男性が好きなんだと思うわ」

この若い女性はジュールへの思いを募らせているのかもしれないとふと思い、キャットの顔から即座に笑みが消えた。そう思うととても不安だったのだ。

「たぶん、だからこそ、サー・エドマンドとあんなばかなことをしたのよ。でも、教訓になったわ」小さな鼻を突き上げ、キャロラインは真剣な大きな目でキャットを見つめた。「もうあんなにすぐに誰かと結婚しようなんて思わないわ。わたしにも伯爵様のような方が現れて、あなた方おふたりのように恋に落ちるまで待つことにする」

キャットは信じきっているその大きな目と目を合わせることができずにうつむいた。そして、がっかりしたことに、腰に吊《つ》るしていた小さな小物入れを落としてしまったことに気がついた。

「わたしってほんとうにばかだわ」彼女はつぶやき、まわりの薄暗いくさむらを見まわした。

「キャロライン、ランタンか蠟燭を持ってきてもらえる？　小物入れをなくしてしまったみたいなの」

「あら、ええ、わかったわ。すぐに戻るわね」青い綿のドレスの裾を持ち上げると、キャロラインは宿屋のなかへと駆けこんでいった。

キャットは身をかがめ、小さな網目の袋がないかと生い茂るミントの茎をかき分けた。まったく、ウィリーおばさまの言うとおり、わたしって持ち物にとんでもなく無頓着だわ。こんな困ったはめにおちいっているのもそのせい。ジャッコの手紙をその辺に投げ出してこなければ、ウィリーおばさまたちが追ってくることもなく、こんな大騒ぎになることもなかったはず。

砂利を踏みしだく足音が聞こえ、キャットは身を起こして振り返った。

「ずいぶんと早かった……」ことばは唇の上で途絶えた。恐怖に喉がつまり、言い終えることができなかったのだ。

宿屋の扉へつづく小道をふさいでいたのはサー・エドマンド・トリッグだった。月の光を受けて彼のとがった顔が銀色に光り、青い目はぎらついている。

「また会ったね、レディ・キャスリン」彼は一歩近づいて小声で言った。

今度はキャットもあとずさった。「ここで何をしているんです？」できるかぎり力強い声を出して訊く。

「きみと同じで、私も旅の途中のひと休みさ」彼の薄い唇が笑みの形にゆがんだ。「あやうくサヴィルと鉢合わせしそうになった酒場の窓からきみの姿を見かけてね。こうしてきみとふたりで話ができるとはなんとも運がいい」

「サー・エドマンド、これは行きすぎですわ。あなたとふたりきりで話などしたくありません」キャットは無事に宿屋に戻る方法を必死で探した。イギリスを離れていることを忘れてしまっていたが、ここはイギリスとは習慣がちがうかもしれない。庭にひとりで残ってはいけなかったのだ。

「ああ、もちろんそうだろう」サー・エドマンドは一歩下がった。

キャットはほっとして胸のしめつけがゆるむ気がしたが、彼はつづけて言った。

「それを言うなら、私も船の上で干渉してほしいとは頼まなかったはずだ」彼はあてこするように言った。「こうして会うのにも慣れてくれたほうがいいな、レディ・キャスリン。今後は頻繁に会うことになるはずだから」

こんなふうに無礼な態度をとってくるとは、よほどやけになっているにちがいない。「きっとサヴィル伯爵もわたしの弟もこういう脅しは許せないと思うはずよ」彼女は精一杯背筋を伸ばして言い返した。

サー・エドマンドは低く粗野な忍び笑いをもらして首を振った。「船できみの顔を見たよ。私が怖いんだろう？　でもまあ、怖がるべきだな。私にどれほどのことができるか、きみには見当もつかないわけだろう、レディ・キャスリン？　つまり、きみやきみの弟のためを考えるなら、この会話はわれわれだけのささやかな秘密にしておいたほうがいい」

「キャット……？」キャットは宿屋のほうに目を向けた。双子の弟がランタンを頭上高く掲げて立っていた。「そこに誰かいるのか、キャット？」

キャットははっと息を呑んで振り返ったが、サー・エドマンドは影のなかに姿を消していた。「キャット、ひとりで庭にいてはだめだ」弟が文句を言い、そばへやってきた。「ほら、小物入れならすぐそこにあったよ」小物入れを彼女の震える指に押しつけると、ジャッコは姉の腕をつかみ、明るく騒がしく安全な宿屋へと導いた。

建物のなかにはいると、キャットは弟のハンサムな顔を見上げた。ジャッコに何かがあってはならない。それを許すわけにはいかない。そう考えてふと思い出した。「キャロラインはどこ？」

「食堂で気の毒なサヴィルを退屈させているよ。姉さんが重大な災難に遭ったというように駆けこんできたんだ。廊下を半分下ったところで、たいしたことじゃないのがわかったよ。でも、ぼくはいずれにしてもこうしてやってきたけどね」ジャッコはキャットの手を腕にたくしこみ、身を寄せて耳打ちした。「絵に描いたようにきれいな子だけど、活力がありあまっていて、こっちが疲れてしまうよ。姉さんよりもおしゃべりなんだ」

弟の広い肩に両腕をまわし、キャットは胸に顔をうずめた。「愛してるわ、ジャッコ」と心をこめて言う。

「ぼくもさ、姉さん」弟は彼女の背中を軽くたたきながら言った。「なあ、キャット、いったいどうしちまったんだい？」

「別に、なんでもないわよ、おばかさん」彼女は身を離し、弟の上気した顔を見上げた。「そんな恥ずかしそうな顔をしないでよ。双子なんだから、こうやって見苦しいほどの愛情を見せ合ったっていいの。そう、双子には頼み事をしてもいいのよね。気をしっかりもってキャロラインを部屋に案内して。わたしがしばらくサヴィル伯爵とふたりきりで話ができるように」

ジャッコのいたずらっ子のようなえくぼが深くなった。「つまり、そういう風向きってことだね。愉快じゃないとは言えないな。サヴィルは誰よりもいいやつだから」そう言って笑いながら姉の指をきつくにぎった。「姉さんの付き添いを怠ったって知られたら、ウィリーに殺されるな。でも、ウィリーには知る由もないことだからね。ハンナもきっと言わないだろうし！ウィリーがどうしてあの年寄りを同行させると言い張ったのか、わけがわからないよ」

ふたりが部屋にはいっていくと、ジュールは話している途中でことばを止めた。刺すようなまなざしは、ジャッコが何気なくキャロラインを寝室へと連れ去ったときも、キャットの顔に据えられたまま動かなかった。

「何かあったんだね」彼は静かに言った。「話してくれ」

キャットは新たに湧いて出た問題をジュールの広い胸にぶつけ、彼にまかせてしまうつもりでいたのだが、そこで突然、彼のことも危険にさらしたくないという思いにとらわれた。結局、サー・エドマンドの恥ずべきお遊びに干渉したのは彼女自身だったのだから。

「船でのサー・エドマンドとの不運な出来事を思い返していただけよ」まばたきせずに彼をじっと見つめる。「あなたのことを知っているようだった。前に会ったことがあるの？」

「残念ながらね。以前人生の行路が交わったことがある。二年前、同じときにローマにいたことがあるんだ。でも、知りたいのはそれだけじゃないだろう、レディ・キャスリン？」

この人にこれほどすばやく心を読まれてしまうのはなんとも不可解なことだ。キャットは驚いたが、目をみはってごまかそうとした。しかし、涙が浮かびそうになり、ごまかすことには失敗したようだった。彼は小さな声をもらして前に進み出た。

「レディ・キャスリン、ぼくたちはこのささやかな茶番劇で相棒役だろう？　何に悩んでいるのか知らないが、ぼくに話してくれ」

そのやさしさにキャットは降参した。こらえきれず、涙が一筋頬を伝った。「愚かなことだとはわかっているんだけど、あの人がほんとうに怖くて。正体不明の敵より正体のわかった敵のほうがましって言うでしょう。正直に言ってもいいかしら？　わたし、みんなのことを危険にさらしてしまったのよね？　あの人は容赦ない人間みたいだもの」彼はひるんだが、そんなことはないと言ってくれようとしているのはわかった。「お願い、ジュール、ほんとうのことを言ってくれたほうがいいわ」キャットは声をほんのかすかに震わせて静かに言った。

「だったら、ほんとうのことを言うよ」彼女の手を持ち上げて、ジュールはそっとなぐさめるように両手で包んだ。「サー・エドマンドにはよくない噂がつきまとっている。若いころにはロンドンでなぐさみに老いた使用人をひどく打ちすえたものだそうだ。それから、家族の財産のほとんどを賭けで失った。残酷な人間で、人の命を奪うこともいとわない」

「人の命を？　もしかして、使用人を殺したことがあるとか――」

「よせよ、キャット。まさか、サヴィルがそんなことをご婦人に聞かせるなんて想像もしなかったよ！」入口から弟が声を張りあげた。

ぎょっとしてキャットはジュールのあたたかい手から手を引き抜き、くるりと振り返った。

「ジャッコ、ここで何をしているの？」

「付き添いを務めなくてはと思ってさ。弟なんだから」彼は淡青緑色の目を光らせた。「そうしてよかったよ。おばかさん、結婚という足枷《あしかせ》をつけられるまでは、そういう質問をサヴィルにしてはだめだ。ぼくに訊けばよかったんだ。サー・エドマンドが決闘で自分の介添人の命を奪ってから、国外追放されて大陸で長年暮らしていたことは周知の事実なんだから！」

目に浮かんだ真実を読まれるのが怖くてキャットはジュールと目を合わせることができなかった。サー・エドマンドの言ったとおりだ。庭で話したことは誰にも明かせない。

6

グウィネス・タットウィリガーはダイニング・テーブルを見渡しながら、勢いよく扇を動かした。

マライアははにかみながら、いつも冷静な顔にかすかな笑みを浮かべているミスター・ヴァンダーワースと話している。わずかに満足し、グウィネスはミス・ヴァンダーワースに注意を向けた。今夜はいつもよりは横目を使うことも少なく、グラッドストン・ペニントンと活発な会話を交わしている。若者が礼儀正しく振る舞うすべを知っているのを目にするのは喜ばしいことだった。テーブルの向こう端では、サー・パーシー・アレンデールがほかの面々を興味津々の目で見つめながら、デザートとして料理人が用意したとてもおいしいトライフルをほおばっている。哀れなおしゃべり男は退屈した社交界の人々の興味を惹くような噂話を仕入れたいと思っているのだろう。

この内輪のささやかな夕食会にふたりの若者を招いたのもそのためだった。おしゃべりな若者に目を配っておいても害はないはずだ。彼がどんなお遊びに興じようとも、必ずこっちが一歩先を行くというわけだ。だからこそ、サヴィル伯爵家代々の領地の美しさとまもなくとり行われる結婚式の詳細な計画についてキャスリンが書いてよこしたすてきな手紙のことを――そんなものは自分の想像のなかにしか存在しないのだが――延々と語りつづけていたのだ。扇を振る手が遅くなる。夕食会の成り行きにはじっさいとても満足していた。

「彼女が食事中だろうとかまいはしないわ！」尊大な女性の声が玄関の間から聞こえてきた。

そのすぐあとで、両開きの扉が勢いよく開き、年齢を感じさせない、透き通るような美しい肌をした白髪の女性が、驚いた顔のウェストリーの脇をすり抜けて部屋にはいってきた。

「シビラ！」グウィネスは息を呑んで立ち上がった。

「グウィネス」カルター公爵夫人はそう応じ、立ち上がって名づけ親のそばに寄ったマライアに抜け目ない目を据えた。「キャスリン！」シビラは感情をこめてそう言うと、マライアに駆け寄って抱きしめた。

「ちがうわ、シビラ。この子はマライアよ。キャスリンじゃないわ」パーシーの興味津々の顔に気づき、すべてが台無しになる危険を意識しながらグウィネスは言った。

「もちろん、マライアよ」シビラはそっけなく言って一歩下がった。「ジュールには背が低すぎるもの。かわいいキャスリンはどこ？」彼女はテーブルに目を向けて訊いた。ミス・ヴァンダーワースにはつかのま目を留めただけで、すぐにその目をそらした。

「公爵夫人、たしか、婚約はずっと前に交わされたもののはずですが。レディ・キャスリンを知らないとはどういうことです？」パーシーが厚かましくもそう訊いた。

まったく、ジャッコはどうしてこの若いごろつきと親しくしているの？　グウィネスは青年の慎みのなさに驚き、怒りを覚えた。

シビラは身動きせずに立ち、繊細な顎を上げ、まっすぐな鼻越しにパーシーをじっと見つめた。「あなたはどなた？」と訊く。

もっともらしくお辞儀をし、彼はにっこりした。「サー・パーシー・アレンデールです、公爵夫人。ディッスルウエイト卿の友人です」

「でも、そんなことがあるのかしら？　わたしのかわいいジュールとキャスリンのことについては、わたしたちの友人たちはもう何カ月も前から知っているわ。正式な発表が行われず、わたしが未来の義理の孫娘と会えずにいるのは、わたしの健康が思わしくないせいよ」シビラは彼を無視するように顔をそむけた。「どうやらあなたは友人を騙《かた》っているだけのようね。グウィネス、使用人に命じてこの方にお帰りいただいて」そう言ってグウィネスの椅子に腰を下ろした。

「でも……でも……」パーシーは唾を飛ばすように言ってまわりを見まわした。呆然とするあまり、目がうつろになっている。

グラッドストンが気をきかせて友人の腕をつかんだ。「ぼくたちはそろそろおいとましますよ、レディ・タットウィリガー。おいしい夕食をごちそうさまでした」そう言って急いでお辞儀をし、ミス・ヴァンダーワースにほほ笑んでみせると、呆然とするパーシーを連れて部屋を出ていった。

「ぼくと妹もおいとまします、レディ・タットウィリガー。ご家族の問題がおありのようですから。ぼくたちもすばらしい夕べに感謝いたします」ヴァンダーワースはいつもの穏やかな声で言った。

まったく、この若者は動揺するということがないの？　グウィネスは彼の注意をマライアに向けさせようと決心したことを考え直したほうがいいだろうかと思わずにいられなかった。それでも、おやすみと告げて礼儀正しくお辞儀をする彼にマライアはまるで不満を感じていないようだった。ウェストリーが現れ、細かいことまで気がつく完璧な執事よろしく、マライアとヴァンダーワース兄妹を玄関の扉へと導いていった。

そうなってはじめて、グウィネスはテーブルの反対側の端に立っている男性に気がついた。この人はいったいどうやってわたしの鋭い目をすり抜けたの？

グウィネスはオーブリー侯爵を目にするたびに、自分があと三十歳若ければと思わずにいられなかった。ジャッコの美しい外見が、この男性のような成熟した男らしい美しさへと育っていったなら、これまで散々悩まされてきたことも大きく報われることだろう。

ドミニクは息を奪うような笑みを浮かべてみせた。「レディ・タットウィリガー、夕食会のお邪魔をして申し訳ありません」彼は公爵夫人に哀《かな》しげな目を向けた。「祖母があなたにお会いするのを待ちきれないというもので」

「もちろん、それはそうよ！」シビラが不満そうに言った。「あんな恐ろしい手紙をもらってどうして待てるというの？」彼女はグウィネスを非難するように言った。「ジュールはどこ？　彼に何をしたの？」

「何をしたですって！　わたしのかわいいキャスリンと同じベッドにいるのを見つけたのよ！」グウィネスは言い返した。

戦いの火ぶたが切って落とされた！

「ウィリーおばさま、いったいどうなっているの？」ダイニングルームに戻ってきたマライアが息を呑み、急いで扉を閉めた。「家じゅうに声が響き渡っているわよ。使用人たちに噂されなくても、充分最悪なのに」

「レディ・マライア、何があったのか、あなたから説明していただけるのではないですか？」公爵夫人をおちつかせようと、そばに行って肩に手を置き、ドミニクが訊いた。「お祖母《ばあ》様、頼むから、ほかの人にもちゃんと話をさせてあげてください」

マライアはやさしい目をみはり、話していいかと名づけ親に目で訊いた。グウィネスはため息をついてうなずいた。

「そう、キャスリンとジャッコは双子なんです」マライアは前できつく指を組んで言った。「ジャッコが悪さをするのを防ごうと、キャットは愚かにも、〈ブルー・ボア〉という宿屋まで彼を追っていったんです。彼女のほうが姉なので、昔から弟が問題を起こさないよう目を配るのが自分の役目だと思っていて」

やさしい笑みを浮かべ、ドミニクは先をうながした。「わかります。でも、どうしてうちの兄がかかわることに？」

「キャットは宿屋のジャッコの部屋で弟を待っていたんです。それで……なぜか、伯爵が部屋をまちがえて……それで……わたしたちが行ったときには……ふたりは同じベッドで寝ていました」マライアは急いで話し終えた。頬が真っ赤になっている。

「どうやら、まちがいだったようですね。家族しかいなかったなら、どうして表沙汰にならないようにできなかったんです？」ドミニクが訊いた。声にわずかな刺がこめられている。

「あのひどいおしゃべりのサー・パーシーもジャッコといっしょに〈ブルー・ボア〉にいたからよ。全部見られたわ！」とグウィネスがきっぱりと言った。

「ああ、なんてこと、あの耐えがたいまぬけが！」シビラが尊大な口調で言った。「だとしたら、すぐに結婚させなければならないわ！　いいえ、ドミニク、ほかに選択肢はないわよ」シビラは自分の肩をきつくつかんでいる孫の手を軽くたたいた。「ふたりは今どこに？」

「ディッスルウエイト卿とわたしの友人のミス・ハンナ・ハミルトンを付き添いに、シャトー・サヴィルに向かっているところよ。でも、城に着いたら、キャットが婚約を破棄するつもりでいるのはたしかだわ！」

　ドミニクがほっとした顔になったのを見て、彼を称賛したのはまちがいだったのだろうかとグウィネスは思わずにいられなかった。「でも、そんなの認められないわ。キャットはすでに一度婚約を破棄しているんですもの。もう一度破棄したら、もう二度と望ましい相手を見つけることはできなくなる。わたしに考えがあるの。でも、あなたの力も必要になるわ、シビラ。話し合わなければならない」

「お祖母様、だめですよ！」公爵夫人が興味津々の顔で身を乗り出すのを見て、ドミニクは抗議した。「ジュールには愛にもとづく結婚をする資格がある。ぼくがジュリアナと分かち合っているものを兄も手に入れるべきだ。これだけの年月を経《へ》て……ぼくはやっと兄を――」

公爵夫人は指を一本上げ、にっこりとほほ笑んで孫を黙らせた。「ドミニク、おまえの兄さんにどれほどの借りがあるか、わたしがわかっていないと思うの？　わたしにも考えがあるのよ。彼をまた失わないようにする考えがね」

「キャスリン、具合が悪いの？」ハンナが馬車の座席で身を乗り出し、キャットの手をとった。

「大丈夫。熱があるようではないわね。でも、いつになく顔が青ざめているわ」

キャットは無理に笑みを浮かべた。「ええ、大丈夫よ。長旅のせいでちょっと疲れただけ」

ハンナはため息をつき、またクッションに身をあずけた。小さくあくびをしてうなずく。

「それはよくわかるわ」そう言うと、すぐに目を閉じた。

キャロラインはすでに馬車のカーテンに頬を寄せて眠っていた。キャットは眠れなかった。昨晩の出来事で頭が一杯だったからだ。ジャッコとサヴィルと会話を交わしてから、一睡もできていなかった。最悪の不安が現実のものとなったのだ——サー・エドマンド・トリッグはどんなことでもする人間だった。彼の怒りからみんなを守るためにはどうしたらいい？　眠れない長い夜のあいだに答えは見つからなかった。

今朝は目の下にくまがあることを、明るく振る舞うことで隠そうとしたが、失敗したにちがいなかった。というのも、馬車に乗りこむのに手を貸してくれたときに、ジュールに刺すようなまなざしを向けられたからだ。今度はハンナにも気づかれていたのがわかった。もう誰にも気づかれないように、うんと気をつけなければならない。いつも姉の気分に敏感な双子の弟は、真実を引き出すまで、あの手この手を使ってくるだろう。そうなれば、火に油を注ぐことになる。弟はどこかそわそわしていて、突然熱くなることがよくあった。意味なく騎士道精神を発揮しようとするかもしれない。弟とエドマンド・トリッグの決闘がどういう結果に終わるかについては疑念の余地はなかった。

キャットはそばで眠る若い女性に目を向けた。まつげの広がるキャロラインの頬はかすかに上気している。とても若く、とても無力に見えた。こうするしか方法はなかったのだ。見ない振りをして、トリッグのような男がこの無垢《むく》な少女の人生を台無しにするのを許すわけにはいかなかった。あとはその結果に対処しなければならないだけのこと。決闘したら彼がどんな運命に見舞われるかも。ジュールがどんな反応を見せるかはよくわからなかった。たった二日のあいだに、彼が強く、高潔で、思いやり深い男性であることはわかった。名誉を守ってもらった恩もある。キャロラインの名誉や、おそらくはジャッコの命も。これ以上彼を巻きこむわけにはいかない。心のなかでは、婚約を破棄するつもりでいるのだからと小さな声が絶えず聞こえていた。

もしかしたら、トリッグもあきらめて何もせずに放っておいてくれるかもしれない。いつも楽観的なキャットはそうも思った。シャトー・サヴィルまで追ってくることはできないはずだ。シャトーにたどりつけば、みんな安全なはず。ジュールさえよければ、婚約を破棄するのを、当初考えていたよりも少しだけ先延ばしにしてもいいかもしれない。

シャトー・サヴィルにはいつ到着するの？　サー・エドマンド・トリッグから無事逃げおおせたと確信がもてるまで、そこにいさせてもらえるよう、ジュールに頼まなければならない。

ゆるやかな起伏のある土地は目に見えるかぎりブドウの蔦で覆われていた。ときおり遠くの丘の上に大きな家が見え、凝《こ》った装飾の門を馬車が通り過ぎるのが見えた。

ようやくジュールが馬車に合図してシャトー・サヴィルへつづく道へと曲がらせた。何年も使われていないような道だった。ほかのふたりは揺れのせいではっと目を覚まし、やがてありがたいことに馬車は停《と》まった。

シャトー・サヴィルは巨大だった。四階建ての石づくりの建物が空へとそびえたっている。塔や胸壁はなかった。この城はどうやって敵を防ぐのだろうとキャットは訝《いぶか》った。

なぜか、ジュールにその疑問が伝わったようだった。「この家についてはほとんど話を聞いた覚えがないんだ。夏の別荘としてつくられたのはたしかなようだが、つくった騎士は十字軍で命を落とし、ぼくの曽々祖父が爵位を継ぐまで誰も住んでいなかった。じっさい、シャトーの造成を終え、ブドウを植えたのも曽々祖父だった」

ジュールは不思議そうにまわりを見まわした。「もっと大きかった気がするんだが」

ジャッコはキャロラインとハンナが馬車から降りるのに手を貸した。ジュールが茶色の砂利を——少なくとも誰かが平らにならそうとした砂利を——踏みしだいてシャトーに近づき、玄関の脇に隠された呼び鈴を鳴らした。すぐさま扉が勢いよく開き、痛々しいほどにやせた背の高い女性が歩み出てきた。白髪をきっちりと結い上げ、真っ黒なドレスに目を惹くような金色の鍵の束を吊るしたひもをつけている。

「ああ！　ムッシュウ・ル・コント《モン・デュー》、亡くなったお父様にそっくりですね！」女性はそう叫んだが、ジュールが正面を向き、左の頬が見えると、息を呑んだ。彼女はつかのま目をみはって足を止めた。やがて大きく息を吸うと、すばやく石段を降りてきて一行を出迎えた。

「わたしはマドレーヌ・ベルネール、シャトー・サヴィルの家政婦です。わたしのことは覚えてらっしゃらないでしょうね。恐怖政治から逃れたときにはとてもお若かったから」彼女は十字を切った。「そのころはわたしの両親がシャトーを管理していました。今はわたしが家政婦で、夫のアントンが領地の管理をしています。うちの一族は長くデヴロー家に仕えてきたんです。ずいぶんと長い年月がたちましたが、ここをできるだけもとの通りに保ってきたつもりです」

「マダム・ベルネール」ジュールが彼女の節くれだった手を両手でとり、お辞儀をした。「あなたがぼくの家の管理に尽力してくれたことは事務弁護士から聞いている。ご恩はけっして忘れない。さあ、客人たちに引き合わさせてくれ」

またも彼に笑みを向けられ、キャットは体の妙な部分になんともおかしな感覚が生じるのを感じた。それから彼に手をとられ、前に導き出された。「ぼくの婚約者のレディ・キャスリン・ディッスルウエイトだ。それと、彼女の弟のディッスルウエイト卿」

ジャッコと並んで立ったときにいつも受ける驚きのまなざしをマダム・ベルネールからも注がれた。

「ミス・ハンナ・ハミルトンとミス・キャロライン・ストレインジ」ジュールはつづけた。

「シャトー・サヴィルへようこそ」紹介を受け、マダム・ベルネールはよそよそしい黒っぽいまなざしでひややかに答えた。「お部屋の用意はしてあります。軽いお食事を一時間以内に正餐室でお出しします」

眠れない夜を過ごしたせいで疲れきったキャットは、マダム・ベルネールのひややかな挨拶を受けて感じた困惑を払いのけた。邸宅のなかをゆっくりと進むと、すべてきちんとしていた。部屋は流行遅れではあっても、非の打ちどころのないほどに整えられていた。壁のあちこちに色の明るい部分があるのは、以前は絵が飾られていた場所らしかった。手を加えるべきところはたくさんあった。この家の改装を手助けすることで、ジュールの親切に報いることができるかもしれない。絵をかけ直し、家具をもっと居心地よく置き直すことで、もっとずっと家らしくなるはずだ。

キャットの部屋に置かれていた彫刻をほどこした四柱のベッドは美しかった。古い木のつややかでなめらかな表面に思わず指を走らせる。これまで見たほかの部屋同様、この部屋でも、ブロケード生地のカーテンは色あせており、ベッドカバーやベッドカーテンにはきちんとつぎがあてられていた。

旅のあいだずっと、田園風景のなかにも、人々のあいだにも、戦争の傷痕を目にすることになった。この家にもその傷痕が残っている。

磁器のボウルに急いで水を注ぎ、キャットは顔を洗った。髪に何度かブラシを入れると、リボンをつけて乱れた髪を整えた。旅の衣服から、髪や目の色を引き立たせる、簡素な室内用の青みを帯びた緑色のモスリンにすばやく着替える。人前に出られる格好になると、まだ早いのはわかっていたが、ジュールを見つけられるのではないかと期待して、夕食前にみんなで集まる小さな応接間へ向かった。彼とふたりきりで話をし、自分とほかの人たちの滞在期間を多少延ばすことに彼が反対するかどうかたしかめたかった。

マダム・ベルネールが戦争のあいだ守った宝物を応接間に集めて飾ってあるのは明らかだった。マントルピースの上では年代物のフランス製の時計が時を刻んでいる。絵に描かれているのを見たことがあるような時計だった。時計をつくるのを趣味にしていたフランス王がいたことをぼんやりと思い出す――たしか、ルイ何世かだった。この時計も王の作品なのだろうか。テーブルの上には子鹿の革表紙の本が置かれていた。窓にかけられた深緑色のカーテンはまだその豊かな色を保っている。しかし、もっとも目立つ宝は暖炉の上にかけられた大きな油絵だった。

眼帯や傷痕のないジュールがどんな顔であるか、はっきりわかった。絵のなかから見下ろしてくる男性は濃いまつげに縁どられた、表情豊かな黒っぽい大きな目をしていた。高い頬骨が顔立ちに強さと個性を与えている。口も同様で、甘さを宿したとても魅力的な笑みの形に曲がっている。ジャッコのようなきれいな顔ではなかったが、うっとりするような抗しがたい魅力に満ちていて、その黒っぽいまなざしの陰に隠されたものを知り、その笑みが約束する喜びを経験してみたいと思わせる顔だった。

絵に描かれている女性は息を奪うほどに美しかったが、完璧すぎる顔と姿は現実のものとは思えなかった。しかし、腕に抱いている赤ん坊はちがった。この絵が描かれたときにはジュールは一歳ほどだったのだろう。やわらかそうな赤ん坊の顔は喜びと好奇心に輝いており、バラ色のふっくらとした頬の上の表情豊かな目はきらめいていた。

「それは父が亡くなる少し前に描かれたものだ」

キャットははっと振り返った。扉の開いた入口にジュールが立ち、絵を見つめていた。

雷に打たれたようにキャットは気づいた。眼帯をしていて傷痕があろうとも関係なかった。絵を見ているときに生じた感情のすべてが、生身のジュールによってかき乱される気がした。彼のことをもっとよく知りたい。そう思うと、少しばかり怖くなった。

ふいに速まった脈を鎮めるために息を吸うと、キャットはほほ笑んだ。「すばらしい絵だわ。あなたってかわいらしい赤ちゃんだったのね」

眼帯をしていないほうの眉が問うように上げられ、父から受け継いだらしい、すばらしい笑みが口に浮かんだ。「問題児だったように見えるけどね」

「ええ、それもあるけど」キャットは笑い、また絵に目を向けた。「あなたのお母様はおきれいな方だったのね」ジュールに目を戻すと、喉で息がつまる気がした。彼の笑みが消えていたのだ。代わりにそこには冷たい苦痛の表情が浮かび、キャットは震えるような寒気を覚えた。

「ああ、そうだ」彼はそっけない声で言い、顔をそむけた。「こんばんは、ミス・ハミルトン、ミス・ストレインジ……ああ、ジャッコ、時間ぴったりだ。食事の用意はできていると思うよ」

正餐室は大きく壮麗な部屋だった。壁にはマダム・ベルネールが恐怖政治とその後の容赦ない略奪の時代のあいだ、奇跡的に保管していた貴重なタペストリーがいくつか飾ってあった。とくにすばらしいタペストリーは、くさむらに寝そべって音楽を奏で合うギリシャの神々を描いたものだった。

ジュールは用意された夕食に満足した。使用人に感謝しなければならないようだ。そのうちの誰ひとりとして覚えている人間はいなかった。彼が家を出たときに、マダム・ベルネールはいたはずだったが。しかし、そのタペストリーと家政婦が持ち歩いている鍵を吊るす大きな輪は覚えている。子供のころの記憶はあつかいがむずかしかった。彼はかすかな笑みを浮かべた。客たちはデザートのスフレを食べ終えたばかりで、みな満足した顔をしている。キャスリン以外は。夕方階下《した》へ降りてきてからずっと、彼とふたりきりで話をしたいと思っているようだった。それは簡単に手配できる。

「まだここのワインセラーは充分とは言えないようなんだ、ジャッコ」彼は謝るように言った。

「ポートワインはあきらめて、ご婦人方とコーヒーを飲むのでいいかな？」

「もちろんさ、サヴィル！」ジャッコはすばやく立ち上がった。「じっさい、カード遊びをしたい気分なんだ。カードはやるかい？」

「ええ、したいわ」とキャロラインが答えた。

「カードが好きなのかい、ミス・ストレインジ？」ジャッコは彼女の興奮した顔を見て驚いて訊いた。

「ええ！　わたしの保護者のサー・ジョージ・バーソロミューは根っからのカード好きだったんです。知っているすべてを教えてくれましたわ。わたしはかなり上手なのよ」彼女は誇らしげに言った。

「それについてはお手並み拝見だな」ジャッコは笑うと、先に立って応接間へ向かった。

ミス・ハミルトンは革表紙の本を眺めまわし、英語の本を見つけて静かに隅に腰を下ろした。

ジュールは彼女の椅子のそばに枝つき燭台を余分に置いてやった。それから、キャスリンの訴えるような目と目が合い、何が彼女を悩ませているのか知りたくてたまらなくなった。

ジャッコとキャロラインは目をきらめかせてすでにテーブルについていた。

「ふたりでピケットをしていてくれるかい？　庭についてレディ・キャスリンの意見を聞きたいんだ」とジュールは言った。

ジャッコは目を上げようともしなかった。弟として付き添いを務めなければという思いは、カードに対する思いほどには強くないらしい。「どうぞ。ミス・ストレインジとぼくはふたりでたのしくやってるから」

「ええ、そうね、ディッスルウエイト様」キャロラインは自信満々な口調で言い、カードを切った。「きっとわたしが勝つわ」

「ありがとう。差し迫った問題があって、あなたに相談したかったの」ジュールに導かれ、きれいな花の庭に面した小さな石づくりのテラスに出ると、キャスリンがささやいた。

「きみがふたりきりで話がしたいと思っているような気がしてね。じっさい、庭の眺めについてきみの意見も聞きたかったし」何をそれほどに恐れているにしろ、それを口に出す前にキャスリンには多少時間が要るだろうと思いながら、彼は言った。これほど簡単に彼女の気分がわかるようになったのは奇妙なことだった。

彼女は花壇から花壇へと歩きまわり、ときおり足を止めて咲き誇る花に顔を近づけた。

「あなたの庭師はすばらしい仕事をしていると思うわ。ほんとうにきれい」そう言って身を起こし、彼に目を向けた。「ジュール、婚約を破棄する計画について考えていたんだけど、あなたさえよかったら、それを変更したほうがいいと思うの」

ジュールはみぞおちに一撃をくらった気がした。婚約の破棄など許すつもりはなかったが、彼女自身が同じ結論に達するとは夢にも思っていなかったからだ。鼓動が妙に乱れているのを感じながら、彼女に一歩近づく。「レディ・キャスリン——」

「心配しないで。このばかばかしい婚約にあなたをしばりつけるつもりはないのよ」キャスリンはさえぎるように急いで言った。

月明かりのもとでも、彼女の肌が赤くなっているのはわかった。自分の頬もふいに焼けつくように敏感になった気がした。

「ただ、あなたにはうんと借りがあるから……それをお返ししたいと思って」キャスリンは顔を上げ、彼とじっと目を合わせた。「わたしの計画にとても寛容に付き合ってくださっているあなたに、この家の改装をお手伝いして借りを返したいの。それに、家を切り盛りすることにわたしはとても長《た》けているってウィリーにも言われているのよ。それに、あんまりすぐに婚約を破棄したら、あからさまだし。ねえ、ジュール、どう思う？」彼女は話しはじめたときよりもずっと小さな声になって話し終えた。

ジュール自身も思いつかなかったことだが、キャスリンを口説く暇を余分に手に入れるためのぴったりの言い訳だった。彼女が自分に借りがあると感じているのは気に入らなかったが。

「それがきみの望みなら、ぼくに異論はないよ」彼はほほ笑んでやさしく言った。

驚いたことに、キャスリンの目がみはられ、喉の脈が大きく打った。彼女は自分のなめらかな肌に指を押しつけた。

「ありがとう、ジュール。あなたってとてもやさしいのね。わたし――」

「ねえ、キャスリン、わたし、勝ったわ！」キャロラインがテラスに飛び出してきて歓声をあげた。

「この人はカードの達人だよ」ジャッコがテラスの扉のところから不満そうに言った。「今夜のぼくはいつものぼくじゃない。明日またもうひと勝負しよう」

キャロラインは手をたたき、キャスリンをすばやく抱きしめた。「あなたの弟さんはみじめな負け犬よ」彼女は笑った。「ええ、いいわ、ディッスルウエイト様。明日もまた喜んで負かしてあげるから」

「わ……わたしたち、そろそろ部屋へ引きとったほうがいいわ。今夜はみんな、いつもの自分じゃないから」キャスリンはやさしく言った。彼女の弟がキャロラインに対して反撃のことばを発しようとしているのは誰の目にも明らかで、彼女がそれを防ごうとしているのはまちがいなかった。

一同が明日の計画を熱心に語り合い、笑い合いながら去っても、ジュールはテラスに留まっていた。レディ・タットウィリガーに婚約を求められて自分がそれを受け入れた理由ははっきりわからなかった。キャスリンの計画に同意した理由も。彼女に分別を教えてやるつもりではいたものの。

今彼は寄る辺ない思いでいた。キャスリンとジャッコとキャロラインは——物静かなハンナですら——こうしてかつての家に帰ってくるのを容易にする助けとなってくれた。彼らのことで頭が一杯で、不愉快な記憶を思い出す暇すらなかったのだった。自分はふつうの社会からあまりに長く遠ざかっていた。ドミニク同様、カルター・タワーズでの出来事に人生を左右されてきたのだ。ドミニクがようやく手に入れた幸せを見てみるといい！　キャスリンが婚約を破棄するつもりはないと言ったときに、一瞬、同じような喜びを感じたのだった。しかしすぐに彼女がその理由を述べたせいで、喜びは消え、決心だけが残った。自分は昔から自信にあふれ、正直に行動する人間だった。それでも、キャスリンに対しては、理性よりも衝動に突き動かされて行動してしまう気がした。

「ムッシュウ・ル・コント」マダム・ベルネールの声に物思いを破られ、ジュールは振り返った。彼女はクリーム色の羊皮紙の手紙を手に目の前に立った。

「夕食前に、使いの者がこれを届けに来ました。お客様とごいっしょのところをお邪魔したくなかったので」

ジュールは応接間に戻りながら、封蠟をはがした。すばやく目を通すと、下がろうとしているマダム・ベルネールを呼びとめた。「マダム、ムッシュウ・カストルマーニュが自宅に戻っているかどうか知っていたかい？」

「いいえ、ムッシュウ」彼女は首を振った。

「だったら、彼の使用人に、ぼくが客といっしょに到着すると知らせたりは？」

「いいえ、ムッシュウ」彼女はくり返した。

「それだけだ」彼はうわの空でそう言い、暖炉の灰をじっと見つめた。カストルマーニュはなつかしい名前だった――父の友人のひとり。まだ生きているとは驚きだったが、喜んで訪ねたいと思った。小さな地域社会で秘密を守るのは不可能なのだろう。それでも、自分が戻ってきたことをカストルマーニュがどうやって知ったのか、ジュールは訝らずにいられなかった。

7

四柱のベッドはとても快適だった。つぎのあたったシーツは太陽とかすかにライラックのにおいがした。枕はふくらんでおり、マットレスもたるんではいなかった。眠れない理由はまるでなかった。旅のせいで疲れきってもいた。旅そのものというよりは、それにまつわる状況のせいではあったが。ジュールとの関係には慣れない感情や疑問がつきまとい、キャロラインのことは守ってやらなければならなかったが、何よりも、エドマンド・トリッグが怖かった。これまでは何かを怖がらなければならないことなど一度もなかったのに。ベッドに丸くなりながら、体は疲れて麻痺したようになっていたが、頭は働きつづけていた。心がジュールの魅力的な姿で一杯になる。〈ブルー・ボア〉の酒場でくつろいだ様子で椅子にもたれる姿、シャツの前をはだけたまま、彼女の家族の急襲を受けて当惑しながらも、どうにかそれに対処しようとする姿、力と自信に満ちた態度でサー・エドマンドと対決する姿、ハンナが居眠りするたびに、おもしろがりながらも笑みを隠そうとする姿。彼ははじめて会った瞬間から、親切なところしか見せていないように思えた。礼儀正しいその態度の陰に何が隠れているのだろうと思わずにいられないほどに。

わたしはキャロラインとおなじように、彼に女性として関心を寄せているのだろうか？ジュールがどんな感情を抱いているのかはほとんどわからず、その内面は謎だった。心ここにあらずでいるのはわざとそうしているわけではなく、単にそれも彼の一面なのだろう。夕食前に応接間でジュールの魅力を実感し、これまでになく彼を理解したいと思ったのだった。それはどうして傷を負ったのか明かしてもらえるだけ、信頼してもらうことにもつながる。

キャットはため息をついて寝返りを打ち、熱くなった頰をさますために枕のひんやりした場所を探した。ようやく目を閉じると、ジュールのことを考えるのをやめるよう、みずからに言い聞かせた。ゆっくりと心がただよいはじめるのがわかったが、眠りに落ちる前に、心に浮かぶジュールの姿が、サー・エドマンドを恐れる気持ちを追い払ってくれたことに気がついた。


全速力で駆けたいノワールが手綱を引っ張り、ジュールは馬を好きに駆けさせた。早朝の霧が目の前で渦を巻き、道の先はまったく見えなかった。丘のてっぺんまで来てジュールは手綱を引いて馬を停めた。駆けたくて苛立つノワールは地面を蹄で蹴っていないないたが、ジュールは馬をおちつかせ、家のほうを見下ろした。

シャトー・サヴィルはカルター・タワーズに比べれば、慎ましい家だった。それでも、みずみずしい緑の谷の両側に広がる段丘のブドウ畑に囲まれ、それなりの魅力は備えていた。サヴィル家はフランス王家と縁を結び、代々この地で栄えてきたのだった。大革命によって世界が粉々にされるまでは。サヴィル家の亡霊が誰も自分に呼びかけてこないのは奇妙なことだとジュールは胸の内でつぶやいた。この場所に結びつきは感じなかった。ここが自分の家だとどうして思える？　イギリスのカルター・タワーズが五歳のころからの家だったのだから。残してきた家族が暮らす場所。唯一愛する人々が。

ノワールがわずかに前足を上げ、ジュールは馬の手綱を引いてから、ゆっくりと次の谷へと馬を下らせはじめた。朝の訪問には早すぎる時間だった。シャトー・サヴィルの客はジャッコも含め、まだ誰もベッドから出ていない時間だ。それでも、自分がここへ帰ってきたことを父の旧友のギュスターヴ・カストルマーニュがどうして知ったのか、理由を知りたくて待ちきれなかったのだった。

ひと晩じゅう、おちつかない思いに悩まされ、寝返りを打って過ごした。眠りをさまたげていたのが何なのか、もしくは誰なのか、よく考えてみたくはなかった。

シャトー・カストルマーニュはシャトー・サヴィルよりもいい状態にあった。執事に小さな居間へと招じ入れられたときには、その部屋がペンキを塗られ、改装されたばかりであるのがすぐにわかった。戦争の傷痕が直されているのを見るのは悪くなかった。

「ムッシュウ・ル・コント、主人はまだ眠っております」執事が言った。「すぐに――」

ジュールは片手を上げた。「起こさないでくれ。カードを置いていくから。残念ながら、うちの客もぼくもあまり長くシャトー・サヴィルに滞在する予定ではないと伝えてくれ。たぶん、都合のいい日の午後にでも昔話ができるはずだ。父の話を聞きたいからね」ジュールは訊かずにいられないという口調でつづけた。「ぼくが戻ってきたことをムッシュウ・カストルマーニュがご存じだったのは驚きだよ」

「主人はあなたがわが家の客のサー・エドマンド・トリッグとごいっしょにイングランドから戻っていらしたことを知って、喜んでいました」

ジュールは無理に笑みを浮かべた。「なるほど。サー・エドマンドはご在宅かな?」

「たしか、朝の遠乗りにお出かけです、ムッシュウ・ル・コント」

「ありがとう」ジュールは考えこむように言った。今度はいったいトリッグは何をたくらんでいるんだ？　外に出ると、馬丁から手綱を受けとり、ひらりと鞍にまたがった。ノワールは主人がうわの空でいるのを感じとったようだった。苛々と蹄を蹴り、興奮に身を震わせた。「今朝はだめだ、ノワール」ジュールは身を倒し、馬のシルクのようなたてがみを撫でてささやいた。「今朝は競走ではなく、狩りだ」

シャトー・カストルマーニュから一マイルも行かないところで、運よくトリッグと出くわすことになった。ジュールは道の真ん中をふさぎ、ノワールが優雅に後ろ足を跳ね上げた。トリッグは馬を停《と》める以外にしようがなかった。うっそうとした生垣に囲まれた道には逃げる場所がなかったからだ。

「今度はひとりか、サヴィル？」トリッグは小さな目を泳がせてせせら笑うように言った。「若い子犬の加勢はなしか？」

「あんたに関するかぎり、加勢は必要ないな、トリッグ」ジュールは吐き捨てるように言い、トリッグの手綱をつかんだ。「若い女性のことで最後に意見が食いちがったときのことはきっと覚えているはずだが」トリッグの顔が真っ赤になった。ジュールはつづけた。「すでに一度警告したが、あんたは耳を貸さなかったようだな」

「手綱を放せ！」トリッグは唾を飛ばして言った。「さもないと思い知ることになるぞ！」

ジュールはかすれた笑い声をあげた。「記憶が抜け落ちてきているようだな、トリッグ。以前一度きみには決闘を挑まれて断ったはずだ。名誉をかけた決闘は同等の人間同士のあいだで為《な》されるものだからね。あんたはぼくと同等の人間とは言えない！　フランスのこの地方からさっさと出ていったほうが身のためだと思うぞ。ただちにな《イメディヤットマン》！」

「深入りしすぎたようだな、サヴィル」トリッグはかすれた声でそう言うと、ジュールがしっかりとつかんでいる手綱を必死で引っ張った。

「深入りしすぎたのはあんたのほうだ。ぼくが友人と呼ぶ人間には近づくな、トリッグ。さもないと、後悔することになるぞ。あんたは紳士とは言えない人間だから、ぼくも名誉にしばられる必要はないというわけだ」ジュールは嫌悪を顔に浮かべて手綱をトリッグに放った。「カストルマーニュ家での滞在を短く切り上げるんだな。あんたがシャンパーニュにいるだけで気分が悪い」

ジュールがノワールを後ろに下がらせると、馬は興奮して後ろ足で立った。トリッグの馬が突然前に飛び出し、乗り手をほこりっぽい道に投げ出した。

ジュールはトリッグの馬が手綱をたなびかせてシャトー・カストルマーニュへと駆け去るのを見てあざ笑うこともせず、とり残され、無様に地面に伸びているトリッグをうまく避けてノワールを進めた。

トリッグが身を起こし、こぶしを振った。「この借りは返すからな、サヴィル！　おまえたちみんなに！」

それには答えず、ジュールは馬を好きに走らせて家路についた。

マダム・ベルネールの優美でひややかな物腰は午前中ずっとまったく変わらなかった。彼女は義務をはたすように、恐怖時代にも失われなかったリネン類の棚や、食料品庫や、ささやかな数の銀器やクリスタルや磁器をキャットに見せてまわった。途中でそれに加わったキャロラインが熱心に学ぼうとする姿勢を見せても、マダムの険しい表情はまったく変わらなかった。マダムのひややかな顔が唯一変化したのは、三人が図書室にいるところへジャッコが現れたときだった。そのときはマダムのまなざしに多少感情がよぎった。

「わたしたち、双子なのよ、マダム・ベルネール」キャットが静かに説明した。

「それはわかります」彼女はそっけなく答え、棚のほうを振り返ってつづけた。「ここにあるのは略奪を逃れたほんの数冊の初版本です」彼女はガラスの扉の片方を開いた。「これは略奪のあとで見つけた小さな飾り用の剣です。それから、この象眼細工のはいった決闘用の拳銃はうちの両親が隠しておいたものです」

「へえ、きれいな銃だ！」ジャッコが息を呑み、拳銃のひとつを持ち上げた。窓から射しこむ陽光を受け、真珠と金のにぎりが光った。ジャッコはてのひらで拳銃の重さをはかった。「なんてすばらしい銃なんだ。試し撃ちしてみたいな」彼はキャットにほほ笑んでみせ、えくぼを浮かべた。「サヴィルも気にしないさ。結局、ぼくの義理の兄になるわけだから。パーシーとグレイディにも、たしかな腕前になるには練習あるのみと言われてる」

どれほど練習をしたところで、ジャッコの腕前は上がらないだろうとキャットは思ったが、ジュールから気をそらしてくれるものはありがたかった。今朝彼はどこにいるの？　朝食にも姿を見せなかった。シャトーを案内してもらっているあいだも、午前中ずっと彼とは出くわしていない。

案内してくれたことにお礼を言ってから、キャットはいそいそとマダムと別れた。案内してもらったおかげで家のなかの様子がわかり、それをどう改良していいか多少考えも浮かんだが、マダムには人をよせつけない雰囲気があり、それ以上近づくのにはためらいを感じたのだ。

午後になっても状況は変わらず、マダムはまだわずかにキャットをとがめるような雰囲気をかもし出していた。彼女の夫のアントンはそれとはまるでちがい、最初から友好的だった。使っていない小屋のそばで拳銃を撃ってみればいいと言い、いくつか的もしつらえてくれた。

拳銃を差し出されてキャロラインは笑いながら断った。ジャッコは二十分ほど撃ってようやく的をかすめた。

キャロラインは感想を述べないそつのなさをみせたが、キャットは弟を励ましつづけた。

「ちがう、ちがう。そんなふうに急に動かしちゃだめよ。引き金を引いて……こんなふうに」キャットは拳銃を水平に保ち、ねらいをつけて弾丸《たま》を発射した。いつものように、弾丸は的の中央にあたった。

「まあ、キャスリン、ほんとうにすごいわ！」キャロラインが拍手した。

「ぼくに言わせれば、不公平きわまりないな」ジャッコが不平を言った。「姉さんのほうが銃の腕が上だなんて。恥ずかしいよ」

「あら、あなたは乗馬がとても上手じゃない。射撃の名手であるよりもそのほうがずっといいわ。もっと役に立つし」キャロラインがなぐさめるように言い、キャットが驚いたことに、むっつりしていたジャッコの顔が輝き、えくぼが浮かんだ。

ふいにキャットはジュールの存在を感じた。足を開いて木の幹に片方の肩をあずけ、三人を見つめている彼の姿を目の端でとらえる。

キャットはゆっくりとそちらに顔を向け、歓迎するように笑みを浮かべた。「こんにちは。午前中は会わなかったわね」

ジュールはそばまで歩いてきた。「ああ、家のなかを見てまわっていたそうだね。馬でブドウ畑を見に行くのもおっくうなほどに射撃の練習で疲れすぎていなければいいんだが。絵のように美しいと思ってもらえる景色なんだ、レディ・キャスリン」

「あら、伯爵様、キャスリンの射撃の腕前をご覧になりました？」キャロラインが熱心な口調で訊いた。

彼は刺すような黒い目をキャットの顔に据えた。彼女にはふいに日の光が明るすぎ、日中の暑さが耐えがたいものに思えた。

「ああ、とてもすばらしかった。レディ・キャスリンには長所が数多くあるようだが、射撃の腕前もそこに加えないといけないな」彼は顔にあたたかい笑みを浮かべてキャットを褒めた。

「ミス・ストレインジ、きみとジャッコもいっしょに来ればいい」彼はゆったりと付け加えた。

「まあ、ありがとうございます、伯爵様。でも、残念ながら、あまり乗馬は得意じゃないので。ディッスルウエイト様はごいっしょなさればいいわ」ジャッコの答えを待つキャロラインの小さな顔に張りつめた表情が浮かんだ。

「サヴィル、ぼくは残ってミス・ストレインジのお相手をするよ」彼は耳たぶまでわずかに赤くなりながら言った。

キャットはそんなふたりの様子に驚き、興味を覚えたが、その思いは隠しておいた。しかし、キャロラインが輝く笑顔でジャッコに報いると、思わず驚きが顔に出そうになった。妹のようにあつかわれてうれしいって言ってなかった？

「ねえ、ディッスルウエイト様、わたしたち、ピケットをすればいいわ！　たしか、もう一ゲームやろうとおっしゃらなかったかしら？」

この若い女性はジャッコのあつかいをよく心得ている。一行は家へと戻りかけたが、ジュールがキャットの腕をつかみ、ひそめた声で耳打ちした。「どうやらふたりきりで行くことになりそうだね、レディ・キャスリン」

喜ばしい震えがキャットの全身に走った。

ジュールとふたりきりで馬に乗りに行くと思っただけで、ダークブルーの乗馬服に着替えるあいだも、動きがぎごちなくなった。メイドたちはよそで忙しくしており、ひとりで問題なく着替えができるのに、わざわざメイドを呼びつけてほかの仕事を中断させようとは思わなかった。

鏡をのぞきこむと、着替えた自分の姿は満足の行くものだった。白いダチョウの羽根が頬をかすめるよう、乗馬帽も完璧な角度に傾ける。

ジュールは玄関の石段で彼女を待っていた。馬丁が前よりもほんの少しおとなしくしているノワールと、カフェオレという名前だとジュールが教えてくれたきれいな栗色の牡馬を抑えていた。

ジュールはどんよりとした雲に覆われた空を見上げて顔をしかめた。「たぶん、乗馬は延期したほうがよさそうだな」

「残念だわ。とてもたのしみにしていたのに」キャットが大きくため息をついた。

ジュールは彼女に鋭い目を向けた。「だったら、きみをがっかりさせるわけにはいかないな。行くだけ行ってみよう」そう言ってうなずくと、馬丁が馬たちを前に連れてきた。キャットが鞍に乗るのにはジュールが手を貸した。

ひんやりとした空気のなか、ふたりは馬を走らせてシャトーをあとにした。嵐が近づきつつある気配がはっきりと感じられたが、キャットはそれを無視した。心の平和のためにも、ジュールのことをもっとよく知りたいと思っていたからだ。そのためには、彼とふたりきりで過ごすのが一番だ。

不安になるほど度々、ジュールは彼女の好みを正確に見抜いていた。こうして馬に乗っていく道中は心なぐさめられるほどに美しかった。悩みは容易に置き去りにできた。ふたりは射撃の的をしつらえた場所のそばにある庭園や果樹園を駆け抜けた。わずかに高くなった場所に来ると、ジュールは眼下の目立った地形や建物を指し示した。

「この上のブドウ畑のどこかに、隠れた洞窟《どうくつ》があって、そのそばにワイン醸造所がある。父の日誌によれば、その醸造所でつくられるワインは、自然の冷暗所で熟成されてすばらしいものになるそうだ」ジュールは笑い声をあげた。その声がはっきりとあたりに響き渡った。「たぶん、父の夢をぼくが実現できるかもしれない」

「夢？」キャットは訊いた。

「見せてあげるよ」

ふたりは轍《わだち》のついた道を下った。杭のまわりに巻きついた太いブドウの蔓《つた》にはずっしりとした実がついていた。太陽はどんよりとした雲の陰に隠れ、空気はひんやりとしていた。さわやかなそよ風に吹かれ、帽子についた羽根がキャットの頬をかすめた。そよ風はジュールのふさふさとした黒髪も乱し、前髪が額に落ちたが、彼はいつものようにそれを長く細い指で後ろにかき上げた。

ふたりはブドウを山と積んだ大きな木製の荷車が置かれた小さな空き地に馬を乗り入れた。ブドウ畑で作業していた農夫のひとりが深々とお辞儀をし、陶器の皿に載せたブドウをキャットに差し出した。洗い立てで水滴のついたブドウをキャットはかじった。甘く果汁たっぷりのおいしいブドウだった。

「ジュール、すばらしいわ！　さあ、あなたも食べてみて」キャットは衝動的にブドウを差し出し、ジュールは彼女の手からそれを受けとって食べた。

それから、仕事熱心な農夫になんとも魅力的な笑みを向けた。「すばらしい。お祝いを言うよ。さあ、レディ・キャスリン、嵐が来る前に家に戻らなければ」

ジュールに鞍へと押し上げられ、キャットは笑った。「あなたの領地は美しいわ。それを目にする機会が持ててうれしい」

「ああ、この土地も回復しつつあるからね。さあ、きみをずぶ濡れにする前に無事に家に送り届けなければ」

ふたりは馬を速駆けさせたが、ブドウ畑を抜け、樹木の茂った丘へ出ようとするところで銃声がして、はっと馬を停めた。

馬に乗り、覆面をした三人の男たちが叫びながら森から飛び出してきた。

「キャスリン、馬をまわすんだ！」ジュールが命令し、キャットは馬をまわれ右させたが、目を黒い布で覆ったもうひとりのおいはぎに停められた。顔の下半分もうまく巻いたネッカチーフによってはっきりは見えなくなっている。

まわれ右をしたノワールはジュールの下で飛び跳ねたが、ジュールはきつく馬を抑え、キャットのそばに寄った。「怖がらなくていい」と小声で言う。心臓の鼓動があまりに激しくなり、全身の細胞に響くように感じられたが、キャットはうなずいた。

覆面をした三人は馬から降り、ノワールの手綱をつかもうとしたが、黒い牡馬が後ろ足で立ったため、男たちは後ろに下がった。

「金《かね》がねらいだとしたら、金は持っていない」ジュールがひややかに行った。「賢い人間なら、あきらめてわが領地から出ていくんだな」

キャットの後ろにいた男がジュールが慎重に発したことばに答えて何か叫んだ。それはキャットが学校で習ったようなフランス語とはちがっていたため、理解するのがむずかしかった。はっきりわかったのは、ジュールが何者であるか、この悪党たちが知っているということだった。突然何か冷たく鋭いものがこめかみに押しつけられるのがわかった。彼女をつかまえた首謀者らしき男が銃を突きつけてきたのだ。

ジュールはまた力づけるような笑みを一瞬浮かべた――「大丈夫だ。ぼくがいるから。信じて」と伝えるような笑み。キャットはその瞬間、自分が彼を心から信頼しているのに気がついた。

キャットがぞっとしたことに、ジュールが馬から降りるやいなや、みすぼらしい格好の男たちのひとりが拳銃を持ち上げ、彼の目の近くをなぐった。

ジュールが地面に転がり、キャットは悲鳴をあげた。彼のそばに行かなければという思いのせいで、自分の身の安全についての恐怖は消えた。すべてを顧みず、彼女は馬から降りたが、二歩も進まないうちに、がっしりとしたたくましい腕につかまってしまった。

「だめだ、マドモアゼル《ノン》……」わかったのはそこだけだったが、野蛮な男は彼女の腕を後ろにねじり上げて笑った。

キャットが恐怖を募らせるなか、ジュールは引き起こされて両脇をふたりにつかまれると、三人目に腹に蹴りを入れられ、何度も顔をなぐられた。

どうにかして彼を助けなければ！　キャットは自分をつかまえている男を必死で蹴りつけようとした。男はそれに応えるように彼女にまわした腕をしめつけただけだった。男はウイスキーくさく、キャットは男が多少酔っ払っていてくれるようにと祈った。さもなければ、これからしようとしていることはうまくいかない。キャットは突然体の力を抜き、くずおれて膝をつきそうになった。思ったとおり、男は彼女をつかむ腕をゆるめた。その瞬間、キャットは男の下腹部に鋭い肘鉄をくらわせた。男は大声をあげ、痛みに身をふたつに折り曲げた。キャットは地面に落ちた男の拳銃をつかんだ。それからくるりと振り返ると、馬につけられたホルスターからもう一丁を手にとった。

三人の男はジュールを攻撃するのに夢中で、彼女が「やめて《アレテ》！」と叫ぶまで彼女には気づかなかった。

三人は口をぽかんと開けてキャットのほうを振り向いた。ジュールをなぐりつけていた野蛮な男がせせら笑った。きっと下卑《げび》たことばを吐いたのだろう。

それに応えるようにキャットは拳銃の片方を持ち上げてねらいをつけ、彼の帽子を撃ち落とした。「二発目では誰かの命をもらうわ」彼女は断固とした口調の英語で言った。ことばよりも声の調子がその意味を悪党たちに伝えたにちがいなかった。

野蛮な男は後ろに下がり、仲間のふたりもジュールを抱えていた手を離した。ジュールは膝をついた。それから突然横向きに転がり、男たちのひとりの顎に思いきりこぶしをくらわせた。

「キャスリン、銃をくれ」彼はふらつきながら立ち上がり、あえぐように言った。

キャットが頭を働かせることも動くこともできないでいるうちに、男たちは——下腹部に肘鉄をくらってまだ身を折り曲げていた男までが——足を引きずりながら急ぎ、馬に乗った。

キャットは男たちを止めなかった。ジュールのそばに行くことしか考えられなかったからだ。目の上の傷から流れた血が眼帯のまわりでたまり、頰から傷ついた顎へとしたたっている。拳銃を落とし、彼女は彼を抱きしめ、支えようとした。「ジュール、大丈夫?」と泣き声で訊く。

彼がほほ笑もうとするのを見て、何か甘く鋭いものに心を貫かれた気がした。

「なあ、キャスリン、ちょっと腰を下ろさなくちゃならない」

突然雷が鳴り響き、ふたりは空を見上げた。

「ここじゃだめよ、ジュール」彼のことが心配で動揺してはいたものの、キャットはおちついた声を出した。「嵐が来るわ。木が少しは嵐を防いでくれるかもしれないけど」

たしかにそのとおりだった。太い枝が頭上でからみ合い、葉が天蓋《てんがい》となってくれたおかげで、突然土砂降りになったときも、ふたりはずぶ濡れにならずにすんだ。

ジュールは木に寄りかかっていた。血の跡がついた場所以外、顔はすっかり色を失っている。

「ワインの醸造所が――」彼はあえぐように言った。「すぐ上にある。そこで嵐を避けられる」

キャットはそっと彼を支え、励ましのことばをつぶやきながら、なかば引きずるようにして天井の低い建物まで導いた。

「たぶん、肋骨《ろっこつ》が折れている」しばらくしてジュールはどうにか声を発した。傷ついた顔に信じられないという思いがあらわになっていた。

キャットは扉を押し開けた。長く使われていない扉の重い蝶番《ちょうつがい》がきしむ音を立てた。醸造所のなかはほこりっぽかったが、まだあたりにはブドウの香りがただよっていた。居心地は悪くないわねと彼女は無意識に胸の内でつぶやいた。部屋の中央には木製の巨大な円形の圧搾機《あっさくき》が置いてあり、奥の壁には樽《たる》が積み上げられていた。ベンチがいくつか置かれていたが、ジュールにとってすわり心地がよさそうには見えなかったので、キャットは彼を床にすわらせた。

「きみはけがをしなかったのか、キャスリン？」ジュールが彼女の顔を見まわしながら鋭く訊いた。

「ええ。わたしは大丈夫だけど、やつらにはけがをさせてやればよかったと思うわ。でも、手当てが必要なのはあなたよ」彼女はそうきっぱりと言うと、自分の上着のボタンをはずしはじめた。上着を脱ぐと、ローン地のシャツを引き出し、裾をぞんざいに大きく引き裂いた。下に着ているシュミーズがあらわになる。

「キャスリン、何をしている？」ジュールは尊大に眉を上げたが、痛みに顔をしかめることになった。「たしか、あの宿でもきみが半分服を脱ぎかけていたせいで、大騒ぎになったんじゃなかったかな」彼は少し息を切らしながら忍び笑いをもらした。「そんなことをするのはどうかと思わないかい?」

「あなたの傷の手当てのためにはこうするのがいいと思うだけ。ウィリーおばさまによれば、わたしの評判はすでに地に堕《お》ちているそうだから」

彼女は入口へ行き、ローン地のシャツの切れ端を土砂降りの雨にさらして濡らした。その布を多少しぼってから戻ってくると、ジュールのそばに膝をついた。

彼は身を起こそうとした。「キャスリン、だめだ――」

キャットは彼の肩に手を置き、体の力をゆるめるようにうながした。「静かにして」怒った振りをして彼女は言った。「必要なことをさせて」

キャットが目の上の傷やほっそりした頰の乾いた血を拭くあいだ、ジュールは身動きひとつしなかった。しかし、彼女が眼帯の上で黒く固まった血に手を伸ばすと、鉄のような指が彼女の手を止めた。

「だめだ!」彼はかすれた声で言った。

「とらなくちゃ」キャットは懇願するように言った。「この下が切れているかもしれないわ。こんなに血がたまっているんですもの。きれいにしておかないと、熱が出てしまうわ」

彼の張りつめた顔を見つめているうちに、心を貫いた甘く鋭いものに全身を焼き尽くされる気がした。まばたきで涙を払ってから、キャットは目をみはった。「わたしが気にしていないことはあなたにもわかっているはずよ。お願い。力にならせて」彼女は懇願した。声を発しながら、短くしゃくりあげるのをこらえられなかった。

「見て気持ちのいいものじゃないんだ」ジュールはまた抗うように言ったが、やがて鋭く息を吸うとうなずいた。

彼女はそっと眼帯を持ち上げた。彼が文字どおり息をつめているのがわかった。

固まった血をそっとぬぐいながら、古い傷痕のそばに新しい傷がないのがわかってほっとした。

キャットは嘘を言ったのではなかった。彼の視力を失った目にぞっとすることはなかった。その傷痕に唇を押しつけて彼の痛みをやわらげてあげたい気持ちにとらわれたほどだ。

震える指でキャットは眼帯をもとに戻した。ふたりの目がからみ合う。ジュールがつめていた息を吐いたのがわかり、突然彼の目の奥で炎が明るく燃え立つのが見えた。

キャットはうっとりした。彼の頬を両手で包み、その表情豊かな引きしまった口に口を押しつけたいという、これまで感じたことがないほどに強い欲望にとらわれる。しかし彼女は顔をそむけ、彼の胸に巻きつける包帯にするためにペティコートを裂いて長い布をつくりはじめた。

8

「サヴィル！　キャット！　どこにいる？　サヴィル！」

鋭く響き渡るジャッコの声で魔法が破られ、ジュールにうっとりと身を寄せていたキャットははっとした。ワインの醸造所にどのぐらいのあいだいたのか、ジュールにもキャットにもわからなかった。キャットが彼の胸に包帯を巻いているあいだ、彼の手が彼女の肩をつかんだ。互いに引き寄せ合う力の前にはどちらも無力で、ふたりはしかと目を合わせていたのだが、今はどちらもかすれた笑い声をあげ、彼の手は下へ落ちた。

キャットは渋々立ち上がった。「ジャッコが探しに来たんだわ。ここにいて。助けを呼んでくるから」

ジャッコに見つけてもらったときには、ジュールは彼女のことばには従わず、力なくふらつきながらもすぐ後ろに立っていた。ジャッコはすばやく一歩踏み出すと、ジュールの体に腕をまわして支えた。「サヴィル、何があった？　馬が厩舎に戻ってきたときに、何かよくないことが起こったんだとわかった」

「おいはぎよ、ジャッコ。でも、そのことは気にしないで。ジュールがけがをしたの。すぐに家に連れて帰らなければ」

ジュールは背筋を伸ばした。顔を見れば、それがどれほど大変なことかがわかった。「きみの姉さんは並外れて勇敢だったよ、ジャッコ」

「キャットは昔から勇ましいんだ」ジャッコはぞんざいに答え、拳銃を抜いて空に向けて撃った。「合図さ。ほかの連中がすぐに来るよ」

アントン・ベルネールが荷車を空き地に乗り入れ、ほかの人たちが森やブドウ畑から歩いて現れた。人の助けを借りずにジュールは歩いて荷車のところへ行き、一瞬ためらったが、その上にのぼった。荷車の揺れは耐えがたいほどのものだろうが、今の状態では馬に乗るのは無理だった。キャットは彼が捜索に加わった人たちの見せる心配を受け流すようにして冷静に揺れに耐えているのを見守っていた。眼帯の上の切り傷からまた出血し、ジュールはしたたる血を指で何気なく払っていた。彼に手を差し伸べたくなる衝動と闘うのにには持てるかぎりの意志の力が必要だったが、心のなかであらたに目覚めた直感に従い、自分を抑えることはできた。

シャトーの玄関で待っていたのは、キャロラインとハンナにはさまれ、張りつめたおももちでそわそわと身動きしているマダム・ベルネールだった。

「ああ、キャスリン、大丈夫なの？」キャロラインが叫び、馬丁の手を借りて荷車から降りたキャットのところへ駆け寄った。

「わたしにけがはないわ、キャロライン」キャットは怯えている若い女性をすばやく抱きしめた。

「あなたは大丈夫だとわかっていたわ、キャスリン」ハンナがゆっくりと石段を降りてきて言った。「昔からあなたは驚くほど機知に富んでいるって話をしていたのよ」

キャットがハンナとキャロラインに気をそらされているあいだに、ジュールが荷車から降りようと試み、地面にすべりおちた。目の上の傷からは今や大量に血が出ていた。

マダム・ベルネールが自分の糊《のり》のきいた白いハンカチを彼の傷に押しあてた。彼女の顔にひややかな嫌悪の色以外のものが浮かぶのをキャットははじめて目にした。

「伯爵様を部屋に運ぶのに、戸板を一枚持ってきて」と彼女は馬丁に命じた。「それから、お医者様を呼びにやらなければならないわ」

「ありがたいが、自分でどうにかできる」ジュールはまた立ち上がろうとしながらそう言うと、命令するようなその声を聞いてまわりのみんながあとずさるなか、込め矢ほどもまっすぐ背筋を伸ばしてよろよろと玄関へ向かいはじめた。「寝室へ運んでもらう必要はない」

その傲慢《ごうまん》な声を聞いてもキャットはひるまなかった。すばやく片腕をとってジュールを支えた。指で触れた彼の体がこわばっていくのを感じ、彼女は懇願するように言った。「ジュール、部屋へ行きましょう。冒険のせいですっかり疲れちゃったわ」

彼は悲しそうにキャットをちらりと見たが、逆らおうとはせず、家にはいると、彼女といっしょにゆっくりと階段をのぼった。

ふたりの部屋は同じ廊下に面しており、ジュールの部屋は三つ手前だった。彼女はジュールが自分の部屋を通り過ぎてキャットの部屋まで付き添うのに逆らわなかった。

「きみはいつもこんなに簡単にみんなに言うことを聞かせるのかい、キャスリン？」ジュールが静かに訊いた。おもしろがるような声になっている。

「それって、わたしがびっくりするほど威張り散らしているってことをやんわりと指摘しているの、ムッシュウ・ル・コント？」彼女はほっそりした頬にできつつある青あざにやさしく指を走らせたくなる衝動と闘いつつ、からかうように言った。

「ちがうさ」彼は彼女の両手を持ち上げててのひらを上にし、順番に唇を押しつけた。

体の内側で起こった震えが全身に広がりそうになったが、どうにかそれを抑え、キャットは彼の顔を見上げた。

「いとしいキャスリン、ぼくはただ、きみはこれまで知り合ったなかでもっとも勇敢な女性だと言っているだけだ」

またも彼の目の奥で何かが燃え立った。しかし、ジュールは彼女の手をゆっくりと放してあとずさった。キャットは手が震えているのを見られないように背中に隠した。彼女が部屋にはいるまでは、すぐに部屋で休んだほうがいい彼も自分の部屋に行かないとわかっていたため、キャットはうなずいてすばやく部屋にはいり、扉を静かに閉めた。

それから扉に寄りかかり、廊下で彼の足音が遠のいていくのに耳をそばだてた。足音が聞こえなくなってはじめて、キャットはベッドに身を投げ、涙で洗われた熱い顔を枕にうずめた。すぐさま眠りに落ち、ハンナが部屋をのぞきこんだことにも気づかなかった。

何時間かたって、力をつけるためのスープのはいったボウルを載せたトレイを持ってハンナがまた部屋に来たときには、キャットはスープを残さず飲んだ。ハンナは穏やかながらきっぱりした様子で腕を組み、立ったままその様子を眺めていた。「この家はすごい大騒ぎだったのよ。お医者様は黒いフロックコートを着たとても優秀そうな小男だったけど、伯爵を包帯でぐるぐる巻きにして、骨も折れてないし、傷も深くないから大丈夫って言ってたわ」

ハンナはせかせかと歩きまわりながら、キャットに寝巻に着替えて髪を下ろすように言った。ハンナの言うとおりにすべきだとはわかっていた。ジュールが大丈夫だとこの目でたしかめたいとは思っていても、彼女自身休息をとるべきだったからだ。しかし、ハンナが部屋を出ていくと、キャットは目を開けて横たわったまま、花柄の天蓋の内側を見つめていた。それから何度も寝返りを打ち、シーツを乱した。

すべて問題ないとたしかめるにはひとつしか方法がなかった。ローブをはおると、蠟燭を一本ともし、部屋から廊下に出た。ジュールの部屋の扉をそっとノックしたが、応答はなかった。キャットは勇気をふるいたたせるように深く息を吸うと、彼の部屋にはいっていった。

ジュールは横向きに寝そべっていた。左目の上の切り傷にはきっちりと包帯が巻かれている。ぐっすり眠っているらしく、規則正しい力強い呼吸とともに、布を巻かれた裸の胸がゆっくりと上下していた。

ほっとしてふいに力が抜け、キャットはベッドの端に腰を下ろし、自分の人生をすっかり複雑なものにしてくれた男性をじっと見下ろした。起きているときにはとても有能で従わざるを得ない気分にさせる男性。その威厳ある雰囲気のおかげでエドマンド・トリッグを追い払うことができたのもたしかだ。

ハンナが彼を信用しきっているのもわかっていた。ここフランスに来てすぐに、以前と変わらない様子を見せるようになったからだ。ジャッコは彼をたいした男だと思っている。

ジュールがどんな主人か知らなかった使用人たちですら、彼に愛情を抱いている。しかし今、眠っている彼は弱々しく見えた。額に落ちた黒髪が切り傷も古傷も隠している。キャットは手を伸ばし、彼が何度もそうしていたように前髪を払った。

「レディ・キャスリン！」マダム・ベルネールが息を呑み、キャットは立ち上がって入口のほうに顔を向けた。

枝付き燭台を持ったマダム・ベルネールが静かに扉を閉め、キャットのそばに来た。「軽い夕食をさしあげたときに、アヘンチンキを少しお茶に入れておいたんです」キャットが驚いた顔をすると、マダム・ベルネールは肩をすくめた。「具合が悪いときの男の人は子供みたいなものですからね。彼らが自分に一番いいことをちゃんとするように目を配るのがわたしたち女の義務なんです」

「彼の面倒をよく見てくださって、ありがとう」キャットはささやいた。この暗く静かなジュールの部屋で、マダムがようやく心を開いてくれたことは驚きだった。険しい表情がなくなると、彼女の顔はやさしくきれいにさえ見えた。

「ずいぶんと経験を積んできましたから。ワーテルローでフランスが恐ろしい敗北を喫してから……」彼女は十字を切った。「息子の看病をしていました。ひどいけがのせいで息子が命を落とすまで」

「お気の毒に、マダム」年上の女性の顔に濃い苦痛の色が浮かぶのを見て、キャットは自分の目の奥に涙がたまるのを感じた。「戦争は大勢のすばらしい若者たちの命を奪ったわ」

「ええ《ウィ》、そして、ときにそれが辛いこともあります」マダム・ベルネールはいつものように顎を上げたが、嫌悪に顔をゆがめることはなかった。「おふたりだけにしてさしあげますね。こういうときは愛する人といっしょにいるのがとても大事ですから」

マダムのことばを聞いてキャットは呆然とし、彼女が出ていったことにも気づかなかった。

愛？　子供のころからずっと、愛し合っていた両親と同じぐらい強い愛を自分も見つけようと心に誓ってきた。必要とあれば、社会の決まりに逆らい、非難されながらも育まれる愛。でも、そういう愛ってどんな感じなの？　ジャッコやマライアに対して感じている愛とちがうのはたしかだ。それは身を焼かれるほどに強いもの。甘く鋭い感情に胸を貫かれたあのときの思い。

キャットは自分がいかに愚かだったか思い知らされていた。愛を見つけることなどできない。愛そうと意識して愛せるものではないのだ。何が起こっているのか気づかないうちに、愛のほうがこちらを見つけ、心を射抜く。

ジュールの包帯を巻いた傷から、眠っているせいで上気した頬にできた青あざへそっと指先を走らせながら、キャットは真実を自分に認めた。〈ブルー・ボア〉での自分の向こう見ずな行動によって、自分は昔から望んでいたものに出くわしたのだ。でも、わたしの愚かな行動によってこの騒ぎに巻きこまれたジュールが、同じように胸を赤々と焦がしてくれることなどあるのだろうか？


二日たつと、ジュールは通常の生活に戻ると言い張り、階下《した》に降りた。青あざは薄れ、左の眉の上の切り傷は治りつつあった。それでも、家にいる女性たちがまだ心配そうにつきまとってくるのはわかった。

何よりもキャスリンの自分に対する態度に変化があった。それがどういうことなのかはわからなかったが。

失明した目を見て嫌悪に駆られたということではない。それはワイン醸造所でいっしょに過ごしたときに互いのあいだに芽生えた感情だと思いたかった。婚約するはめにおちいった今の状況が、どんどん自分には願ってもないものに思えてきたのもたしかだ。

ジュールは絶え間なく世話を焼こうとするハンナから逃れるために図書室にひきこもった。領地の管理簿に没頭していると、なんの前触れもなく、両開きの扉が勢いよく開いてドミニクが部屋にはいってきた。

「ドミニク、弟《モン・フレール》よ！　ここで何をしている？」異父弟に会えたのはうれしかったが、ジュリアナと赤ん坊を置いて弟がここへ来ることになった理由のほうが気になった。

ドミニクはジュールの背中をたたき、笑みを浮かべたが、鮮やかな青い目はくもっていた。

「レディ・キャスリンのためにトランクふたつ分の新しいドレスと、イギリス人の牧師と、結婚特別許可証を届けに来たんだ。それと、兄さんにお祝いを言うためにね」彼はゆっくりと言った。

驚いてジュールはあとずさった。「知ってるのか？　でも、どうして？　レディ・タットウィリガーがすでに官報に婚約の広告でも出したのか？」

「兄さんの結婚の広告を出したのは彼女とお祖母さんさ。結婚式は明日行われる。だからぼくがこうしてやってきたわけだ」ドミニクはぎょっとした目で兄の顔を見まわした。「なんてことだ。今まで顔をちゃんと見てなかったよ。何があったんだ？」

「キャスリンと馬に乗りに行ったときに、誰かに雇われた悪党どもに襲われたんだ。幸い、キャスリンにけがはなかった。ぼくを痛めつけるために雇われた連中だった」ジュールは机にゆったりともたれ、胸の前で腕を組んだ。弟のことはよくわかっていた。弟を巻きこみたくはない。

「雇われた！　誰に？」ドミニクは顔を赤くして訊いた。

「おちつけよ、ドム。昔の敵、サー・エドマンド・トリッグさ。近くに滞在していたんだが、突然姿を消したそうだ」

「トリッグなら知ってるぞ！　下品な成り上がり者だろう！　大きな集まりのあちこちでまだ姿を見かけることはあるが、社交界のはみだし者だ。イギリスに戻ったら、片をつけたほうがいいかい？」ドミニクは苦い顔で訊いた。

ドミニクはキャットの双子の弟よりは年も上で、彼ほど短気ではないが、それでも無茶なところはあった。この争いにドミニクを巻きこむつもりはまったくなかった。

「トリッグのことはそのうちぼくが片をつける。心配しなくていい。でも、もっと重要なのは、結婚式に向けてどうやってキャスリンの準備を整えるかだ」ジュールは悲しそうにほほ笑んだが、じっさいは脈が速まるのを感じた。キャスリン・ディッスルウエイトとの結婚は、あの日、〈ブルー・ボア〉で心を決めていた。それでも、あのときには彼女のことをよく知らなかった。今、知ってみれば――

「ジュール……ジュール、聞いてるのか？　ほかに方法はないのか？　ぼくは……兄さんにはぼくとジュリアナのような結婚をしてもらいたいと思っているんだ」

ドミニクの目に不安と同情があらわだったため、ジュールは弟の腕をつかんだ。「弟《モン・フレール》よ、この結婚はぼくも望んでいるんだ。おまえにとってジュリアナがそうであるように、キャスリンがぼくの運命の相手だという気がしはじめていてね」

ドミニクは顔の表情をゆるめ、深い肘掛椅子に腰を下ろした。ジュールは呼び鈴を鳴らして使用人を呼び、キャスリンに図書室に来るよう頼んでくれと命じた。弟に未来の妻に会ってもらいたかったのだ。キャスリンを見ればすぐに、ドムも兄が幸せであると安心できるはずだ。

しばらくしてキャスリンがやってきた。豊かな髪をかろうじて抑えているライラック色のリボンから金色の巻き毛がほつれて落ちている。頬はみずみずしく染まっていた。「ジュール、大丈夫なの？　来るのに時間がかかってしまってごめんなさい。三階でマダム・ベルネールがベッドカーテンを外に干すのを手伝っていたので」

彼女がはいってきたときに、ドミニクは立ち上がっていた。キャスリンは彼がそこにいるのに気づいた。「ごめんなさい。お客様だとは知らなくて」

「キャスリン、異父弟のオーブリー侯爵、ドミニク・クロフォードを紹介させてくれ。イングランドのことを色々と知らせに来てくれたんだ」

ドミニクはきっちりとお辞儀をし、キャスリンにほほ笑みかけた。結婚前にはイングランドの田舎で若い女性の心を破りまくっていたほほ笑みだ。「レディ・キャスリン、レディ・タットウィリガーとあなたのお姉さんから、手紙と贈り物を託されてきました」そう言って二通の厚い手紙を彼女に手渡した。「手紙はすぐに読んだほうがいい」彼はいつもの声よりも鋭い命令口調で言った。

キャスリンは眉根を寄せ、ジュールに目を向けた。彼はうなずいた。「今すぐ読んだほうがいい、キャスリン」

なめらかな額に当惑の皺を刻みながらも、キャスリンは刺繍《ししゅう》をほどこした椅子にすわり、レディ・タットウィリガーからの手紙の封を切った。

読みながら、キャスリンの顔に次から次へとさまざまな感情がよぎるのをジュールは見守っていた。その顔は赤くなったと思うと、青くなり、また赤くなった。ついには驚愕した淡青緑色の目を彼の顔に向けた。前にも向けられたことがある、懇願するような目だ。

「明日ですって？」彼女は小声で言った。

「ええ」いつになく厳しい態度を保ったまま、ドミニクが答えた。「花嫁衣裳《いしょう》のはいったトランクをふたつ持ってきました。きっと今ごろはあなたの部屋に運ばれているはずです」

ジュールは図書室から出ていくようにドミニクに目くばせをした。扉がきっちりと閉まるまで待ってから、キャスリンの前に膝をつき、冷たい両手を自分のてのひらで包んだ。近くに身を寄せてみれば、彼女の長いシルクのようなまつげの下に涙がたまり、ふっくらとした下唇がかすかに震えているのがわかった。「きみがぼくと結婚するつもりがなかったのはわかっている。きみの計画がうまくいかなくて申し訳ないが、きみがこの結婚を後悔しないように、精一杯がんばると約束するよ」

「ひとつだけ訊きたいことがあるの」彼女はかすかな笑みを浮かべた。当惑してジュールはさらに身を寄せた。キャスリンの声が小さすぎてほとんど聞こえなかったからだ。「わたしと結婚することであなたは心のおもむくままに進むことができなくなるの？」

ふたりのまなざしがからみ合った。「ぼくの答えはきみと同じだ、キャスリン」彼は静かに答えた。またも心臓は妙に不規則に鼓動していたのだが。

キャスリンがうなずくのを見て、引っ張り起こした。彼女は顔を上げた。その目は驚くほどに青く澄んでいた。「だったら、明日はわたしたちの結婚式よ、ムッシュウ・ル・コント」

結婚式の日の夜明けの空は明るく澄み渡っていた。キャットは曙光《しょこう》が丘のてっぺんに射し、ゆっくりと明るく広がって谷間を金色に染めるのを眺めていた。ひと晩じゅうベッドのなかで眠れないまま、何度もマライアからの手紙を読み返したのだった。それでも、翌日のことで頭は一杯で手紙のことばは頭にはいってこなかった。この結婚によって何がもたらされるの？ジュールとより親しくなれて、考えや希望を分かち合えるようになるといいのだけれど。

昨日の夕食の席ではドミニクが自分の結婚についてあけすけに語っていた。彼が幸せであることは誰の目にも明らかだった。そして、息子について話したときには……テーブルの反対側に目を向けたキャットはジュールにじっと見つめられているのに気づいたのだった。彼女の心にも同じ思いが渦巻いていた。ジュールはこの結婚をほんとうのものにするつもりだろうか？今夜訪ねてきて、押しつけられたこの結婚を完全なものにするつもりなの？　一週間前だったら、そう考えると怖かっただろうが、今はちがった。ジュールはもはや知らない人ではなかった。そう、彼の考えや感情はまだ謎に包まれており、心ここにあらずの態度の陰にどんな秘密が隠されているのか自分は知らない。それでも、彼を知らない人とは思えなかった。息がつまるような興奮を覚えながら、キャットは心を決めた。ジュールの心に触れる方法があるのだとしたら、それを見つけるだけのこと。ハンナが言っていたように、わたしは機知に富んでいて、今、人生最大の挑戦に直面しているのだから。

その朝、キャットは寝過ごした。ハンナとキャロラインを閉め出したくはなかったのだが、心の準備をするのにひとりで過ごす必要があったのだ。

部屋で軽くお茶を飲むと、銅製の浅い風呂桶《ふろおけ》で長くゆっくりと風呂を使い、メイドが香りのいい石鹸《せっけん》で髪を洗ってくれているあいだ、泡のなかにゆったりと身を沈めた。髪が多すぎて、乾かすのには何時間もかかった。それからようやくドミニクが運んできてくれたトランクのことを思い出した。サテンやモスリンやちりめんのドレスや、彼女の目とまったく同じ色ではないものの、非常に近い淡青緑色の乗馬服などを目にし、メイドは圧倒された。

ひとつのトランクにきちんとつめこまれていたのは、キャットが見たこともないほどにきれいなドレスだった。ウィリーが手紙で、ウィリーの祖母が社交界にデビューしたときに着たドレスだと教えてくれていた。以前肖像画で見たドレスを思い出し、それがキャットにぴったりにちがいないと思ったという。そしてそれはそのとおりだった。

そのドレスはバラ色のサテンで、深く四角い襟ぐりと体にぴったり合ったボディスの端には、高級なレースがあしらわれていた。短い袖にもレースのバンドがつき、三段の襞飾りがついていた。長いスカートの下にはたっぷりしたペティコートがついていて、キャットの細いウエストが強調されるようになっていた。キャットが慣れているものとはまるでちがう形のドレスだった――胸のすぐ下で絞ってすとんと布地を下ろした、スカートにふくらみのないフランス帝政時代風のドレスよりもウエストラインがはっきりわかるドレスだった――が、名づけ親がわざわざ送ってくれたドレスである以上、これを着ないわけにはいかなかった。

鏡の前でくるりとまわると、ペティコートが足をくすぐり、キャットはウィリーがそれを送ってくれたことをありがたく思った。ドレスのおかげで花嫁らしい気分になれたからだ。ジュールはこれをどう思うかしら？　これを着たわたしのことは？

彼の弟は？　ドミニクはひどく近寄りがたく見えた。将来の公爵が義弟になるのだ——何もかも想像を絶することだ。それでも、牧師と結婚特別許可証を拒むことはできない。じっさい、婚約を破棄したいとは思っていなかった。今夜わたしは愛のある結婚をする。

式は夕食後、きれいな花の庭に囲まれたシャトーのテラスで行うことになった。マダム・ベルネールがありったけの燭台を置いて庭を明るく照らしてくれていて、星空が地面にまでつづいているかのように見えた。

正装したジュールはほかの人たちから少し離れた場所に立っていた。ジャッコとキャロラインは石のベンチにすわって何かささやき合っている。ドミニクとハンナと牧師はイギリスとフランス、どちらの式を先にすべきかでフランスの神父と議論している。

キャットは気をしっかり持って応接間を横切り、テラスへ歩み出た。彼女の姿を見てみな会話をやめた。

すぐにベルベットの箱を持ったジュールが前に進み出た。彼の笑みはキャットの心にはじめて触れたものだったが、今その笑みが彼の顔をやさしいものにしていた。「キャスリン、今夜はさらに美しいよ。式をはじめる前に、ちょっといいかな」彼は眉を上げたが、今度は横柄にも心ここにあらずにも見えなかった。「キャスリン、婚約指輪もなく、祖先から受け継いだものできみにあげられるものもほとんどないんだが、これをぼくの気持ちとして身につけてくれるとうれしい」

彼は息を呑むほど美しいルビーのネックレスを彼女の首につけた。徐々に大きくなる石が平らに伸ばされた金でつながれたネックレスで、ハトの卵ほどもある大きなルビーが胸の谷間にぶら下がった。

キャットはその美しさに驚愕した。彼の目に浮かんだやさしさにも。

「これは曾祖母のものだったんだ。恐怖政治から逃げ出すときに母がイギリスへ持っていったんだが、ルビーが好きではなかったので、一度も身につけることはなかった。継祖母のカルター公爵夫人がそれを覚えていてくれて、このために送ってくれたんだ」

「きれいだわ」彼女は胸の谷間にぶら下がった大きな石に触れながらかすれた声で言った。体の熱ですでにルビーはあたたかくなっている。

マダム・ベルネールがひそかにテラスにやってきていた。数少ない使用人たちも結婚式に参列してほしいとジュールが頼んであったからだ。すぐにもテラスは人で一杯になった。

ドミニクがうなずき、ジュールは彼女をフランス人の神父とイギリス人の牧師が立っているところへ連れていった。フランス人の神父が最初に口を開いた。早口のフランス語で、キャットにはすべてのことばは聞きとれなかったが、ジュールを真似て、祈禱《きとう》のときには頭を下げたり、しかるべきときに「はい《ウィ》」と答えたりした。

フランス人の神父が下がると、イギリス人の牧師が英国式の結婚式をはじめた。今度はすべて理解できたが、誓いのことばを述べるところまで来ると、自分の感情がそのまま表れた顔を彼に見られてしまうか、彼の表情を見てがっかりしてしまうのではないかと怖くなり、キャットはジュールのほうへ目を上げることができなかった。

しまいにイギリス人の牧師がふたりが夫婦になったことを宣言し、キャットは顔を上げてジュールと目を合わせた。

あの日、ワイン醸造所でそうだったようにふたりの目がからみ合った。体から力が抜け、キャットは目をそらすことができなかった。ジュールの目の奥では、あのときと同じ炎が燃え立っていた。彼は力強い動作で肩に腕をまわし、キャットを胸にきつく抱きしめた。彼女はたくましい腕のなかで首をそらした。濃厚で甘く、情熱的なキスに、口づけられた唇がどくどくと脈打った。答えを求めるような彼の口に答えながら、彼女は彼をさらにきつく抱きしめようとした。この息ができないほど熱い興奮が愛というものなのね。

ゆっくりとジュールは彼女を放して一歩下がった。キャットはとり残された気分になったが、家族が一斉にそばに来てお祝いを言いはじめると、明るい笑みを浮かべた。

わたしは愛する人と結婚したのだ。あのキスによって、ふたりならすべてがうまくいくとわかった。それでも、ジュールの気持ちを読みまちがっているといけないので、彼に本心を明かすことはできない。自分の気持ちがわかっていて、彼が同じ気持ちでいてくれないとしたら、互いにどれほど気まずいことだろう。それよりは自分だけの想像にひたっていたほうがずっといい。今晩までは。今晩、わたしは彼のキスが甘く約束してくれた秘密を知ることになるのだ。

ジュールは窓から満月が自分の領地に銀色の光を降り注いでいるのを見つめていた。マダム・ベルネールが監督した結婚の宴《うたげ》が終わり、ようやく家のなかは静まり返っていた。ワイン保存庫から出してきたワイン――父がつくらせたなかで最高の年のワイン――が自由に振る舞われたが、彼はほとんど飲まなかった。キャスリンもそうだ。

今宵《こよい》、夢見ていたすべてを手に入れた――深く愛する美しい女性、これからもうけるつもりの息子に受け継ぐ父の領地、カルター・タワーズからさほど遠くないところにあるイギリスの領地、ラングリー・マナー。公爵が所有する小さいほうの領地で、結婚の贈り物として譲渡してくれたのだった。これでイングランドにも家ができたので、キャスリンも喜ぶことだろう。

彼は緊張してローブのひもを引っ張りながら、つづきの部屋へ通じる扉へと近寄った。彼女は扉の向こうで待っているはずだ。一日かけて使用人たちが、居間とつづきのふたつの寝室からなる主人の居室を整えてくれていた。

キャスリンの気持ちがわかりさえすれば。しかし、どうしたらわかる？　自分の気持ちさえわからないというのに。深く息を吸うと彼は手を持ち上げ、つづきの扉を開けた。

キャスリンは暖炉の前に静かにすわり、髪を梳かしていた。

彼が部屋にはいっていくやいなや、彼女は震えながら立ち上がった。ジュールはこれほどに美しい人は見たことがなかった。太陽にキスされたかのような髪を肩に下ろし、濃いまつげに縁どられた、淡青緑色の目はやわらかい明かりを受けてきらめいている。暖炉の明かりを受け、白いレースのネグリジェを透かして、豊かな胸や、腰のくびれや、なだらかに広がる尻や太腿の形がはっきりわかることに、彼女は気づいていないようだった。

息ができ、話せるようになるまでしばらくかかった。「キャスリン、話さなければならないことがある」

それを聞いて彼女はかすかな笑みを浮かべた。「ええ。なんだか……ちょっと変な感じよね？」

心が揺らぐ前に彼はすばやく動き、消えかけた暖炉の火の前にいるキャスリンのそばへ寄った。彼女の髪の香りに惹き寄せられるように巻き毛にそっと手を差し入れる。

「キャスリン、ぼくはきみを傷つけるようなことは絶対にしない」

「わかってるわ」彼女はささやいた。

テラスでしたように、キスしたくてたまらなくなったが、その権利が自分にはないような気がした。公平を期する必要がある。ふたりの新たな関係に慣れる時間を彼女に与えるのだ。

ジュールは彼女をじっと見つめた。目を合わせるのを恐れるかのように、キャスリンは目をなかば伏せたままでいた。ミルクのように白い肌はバラ色に輝いている。やがて彼女はまぶたを持ち上げた。突如としてジュールはそのまなざしの輝く美しさに溺れた。最後に残った疑念が吹き飛び、ジュールは大いなる意志の力で彼女から一歩離れた。

「ぼくを信頼してくれるかい、キャスリン？」

真剣な顔でうなずく彼女にジュールはほほ笑みかけた。「だったら、眠るんだ」と静かに言う。「今日は長い一日だった。ぼくたちはこれからのふたりの関係についてとり決めをしなくちゃならない。それは明日からはじめよう」すべてのことばに確信をこめた。

扉のところまで戻ったときに、かすかなすすり泣きの声が聞こえた気がしたが、振り返る勇気はなかった。

自分がまちがっていた。ドミニクとジュリアナのように自分も愛のある結婚ができたのだ。自分はキャスリンを愛している——勇敢で、気高く、あたたかい心を持った彼女を。感覚に火をつけてくれ、心を満たしてくれる彼女を。彼女にもどうにかして同じように感じてもらわなくてはならない。愛し合うようになってはじめて、彼女を自分のものにするのだ。しかしまずは、ドミニクの勧めにしたがって、いっしょにロンドンへ戻り、噂話を鎮めることにしよう。ロンドンで家族や友人たちに囲まれれば、彼女もよりくつろぐことができ、求愛にも応えてくれることだろう。美しい妻に求愛することが突然人生でもっとも重要なことになった気がした。

9

キャットは暖炉をぼんやりと見つめていた。頬を伝う涙が焼けつくように思われた。ジュールに対するこうした感情ははじめて経験するもので、世界がさかさまになったような気がした。少し前には、やさしくはあっても、まるで知らない人だったのに、今は彼のことを考えるだけで体が震えた。

濡れた頬をてのひらでぬぐうと、キャットは立ち上がって窓辺に寄った。銀色の月の光を受け、起伏のある芝生がブドウ畑やその先の丘へとつづいている。

これが新婚初夜だなんて。

彼女は目を下に向け、ネグリジェの高級なレースの襞飾りにそっと指を走らせた。これを着て鏡に姿を映してみたときには恥ずかしさに体が燃えたのだった。しかし、その恥ずかしさはすぐに息もできないほどの期待にとって代わられた。

乾いたすすり泣きが喉の奥に湧いて痛んだ。真実を隠しておくことはもうできない。ジュールはそういう意味でわたしを妻に望んだのではなかった。わたしが愚かだったせいでこの便宜上の結婚に同意せざるを得なかっただけなのだ。高潔な彼はわたしの評判を守るために、愛のある結婚をする将来を犠牲にしたのだ。

あの甘く情熱的なキスのせいで、わたしは新たな感情と渇望を覚え、自分を弱く感じたが、彼にとっては何の意味もないキスだったのだ。あれはただ形式的なもの。おそらくは試験だったのかもしれない——それにわたしは落ちてしまった。
それでもまだかすかに希望の炎が揺らめいていて、完全に消えるのを拒んでいた。キャットは背筋を伸ばし、切れ切れの息を深く吸いこんだ。わたしは弱々しい若い女ではない。昔から行動あるのみと信じてきた。彼にはふつうの妻として接しよう。愛がおのずと心にはいりこむことがわかった今、それがはいりこむことを予測することはできず、止めることもできない。それでも、愛がジュールの心にはいりこむ手助けができるなら、その方法を見つけるだけのこと。

グウィネスにはマデイラ酒が必要だった。シビラが注いでくれたぬるいお茶ではなく。それでも、グウィネスですらも、こんな早い時間にそれほど強い酒を求める勇気はなかった。

ノーサンプトンに着いたときに、ドミニクが今日の昼食までにはみなロンドンに着くと知らせてきていた。マライアが新婚夫婦を直接出迎えたいと主張し、グウィネスとふたり、公爵夫人のもとに前触れもなくやってきて、そのままいすわっていたのだった。マライアは心配のあまり目をくもらせ、いつもの彼女とはちがって見えた。グウィネス自身、きっと取り乱した老《ろう》婆《ば》のように見えることだろう。シビラだけが麗しく、穏やかで、おちつきを保っていた。

苛立ちのあまり我慢できなくなり、グウィネスは鼻を鳴らした。「まったく、シビラ、どうしてそんなに無情になれるの！　まちがったことをしてしまったとしたらどうするの？」グウィネスは怒りに胸をふくらませた。

シビラは彼女を見下ろすようにした。「グウィネス、もう一度言わなくてはならないのかしら。あなたの名づけ子が付き添いもなくあの宿屋に行くようなばかな真似をしなければ、こんなことをする必要はなかったのよ。わたしのすばらしいジュールは尊くも犠牲になって――」

「犠牲ですって！」グウィネスは怒鳴った。「キャットという貴重な宝を手に入れたのに。それに、それだけじゃなく――」

「おふた方とも、お願いですから言い争いはやめて！」マライアが立ち上がり、ふたりのあいだに割ってはいった。怒りに目を燃やしている。「ことは為されてしまったんです！　もうどうすることもできないわ！　ふたりは結婚したのよ！」イングランドでもっとも位の高い公爵夫人を怒鳴りつけるという大罪を犯してしまったことに突然気づいたかのように、マライアはゆっくりと椅子に腰を戻した。

「もちろん、あなたの言うとおりよ、マライア」シビラは鼻を鳴らした。それから、優美なお茶のポットを手にとると、グウィネスににっこりとほほ笑んで言った。「お茶のお代わりはいかが、グウィネス？」

「ありがとう、シビラ。いただくわ」グウィネスはつくった甘い声で答えた。ふたりがまだわざとらしく礼儀を見せ合っているときに、廊下から物音が聞こえてきて全員が立ち上がった。

裾に二段の襞飾りがついたカナリア色の新しいドレスとおそろいのポークボンネット（前つばが突き出たボンネット）を身につけたキャットが入口で一瞬足を止めたと思うと、マライアの腕に飛びこんだ。

キャットは変わっていなかった。ボンネットの下からはみ出ているふさふさとした豊かなブロンドの巻き毛も、ディッスルウエイト家特有の鋭くきらめく大きな目も、まわりをあたたかくするえくぼの浮かんだ笑みも。ほかの面々が立っている扉のほうを振り返ったときだけ、彼女の心を占めているものが何であるか読みとれた。ジュールはキャットだけに目を向けていた。ふたりの目が合うのを見て、グウィネスは安堵に体から力が抜ける気がした。そこには何とはっきりとは言えない張りつめたものがあり、強い感情がもたらす暗黙のつながりがあった。内心今回の結婚について死ぬほど不安に思っていたグウィネスにとって、どうしても目にしたいと思っていた光景だった。結局、自分はまちがっていなかったのだ。キャットはこの颯爽としたフランスの伯爵と恋に落ちている。

その瞬間、ほかの面々も入口からなかへ押し寄せてきた。ドミニクはシビラのところへ行き、ジャッコは弟らしく思いきりマライアを抱きしめた。ハンナは後ろに残ったが、それはなぜか彼女だけではなかった。大きな目をした小柄なブロンドの女性が興味津々の目で再会の様子を眺めている。

「キャスリン、お友達を紹介してくれるべきじゃないの？」グウィネスは名づけ子に鷹揚《おうよう》な目を向けてうながした。

「キャロライン、ごめんなさい！　興奮してお行儀を忘れてしまっていたわ」キャットは笑い声をあげ、お人形のような女性をそばに呼び寄せた。

「公爵夫人、わたしの家族の大切な友人をご紹介させてください。ノーサンバーランドのミス・キャロライン・ストレインジです」

シビラはグウィネスに問うような目を向けてから、若い娘に挨拶した。

家族の友人ですって！　グウィネス自身はこれまで見たこともない娘だった。キャットは今度は何をたくらんでいるの？　ノーサンバーランドの……ストレインジ？　唇を指で軽くたたきながら、グウィネスはその家族のことを思い出そうとした。

ああ、もちろん！　父親は大金持ちだったわ！　この娘は年に五千ポンドの収入があるはず。ジャッコのほかに男の名づけ子がいないのは残念だわ。

「ウィリーおばさま、マライア、キャロラインのことを覚えてないの」キャットは屈託なく訊いた。

あの子供が驚くほどきれいな娘になったものね！　もちろん、グウィネスもマライアもキャロラインのそばへ行き、ほほ笑んでバラ色の頬に軽くキスをした。

小柄な娘は身をかがめてグウィネスの頬にキスをするときに、短く耳打ちした。「ありがとうございます、レディ・タットウィリガー。キャットがすべて説明しますわ！」

それから誰もが一遍に話しはじめ、旅の大変さや、シャンパーニュ地方の美しさや、月明かりのもと、シャトーの庭で行われたすてきな結婚式のことを話して聞かせ、公爵夫人を喜ばせた。

キャットとジュールが妙に黙りこんでいて、キャットのほうは彼のほうに目を向けまいと努めているのに気づき、グウィネスは心が沈みこむ気がした。はにかんでいるわけではなく、親密になったばかりで照れているわけでもない。そういうこととはちがう何かがあった。先ほど目が合ったときの様子とは相容《あいい》れないことだ。

これはいいことじゃないわ。グウィネスは何が問題なのか徹底的に探ることにしたが、今はそのときではなかった。

シビラが椅子から威厳をもって立ち上がり、キャットとジュールの手をとった。一同は静かになった。「ジュール、わたしがどれほどお節介な人間になり得るか、あなたは知ってるでしょうけど、我慢してちょうだい。この家にあなたたちのお部屋を勝手に用意させてもらったわ。カルター・ハウスは社交シーズンのあいだ、あなたたちの家よ。それから、あなたたちの結婚を祝う舞踏会を明日開くつもりでいるの」

ジュールは眉を上げて肩をすくめた。

キャットは身をかがめ、シビラの頬にキスをすると、期待されたとおりの答えを返した。グウィネスの胸は誇らしさで一杯になった。「光栄ですわ、公爵夫人。ごいっしょに過ごせるのをたのしみにしております」

「それから、明後日、あなたたちはオペラでわが家のボックスにすわるのよ」グウィネスが負けじと口をはさんだ。「あなたたちふたりがおおやけの場に姿を現すのが早ければそれだけ、噂も早く鎮まるわ」

「ありがとうございます、レディ・タットウィリガー、ご親切なご招待をお受けしますよ」ジュールがゆったりと応じた。「より深くお知り合いになれる機会がたのしみです」

「あら！　わたしはごいっしょしないのよ。オペラは大嫌いだから！　ジャッコを代わりに行かせようと思っていたの」グウィネスはジャッコの驚いた顔に恐怖の色が浮かぶのを見てうれしくなった。この子のせいでこんな大変なことになったのだから、そのぐらいのことはしてもらわないと。彼が大陸に逃げようなどと考えなければ、今回のことは起こらなかったのだ。

ジャッコは抗議しようと口を開いたが、キャロラインのうっとりとした顔を見て口をつぐんだ。

「まあ、すてき！　オペラ……」彼女は鮮やかな青い目を興奮に輝かせて息を呑んだ。

「オペラは好きですか、ミス・ストレインジ？」ジャッコが妙な薄笑いを口に浮かべて訊いた。

「ええ、とても。でも、ここロンドンではまだ行く機会がありませんでしたけど」彼女は残念そうに答えた。

「だったら、明後日行けばいい……ぼくと！」ジャッコは胸を張ってそう言い、グウィネスは啞然とした。

ああ、なんてこと！　あれこれきっちりと計画を立ててきたのに、それが次々と崩壊していく！　グウィネスは心にすべて決めていたのだった。キャットとジュール、マライアとクリスチャン、ジャッコとヘレン。しかし、こうなると、ミス・ヘレン・ヴァンダーワースにはほかに誰か見つけなければならなくなった。


ジュールはキャスリンの部屋につづく黒っぽいオークの扉をじっと見つめた。昨晩、その扉はしっかりと閉じられたままだった。今日はシャトー・サヴィルとラングリー・マナーに関して事務弁護士と相談したり、サー・エドマンド・トリッグの居場所を問い合わせたりすることで一日すっかり時間をとられてしまった。あの男がロンドンにいるとしたら、こちらが探しているることをすぐに知ることになるだろう。それなりのところに話を通しておけば、サー・エドマンドはちゃんとした人物からはもはや歓迎されないことになる。キャスリンはキャロラインをレディ・タットウィリガーの家におちつかせるのに忙しくしていたはずだ。今日はわざとキャスリンには会わずにいたのだった。

ジュールは舞踏会に向けていつものように飾り気のない黒と白の装いをしたが、今夜は公爵から贈られたダイアモンドのスティックピンをクラヴァットにつけた。廊下に出ると、ちょうど公爵夫人が階段を降りようとするところだった。

「お祖母様《グランメール》、付き添いを務めてもいいですか？」そう呼びかけ、急いで彼女の腕を自分の肘にたくしこんだ。「もっと前にお会いしようとしたんですが、メイドに昼寝中だと断られました」

「ジュール、今夜のあなたはとても颯爽としているわ」彼女はウィンクしてほほ笑んだ。「あなたとドミニクはわたしにとって誇りよ」

「ドミニクが今夜舞踏会に出られないのは残念ですね。まあ、ジュリアナのところへ戻りたくてたまらない気持ちはわからないでもないが」

公爵夫人は探るような目をジュールに向けた。無理もない。うらやましそうな声であるのは自分でもわかった。

「わたしはあなたにとって正しいことをしたのよね、ジュール？」

客たちに挨拶する玄関の間に達すると、ジュールは彼女の細い指を唇に持っていった。「いつもかぎりなくご親切であるのはたしかですが、ラングリー・マナーをぼくにくださったことにはことばもありませんよ。ドミニクには受けとれないと言ったんですが、彼は自分はそれにかかわるつもりはないと言うんです」

「それはそうよ！　夫のオースティンがジュリアナといっしょに田舎に残っていなければ、自分であなたに言ったはずよ。あそこをあなたにあげるというのは昔から考えていたことなの。うちの家族にはほかに充分すぎるほどの領地があるんだから」

彼女の頰にキスをしてジュールはほほ笑んだ。「つまり、愛する人たちの近くにいつも帰る家があるということですね」

そのことばに満足したように公爵夫人はうなずいた。「それがオースティンとドミニクとわたしの願いよ。すべての暗い記憶を過去のものとして葬り去れるような幸せをあなたがつかむこと。キャスリンはそういう心の平和を与えてくれる人？」

ジュールが答える前に、階段のてっぺんで衣服のこすれる音がし、ふたりは振り返って目を上げた。もはや答えは必要なかった。

キャスリンは階段のてっぺんで足を止めた。クリーム色の肌を――新婚初夜に彼が逃げ出せるうちにすばやく逃げ出したときのネグリジェ姿を別にすれば――ジュールがはじめて見るほどに露出した、襟ぐりが広く開いた濃いバラ色のクレープ地のドレスを身につけている。

キャスリンはゆっくりと階段を降りた。ジュールは彼女の手をとって前に導いた。そうしてはじめて、彼女がデヴロー家のルビーをつけているのがわかった。

彼が喜んでいるのに気づき、キャスリンは高価な赤い石に触れた。「このドレスにぴったりなの。これをあなたのためにつけられてうれしいわ」彼女は励ましを求める目をして言った。

そんなふうにおどおどしているのはいつもの彼女らしくなかった。これほど魅力的なのに何が心配だというのだ？　結婚式以来、はじめておおやけの席にふたりで姿を現すせいにちがいない。ジュールは彼女の美しい目に浮かんだ不安の色をかき消し、そこにちがう何かを浮かべてやりたくなった。そこで両手を持ち上げると、両方のてのひらに交互にキスをした。ゆっくりと慎重に美しい妻を誘惑するつもりだった。

今夜がはじまりとなる。

突然真っ赤になった彼女の顔をのぞきこんでジュールはほほ笑んだ。「宝石はきみの完璧さを強調しているだけさ、キャスリン」彼は小声で言ったが、見開かれた淡青緑色の目とやわらかそうな唇からもれた息に自分の内部で反応するものがあり、ことばを失うほどに驚いた。

「さあ、子供たち、いちゃいちゃするのはやめて。お客様が到着なさってるわ」公爵夫人がからかうように警告すると、直後に執事が扉を開けた。

数時間後、最後の客がようやく挨拶をすませると、ジュールは公爵夫人とキャスリンを混み合った舞踏場へと導いた。上流社会の面々がシャンパンを飲みながら、二階へとのぼり、テラスへ出ている。テラスには庭へ降りる階段があった。公爵夫人が園芸に情熱を燃やしているせいで、庭はカルター・タワーズの庭に匹敵するほどすばらしかった。今夜は庭じゅうにランタンが吊るされ、ジュールが思うに、誰かとあいびきしようと思う者はみな、きっとここへ出ようとするにちがいなかった。

ふとそう思った彼はキャスリンに目を向けた。彼女はやわらかそうな頰にえくぼをくっきりと浮かべてほほ笑み返してきた。

「きれいよね？　あなたは気づかなかったかもしれないけど、公爵夫人はわたしたちにダンスをはじめてほしいようよ」

キャスリンをこんなふうに腕に抱くのははじめてだったが、それはなんとも言えず喜ばしいことだった。ふたりは抱き合うにぴったりの相手で、ワルツの調べに合わせて踏むステップも完璧に調和していた。ジュールは彼女の巻き毛を結い上げている花のリースを引っ張って、結婚式の夜のように髪を肩に下ろさせたいという、ひどくばかげた欲望に駆られずにいられなかった。

たとえ新婚の夫婦であっても、そんな振る舞いが許されるはずはなく、ジュールは指を彼女の豊かな髪にうずめて顔をあおむかせ、なめらかな白い喉にキスの雨を降らせたいという衝動と闘った。

ほかの男女もダンスフロアに加わってきて、ジュールは気をそらすものができたことをありがたく思った。体は意思に反して反応してしまっていた。若い妻を怖がらせるわけにはいかない。彼女の勇ましい性格と冒険を恐れぬ心には最初のころに気づいていたが、こういったことは彼女にとってはじめてのことにちがいないと直感が告げていた。

彼女に魅惑されてダンスカードに名前を連ねていた若い貴族たちにキャスリンを奪われ、ジュールは壁にもたれて彼女が優美に踊る姿を眺めていた。やがて客たちに目を向けると、いつものように、公爵夫人は社交界の花形たちを招き、首尾よくもてなしていた。今、彼女とターバンを巻いたレディ・タットウィリガーは、舞踏場の奥で貴族の未亡人たちに愛想よく振る舞っている。紺色のシルクのドレスに身を包み、息を呑むほどに美しいマライアは、ジュールの知らない人目を惹く背の高い男の腕につかまって歩いていた。しかし、左にある鉢植えの植物のそばであまり声もひそめずに言い争っている男女のことはジュールも知っていた。

「ああ、信じられない！　あなたはワルツを踊りたくないだけなのよ！」キャロラインは上履きを履いた足を踏み鳴らさんばかりにしていたが、そのまま大股でジュールのそばに来た。

彼はお辞儀をした。「こんばんは、ミス・ストレインジ」

「あら、伯爵様、ディッスルウエイト様がわたしとワルツを踊れないのはわたしたちが正式に紹介されていないからだって言うんですけど、それはほんとうですの？」彼女は怒った口調で言った。「何週間もいっしょに旅してきたのに、そんなのばかばかしすぎますわ」

ジュールはジャッコにすまなそうな目を向け、「たしか、それは〈オールマックス〉でだけのことですよ」と答えた。

「ほら、そうだと思ったのよ！」彼女は勝ち誇って言った。

「くそっ、苦手なんだけどな」ジャッコは口をとがらせてそう言いながらも、断固として譲らないミス・ストレインジをダンスフロアへと導いた。何分もしないうちに、ミス・ストレインジはジャッコの緊張を解き、次に踊りながらそばを通りすぎたときには、彼もどうにかステップを踏んでおり、キャロラインが言ったことに笑い声すらあげていた。

ワルツが終わったときに、人ごみのなかでキャスリンが彼を探していたのはジュールにとってうれしいことだった。彼女は急いでそばにやってきた。

「ようやく今度はぼくの番かな、伯爵夫人？」ジュールは彼女の手を自分の腕にかけて訊いた。

キャスリンはため息をつき、テラスへと方向転換した。「伯爵夫人は少し新鮮な空気を吸いたいわ。カントリーダンスは踊らなくてもいいかしら？」

ジュールは忍び笑いをもらしながら首を振り、うまく人ごみを縫って彼女をほの暗い照明のテラスへと導いた。自分の運のよさが信じられないぐらいだった。ひと晩じゅうどうやって若い妻を月明かりのもとに誘い出そうかと考えていたというのに、今それを彼女のほうから言い出してくるとは。

「右の小道の先に東屋《あずまや》があるはずだ。見てみたいかい？」ジュールは少年のように緊張していた。

「すてきだわ」彼女はまたため息をついた。「たぶん、しばらくそこにすわって夜の空気をたのしんでもいいわね」

東屋のベンチはふたりがようやくすわれるぐらいの大きさだった。キャスリンが横向きにすわって顔をあおむけていたのでなおさらだった。

「ジュール、申し訳ないんだけど、目に何か飛びこんだみたいなの」彼女は長いまつげをばたつかせて見上げてきた。

両手で彼女の顔をはさみ、ジュールは美しい目を調べた。大きくて、澄んでいて、溺《おぼ》れそうなほどに深い目。

「何もないよ、キャスリン」彼はゆっくりと言った。

彼女は何度がまばたきした。「そうね、よくなった気がする」

ジュールは耐えきれなくなり、彼女のまぶたにキスをした。唇に長いまつげが羽のように感じられた。それから高い頬骨に口を這わせ、かすれたため息をもらす口に愛撫するように長いキスをした。彼女のやわらかい体を意識しながら、飢えたように口を喉の曲線に這わせる。それでも、慎重に欲望は抑えていた。キャスリンに対してはゆっくりことを進めなくてはならない。

女性の笑い声がして、ふたりは身を引き離した。小道をこちらへ向かってくる男女がいた。キャスリンは彼をじっと見つめた。月の光を受けて、その目は宝石のようにきらめいていた。

彼は最後に一度甘い唇に軽くキスをした。「ここもそろそろ込み合いそうだね。なかにはいるかい？」

家に戻る途中、キャスリンは彼女らしくなく静かだったが、ことばを発する必要はなかった。ふたりの部屋を隔てる扉をすぐにも永遠に開いたままにするとジュールは固く決意していた。


キャットは鏡に映った自分をじっと見つめた。大丈夫かしら？　また襟ぐりの深いドレスを身につけていた——お気に入りの淡青緑色のドレス。今夜のオペラには巻き毛をひと束肩から胸へと下ろしていた。あからさますぎるかしら？　昨日の晩、新鮮な空気が吸いたいと言い出したやり方も見え見えだった？　おそらく、目に何かはいった振りをしたのは少しやり過ぎだった。それでも、こういうことには慣れていないため、夫はもちろんのこと、男性を誘惑するのにどうしたらいいのかはわからなかった。だから単に直感に従って行動したのだ。キャットはくるりとまわり、鏡に映った装いのすべてをたしかめ、ひそかにほほ笑んだ。自分の行動は望みどおりの効果をもたらしてくれたのだった。ジュールもわたしの魅力にまるで無関心というわけではない。東屋で抱きしめられてキスされたときには、驚くほどの感覚に見舞われた。全身がかっと熱くなり、これまで経験したことのない、すばらしい感情の海に浮かんでいるような気がした。それについて言えることがあるとすれば——彼女は鏡に映った自分にきっぱりと言った——今夜はもっと喜ばしいことがあるはず。

玄関の間で待っていたジュールは、外套の黒いケープをひらりとなびかせて振り向いた。見つめられてほほ笑みかけられ、キャットはまた期待に息が止まる気がした。

「いつもながら、今夜もきれいだよ、キャスリン。その色はきみの目の色にとても近いね」彼は褒めことばを口にした。

裏にドレスと同じ淡青緑色のサテンを張った黒っぽいベルベットのマントをはおらせてもらうときに、彼の指がむき出しの肩に触れ、キャットは身震いした。

それをジュールに気づかれないように急いでそばを離れる。彼をどう誘惑するか、まだはっきり戦略を立てていなかったからだ。「ジャッコとキャロラインはまだ来ないの？」

「最初の馬車で先に行ったよ。さあ、第一幕を見逃すことになるといけない」

ジュールは紋章のはいった街用の大きな馬車に彼女が乗るのに手を貸してから、そのそばに自分も乗りこみ、腕を座席の背に伸ばした。それからうわの空で彼女の喉に落ちた巻き毛を撫ではじめた。

「きみはこういう髪にしているのがいいな、キャスリン」彼は自分の手の動きに注意を集中させている様子で言った。

キャットは体が熱くなるのを感じていた。この顔を彼に見られたら、またキスされるかもしれない。街中を走る馬車のなかというふさわしくない場所でそんなことを考えた自分に驚き、首と顔がかっと熱くなった。

馬車が停《と》まったときにはほっとした。ジュールがこれほどそばにいるときには呼吸がむずかしかったからだ。

彼が先に立ってレディ・タットウィリガーのボックスへふたりは向かった。キャロラインはすでに一番前の席にすわっていて、その後ろにジャッコがいた。キャットが驚いたことに、意にそまないことをさせられたときにはいつも不機嫌なジャッコが、不機嫌そうには見えなかった。それどころか、前に身を乗り出し、キャロラインのおしゃべりに耳を傾けている。

「ああ、見て、ヨーク公爵ご夫妻がいらっしゃるわ。レディ・セフトンも。ああ、キャスリン、早くすわって！　みんながわたしたちのボックスを見上げているのよ」

「だったら、見るに耐える美しいものを見せないとね」ジュールはそう言ってキャスリンを前に引っ張った。「ほほ笑んで。きみの名づけ親が言ったことを思い出すんだ。社交界の連中にいやというほど見せてやれば、すぐにわれわれは物珍しい存在じゃなくなるさ」そう言うと、衆目のなかで彼女の指を唇に持っていった。

キャットはそれに対して夫を愛する妻の振りをする必要はなかった。彼のほうも振りでなければいいのに。椅子にすわらせてもらいながらキャットは胸の内でつぶやいた。ジュールは腕を彼女のそばに置けるほどに自分の椅子を近づけていた。

彼がそれほどそばにいることで、音楽に集中することはほとんどできなかった。ステージ上でくり広げられている愛の物語と、ままならぬ自分の愛についての物思いのあいだでたゆたっていたため、第一幕が終わって客席の明かりがついたときにははっとし、混乱して目をしばたたいた。客たちが次々とロビーへ向かい、劇場内はさわがしくなった。しかし、劇場の真正面のボックスにいるひとりの女性が自分をじっと見つめていることにキャットはふと気がついた。知らない女性だった。豊満な美女で、ブロンドの髪をむき出しの肩に大胆に下ろしている。その女性は首を傾け、後ろにいる誰かに話しかけていた。その男性が前に身を乗り出すと、キャットは息を呑んだ。サー・エドマンド・トリッグ！

「どうしたんだ、キャスリン?」ジュールがそう言って、驚愕した彼女の視線を追った。後ろで彼が身をこわばらせるのがわかった。

キャットは目をみはって彼のほうを振り向いた。「あなたも見えた、ジュール? サー・エドマンドよ」

「どこに?」ジュールは嚙みつくように言った。

「真正面のボックス」彼女は顔をしかめて首を振った。「あなたにも彼が見えたんだと思ったのに」

彼は意を決したように立ち上がった。「心配しなくていい。ぼくが片をつけるから」

キャットは止めようと立ち上がったが、彼はすでにボックスを出て、通路を歩く人ごみにまぎれてしまった。

「どうかしたのか、キャット?」キャロラインと話しこんでいた弟がようやく姉の様子に気づいた。

「いいえ、なんでもないわ」彼女は笑った。「どうしてキャロラインを連れてオレンジエードを飲みに行かないの? わたしにも一杯持ってきてくれてもいいわね」

「ひとりでここに残ってほんとうに大丈夫か?」

「行きなさいよ、ばかね!」キャットは言い張った。「ジュールがすぐに戻ってくるわ」

しかし、彼は戻ってこなかった。時間がどんどん過ぎていった。キャットは真正面のボックスにじっと目を凝らした。女性の姿はなく、トリッグも影も形もなかった。彼のように見えただけなのかしら? じっさい、照明はかなり薄暗かった。たぶん、影を見て彼だと想像しただけなのだ。

ボックスの扉が開き、キャットはほっとして振り返った……が、驚きにゆっくりと立ち上がった。真正面のボックスにいたブロンドのきれいな女性が入口に立っていた。間近で見ると、もっと年上で洗練されて見える。女性はほほ笑み、ボックスのなかを見まわした。

「お邪魔してごめんなさい。親しい友人のジュールに会いに来ただけなの。でも、いないみたいね」

「何かご用ですか？　わたしはサヴィル伯爵夫人です」キャットがその称号を使うのははじめてで、彼女自身の耳にも奇妙に聞こえた。

その女性にも奇妙に聞こえたらしく、そのやわらかそうな口に険しいものが浮かんだ。「ええ、そう聞いてるわ。わたしが最後にジュールに会ったときには、あなたのことは言ってなかったけど」彼女はきっぱりと言った。

キャットは衝撃を受けた。この女性とジュールがどういう類いの友情を結んでいたか想像がつかないほどうぶではなかったからだ。この女性がジュールの妻と、前代未聞なほどあからさまに対決しようとしていることもわかった。キャットは社交におけるいかなる状況にも対処できるように育てられていた。愛人と対決するのも、いわば押し売りに対処するのと変わらないはずだ。

キャットはつんと顎を上げた。「わたしたち、長年の知り合いですけど、婚約してからはジュールが結婚までほんの短いあいだしか待てなかったものですから。あなたはサー・エドマンド・トリッグとごいっしょのようね」ときっぱりと言うと、ひややかな笑みが返ってきた。

「ええ、わたしたち三人、ジュールとサー・エドマンドとわたしは去年ローマでとても多くの時間をともに過ごしましたの……」

さっき目にしたのがたしかにサー・エドマンドだったと確認すると、キャットはもう一瞬たりともこの女と話しているのに耐えられなくなった。「あなたが立ち寄ってくださったこと、主人に伝えておきますわ。ごめんなさい、あなたのお名前をうかがってませんでしたけど？」

女は首をそらし、キャットが目をひっかいてやりたくなるような笑みを浮かべた。

「マリエッタ・ルイーザ・プリマヴェェッタ伯爵夫人が……旧交をあたためたがっていると伝えてくださいな」

「ご機嫌よう」キャットは女を追い払うように言い、震えながらゆっくりと椅子に腰を下ろした。こんな大胆な現れ方をするなんて、伯爵夫人はジュールについてよほど確信があるのだ。妻が夫にその愛人のことばを伝えたりしないことはキャットも知っていた。サー・エドマンド・トリッグの脅迫について何も言わなかったように、また秘密が増えたわけだ。

伯爵夫人が訪ねてきたことにトリッグがかかわっているのはまちがいなかった。認めるのはいやだったが、トリッグの作戦は功を奏した。キャットは恐怖に駆られていた。彼にはわたしの弱いところがわかっているようだ。まずはジャッコ、そして今度はジュール。

突然、愛してもらえるよう夫を誘惑するという計画が未熟でばかげたものに思えた。誰かの心を競い合うなんてことができて？　キャットはレースのハンカチで涙をぬぐった。ジュールが戻ってくる前に気をおちつけなければ。まばたきひとつによっても、心に今小さなひびがはいったことを知られてはならない。

10

キャットはまたカルター・ハウスの部屋でひとり、眠れない夜を過ごした。ジュールの気持ちが自分にほとんど向いていないことは今や明白だった。それがどれほどの痛みを心にもたらしているかは、けっして明かされない秘密として、心の片隅に永遠に隠しておくつもりだった。それ以上彼に誘いをかけることは自尊心が許さなかった。

ベッドにはいってラヴェンダーの香りのシーツを引っ張り上げ、厚手のシルクの上掛けを頭からかぶりたくてたまらない思いではいたが、やらなければならないことがあった。公爵夫人はその厳しい舌峰《ぜっぽう》に慣れてしまえば、愛すべき女性だった。キャットはこれ以上彼女の家でお荷物になっていてはいけないと感じていた。

ジュールにできるだけ早くロンドンから連れ出してもらいたかった。そうすれば、おそらく、秘めた心の痛みを誰にも見られずにすむだろう。

公爵夫妻が寛容にも譲ってくれた田舎の家が引きこもるのにはぴったりの場所に思えた。そこへ行けば、少なくとも、使用人や家事を監督することで忙しくしていられるはずだ。フランスの家で多少女主人の気分を味わったことで、もっとそれをつきつめてみたかった。

わたしの家もこの家と同じぐらいよく管理された家にしよう。彼女は軽い足どりで階段を降りながら胸の内でつぶやいた。公爵夫人はずけずけと物を言う人間だが、使用人をしかりつけているのを聞いたことはなかった。使用人はみな彼女を崇拝《すうはい》している。

下の階の応接間を担当しているメイドがランプや蠟燭の明かりを調節し、応接間の準備を整えていた。キャットは厨房へ向かった。朝食には早すぎる時間だったが、じっとしていられない思いだったのだ。キャットが厨房にはいっていくと、ジュールのために薄い子牛肉のフライを用意していた料理人のガストンが気を悪くしたようだった。

「ここの厨房がどんなふうに機能しているか見たいだけなの」キャットは謝り、すぐに付け加えた。「いつかわたしもこういうことを知らなくちゃならないから」

それが魔法のことばだったにちがいない。ガストンはすぐさま機嫌を直し、キャットは使用人の食堂から急いで持ってこられた木の椅子にすわり、厨房の様子を眺めては感想を述べ、喜ばしい一時間を過ごすことになった。それ以上そこに居すわることができなくなると、新たに義理の妹になった人に長い自己紹介の手紙を書こうと朝の間に向かった。

キャットの人生では不安になるほどたびたび運命がしゃしゃり出てくるのだが、そのときもやはり彼女の邪魔をした。昨晩オペラから帰ってからベッドにはいっていないように見えるジュールが引き出しをあさっていた。クラヴァットはゆるめられ、服には皺が寄っている。

キャットがはいっていくと、彼は動きを止めた。

「キャスリン……」そう言って一歩彼女のほうに近づいた。「どうしてこんなに早起きを?」

「お邪魔してごめんなさい」彼女は礼儀正しく答えた。「手紙を書こうと思ったもので。でも、お邪魔はしたくないから……」

結婚前、フランスにいたときのほうが彼との関係もずっとましだった。こっちに来てからも昨晩まではよかったのだ。キャットはとんでもなくうぶな少女に戻った気がした。愛し合っていた両親のように、この颯爽とした男性の心をつかまえ、彼がほかには誰も望まないようにできると本気で信じていたなど。

ジュールは身をこわばらせていた。昨日ボックスに戻ってきて、殻に閉じこもった妻に見知らぬ人であるかのようによそよそしくあつかわれたときと同様に。まったく！ キャットは胸の内でつぶやいた。男性の過ちに対処するのも耐えがたいことなのに、それを女性のせいであるかのように感じさせられたら、もう我慢の限界を超えている。

船で親切にしてくれたあの人はどこに行ったの？ シャトーでいっしょにいてたのしかったあの人は？ 襲撃されたときにわたしを必要としてくれた傷だらけの勇敢な男性は？ 結婚式で結婚に対する不安を払拭してくれたやさしい男性は？ それがわたしが恋に落ちたジュールだった。彼が結婚の誓いに忠実ではないとしても、今でも彼を愛している。そう考えるとあまりに心が痛み、キャットはすばやくまばたきして彼のそばから離れた。ジュールが名目だけの結婚を望んでいるなら、そう、そのお遊びには参加者がふたり必要だ。

「もう行かなくちゃ」キャットはゆったりと手を振った。「今日は一日姉と名づけ親と過ごすつもりなの。わたしのことは気にしてくれなくていいわ」

そう言うと、ジュールには答える暇を与えず、焼けつくような目からあふれ出そうな涙を見られる前に、すばやく階段をのぼった。

「ちくしょう！」ジュールは声に出して毒づいた。昨晩以降、彼女はよそよそしくひややかで、別人になったかのようだった。ぼくが何をした？ ひと晩じゅう頭をしぼったが、答えは浮かんでこなかった。こんなのはあたたかさと炎に満ちたぼくのキャスリンではない。あの数分間のあいだに彼女を変えてしまう何が起こった？　彼女のそばを離れるべきでなかったのはわかっていたが、マリエッタを目にした衝撃があまりに大きく、調べずにはいられなかったのだ。一年以上前、彼がイギリスに戻ってきたときに彼女との関係には友好的に終止符が打たれたのだったが、今彼女がロンドンに現れたのは気に入らなかった。それもエドマンド・トリッグといっしょに。湿気が多いと言ってロンドンを忌み嫌っていた彼女が姿を現したことがとくに気にかかるのはそのせいだ。今度はトリッグは何をたくらんでいる？　今もこれほど奇妙な態度を見せるキャスリンがそれにどう反応するか、ジュールには確信が持てなかった。

東屋でキスをしたのが積極的すぎたのか？　正直に言えば、彼女があまりに魅力的でそうせずにいられなかったのだ。急ぎすぎて怖がらせてしまったのか？　結婚式の夜には、彼女の気持ちを思いやり、自分を知ってもらう猶予を与えることで、正しいことをしたと思っていたのに、何ひとつ計画どおりには進んでいない。

キャスリンが愛してくれなければ、ドミニクがジュリアナと分かち合っているものを自分が手に入れることはない。ふたりの関係が親密なものになり、そのうち彼女が自分を思ってくれるようになると信じるなど愚かなことだったのだ。思ってくれるだって！　ちくしょう、ぼくが望んでいるのはそんなことじゃない！　キャスリンには、彼女が近くにいるときの自分と同じように、焼けつくような痛みを感じてもらいたかった。彼女の心を勝ちとるまでは心安らぐことはない。これはつかのま後退しただけのことと、彼は苦々しく胸の内で断じた。

彼女を田舎の家に連れていけたなら。田舎に行けば、フランスで芽生えた感情をまた呼び起こせるかもしれない。それに、ドミニクとジュリアナとも近くなる。キャスリンが彼らの関係をまのあたりにすれば……自分にもそういう関係がほしくなるかもしれない。しかし、社交シーズンの最盛期に、にぎやかなロンドンから彼女を田舎に連れ出すことなどできるはずもない。キャスリンは社交シーズンをたのしんでいる――それが彼女の世界なのだから。実質よそ者の自分が彼女を家族や友人たちから引き離すことなどどうしてできるだろう？

ジュールは苛々と長い指で髪を梳いた。これ以上ロンドンで暮らすことは自分にとっては不可能に近かった。祖母は――血のつながりはないが、公爵夫人のことは祖母だと思っていた――キャスリンと自分にすばらしい部屋をあてがってくれている。残念ながら、その部屋も充分な広さがなかった。この家も充分広いとは言えない。ロンドン自体が充分広いとは思えなくなっていた。これほどキャスリンに近いところにいて、彼女を求めずにいることはできない。だからこそ、カード遊びをするでもなく、まわりで交わされる会話にもほとんど耳を傾けないのに、毎晩〈ホワイツ〉へ出かけ、持てるかぎりの意志の力で彼女から離れていようとしているのだった。

そのためにできることはただひとつ――自分を忙しくして彼女のことを考える時間を持たないようにするのだ。ジュールは書き物机に向かい、すばやく二通の手紙をしたため、使用人を呼んでそれを届けさせた。

一時間後、彼は〈ジェントルマン・ジャクソン〉というボクシング・クラブのなかで汗を流していた。ジャッコと彼の友人たちがあんぐりと口を開けて見守るなか、ジュールはクラブの経営者で元チャンピオンのジャクソンその人に三ラウンド手合せしてもらった。

「うちの義理の兄のサヴィル伯爵さ」ジャッコはあとから誇らしげにジュールを紹介した。「きみがこういうことを好むとは知らなかったな」

ジュールは謎めいた笑みを浮かべてみせた。「ちょっと腕を磨こうと思ってね。何にしても最高の水準を保っておいて害はないから」

ジャッコはほかの友人たちといっしょに公園へ馬に乗りに行こうと誘ってきたが、ジュールが用事があると言って断ると、友人たちといっしょに上機嫌で去っていった。それでよかったのだ。今のジュールは誰にとってもいっしょにいてたのしい連れにはならなかっただろうから。自分自身にとってさえも。

ボンド街でマリエッタに出くわしたのはさらに運が悪かったが、長年付き合った相手を無視するわけにもいかなかった。おまけに彼女はすぐさまそばに寄ってきた。

「サー・エドマンドについてのあなたのお手紙を受けとったわ。忠告してくれてありがとう」彼女は肩をすくめ、黒くしたまつげをばたつかせた。「あの人は昔から、よくてもかろうじて耐えられるほどの人間ですものね」

「だったら、どうして昨日の晩、彼とオペラに来た？」ジュールはひややかに訊いた。

「ジュール、わたしがロンドンにほとんど知り合いがいないことはあなたも知ってるじゃない」彼女は指摘した。「それに、あなたも結婚してしまったから、わたしたち――」

「そのとおりさ、マリエッタ」彼は眉を上げた。「ぼくらは友人同士として関係を終えた。それは覚えておきたいね」

「わたしもそれを望んでいるのはおわかりのはずよ」突然マリエッタは目に手をあてた。「イギリスのこのひどい湿気。とんでもない頭痛がするの。馬車まで送ってくださる？　この通りをちょっと行ったところに停《と》まっているから」

　ジュールには具合の悪いマリエッタを通りの真ん中に残していくほど冷たくはできなかった。そこで、彼女が腕に手を置くのを許し、連れ立って停まっている馬車へ向かった。

　馬車に乗るのに手を貸すと、彼女はわずかに顔を明るくした。

「あなたのお邪魔はしないわ。奥様のもね。勇ましい若い女性よね？」

「どうしてそれを、マリエッタ？」ふたりがどこかで会ったのかもしれないという考えを拒絶しながら彼は訊いた。

「そういうことはわかるものよ」彼女は手を振って答えた。「またね」

　わずかにほっとしながら、ジュールは馬車がほかの馬車にまぎれるまで見送った。まわりを見まわし、知っている人間がいないことをありがたく思った。うまくいかないことばかりのなか、何かに腹を立てているらしい美しい妻にこのことを知らせるようなおしゃべり好きがここにいたら最悪だったからだ。


　キャットは身だしなみを整えるのに何時間も無駄にした。そのあいだにジュールが自分の部屋にはいっていって、妻に会おうとする気配すらなく部屋を出ていくのが聞こえた。それから、パンシアン・バザーでつまらないものを買うかどうかにかなりの時間を費やしているあいだに、ようやく十一時になった。結婚したばかりの貴婦人にとって、夫婦生活に問題でもあるのだろうかというような噂を招かずに実の姉を訪ねるには適当な時間のはずだ。

運悪く、ボンド街へと角を曲がったところで、イタリアの伯爵夫人がジュールと腕を組んで、仲睦《なかむつ》まじい様子で歩いているのを目撃してしまった。つかのま彼女はまわりに馬車がいることに気がまわらず、流れに沿って馬車を前に進ませるのを忘れてしまった。

レディ・タットウィリガーのタウンハウスに到着したころには、かなり気が立っていた。従者に馬車を厩舎へまわさせるようウェストリーに頼むあいだ、メイドに手綱を持っておくよう言い張ったのは、まるで彼女らしからぬ振る舞いだった。怯えたメイドは手綱を従者に渡すと、嬉々として厨房に逃げていった。

ウィリーはダイニングルームで、おちつきのないマライアと、じっと耳を傾けてはいるものの、黙ったままのハンナ・ハミルトンと会話を交わしていた。

「キャロラインはどこ？」キャットは手袋を脱ぎ、ウェストリーが引いてくれた椅子に腰を下ろした。

「ジャッコがふたりの仲間といっしょに来て、公園へ馬車に乗りに連れていったわ。もちろん、メイドも同乗させたけどね」レディ・タットウィリガーは鼻を鳴らし、キャットに刺すようなまなざしを向けた。「いつになったら約束した話をしてくれるの？」

ウィリーが何かを知りたいと思ったら、うまくごまかすことなどできないとわかってしかるべきだった。ロンドンに戻った日から、ウィリーはキャットの結婚がうまくいっているのかどうか知りたがっていた。昨日なら、名づけ親に心から幸せだと言えたことだろう。でも今日はちがう。そこで彼女は話題を変えた。

「マライア、顔が青いわ」とキャットは言った。美しい姉の具合が悪そうなのはたしかだった。

「歯のせいよ。死ぬほど痛むの」彼女は指で痛む顎を包んで言った。

「アヘンチンキを呑むべきよ」ハンナが事務的な口調で言った。「わたしも歯が痛いときはよく使うわ。効くのはたしかよ」

「だったら今とりに行きましょう」マライアは立ち上がって声を張りあげた。「もうこの痛みには耐えられない」

ハンナはなだめるような声を出しながら、肩を丸めたマライアを部屋から連れ出した。

名づけ親に謝るような笑みを向け、キャットもそのあとを追った。「マライアを寝かせたら、すぐに戻ってくるわ」

一時間後、マライアは上掛けの下に居心地よくおさまり、アヘンチンキの助けを借りて安らかに眠っていた。約束どおり、キャットは応接間に移った名づけ親のところへ行った。

「マライアは眠っているわ」キャットはそう名づけ親に告げると、おちつきなく部屋のなかを歩きまわり出した。

「すわってちょうだい！　しつこく質問したりしないと約束するから。どれほど頭が悪くても、あなたが話したくないと思っているのはわかるわ。それに、もっと差し迫った問題があるのよ！」ウィリーは不吉な顔で言った。

「差し迫った問題？」キャットは別の誰かの問題を話し合えることにほっとして訊いた。それから長椅子のウィリーのそばに腰を下ろした。

「あなたのお姉様とミスター・ヴァンダーワースのことよ。あのいまいましい男は愛を告白しようとする素振りも見せないのよ。今日はいっしょに馬車に乗りに行くことになっていたのに、彼になんて言ったらいいの?」

「ほんとうのことを言えばいいわ。マライアは歯が痛いって」キャットは何が問題なのかわからずに肩をすくめた。

「ばかなことを言わないで! 歯痛だなんて、まったく! そんな事実はまったくもって受け入れがたいことよ」引き結んだ唇をたたく指の動きに合わせてウィリーの足が床をたたいた。その目に意を決したような光が宿り、キャットは不安になった。その光は以前も目にしたことがあり、たいていの場合、とんでもない大騒ぎを引き起こすからだ。

その十五分後、ヴァンダーワースがマライアを馬車に乗せるために訪ねてきた。いつものように非の打ちどころのない装いで、黒いヘシアンブーツはつや光りし、クラヴァットは完璧に結んである。かすかに笑みを浮かべる以外、いっさいの感情を表に出さない石の仮面をつけているような男性にどうしてマライアは惹きつけられているのだろう?

「ミスター・ヴァンダーワース、お会いできて光栄ですけど、残念ながら、マライアは今日はごいっしょできません」ウィリーが陰鬱《いんうつ》そうにため息をついた。

彼の目に何らかの感情が光った? ええ、そうね、鑿《のみ》で削ったような頰がかすかに赤くなっている!

「何か問題があったわけではないといいんですが?」彼は礼儀正しく訊いた。

ウィリーはハンカチを目に持ち上げたが、その前に口をはさむなという目をキャットにくれた。

「わからないんです……まだ。これからお医者様が来るんですけど」

「医者が！　そんなに深刻なんですか？」

その声の調子にキャットは飛び上がりそうになりながら、ヴァンダーワースのひややかな仮面が目の前で溶けていくのを呆然として眺めた。

「まだわから……」ウィリーがつづけようとした。

「国王陛下の主治医を呼ばなければ！」彼は勢いよく立ち上がり、応接間を行ったり来たりしはじめた。「この国で一番の名医ですから。マライアにはできるかぎり最高の治療を受けてもらわなければ！」

「陛下の主治医を呼ぶ必要はないと思いますわ」ウィリーがおどおどと言った。

「必要ない？　もちろんありますよ！　絶対に！」彼は心配に目を見開き、叫ばんばかりに言った。

「絶対にですか、ミスター・ヴァンダーワース？」ウィリーは自己満足の笑みを浮かべ、やさしく訊いた。

「レディ・タットウィリガー、きっとぼくのレディ・マライアへの思いには気づかれていないでしょうね。こんなときに言うことではないと思うんだが……」

ウィリーは手を持ち上げて彼のことばを止めた。「明日、ディッスルウエイト卿におっしゃってくだされればいいわ。九時ぴったりに」

「ええ、ええ、もちろんです」彼はあとずさって部屋から出ていきながら、うなずいた。「医者の往診が終わったら、連絡をください。待っていますから」

「もちろんよ。わかったらすぐに！」ウィリーは動揺したヴァンダーワースがいとまを告げるのにやさしい笑みで応えながら約束した。

「ウィリーおばさま、あなたって恥知らずだわ」キャットは忍び笑いをこらえきれないまま名づけ親を非難した。

「わかってるわ。でも、すてきじゃない！」数分後、ジャッコとキャロラインが部屋にはいってきたときも、ウィリーは満足気な笑みを浮かべたままだった。

「玄関の石段のところでヴァンダーワースに会ったよ。どうして彼は明日ぼくを訪ねてくるんだい？」ジャッコが訳知り顔で笑った。

「もちろん、あなたのお姉様に結婚の申しこみをするためよ！　かわいいマライアの望んだとおりになったんじゃない？」

「まあ、それはすばらしいわ」キャロラインはため息をつき、キャットの頰にあたたかいキスをした。「マライアはミスター・ヴァンダーワースに特別な好意を寄せているってわたしにこっそり教えてくれたのよ」

「特別な好意ね！　マライアが言いそうなことだ！」ジャッコが弟らしく生意気な口調で言った。「〈ジェントルマン・ジャクソン〉でサヴィルを見かけたよ、キャット。公園でいっしょに馬に乗ろうと誘ったんだけど、ほかに用事があると言っていた」

しばらくのあいだ、キャットの問題は消え失せたように思えていたのだが、ジャッコのことばとともにどっと舞い戻ってきた。たしかに用事があったわね！

11

ジュールはこの一週間で音楽会をふたつ、舞踏会をひとつ、晩餐会を三つ耐えなければならず、その精神的な疲れが表に出はじめていた。三本目のクラヴァットをだめにし、それを嫌悪とともに床に放った。ひややかで礼儀正しい態度をとりつづけるキャスリンともうひと晩過ごすなど耐えられなかった。彼女はいついかなるときも完璧で、社交の集まりでは、新婚の花嫁の役割を非の打ちどころなくはたしていた。ダンスを踊るときでさえ、うっとりする顔をつくって見上げてきた。ふたりがぴったりの夫婦だと口々に言う社交界の面々同様、よく知らなければ、彼自身もだまされていたかもしれない。

祖母は自分が加わった計略がそんな結果になって満足しているようだった。レディ・タットウィリガーは計略が成功したことに舞い上がっており、明日の舞踏会でマライアとヴァンダーワースの婚約を発表することで、さらなる功績をあげることになっていた。

しかし、この一週間、みずからに強いてきた幸福な夫婦の振りも今夜はいっそう大変なものになりそうだった。今夜は悲しいことにまたひどく混み合うレディ・セフトンの舞踏会だった。キャスリンと話をして、突然の心変わりの謎をつきとめたいと思っても、それができる場所ではない。とはいえ、会えるのは夜だけで、夜も彼女は必ずほかの誰かがそばにいるようにしていた。朝食や、昼食や、お茶の席でキャスリンをつかまえようと試みても、悲しいほどにうまくいかなかった。彼女が見つかることはなかった。いったい彼女は一日をどこで過ごしているのだ？

起きているあいだじゅう、そのことが心をむしばんだ。ふたりの部屋をつなぐ扉には鍵がかかったままだった。ある日の午後、彼女の部屋で物音がしたのを聞いて、思わず彼はその扉をノックした。しかし、部屋にいたのは片づけをしていたメイドだけだった。メイドが明るく語るところによれば、奥様は弟とその友人たちといっしょにエルギンの大理石彫刻を見に行ったということだった。ジュールは彼らが出てくるころを見計らって博物館の前を馬車で通りかからずにいられなかった。それも無駄足だったが。彼らに出くわすことはなく、その日はずっと少年のような振る舞いをした自分を責めて過ごすことになった。

鏡に目を向け、ジュールはため息をつくと、皺ひとつない別のクラヴァットを手にとり、信じられないほどの手際でウォーターフォール結びを結んだ。幸運を祈り、祖父から受け継いだダイアモンドのスティックピンを襞に刺した。キャスリンと東屋で抱き合ったあの晩もそれをつけていたのを思い出したのだ。ジュールは縁起をかつぐ人間ではなかったが、気まぐれな花嫁のせいで、昔の習慣をすべて投げ出すことになってしまった。

彼は鏡に映った自分に眉を上げ、悲しげな笑みを浮かべてみせた。ひとつだけ変わらないものもある。それは決意だった。時間はかかるだろうが——あとどのぐらい彼女から離れていられるものだろうか！——あの晩、東屋でそうだったように、腕のなかでキャスリンをとろけさせてみせる。

「それは絶対だ！」彼は強い口調で宣言し、ぎょっとした従者は完璧に磨き上げた左足のブーツに指紋をつけてしまった。

キャットは部屋の隅に置かれた姿見に映った自分をじっと見つめた。白いクレープ地に真紅のオーバースカートのついたこのドレスにはルビーが必要だ。彼女はネックレスを指にとって持ち上げた。これをつける？　最後につけたのは公爵夫人の舞踏会のときで、あのときは恥知らずにもジュールを東屋へと誘い出したのだったが、あれから変わってしまったことがあまりに多かった。裏切られた心の痛みがまた目をくもらせたが、キャットはすばやくまばたきして涙はこぼさなかった。このままあとどのぐらい耐えられるものかわからなかった。先週はばかばかしいほどに忙しく過ごした。来る日も来る日もキャロラインやマライアと買い物に出かけ、カルター・ハウスから離れるためだけに、ジャッコのいかれた仲間たちと出かけたりもした。ウィリーおばさまの家を訪ねたと思うとすぐに、外出しなければならないと言って絶えず動きまわっているのを見て、ウィリーおばさまもわたしがおかしくなってしまったと思っているにちがいない。夜はジュールを避けることができなかった。彼がそばにいることで鼓動が速くなり、せめぎ合う感情で心が一杯になってしまい、どうしていいかわからなくなるのだった。これほどの影響をおよぼしながら、彼のほうはわたしをまるで気にもしていないようなのは公平ではない。

キャットはため息をつき、ネックレスをつけた。今夜はおちつかない気分に襲われていた。妙な感情が腹のあたりにたまっている。ジャッコの手紙を受けとった晩、彼女はレディ・セフトンの家にいたのだった。人生の行路を変えてしまった手紙。しかし、今夜はまるで何事もない晩になるはずだ。これまでと変わらない悲しい晩に。

あの音楽会が成功だったとしたら、レディ・セフトンのこの舞踏会はその二倍は成功をおさめていた。舞踏場にはいるやいなや、キャットはジュールと公爵夫人とはぐれた。ジュールは人をかき分けて彼女をそばに置こうとし、ダンスカードを貸してくれと言ってすべてのワルツに自分の名前を書いていたが、キャットはキャロラインに脇に引っ張られたのだった。キャロラインはすぐに話したいことがあると言いながら、ジャッコが現れるといそいそとキャットのそばから離れていった。

ジャッコが踊っていた！　それもたのしんでいるようだ。キャロラインは彼をうっとりと見上げている。クリスチャン・ヴァンダーワースといるマライアもまぶしいほどに輝いていた。どこからどう見ても、愛し合っている恋人同士だ。それでも、見かけで人をあざむくことはできる。というのも、こちらの鼓動が不規則になるような表情を顔に浮かべてジュールがじっと見つめてくることもしばしばだったからだ。それが世間に向けたよき夫の振りであることはたしかだった。ほんとうに妻を思っているなら、昔の愛人と〝旧交をあたためる〟ことはしないはずだ。

そう考えて感情を乱され、キャットはうわの空で給仕からシャンパンのグラスを受けとり、舞踏場をあとにした。玄関の間は客で混み合っていた。知り合いに会うたびに止められたため、控えの間の扉までたどりつくのにだいぶ時間がかかってしまった。この部屋がときおりあいびきに使われるのを知っていたため、恐怖を覚えながら扉を開けたが、そこに誰もいないことがわかってほっと息をついた。その部屋の静けさがありがたく、ほんのつかのま、静けさにひたることにした。キャットは長椅子に腰を下ろした。いつもながら、ジュールがそばにいると思考は千々に乱れた。その問題を避けようとここへ来たのだった。考え、計画する時間が必要だ。

　その小部屋には赤いベルベットの長椅子しか置かれていなかった。愛をささやくのにぴったりの場所とは言えない。もうずっと前のことに思えるあの晩の記憶がわたしをここに連れてきたの？　この部屋でサー・エドマンドとキャロラインと出くわさなかったら、あの船での出来事に巻きこまれることもなかっただろう。そして、サー・エドマンドにみんなが脅されることもなく、わたしがジュールのシャトーに留まることもなかったはずだ。留まらなかったとしても、ジュールと恋に落ちていたかしら？　突然ある思いが鮮明になった。どんな状況にあったとしても、わたしはきっとジュールと恋に落ちたはずだ。〈ブルー・ボア〉のベッドではじめて会ったときから、運命は決まっていたのだ。そうだとしたら、これからどうしたらいい？

　頭がジュールで一杯だったため、控えの間の扉がゆっくりと開いたときには、心臓の鼓動が速くなった。きっと自分の思いがジュールを呼び寄せたのだと思ったからだ。しかし、一瞬心臓は鼓動をやめ、やがてまったく別の理由で速まり出した。

　サー・エドマンド・トリッグがあざ笑うように口をゆがめ、部屋にはいって扉を閉めた。

　即座にキャットは立ち上がった。「何か用？」と見下すように訊く。

「そう、また喜ばしい会話を交わしたいと思ってね」彼はあのいまわしいねっとりした声で言った。

「わたしにそのつもりはないわ」キャットはきっぱりと言い、扉のほうへ向かった。

　彼は扉の前から動かず、キャットはあと戻りせざるを得なかった。彼が近づいてくる。いやらしい笑みは脅すようなものに変わっていた。

「そう、きみのことをずっと見ていたんだ、伯爵夫人」

「へえ、そう？　驚きだわ。あなたはほとんどの社交の集まりから排除されていると思っていたのに、サー・エドマンド」彼女は内心の不安を押し隠すように虚勢を張って答えた。

トリッグの頬が真っ赤に染まり、笑みはあざけりに変わった。「きみとサヴィルは自分たちがえらく賢く振る舞ったと思っているんだろうな！　そう、私はまだおしまいじゃないと言いにここへ来たんだ。マリエッタのことはうまく追い払ったかもしれないが、私はそうはいかない」彼は指でキャットの頬をかすめるように撫でて忍び笑いをもらした。

触れられて嫌悪に駆られたが、彼のことばにキャットははっと動きを止めた。マリエッタを追い払った？　どうやって？　いつ？

首をそらし、キャットは勇気を持って彼と目を合わせた。「サー・エドマンド、ジュールの鼻先にあの伯爵夫人を投げつけるなんて、まったく効果のないことだったわね」キャットは軽蔑するように肩をすくめた。「彼女とジュールの関係はわたしたちが出会うずっと前に終わった過去のことだわ」

「そのようだが、やってみた価値はあった」トリッグはかすれた笑い声をあげた。「ジュールはシャンパーニュでのおいはぎとの不幸な遭遇を私のせいにして、私を破滅させられると思っているようだが、彼にはもっと深刻な害をおよぼしてやることもできる。こうしていとも簡単にきみに近寄ることもできたわけだしね」彼は興奮に身を震わせながら誇らしげに言った。あまりに近くに来たため、息にワインのすっぱいにおいが混じっているのがわかるほどだった。

気分が悪くなり、キャットは手で口を押さえ、あとずさった。もはや虚勢を張ることもできなかった。

「そうだ、キャット、怖がるんだ。きみとジュールには借りがある。私は借りは必ず返す男なんだ」彼がまた手を伸ばして触れようとしてきて、キャットは口を開けて悲鳴をあげかけた。

「彼女にさわるんじゃない！　これはあんたとぼくのあいだの問題だ！　今ここで片をつけようじゃないか、トリッグ！」ジュールが復讐《ふくしゅう》に燃える黒天使さながらに入口に立っていた。

トリッグは驚いて彼のほうを振り返った。キャットはその瞬間にゆっくりと長椅子に腰を下ろした。体から力が抜けたのはジュールが助けに来てくれてほっとしたからというよりは、人生でもっともみじめな一週間を無駄に過ごしたと気づいて打ちのめされたからだった。無駄に！　ジュールは伯爵夫人と〝旧交をあたためて〟はいなかったのだ。自分が何を目にしたにしろ、それは誤解だった。お互い良好な関係を築きつつあったのに、台無しにしてしまった。今さらそれをとり戻せるだろうか？

トリッグのゆったりとしたことばが物思いを破った。「何をしようというんだ、サヴィル？　今、このレディ・セフトンの家で決闘をするのか？　まちがいなく前代未聞だな」トリッグは悦に入ってつづけた。「あんたのご立派な親戚でもそんな大事件を隠すことはできないだろうな。とくにあんたの奥さんと私がしばらくこの部屋にふたりきりでいたとなれば」

「決闘はしないいさ」ジュールは前に進み出ながら言った。「これを食らえ！」そう言ってトリッグのゆるんだ顎にこぶしをくらわせた。トリッグはキャットの足もとの床に倒れ、彼女は急いでそのそばからスカートを離した。

うなり声をあげ、トリッグはどうにか片膝をつくと、ジュールに飛びかかっていった。ふたりは床の上を幕を張った壁に達するまで転がりながらこぶしを振りまわした。キャットは何か武器になるものはないかとあたりを見まわしたが、何も見つからず、自分の無力さに自己嫌悪におちいった。

やがてジュールが立ち上がり、シャツの前をつかんで敵を立たせると、もういちど顎が砕けるほどの一撃を食らわした。トリッグは床にくずおれて動かなくなった。

ジュールは大きく息をしながら彼女のほうを振り向いた。クラヴァットの中央にはまだダイアモンドが輝いている。ほっそりした顔はなぐり合いのせいで赤くなっていたが、あざになっているところはなかった。長い指で彼は乱れた髪を払い、わずかに曲がった上着を直した。

「キャスリン、このまま帰ったほうが賢明だと思うよ。おいで」そう命じると、腕を伸ばした。「公爵夫人がわれわれがいないのに気づいて騒ぎ出す前に、彼女を見つけなければ」

ことばを発することができないまま、キャットは震える指を彼の肘にかけ、床に伸びてうめき声をあげているトリッグを最後に一瞥《いちべつ》すると、夫に導かれるまま、その部屋をあとにした。

ジュールはキャットを連れて人ごみを縫うように進み、未亡人たちの中心にいる公爵夫人を見つけた。それから、早く帰ると聞いて不安がるレディ・タットウィリガーをなだめ、全員を馬車に乗せた。そのあいだずっとキャットはひとことも発することばを思いつけなかった。たった今目にしたことが衝撃だったというよりは、ジュールの岩のように険しい顔を前に、会話などまったくできないように思われたからだ。彼の祖母ですら、突然帰ることに異を唱えようとするのを断固として拒絶され、彼女らしくなく口をつぐんだ。

カルター・ハウスに着くやいなや、ジュールは図書室にはいり、しっかりと扉を閉めた。

公爵夫人がキャットに面と向かって言った。「これはあなたたちふたりで解決すべき問題なんでしょうけど、これ以上わたしの孫を傷つけることは許さないわ。あなたがそのつもりなら、あの部屋にわたしもいっしょに行きます」彼女は残酷なほど率直に言った。「この一週間、あなた方のあいだに張りつめたものがあったのは気づいていたわ。それがなんであれ、ジュールは闘ってでも自分のものにしておく価値のある男性よ、キャスリン」

公爵夫人に尊大そのものの顔でねめつけられても、キャットは少しもひるまなかった。ふたりが一週間ずっと気まずい状態にあったのはたしかで、それもただひたすら自分が愚かだったからだ。この状況を改められるかどうかはわたしにかかっている。

「お約束しますわ、公爵夫人。ジュールを幸せにするために全力をつくすと」キャットは感情の高まりに声をつまらせて言った。

それに対してはじめて公爵夫人が抱きしめてくれた。「かわいいキャスリン、それがわたしにとってどれほど大事なことか、あなたには見当もつかないでしょう！」一歩下がると、ジュールの祖母はまた命令するようなまなざしをくれた。「では、行きなさい。彼もあそこで充分すねたはずよ」

音もなく図書室にはいると、ジュールもすねているわけでないのがわかった。片手にブランデーのデキャンタを持ち、もう一方の手に半分空《から》になったグラスを持って肘掛椅子に身をあずけている。キャットがそばに近づくと、目を上げた彼は彼女に気づいた。それからグラスのブランデーを飲みほした。

「キャスリン、恐怖のあまり呆然としているように見えるよ。すわるんだ。話がある」

自分が公爵夫人と玄関の間に残っているあいだに、彼がデキャンタからかなりの量のブランデーを飲んだことにキャットは突然気づいた。ジュールは酔っ払っておらず、ほろ酔いかげんですらもなかったが、その声には、〈ブルー・ボア〉でのあの晩以来、聞いたことのなかった鋭いものがあった。キャットははじめて舞踏会に参加したときのように、途方に暮れて腰を下ろした。

そうして身じろぎもせずにすわっている椅子の向かいには、ジュールが暖炉を見つめながらゆったりと椅子に背をあずけていた。キャットは額に落ちたふさふさとした黒髪やそれをかき上げるほっそりした指をじっと見つめた。まぶたがなかば閉じられており、濃い黒いまつげがきれいに頬骨に広がっている。

突然ジュールは顔を上げて彼女を見つめた。

「どうして控えの間でサー・エドマンドとふたりきりになったんだ?」

訊かれると思っていなかった質問だったので、答えるのにしばし時間がかかった。

「まさか、彼と……約束したわけじゃないよな」彼は声を張りあげた。

「もちろんちがうわ! 彼にあとをつけられたのは今回がはじめてじゃないけど」キャットは静かに答えた。

「なんの話をしている、キャスリン?」ジュールは椅子から飛び上がって怒鳴った。グラスもデキャンタもそのそばの床に転がった。

キャットも立ち上がって彼と顔をつき合わせた。昔から問題には真正面から正直に向き合ってきた。最初からこうしていれば、ジュールもシャンパーニュで襲われずにすんだかもしれない。

「船を降りてから、これが二回目ということよ。そう、あの人と遭遇するのは三回目と言ったほうがいいわね」

「それぞれ、どんなことになったのか、詳しく説明してもらえるかな？」彼はどこまでも静かな声で訊いたが、目は怒りに燃え立っていた。

「最初に出くわしたのはひと晩泊まったフランスの宿屋の庭よ。彼に……キャロラインとのことに干渉したことをけっして忘れないから覚えておけと言われた。二度目は……そう、二度目は……」キャットはどうつづけていいかわからず、ことばにつまった。

「二度目は？」ジュールは眉を上げて訊いた。

「二度目は、あなたが通路に出ているあいだに、オペラのボックスに彼がプリマヴェッタ伯爵夫人を送りこんできたの」キャットは彼の反応を恐れて急いでつづけた。「それで、三度目が今夜よ」

ジュールは頭をはっきりさせようとするように首を振った。「キャスリン、ぼくは――」

「わざわざ説明してくれなくていいわ」彼女は何気なさを装って肩をすくめた。「あなたが彼女とよりを戻すことはなかったってサー・エドマンドがはっきり教えてくれたから……どこへ行くの！」彼が毒づいて扉へと向かうのに気づき、キャットは息を呑んだ。

「あのみじめなサー・エドマンドという人間のせいで、この世はもう充分穢されてしまったからな」彼は吐き捨てるように言った。

キャットは図書室の扉の前に身を投げ出して行く手をさえぎった。「だめよ！　だからこそ、あなたに言わなかったんじゃない！　あなたにもジャッコにも決闘なんてしてほしくないから！　決闘によってすでに失ったものを思い出して！」恐怖のあまり、涙が頬にしたたった。

ジュールははっと足を止めた。怒りが顔から引いた。

「キャスリン、どうしてぼくが決闘で失明したと思うんだ？」彼はやさしい声で訊いた。

恥ずかしさに顔が真っ赤に燃えたが、キャットは怒りに身をこわばらせた。「あなたの過去についても、あなたが隠している考えや感情についても、わたしは何も知らないからまちがいを犯してしまうんだわ。導いてくれるものが何もないのよ。あなたはわたしのことを、妻ではあっても、秘密を打ち明けていい相手とはみなしていないんだわ」

しばらく沈黙が流れた。キャットはそのあいだに胸の痛みのせいで心臓が破れてしまうのではないかと思った。

それからジュールは、これまで見たこともないほどやさしい笑みを浮かべ、彼女の手をとって椅子へ導くと、自分は足台にすわった。彼女が口を開こうとすると、二本の指を唇にあてて黙らせた。

「キャスリン、ぼくは英雄と目されるような人間じゃない。この傷は戦闘での勇敢な行為や、決闘での無茶な振る舞いによってできたものではないんだ」彼はつかのまためらったが、キャットは賢明にも口を開かずにいた。手は指の感覚がなくなるほどきつくジュールににぎりしめられていたが、その手を引き抜こうとはしなかった。

「ぼくが失明したのは、家族のあいだである出来事があったときだ」彼は静かに語りはじめた。「悲惨な長い話になるが」しばし間を置く。「母は夫を――ドミニクの父を――愛していなかった。ふたりはぼくたちを互いに傷つけ合う遊びの駒として利用していた。ぼくはドミニクよりも五歳年長で、彼を守ろうとしていたんだが……うまくいかなかった……最近まで、その出来事が自分にどれほどの影響をおよぼしたか、認識していなかった」ジュールはようやく彼女の手を放し、わずかに顔をそむけた。

「母はぼくに異常なほどの愛情を注いでいた。不健康なほどの愛情をね。手遅れになるまで、ぼくは家族がどんな状況にあるのか気づかずにいたんだ。結局、母は母だったのだから。たとえ唾棄《だき》すべき邪悪な女だったとしても」彼はキャットに向き直った。

「これ以上詳しいことは言わないでおくが、酔っ払ってぼくと母が関係を持っていると勘ちがいした継父が母を殺し、ぼくにけがを負わせた。それから彼は自分に銃を向けた」彼の声が力を持った。「ドミニクもそれを十年ものあいだ信じていたんだ。ぼくが去年イギリスに戻ってきたのは、真実を彼にわからせるためだ。あの悲劇が起こったのはわれわれのせいではなく、両親のせいなのだということをね。それで、ジュリアナの助けを借りてようやく、彼にも真実がわかった。ぼくは弟をとり戻したんだ」

ことばは耳に届いていたが、理解にしばらく時間がかかった。ジュールは暖炉の白い大理石ほども顔色を失っていたが、目は苦しみに暗くなっていた。

胸を揺さぶるほどの痛みと喉をふさぐ苦しみにキャットはささやくような声を発した。「そんなひどい目に遭っていたなんて。わたしがその痛みをとり除けたならいいのに」

キャットは彼が静かに息を吐き出し、高い頬骨に色が戻ってくるのに気がついた。それから、絶え絶えの息のまま、ジュールは彼女の指を口へ持ち上げた。「きみは痛みをとり除いてくれたよ、キャスリン」

キャットはことばを発することができなかった。息をすることも。ただ彼とともにゆっくりと立ち上がっただけだった。

無言のまま彼は彼女の喉を指の節で撫で、キャットは触れられたところの脈が速くなるのを感じた。じっと動かずに立ったまま、甘いためらいとともに目を上げる。

両手で彼女の顔をはさむと、ジュールはそっとその顔を揺らし、焦らして酔わせるように唇で唇をなぞった。彼女は思わず腕を彼の首にまわしてしがみついた。きつく体を押しつけ、唇を触れ合わせると、ふたりの体が震えるほど深く長いキスをした。

ジュールは彼女を胸に抱き、片手を頰にあてて唇で巻き毛をもてあそんだ。「キャスリン、ぼくらは――」

「いいえ！　約束して……」声が震えた。キャットは首をそらしてとろけそうになりながら彼と目を合わせた。「もう危険な目に遭うようなことはしないと約束して。もうあなたを失いたくない……やっと……やっとよく知り合えたんだから」

体にまわされた腕がきつくなり、彼の顔は感情の高まりを表すように輝いた。「約束するよ、キャスリン。すぐにもっとよく知り合えることも約束する」

12

キャットはベッドにゆったりと体を伸ばし、ジュールが今夜眠ることになる場所にてのひらをすべらせた。それはそうしたいと自分が主張すればの話だったが、絶対に主張するつもりだった。

熱が全身に広がり、彼のことを思いながら彼女は体を丸くした。人生ってこんなにめまぐるしく変わるものなの？　ジュールと話をしてから、何もかもが変わった。自分の感情がこれまで以上に強く輝かしくなれるとは思わずにいたのだったが、昨晩、過去の出来事について聞いてから、彼の心の痛みを永遠にとり去り、そうしてできた穴を愛で——自分の愛で——埋めたくてたまらなくなったのだった。

何もかも満足の行く夕べだったが——トリッグが彼にぴったりの〝デザート〟を見舞われ（わたしはいつからこんな血に飢えた人間になったの？）、ジュールがイタリアの伯爵夫人と旧交をあたためたりはしなかったことがわかった——唯一がっかりしたのは、ジュールが図書室で自分を抱き上げ、そのまま彼の部屋へ連れていってくれなかったことだった。

キャットはため息をつき、今夜彼の真っ黒な頭が載る予定の枕に頰をこすりつけた。あの豊かな髪に指を差し入れ、硬い筋肉質の胸に唇を押しつけるのだ……呼吸が不規則になり、キャットはベッドの上で身を起こした。ネグリジェの下で鼓動が激しくなっている。結婚している女性はみんな夫についてこんなすばらしい夢想をするものなの？　こんな甘い思いで心が一杯だとしたら、何かを成し遂げるなんてことがどうしてできるの？　ジュールのことを思いながら、一日じゅうここにこうして寝そべっていてもいいと考えている自分に彼女は驚いたが、この白昼夢を現実のものにするにはやらなければならないことがあった。

今夜、マライアが彼女の夢の対象と正式に婚約する。今夜、わたしは持てる魅力のすべてを駆使してジュールを惹きつけるのだ。愛というシルクのような糸で永遠に彼を自分に結びつけるため、このベッドへと夫を誘いこむつもりだった。ふたりのあいだに立ちふさがるものは何もないのだから。何もわたしを止められはしない！

上流社会の人間がロットン・ロウへ馬をくり出すにはまだ早すぎる時間だった。だからこそ、ジュールはここへやってきたのだ。薄雲がかかっていて陽光もぼんやりとしていた。テムズ川から吹いてくる夜明けの風が、ありがたいことに街の悪臭《あくしゅう》を吹き散らしてくれていた。今朝はすばらしい気分だった。何年も感じたことがないほどに解き放たれた気分。キャスリンに過去の出来事について話したことで、なぜか心の痛みを追い払うことができたのだった。これから少しずつ過去のことを彼女に話していき、考えや感情を分かち合うこともできるだろう。話して聞かせたら、彼女がどんな反応を見せるか、予想もできなかったのだった。彼女にその重荷を背負わせたくなかったのも話さないでいた理由のひとつだった。真実を知っているのはほんのひとにぎりの人間だけなのだから。突如として、過去がさして重要なものではなくなった。重要なのは未来だ。キャスリンとの未来。

昨晩彼女を腕に抱きながら、シャンパーニュで誓ったことをまもなく実行できるのではないかという希望が芽生えた。キャットはことばには出さなかったが、愛撫に反応した彼女の甘い体が物語っていた。それが彼に決意を固めさせた。

レディ・タットウィリガーの家で今夜、愛情あふれる態度で妻を魅惑し、誘惑するのだ。おそらく、今夜はようやくあのいまわしいつづきの扉が開かれる晩になる。

キャスリンのことをうっとりと思い浮かべていたジュールは、親しげな笑い声によって現実に引き戻された。

「なあ、サヴィル、もう少しでぶつかるところだったぞ！」ジャッコが鋭く馬の手綱を引き、ノワールをよけた。

「ジャッコ、びっくりだな！　きみが起きている時間じゃないだろうに。ふつうきみは午後まで外には出てこないはずだ」ジュールが唇をゆがめて言った。

「逃げ出してきたのさ。きみも頭があるなら同じことをするよ」ジャッコはさかしげにうなずいた。「今日はあの家には近づかないほうがいい。今夜のウィリーの舞踏会のために女性たちにこき使われるのがおちだからね。前もそういうことがあったんだ。ぼくがタットウィリガー・ハウスに住んでいなくても関係ない。ぼくの住まいまで押しかけてくるんだから」

「一日じゅう彼女たちを避けて過ごすつもりかい、ジャッコ？」ジュールはキャスリンそっくりのえくぼのある義弟の若々しい顔にほほ笑みかけた。

「全部計画はできているんだ。今朝は公園で馬に乗る。昼食は軽くとる。舞踏会のための着替えを早くすませ、今夜義務をはたす前に、ミセス・キャセージの家でファロをする」

「ミセス・キャセージの家？」ジュールは悪名高きファロの館の名前を聞いて眉を上げた。

「ちょっとやりすぎじゃないか、ジャッコ？」

ジャッコは肩をすくめて何歩か馬を進めた。

「パーシーとグレイディがいっしょに行くんだ。あそこに集まる連中はちょっといかれてるけど、ゲームは公正に行われる。まあ、行かなくちゃならないんだ、サヴィル。ぼくの言ったことを覚えておくんだね。今日はキャットから離れていたほうがいいぞ。こき使われるから」

おもしろがるように口を曲げ、ジュールは義理の弟が道を下っていくのを見送った。じっさい、今日はほぼ一日、領地の管理をまかせている人間と過ごすことになっており、キャスリンには会わない予定だった。そうして離れていることで、夜が来ることへの期待が高まるはずだとジュールは思った。

興奮に軽い笑い声をあげ、ジュールはノワールの手綱をゆるめた。ロットン・ロウに人の姿はなく、ノワールは全速力で駆けた。


すべてが完璧だわ。レディ・タットウィリガーは頬をかすめるようにターバンの羽根をねじり、胸の内でつぶやいた。お気に入りのライラック色のシルクに身を包んだグウィネスは、社交界の面々からのお祝いと羨望《せんぼう》を受ける心の準備を整えていた。うまくやってのけたのはたしかだ。このシーズン、キャットは縁戚関係のきわめてすばらしい颯爽としたサヴィル伯爵と結婚し、今度はマライアが、爵位はないものの、その莫大《ばくだい》な財産から人にうらやましがられる相手であるミスター・クリスチャン・ヴァンダーワースと婚約した。

〝ディッスルウエイト卿の心変わり〟として世間に広まっている悪い噂をものともせず、グウィネスはそれをやってのけたのだった。子供たちの母親のベッティナはかわいらしい女性だったが、世間で貴婦人とみなされることはけっしてなかった。フランシスにとってふさわしくない身分の相手だったのもたしかだ。しかし、それもみなおとぎ話のような終わりを迎えることになる。

グウィネスはため息をつき、最後に一度舞踏場を歩いてまわり、飾られた花や、未亡人たちのために壁際に並べられた、金メッキをほどこした華奢《きゃしゃ》な椅子などを確認した。フランシスとベッティナはともに暮らした短いあいだ、すばらしく幸せだった。そして今、ふたりのあいだの子供たちも愛する相手を見つけることができた。まだまったく正式に決まったわけではないが、ジャッコとキャロラインが互いにぴったりの相手であるのも明らかだ。あの若い女性のおかげで、ならず者の名づけ子がお行儀のいい若者に変貌《へんぼう》した。ミス・ヴァンダーワースにぴったりのお相手を見つけるのもさほど大変なことではなさそうだった。グラッドストン・ペニントンと親しくするよう口添えすればいいのだ。そう、彼らも似合いの夫婦になるだろう。まったく、自分が縁をとりもつ天才であることにこれまで気がつかなかったなんて。

玄関の間に立つと、あとはマライアが現れるのを待つだけだった。玄関の間に置かれた時計を見ながら、ヴァンダーワースが到着予定の十五分前に現れることが想像できた。彼はいつも時間には正確な人間だ。

五分後、ノッカーが鳴らされたときには、結婚式の詳細をあれこれ考えていたグウィネスははっとした。ウェストリーが扉を開けると、名づけ子のジャッコがサー・パーシー・アレンデールとグラッドストン・ペニントンを従えて現れた。グウィネスは心底びっくりした。この若者たちが社交の集まりに時間ぴったりに現れることなどついぞなかったからだ。しかも、激しく言い争っているようだった。

「ジャッコ、ばかなことを言うなよ！　そんなことは——」グラッドストンが言い終えないうちに、ジャッコがグウィネスには理解できないののしりのことばでさえぎった。

「ジャッコ、それはどういう意味！」グウィネスはライラックの香りをつけたダチョウの羽根の扇をせわしく振りながら大声で言った。

三人の若者はみなぽかんとした顔を彼女に向けた。今夜、ジャッコの目はきらきらと輝きすぎていた。

「姉さんの婚約を祝うために来たんだよ、ウィリー」ジャッコは明るい笑みを浮かべた。彼が身をかがめて頰にキスしてきたときに、その笑みが明るすぎることにグウィネスは気がついた。

「マライアとキャロラインはどこ？」彼は二階につづく大きな階段を見上げながら訊いた。

「まだ三十分も前だもの、ふたりとも着替え中よ」グウィネスはグラッドストンとパーシーに鋭い目を据えながら言った。「ジャッコのことは産声をあげたときから知っているから、何かたくらんでいるときはそうとわかるの。あなたたちのうち、どちらがそれを話してくれるのかしら？」

うれしいことに、若者はどちらも恐怖に駆られた顔になったが、口を開こうとする者はいなかった。ジャッコが突然彼女の指をとり、それを自分の引きしまった唇に持っていった。

「言ったことはなかったかもしれないけど、愛してるよ、ウィリー」彼は美しい顔に心を射抜くような笑みを浮かべてささやいた。

驚いてことばを失ったグウィネスは身動きをぴたりとやめた。スカートのこすれる音がして、その場にいた全員の目が階段に向けられた。薄いピンクのクレープ地の美しいドレスに身を包み、つややかな茶色の巻き毛をふた房大胆に首に下ろしたマライアが階段を降りてきた。その後ろに、淡い青紫色の薄い生地のドレスを着たキャロラインがつづいた。ジャッコを認めてその目がすぐにきらめいた。

「ディッスルウエイト様、とても早かったのね！」彼女は喜びを隠そうともせずにかすれた声で言った。

グラッドストンとパーシーが脇に下がり、ジャッコがふたりの女性の手をとって前に導いた。「きれいな姉さんを心行くまで眺めるために早く来たんだ」ジャッコは見え見えのお世辞を言った。

マライアは彼の腕を扇で軽くたたいた。

「ばかね、姉に何を言ってるのよ。ほんとうはどうしたの？」

彼は姉の頰をつねった。「姉さんに会いたかったのさ、それだけだよ。でも、姉さんのことは婚約者にとられるんだな」そう言って笑ったところで、ノッカーが鳴り、ウェトスリーがヴァンダーワースを招き入れた。「さあ、キャロライン」ジャッコは彼女の腕を自分の肘にかけさせた。「ウィリーが今夜出すシャンパンを最初に味見しよう」

「ジャッコは何をたくらんでいるの？」マライアが疑問を口に出したが、グウィネスは首を振るしかできなかった。止める前にグラッドストンとパーシーも二階の舞踏場へと消えてしまっていた。ふたりのあとを追おうと思ったが、グウィネスにはその体力がなかった。

「さあね」彼女は小声で言った。「でも、今夜のうちには暴いてみせるわ！」

　公爵夫人がいっしょの馬車に乗っていたのは幸運だったとキャットは思った。神経がぴりぴりしていて、ジュールとふたりだけだったら、耐えられたかどうかわからなかったからだ。

　一日じゅうどうやって夫を誘惑したらいいかと、そればかり考えて過ごしたのだった。ドレスは襟ぐりの一番深いものを選び、髪は彼が褒めてくれた形に結っていた。それでも、彼の手を借りて馬車に乗りこんだときには、期待に気が遠くなりかけていた。それとは対照的に彼は、黒い上着に襞のない白いシャツという簡素な装いで、いつもどおり颯爽としていた。

　運よく早く着いたために、押し合いへし合いする馬車の渋滞につかまることはなかった。家はとくに華やかに見えた。ウィリーが入口の両脇に台を置き、花を飾っていた。マライアとクリスチャンに挨拶をすると、驚いたことに、ウィリーに大きな鉢植えの植物の陰に引っ張りこまれた。

「ウィリーおばさま、どういうこと？」名づけ親のいつもは明るい顔に心配そうな縦皺が寄っているのを見て不安になり、キャットは訊いた。

「双子の弟に目を配っておいて、キャスリン。何かたくらんでいるみたいなの。絶対にそうよ」と名づけ親はきっぱりと言った。

　バラ色の地平線に小さな暗雲が現れたが、キャットは即座にそれをかき消した。「心配しないで、ウィリー。ジャッコと話してみるから」彼女は名づけ親の頬にキスをして約束した。

　満足した様子でウィリーはマライアとクリスチャンのところへ戻り、キャットは待っていてくれるジュールを見つけるために舞踏場へ向かった。

「ああ、そこにいたのか。シャンパンを飲みたいかと思ってね。何か問題かい？」彼は何かに気づいたかのように訊いた。フランスへ向かう旅の途中に聞いたのと同じ声だ。強さと信頼を表す声。いとしいと思うようになった声。

「いいえ」彼女はにっこりし、ぞくぞくと部屋を埋めていく人ごみに目を走らせた。「ジャッコを見かけた？」

「ああ、あそこでキャロラインと踊っているよ」ジュールは彼女の腕に触れて答えた。

たしかに双子の弟のジャッコはキャロラインと驚くほど流麗にワルツを踊っていた。踊りながらそばを通りかかったときに、ジャッコはキャットにキスを投げた。

キャットは笑いながらジュールの顔を見上げたが、彼がすぐそばにいるのに気づき、彼の肩にもたれるようにした。「問題ないみたいよね？」

「たのしんでいるさ。さあ、ぼくらもたのしもう」

ジュールは彼女のグラスを通りかかった給仕に渡し、キャットをダンスフロアに引っ張り出した。ふたりはダンスの相手としてぴったりだった。キャットは大胆にも頬を彼の胸にあずけて目を閉じた。腰にまわされた腕がきつくなり、〈オールマックス〉の後援者が――たとえ夫婦であっても――許さないほどに体が密着した。

「キャスリン、今夜はきみをひとり占めするつもりだ」彼にそう耳打ちされると、息が肌にかかり、背筋に震えが走った。

ジュールは約束を守る人間だったので、キャットに付き従う騎士のように、ダンスを申しこんできた全員を追い払った。ふたりは互いとだけダンスを踊った。ワルツを踊るたびに、彼はさらにきつく彼女を引き寄せ、一度など、首の横に唇を押しつけるまでした。

息ができなくなり、キャットは驚きに目をみはって彼を見上げた。「ジュール、人になんて思われるかしら？」

体にまわされた腕に力がこめられ、彼の太腿が太腿に押しつけられるのが薄いドレスの生地越しにわかった。

「サヴィル伯爵が妻にぞっこんだと思われるさ」ジュールはそうささやくと、目をドレスの深い襟ぐりのボディスへと大胆に落とし、その目をまた彼女の目に戻した。

欲望のあまり体の力が抜け、ウィリーが声を張りあげて正式にマライアとミスター・クリスチャン・ヴァンダーワースとの婚約を発表して乾杯するのをあやうく聞き逃すところだった。客のほとんどが前に進み出てお祝いを述べたが、ジュールはその機会に乗じてキャットを小さなバルコニーに連れ出した。

ふたりはむっとするような夜の街の空気に包まれた。ジュールはレンガの壁にもたれ、手を伸ばして彼女を引き寄せると、きつく抱きしめた。キャットは彼に全身をあずける格好になった。胸の下で彼の鼓動が速まるのがわかる。

目が暗闇に慣れると、ほんのかすかに彼の顔が見え、そこにすばらしい笑みが浮かぶのがわかった。

「キャスリン、ぼくの妻になってくれるかい？」

キャットは彼をじっと見つめた。「もうなってるわ」

　ジュールの手が彼女の肩にのぼり、それからわざとゆっくりと下に降り、肘の内側をなぞって胸の近くまで下ろされた。

「ああ、たしかに形式に従い、誓いのことばも述べた……正式に結婚はしている。でも、ぼくにはそれだけでは足りない」とジュールは小声で言った。ゆっくりと手が喉へとのぼり、そこに落ちている髪の束をもてあそんだ。「もっとほしいんだ、キャスリン」

　キャットは触れられる喜びにぼうっとなっていた。

　ジュールはそっと軽く唇にキスをした。自分が震えていることにキャットは気がついた。小声で名前を呼ばれ、降参するように指を彼の髪にからめ、開いた唇へとジュールの顔を下ろさせる。ふたりは互いに身をそらしてさらに体を押しつけようとしながら、長く濃厚なキスをした。

　キャットは彼の唇に答えを吹きかけた。「ええ、お願い、わたしをあなたの妻にして」

　薄暗がりのなかでも、彼の目に炎が燃えるのが見えた。「だったら、おいで、キャット。今夜はぼくたちのものだ」

　彼は暗いなかでキャットを導き、部屋のなかへ戻ったが、そこでジャッコとキャロラインにぶつかりそうになった。ふたりが出窓のくぼみのカーテンの陰に隠れ、情熱的に抱き合っていたのがわかり、キャットは当惑と驚きに駆られた。

　その瞬間、ジャッコはキャロラインを放してあとずさり、キャットと目を合わせた。その顔を見てキャットは血が凍った気がした。ジャッコはひとことも発することなく、光と音楽に満ちた舞踏場へ出ていった。

「ああ、キャスリン、彼にキスをされたの」キャロラインが小声で言い、震える指で唇に触れた。「はじめてよ。とてもすばらしかったわ」

キャットはうっとりしているキャロラインの顔からジュールの顔へと目を持ち上げた。

「キャスリン、どうしたんだ？」とジュールがすばやく訊いた。

キャットは首を振りながら舞踏場へ戻りかけていた。「キャロラインを舞踏場へ連れ帰って。わたしはジャッコを見つけなければ！」

ジャッコはどこ？　キャットは必死で人ごみを見渡し、ブロンドの頭を探したが、どこにも見当たらなかった。廊下に出ると、パーシーがうろうろしていた。

「ジャッコを見た？」と彼女は訊いた。

「いや……見てない」パーシーは一歩あとずさって口ごもりながら答えた。「ぼくはきみのご主人を探しているんだが」

「彼なら舞踏場に戻ったばかりよ」キャットは急いで答え、その場を離れて玄関の間へ探しに行った。ジャッコの姿はなかった。おそらく、ひとりになるために、昔使っていた部屋へ行ったのだろう。絶対に何かおかしい。弟の目には、理由はわからないものの、寒気がするほどの恐怖をもたらすものが浮かんでいた。ウィリーおばさまは正しかった。名づけ親の不安を軽く考えてはならなかったのだ。ジュールのことで頭が一杯だったのだから、しかたなかったとはいえ。

階上《うえ》の廊下に上がっても、舞踏会の浮かれ騒ぎは容易に聞こえた。ジャッコの部屋へ近づくころには遠のいていたが。彼女は扉を開いて息を呑んだ。

ベッドのそばに置いてあるオークの棚の前にこちらに背を向けて男性がひとり立っていた。しかし、それは双子の弟ではなかった。

「グレイディ、何をしているの？」キャットは音を立てて扉を閉めて訊いた。

はっとしてグレイディは持っていた箱をベッドに落とした。すばやくそれをつかむと、背中に隠したが、キャットにはそれが何か見えた。

「キャット、きみはここで何をしているんだい？」彼は目を泳がせ、逃げ道を探しながらしわがれた声で訊いた。

「どうしてジャッコの決闘用の拳銃を持っているの？　それに弟はどこ？」キャットはすばやくそばに寄り、箱を奪いとって訊いた。

「どうなっているの？　教えないと、この部屋からは出さないわよ」

「ジャッコはきみに見つからないようにもうこの家を出たよ」グレイディは彼女のほうに近寄って認めた。「その拳銃は渡してくれなくては！　自分の拳銃を使えば、ジャッコも運に恵まれるかもしれない」彼は息をひそめるようにしてつづけた。

「運に恵まれる？」キャットは息をついてベッドに腰を下ろした。膝が崩れるとわかったからだ。「決闘ね。誰と？」

「トリッグさ！」グレイディはうなるように言い、彼女の突然動かなくなった指から箱を奪いとった。「話しすぎてしまった。かかわるんじゃない、キャット。ただ祈っていてくれ」彼はきっぱりと言い、部屋から逃げていった。

キャットはジュールへの愛を前に、すべての問題が永遠に解決されたと子供のように思いこんでいたのだった。しかし今、すべての幸せがジャッコの身を心配する恐怖にとって代わられてしまった。

「いったいどうしたらいいの？」彼女は両手に顔をうずめてつぶやいた。

「もちろん、止めるのよ」

キャットははっと立ち上がり、何度かまばたきした。自分の目が信じられなかった。ハンナが暖炉のほうを向いた椅子から立ち上がった。

「ハンナ、聞いてたの！」キャットは叫んだ。

「ええ、キャット。下の騒音から逃れて本を読みに来たの。それで居眠りしてしまったのね。あなたが扉を閉める音で目が覚めたわ。でも、声を出さずにいるほうがいいと思ったの」

キャットはぶるぶると震えていたが、ハンナは彼女をそっと抱きしめた。ラヴェンダーの香りのする抱擁だった。

「どうしたらいい、ハンナ？」キャットはささやくように言った。

キャットを腕の長さまで離すと、ハンナのいつもは穏やかな顔が険しくなった。「あなたの弟に決闘をさせるわけにはいかないわ。彼が耳を貸すのはあなただけよ。だから、あなたが彼と話をしなくちゃならない。説得できなかったら、これを与えて」ハンナはスカートのポケットの奥からアヘンチンキの小瓶をとり出した。

「薬で眠らせるの？」キャットは息を呑んだ。

ハンナは肩をすくめた。「夜明けの決闘に行けなくするだけよ。いかれた男たちがばかな真似をするのは夜明けでしょう？」

「ええ、でも、ジャッコが姿を現さなかったら、トリッグにまた呼び出されるだけよ」キャットはゆっくりと言った。「もしくは、名誉を穢されるかもしれない」呆然とした頭に恐ろしい考えが根づきつつあった。ジュールに助けを求めて彼を危険にさらすわけにはいかない。トリッグのことは自分でなんとかしなければ。

「でも、時間稼ぎにはなるわ」ハンナは淡々とした口調で言った。「そうすれば、トリッグは最低の人間だから、ジャッコに害をおよぼす前に誰かに始末されるかもしれない」

ジュールはレディ・タットウィリガーの図書室をのぞき、そこに誰もいないのをたしかめると、興奮しているパーシーを呼び入れ、しっかりと扉を閉めた。ふたりきりで話がしたいと、この若者らしくなく、執拗《しつよう》にせがまれたのだった。

「で、どうしたんだ、アレンデール？」ジュールはマントルピースに肩をあずけ、ゆったりと言った。今夜はもっと大事なことが頭にあるというのに。

「ジャッコだよ」パーシーはきっぱりと言った。

「ジャッコ！」ジュールは背筋を伸ばした。ジャッコを追っていったときのキャットの驚愕した顔を思い出したのだ。「いったい彼がどうしたんだ？」

「ぼくのことは哀れなおしゃべり野郎だと思ってるだろうね、サヴィル。もちろん、ほんとうのことだが」パーシーは肩をすくめて首を振った。「止められないんだ。子供のころからこんなふうだった。でも、ジャッコは何があってもぼくの友達だ。あなたに話したと知ったら、殺されるかもしれない。でも、ほかに頼れる人がいなくて」

「アレンデール、話すんだ！　今すぐ！」ジュールが命じた。

うなずいてパーシーは大きく息を吸った。「ミセス・キャセージの家でファロをやっていたら、トリッグが現れたんだ。酔っ払っていた。たぶん、どこかでけんかでもしてきたんだろう。目のまわりが黒くなっていて、唇が切れていた。ジャッコの姿を見かけると、すぐにぼくらのテーブルにやってきて、ジャッコをののしりはじめた。グレイディとぼくはジャッコをそこから引き離そうとしたんだが、彼がどれほど頑固になれるかはあなたにもわかってるはずだ」

「ああ、わかるさ。何があったのか教えてくれ」ジュールはパーシーの長々とした説明にしびれを切らしてうながした。

「あんな下品な成り上がり者に追い出されるわけにはいかないって言ってね」

「パーシー、簡潔に言え！」

「要するに、トリッグはキャットとミス・ストレインジを侮辱したんだ。ジャッコは彼に一発お見舞いし、トリッグが決闘を申しこんだ」

「いつどこで？」ジュールは冷たい怒りを含んだ声で訊いた。

「明日の夜明けに。スコットランドへ向かう街道沿いで。〈フォー・フェザーズ〉という宿屋をちょっと越えたところの空き地さ」

「その場所なら知っている」ジュールはパーシーの悲嘆に暮れた顔を見てかすかにほほ笑んで見せた。「きみは正しいことをしたよ。怖がらなくていい。トリッグが明日の朝ジャッコに会うことはないから。やつのことはぼくが始末をつける」

「わかったよ、サヴィル」パーシーはうなずいた。安堵の表情が顔に広がる。「ジャッコのことはあなたにまかせればいいとわかっていたんだ。ぼくは自分の部屋に戻って閉じこもることにするよ。ぼくのいまわしい舌のせいで、みんながさらに困ったことになるといけないから」

「それがいいな、アレンデール」ジュールはパーシーが急いで外へ出ていくのを玄関の間で見送った。彼自身、すぐにここをあとにしなければならない。トリッグという男のことはわかっている。あのごろつきを見つけ出すのにはひと晩じゅうかかるかもしれない。それでも、彼を見つけ、あのくずを永遠にこの世から抹殺《まっさつ》するのだ。夜明けにジャッコを傷つけられるだけ、トリッグが長生きすることはない。

ジュールが振り返ると、キャットがゆっくりと階段を降りてきた。青ざめ、怯えた顔をしている。なんとしても、このことは彼女から隠しておかなければ。

「キャット、疲れた顔だね。さあ、図書室へ行ってすわろう」ジュールは静かな部屋へ彼女を導き、また扉を閉めた。

椅子に彼女をすわらせると、その前に膝をつき、冷たい手を両手ではさんだ。

「キャット、何時間かきみを残していかなくてはならなくなった」彼がやさしくそう言うと、キャットはくもった目をみはった。

「どうして？」と彼女はささやいた。はっきりものを考えられない様子だった。

「しなきゃならないことがあるんだ。きみと祖母のことは誰かに家に送り届けてもらうよう手配するよ」

「あなたさえよければ、ジュール、わたし、今夜はここに泊まりたいの。さっき……階上《うえ》でハンナと会ったんだけど……具合がよくなくて。今夜は彼女のそばにいてあげたいの」

冷たい恐怖にジュールはゆっくりと彼女の指をもんでいた手を止めた。「それは、さっきき
みがジャッコを探していたこととは関係ないんだろうね？」と慎重に訊く。
「ジャッコは見つからなかったわ」キャットは弱々しい笑みを浮かべた。「彼を見かけたら、
わたしが会いたがっていると伝えてくださる？」
「もちろんさ。じゃあ、ぼくは行くよ」ジュールは立ち上がり、ゆっくりと彼女を引っ張り起こした。それから指先でキャットの頬を撫でた。「せっかくの晩だったのに、邪魔がはいって
残念だな。結局、今夜はぼくたちのものにはならないようだ」彼はキャットのひんやりした唇
にそっとキスをすると、扉へ向かった。
「ジュール！」
その苦悶《くもん》するような声を聞いてジュールははっと振り返った。キャットは彼の腕に身を投げ、
首に腕をまわした。ジュールが驚いてきつく抱きしめると、彼女は顔を上げてささやいた。
「キスして」
その望みに応え、ジュールは激しく口に口を押しつけた。彼女は唇を開き、その甘さのなか
へ彼を引き入れた。
しばらくしてジュールはゆっくりと身を引き、キャットのあおむけた顔を物欲しげにじっと
見つめた。見開かれた彼女の淡青緑色の目は約束するように光っていた。
「明日はわたしたちのものよ、ジュール。絶対に」

13

キャットが使用人の出入り口から家を忍び出るのをハンナが手助けしてくれた。裏口の前では雇った辻馬車が待っていた。それもハンナが手配してくれたものだ。キャットは馬車に乗りこむと、古びた黒いマントのフードをしっかりとかぶった。弟のことがこれほどに心配でなかったら、ハンナがすべてをたくみに手配してくれたことに驚いていたことだろう。

数分のうちにジャッコが借りている部屋の前で馬車を降りた。家宅侵入しようとしているかのように、あたりを見まわしたが、これが非常に慎重に行うべきことであるのはたしかだった。ノックの音が静まり返った廊下に響くと、彼女はまたびくびくとあたりを見まわした。近所に知られたり、ジャッコの従者を起こしたりするのはよくない。キャットはもう一度、さっきよりも大きくノックした。双子の弟がここにいて、決闘の準備をしているのはまちがいない。夜明けもそれほど遠くなかった。新たな恐怖に襲われて、さらに強く扉をノックする。

「いったい、なんだ――」ジャッコが怒鳴り、扉を開けた。キャットはなかに押し入った。

「キャット！　いったいここで何をしている？」

もつれた巻き毛と赤くなった顔を見れば、ジャッコが横になっていたのは明らかだったが、裏革のズボンとローン地のシャツは身につけたままで、シャツの襟を開けていた。

マントを椅子にかけると、キャットは弟のほうを振り返った。「あなたに分別というものを教えに来たのよ！」よく似たふたりの目が合い、互いの思いを完全にわかり合うと、ジャッコはゆっくりと扉を閉め、そこにもたれた。

「ぼくの友人のうち、どちらが姉さんに話すほど愚かだったんだ？」彼は冷たい怒りに頬を青ざめさせて訊いた。

「誰にも聞いてないわ、ジャッコ。グレイディがあなたの部屋から決闘用の拳銃を持ち出そうとしているのを見つけたのよ。射撃の練習をしようってわけじゃないんでしょう！」キャットは胸の前で腕を組み、ジャッコをにらみつけた。「そんなことはどうでもいいことよ。あなたに決闘させるつもりはないんだから！」

ジャッコは扉から離れると、キャットの脇を通ってデキャンタとグラスの載っている小さなテーブルのところへ行き、ブランデーをグラスに注いですばやく喉へ流しこんだ。「ぼくはもう姉にあやつられる年じゃないよ、キャット」彼はうんざりしたように言って姉のほうを振り向いた。「姉さんがぼくの世話役を務めなきゃと思ってるのはわかってる。ぼくのいたずらを隠したり、転んだらすりむいた膝の手当てをしてくれたりね。でも、今度ばかりはどうすることもできないよ。これはぼくひとりで解決しなきゃならない問題だ」

ジャッコがいつになく静かで、彼らしくなく真剣な表情でいるのを見て、キャットの全身に恐怖が触手を伸ばした。今度ばかりはどれほどことばを駆使しても、弟を思い留まらせることはできないだろう。ハンナと話して以来、心を占めていた大胆な計画を実行に移すしか選択肢はない。その結果がどうなるかは考えたくなかった。弟を救う唯一の方法なのだから。

「わかったわ」キャットは静かに言い、ジャッコの乱れたベッドの端に腰を下ろした。「少なくとも、グレイディが迎えに来るまで、ここにいていい？」

「彼とは向こうで落ち合うんだ」引き結んだ口にかすかな笑みが浮かんだ。「スコットランド・ロードへ行く途中、ずっとお説教されるのはごめんだからね」

「スコットランド！　スコットランドで決闘するつもりなの？」彼女は一瞬途方に暮れて叫んだ。スコットランドへなど、どうやって行けるものかもわからなかった。

「もちろん、スコットランドじゃないさ！」ジャッコはいつもに近い口調であざけるように言った。「〈フォー・フェザーズ〉はたった……いや、だめだ、キャット！　決闘の場所は教えないぞ！」

「もちろん、そうでしょうよ」キャットはなだめるように言い、ベッドの自分のそばをたたいた。「そばに来てすわって。わたしが胸に顔をうずめて泣けるように」

悲しげな笑みを浮かべ、ジャッコはベッドにすわると、キャットの肩に腕をまわした。「姉さんがとり乱したり、大泣きしたりしないでくれてありがたいよ」彼は小声でそう言うと、キャットの髪に頰を載せた。「そんなことをされたら、何よりも耐えがたいからね」

「だから、こんなにこらえているんじゃない。昔からわたしはあなたのことをよくわかっていたでしょう、ジャッコ？」

「昔からね」彼はにやりとして彼女の頰をつねった。「だからこそ、舞踏会では姉さんに近づかないようにしたんだ。何かあると気づかれるのはまちがいなかったから」

「ええ、そうね。さあ、あなたが準備するのを手伝わなくちゃ」キャットは勢いよく立ち上がり、弟が指で持ってぶらぶらさせていたグラスをとった。「ブランデーのお代わりを注がせて、ジャッコ。それで、もしよかったら、わたしにも一杯ちょうだい」

「姉さんがブランデーを？　サヴィルに強い酒を教わったのかい、キャット？」ジャッコはほほ笑もうとした。

「ええ、ジュールにはいろんなことを教わっているわ……廊下で何か音がしなかった、ジャッコ？　ジュールがここまでわたしをつけてきたんじゃないといいんだけど」キャットは不安がる振りをした。

双子の弟は入口まで行って廊下をのぞきこんだ。その瞬間、キャットは小瓶のアヘンチンキを全部彼のブランデーに注ぎ入れた。

「誰もいないよ」ジャッコはそう言うと、戻ってきてキャットの手からグラスを受けとり、また彼女の隣にすわった。

キャットは息をつめ、ブランデーをわずかに飲んだ。喉や食道が焼けつく気がした。今のジャッコのように、どうして男の人たちはあんなに楽々とこれを喉に流しこめるの？

「拳銃を撃つことについて、わたしから聞いたすべてを覚えておくって約束してくれる？」キャットは弟の赤くなった顔をじっと見つめながら言った。

「ひと晩じゅう、そればかり考えていたよ」ジャッコは悲しげに言うと、また大きくブランデーをあおり、グラスを空《から》にした。「ぼくもそれほど射撃が下手というわけじゃないだろう、キャット？」

「そうね……」とキャットはわずかに低めた声で言いかけたが、弟があくびをしてまばたきするのを見てことばを止めた。

「ぼくは何を言ってたんだっけ？」妙なしかめ面で彼は訊いた。「頭がぼんやりしている。フランスで的をねらって練習したときのことを思い出していた。キャロラインが言っていた……」

「キャロラインがどうしたの？」キャットはささやき声になって言った。ジャッコのまぶたが落ちはじめるとともに、彼女の心臓の鼓動は速くなった。

「キャロラインにはおもしろいところがある……いつもあの娘《こ》のことを考えてしまって……」

ジャッコは首を振り、目を閉じて深呼吸した。「なんだかわからないけど……」

まぶたを開けようとしながら、ジャッコはキャットをじっと見つめた。何をされたのかわかって、彼の顔が信じられないというような険しいものに変わった。「キャット……いったい……？」ジャッコは体を起こしていられなくなり、突然後ろのベッドに倒れた。

キャットは下唇を噛み、震えを止めようとした。熱い涙が目を焼いた。彼女は前に落ちた弟の巻き毛を後ろに払いのけ、額にキスをした。「ごめんなさい、ジャッコ。でも、あなたを殺させるわけにはいかない。少なくとも、これでそうならない可能性はできたわ」とささやく。

ベッドの上掛けの端で涙をぬぐうと、キャットはよろよろと立ち上がり、ドレスのボタンをはずしはじめた。急がなければ。スコットランド・ロードは街の反対側で、〈フォー・フェザーズ〉が北へどのぐらい行ったところにあるのか、見当もつかなかったからだ。それでも、どうにか見つけてみせる。

二十分後、キャットは鏡の前に立ち、左右に身をよじった。ジャッコの裏革のズボンはきつかったが、穿けないことはなかった。ローン地のシャツの上にベストを着て、上着をはおった。決闘のあいだも、胸のふくらみを隠すためにベストは着たままでいなければならないだろう。

この変装をやってのけるのだ。誰にも知られてはならない。

最後にもうひとつしておかなければならないことがあった。キャットはピンをはずし、髪を肩に下ろした。

妻が少年のように見えることをジュールがあまり気にしなければいいがと思った。ああ、ジュール！　彼が甘く約束してくれた愛の夜を、わたしたちがたのしめることがあるのかしら？

キャットはジュールについての物思いをきっぱりと追い払った。決闘のことを知ったら、彼は自分でトリッグに挑もうとするだろう。彼の言う突然の差し迫った用事がこの決闘と関係あるのではないかという疑いが心の片隅を悩ませてはいた。でも、ジュールがどうやって知るというの？

今はそのことを考えてはいけない。トリッグを亡き者にして、ジャッコとジュールを守ることに気持ちを集中させるのだ。あの怪物のような男と対決したら、きっとジャッコは殺されてしまう。ジュールの場合も見えない片目が決闘では不利に働くことだろう。彼らのどちらにもそんな害がおよぶことがあってはならない。双子の弟のことは自分の一部のように愛していた。しかし、ジュールへの感情はそれとはまるでちがう。彼への愛は新たに知った貴重なもので、それを失う危険があるなど、考えることも耐えられなかった。沈む心とともに、彼が理解してくれますようにと祈るしかなかった。

髪の房を手にとると、ハサミを持ち上げ、目を閉じて使った。驚くほど短いあいだに、ブロンドの巻き毛は足もとの床にたまった。残った髪に指を走らせると、それを顔のまわりに下ろした。これができる精一杯だった。彼女はジャッコの帽子を手にとると、頭にかぶって鏡を見た。

鏡から見返してきたのは弟の顔だった。

キャットは気が変わる前に急いで部屋を出た。〈フォー・フェザーズ〉を夜明けまでに見つけるとなると、急がなければならない。

時計は進んでいたが、ジュールはまだトリッグを見つけられずにいた。思いつくかぎりのファロの館や、賭博場や、売春宿をあたってみたが、トリッグの姿はなかった。ひそかに問い合わせてみた先からも、手がかりは返ってこなかった。キャセージ夫人はおもねるような態度だったが、役には立たなかった。彼女が言うには、ジャッコに決闘を申しこんですぐにトリッグは姿を消したということだった。

それでも、夜明けにジャッコと会うために、〈フォー・フェザーズ〉の先にある空き地には姿を現すはずだった。トリッグが見つからない以上、計画を変えるしかない。夜明けに彼と対決するのはキャットの血の気の多い弟ではなく、自分となる。

キャットには知られないようにしなければならない。ジャッコが危険にさらされているとわかったら、具合が悪くなるほど心配するだろうから。

彼女に知らせる必要はないと自分をなだめる。数時間のうちにはトリッグを亡き者にするのだから。そのことに抗議する人間などひとりもいないだろう。あの下衆な男がいないほうが、この世界にとってはいいはずだ。

ことがすんだら、キャットのもとに戻り、彼女を愛の一夜へといざなおう。その一夜が朝食前にはじまろうとかまいはしない。おかしなことに、トリッグへの怒りに駆られていながらも、彼女がほしくて胸がうずいた。

ジャッコの部屋へ行き、控えめなノックが騒がしい音に変わるまで扉をたたいても、ジャッコは出てこようとしなかった。すでに出かけたということはあり得ないはずだ。いまいましい扉に体当たりして開けようと、ジュールが二歩下がったところで、ジャッコの従者が廊下に現れた。

従者は蠟燭を前に掲げて急いで廊下をやってきた。「ムッシュウ・ル・コント、何かあったんですか？」

「ああ！　ディッスルウエイト卿の部屋の扉を開けるんだ。家族の急ぎの用事で彼に会わなくちゃならない」ジュールの命令に従者は急いで従った。部屋は消えかけた蠟燭一本で照らされており、ジャッコはベッドに伸びていた。

「ふたりきりにしてくれ」ジュールが命じると、すぐさま扉が閉まった。

「まったく、ジャッコ、こんなときにどうして眠れるんだ！」ジュールはベッドへと急ぎ、身をかがめて彼の肩を揺さぶった。ジャッコがぐっすりと眠りつづけたままなのを見て、何かがひどくまちがっていることがわかった。

ジュールは部屋を見まわした。椅子の背にかけられたマントとドレスを目にして、心臓が止まりそうになった。全身の血が凍りつく。まさか！　まさかキャットが――

しめつけられる肺に長々と息を吸いこむと、ジュールは椅子に歩み寄ってドレスにさわり、胸をつく途方もない考えを受け入れようとした。ドレスの生地にはまだキャットの香水のにおいがしみついていた。

「だめだ」彼はその考えを拒絶しようとするように首を振って声をもらした。さらに、彼女の美しい長い髪が鏡の前の床に散らばっているのを見つけた。それを見つけたことで疑念は消えた。キャットならあり得る！

酔っ払った母が息子を亡くなった夫だと勘ちがいしてチャールズ・クロフォードに殺され、チャールズがみずからの命を奪ったあの晩以上に、自分が片目を失ったあの晩。ひどい心の痛みを感じることなどあるはずはないと思っていたのだった。その傷をいやすのに十年以上もかかった。自分の人生を粉々にし、ドミニクの世界を壊したあの晩。その傷をいやすのに十年以上もかかった。しかし、ようやく弟とは理解し合い、責められるべきは自分たちではないという事実を受け入れたのだった。

その痛みも、今心を襲った、凍りつくような恐怖に比べればなんでもなかった。キャットの身を恐れるあまり、彼は恐怖の海に溺《おぼ》れた。キャットは弟の代わりに決闘するつもりなのだ。ぼくのキャットが霧の立ちこめるなか、人殺しのいかさま野郎と四十歩の距離で向き合うのだ。

「だめだ！」彼は憤怒に駆られ、扉へ大股で近寄って扉を開けた。ジャッコの従者が廊下でおどおどと待っていた。

「できるだけ急いでディッスルウエイト卿を起こすんだ。それで、何も心配ないと伝えてくれ。ただ、彼にはなるべく早くカルター・ハウスに行ってもらわなければならない」ジュールは命じた。

幸いノワールはいつものように元気一杯で、全速力で走りたがっていた。ジュールが踵《かかと》をくれると、馬は勢いよく飛び出し、眠りについているロンドンの街なかを蹄の音も高く通り抜けた。〈フォー・フェザーズ〉はスコットランド・ロードをかなり北へ行ったあたりにある。すでに空は明るみはじめていた。

冷たい恐怖に心も頭も働かず、ジュールはただひたすら前に進んだ。真の幸せを――キャットとの愛と喜びを――見つけたばかりなのに、彼女の身に何かあったら、人生はまた無意味なものになってしまう。

二度目に停まった宿屋の使用人が〈フォー・フェザーズ〉を知っていて、行き方を教えてくれた。キャットが〈フォー・フェザーズ〉の裏庭に馬を乗り入れたときに、早朝の靄《もや》を通して、かすかな曙光が射しはじめるところだった。

キャットはジャッコの馬から降りると、宿屋の使用人に手綱を渡してあたりを見まわした。まさかここの厩舎の庭で決闘するはずはないわよね？

宿屋の北にある空き地で人の動く姿を目がとらえた。キャットはゆっくりと足を踏み出し、できるだけジャッコの歩き方を真似て大股で歩いた。彼のへシアンブーツにはストッキングをつめてあったがそれでも歩きにくかった。待っている男たちはふたつに分かれていた。誰も彼女には注意を向けなかった。

トリッグは知らない男といっしょに立っていた。介添人は見るからに紳士とは言えない人物だった。

そのそばでグレイディが黒い鞄を持った年輩の男性と話をしていた。その男性が医者だとキャットにもわかった。事の重大さを必死で心から追い払ってきたのだったが、それがまた心に忍びこんできた。胸の内がかき乱され、恐怖に襲われそうになる。しかし、双子の弟の名誉を穢すわけにはいかない。キャットは背筋を伸ばした。冷静さを保ち、的をねらうように弾丸《たま》を発射するのだ。トリッグを殺すつもりはなく、銃を持つ腕をねらうつもりだった。そうすれば、長いこと——もしかしたら永遠に——彼がまた誰かに決闘を申しこむことはできなくなるはずだ。

彼女に気づいてグレイディが前に進み出た。キャットは地面の何かを探すように急いで顔を伏せた。

「ジャッコ、待ってたんだ。大丈夫か？」

目の端でグレイディがひどい顔をしているのがわかった。目は充血し、憔悴《しょうすい》しきった顔をしている。

「ひどい顔だな」キャットはぶっきらぼうにつぶやき、そばを離れた。

「わかってるさ」グレイディは息を呑み、彼女に追いついた。「きみのことが心配でとんでもなく酔っ払ったんだ。馬に乗るのに従者の手を借りなくちゃならなかったよ。まだ少し目の前がかすんでいるんだ」突然彼はキャットの腕をつかんだが、彼女はできるだけ控えめに腕を引き抜いた。

「ジャッコ、こんなことはやめるんだ！」グレイディは若い顔を必死の形相にして懇願した。「やめると言ってくれ。そうすれば、どうにか中止させるから」

やめると言いたくてたまらなくなり、キャットは足を止めてサー・エドマンド・トリッグを見やった。冷静でくつろいだ様子に見える。すでに上着を脱ぎ、ローン地のシャツ姿で待っている。顔にはきどった笑みを浮かべていた。

この男はわたしとジャッコとジュールに仕返しをすると誓っていた。その脅しははったりではない。みんながこれ以上害をおよぼされないようにするには、これが唯一の機会かもしれない。彼女は最後に一度拒むように首を振ると、立ち位置に行き、上着を脱いだ。

「きみの拳銃だ。ぼくとトリッグの介添人がすでにあらためてある」グレイディは元気なく言った。「歩数はぼくが数える。でも、気をつけろ、ジャッコ。あの男は信用できない。やつが数え終わる前に撃ってきたら叫ぶから、きみは地面に伏せて身を守れ」

キャットはうわの空でうなずくと、手で拳銃の重さをはかり、釣り合いをたしかめた。ジャッコといっしょに撃ち方を習った拳銃だった。少女の遊びとしては奇妙だったのだろうが、幼いころ、ディッスルウエイト家の子供たちは自分たちで気晴らしを見つけなければならなかった。レディ・タットウィリガーが現れて、キャットたちの父親に子供たちの世話は引き受けると告げるまで、同年代の子供たちからは隔離されて育ったからだ。そして彼女はことばどおり、世話を引き受けてくれた。いとしいウィリーおばさま。この決闘を生き延びたなら、ウィリーおばさまにどれほど愛しているか告げよう。自分たちにとっては母親も同然の存在なのだと。

キャットは前に進み出たが、グレイディに止められた。「何をしているんだ、ジャッコ？すぐにベストと帽子をとるんだ。相手に大きな的を与えることになるぞ」

胸のふくらみがわからないように、ベストは着ていなくてはならなかったが、キャットはゆっくりと帽子をとった。

グレイディは彼女をじっと見つめて眉根を寄せたが、キャットとはわからないようだった。まさかキャットがジャッコの代わりに来たとは夢にも思わないのだろう。一瞬、彼女自身、信じられない気がした。

トリッグが介添人と冗談を言い合いながら待っていた。前に何度も経験してきたことなのだろう。キャットに選択の余地はなかった。彼女はゆっくりとトリッグと向き合い、悪意に満ちた顔をじっくり眺めた。

ふたりは拳銃を右肩まで上げ、互いに背を向けて立った。

「紳士諸君、ぼくの合図で、二十歩前に進み、それから振り向いて撃つんだ」グレイディが抑揚のない口調で述べた。

耳の奥では血が轟音《ごうおん》を立てていたが、キャットは気を張りつめ、グレイディのことばに気持ちを集中させた。子供のころ、ジャッコとこの遊びに興じたこともあった。ジャッコ……何が起ころうとも、あなたは無事でいられる。拳銃のにぎりが湿ったてのひらのなかで少しすべったが、キャットはにぎる指に力を加えただけだった。生きなければならない理由は数多《あまた》あった。ジュール——愛しているわ。

何にしても負けるわけにはいかない。サー・エドマンド・トリッグのようなごろつきにはもちろんのこと。

「さあ！」トリッグの介添人が叫んだ。

グレイディが数えはじめた。「一……」

キャットは前に進みはじめた。彼の声以外のすべてを心から追い出して。

「二……」

〈フォー・フェザーズ〉がようやく視界にはいってきた。ジュールは宿屋の脇を通り抜けて北にある空き地へ向かった。木々に囲まれたなかに動く人影が見えた。

「ああ、くそっ」人の姿が見えるところまで行くと、決闘がはじまっているのがわかって、彼はかすれた声を発した。

「お願いだ、キャット、頼む……」ジュールは祈った。息を切らしているノワールに踵を食いこませ、突進させる。止めなければ！　叫べば聞こえる距離まで来た！

しかし、必死の叫びは轟音に呑みこまれた。発射されたのは一発だけだったが。

14

銃声がジュールの頭に鳴り響いた……撃たれた……キャットが……撃たれた……キャットが……彼はノワールから飛び降り、地面にくずおれた人影のほうへ駆け寄った。まだ薄暗いなかで、それが誰か見分けがつかなかったのだ。

「頼む……」彼は声をもらした。自分が撃たれたかのように胸が痛んだ。

三人の男が傷ついた人物をのぞきこんでいた。

「サヴィル、ここで何をしているんだ？」息を呑んだグレイディをジュールは押しのけ、医者のそばに膝をついた。

倒れていたのはトリッグだった。

突然また呼吸ができるようになった。キャットが立っているほうへ首をめぐらす。信じられないことに彼女は無傷だった。この茶番の真実を明かしてしまいそうで、彼女のそばに寄る勇気はなかった。そこで、目の前の悪党に注意を向けた。

トリッグの目は閉じられ、顔からは血の気が引いていた。右手がだらんと垂れ、そこから大量に出血している。

「ジャッコがこんな使い手だとは知らなかったな」ふいにグレイディがジュールの肩越しにつぶやいた。

ジュールはゆっくりと立ち上がった。トリッグから離れると、四十歩離れた場所を見やる。

キャットはまだその場に立っていた。朝靄がうずまくなか、手に持った拳銃からは硝煙《しょうえん》が上がっている。

遠くからでも、彼女が夫に気づいたのがわかった。ためらいながら、こちらへ足を踏み出そうとしている。

「そのままそこにいろ！　こっちはぼくが片をつける！」ジュールは厳しい口調で命じた。その声の調子に、彼女ははっと身を引き、顔をそむけた。

ああ、わからないのか！　ぼくだってきみのもとへ行き、腕に抱いて放したくないと思っているのに！

キャットが無事だったことではかりしれないほどの安堵に包まれる。これまで経験したことがないような感情だった。しかし、この男たちの前では、彼女がジャッコである振りをつづけなければならない。すぐに、ほんとうにすぐに、キャットが自分にとってどんな存在か、ありとあらゆる方法で示すつもりだが、まずはトリッグの始末をせねばならない。

振り返ると、トリッグは介添人の手を借りて身を起こしていた。顔に多少血の気が戻ってきている。

「命に別状はない」医者は彼の手に包帯を巻きながらうなずいた。

「数分のうちにそうではなくなるが」ジュールが穏やかに言った。

そのことばに四組の目が彼に向けられた。ジュールはゆっくりと乗馬用の手袋を片方はずし、身をかがめると、それでトリッグの青ざめた頬を打った。

「何をしている！」トリッグの介添人が唾を飛ばして言った。

「サー・エドマンドの拳銃を用意するんだ！　今すぐ決闘する」彼は命じた。

トリッグの目が突然警戒するようになり、そこにゆっくりと恐怖がよぎりはじめた。

「おかしくなってしまったのか、サヴィル！　私は右手をやられたんだ」トリッグがうめいた。

「あんたと戦うことはできない」

「昔からぼくを決闘の場に引きずり出すのがあんたの一番の望みだったようだが」ジュールは愉快そうに言った。「ようやく望みがかなったというわけだ」そう言って介添人をちらりと見た。「もう一度言う。拳銃に弾丸《たま》をこめろ！」

「それには異を唱えなければなりません」医者が立ち上がってジュールと向き合い、口をはさんだ。「この人は決闘できるような状態じゃありません。あの手はもとにはけっして戻らないでしょう。決闘ではなく、ただの人殺しになる」

「この世から害虫を駆除するということさ」ジュールは膝をつき、トリッグの血の気の失せた顔をじっと見つめた。「警告はしたはずだ。今さらもう遅すぎるが。死が間近にあるとわかってどんな気分だ、トリッグ？　為すすべもなくあんたの犠牲になった人々はそういう思いを味わったんだ」ジュールは立ち上がり、ためらうことなくキャットの命を奪ったかもしれない男をにらみつけた。また新たな怒りが湧き起こる。「二分やる。二分たったら、そこに寝そべっているあんたを撃つからな！」ジュールは両脇でこぶしをにぎり、嚙みつくように言った。

「いや、待てよ、サヴィル」トリッグは立ち上がろうとあがきながら懇願した。「私はイギリスを離れる。大陸に行くよ。あんたが私に会うことは二度とない。約束する」

「あんたの約束になど、なんの意味もない！」ジュールはかすれた笑い声をあげた。「あと一分だ、トリッグ」

うつろな目が必死にまわりを見まわした。「ちくしょう、誰かどうにかしてくれよ！　やつが血も涙もなく私を撃ち殺すのを黙って見ているというのか？」

「サヴィル、なあ、殺すのはだめだよ」グレイディが静かに言った。「そのせいで国外追放になるのもばかばかしい。逃がしてやれよ。ぼくが港まで行って彼が船に乗るのをたしかめるよ」

「私もおともしますよ」医者も口をはさんだ。「それまで患者には私の手当が必要でしょうから」

ジュールはしばらく考えをめぐらしていたが、復讐よりもキャットに対する欲望のほうが勝った。

「トリッグ、あんたのみじめな命は救われた」ジュールはうなるように言って彼から離れた。「ぼくが気を変える前に急いでこいつを見えないところへ連れていけ！」

トリッグの介添人がジュールの脅しを真に受けたらしく、引きずるようにしてトリッグを連れていった。そのあとを急いで医者が追った。

「正しい決断だったよ、サヴィル」グレイディがうなずいた。「やつが国を出るのはぼくが見届ける」

「ありがとう、ペニントン。ジャッコの馬がいないようだが。きみがここを去る前に宿屋の使用人に宿屋からここへ馬を連れてきてくれるように頼んでくれ。ジャッコをロンドンに連れ帰らなければならないから」

「ジャッコ！」グレイディはキャットの立っている場所に目を向けた。「彼に挨拶しなければ。すごい腕前だったよ、サヴィル！　彼のことが誇らしいな」グレイディは笑みを浮かべた。

「トリッグのほうを頼む。ジャッコの面倒はぼくが見るから」ジュールがそう言うと、グレイディは小さく敬礼して立ち去った三人のあとを追った。

ようやくふたりきりになった。ジュールはキャットのほうを振り向いた。彼女はジャッコの上着を着てくしゃくしゃの巻き毛の上に帽子を載せていた。

ジュールは彼女のほうに歩きはじめたが、途中から駆け足になった。まだそばまで行かないうちにキャットを抱き寄せるために腕を伸ばしていたが、そこへ宿屋の使用人がジャッコの馬の手綱を引いて駆け寄ってきた。

キャットの目は淡青緑色の大きな池のようだった。頬からは血の気が失われている。

「ああ、きみだとわかっているよ」ジュールは小声で言った。「乗るんだ。できるだけ急いでロンドンに戻らなくちゃならない」

キャットは手綱を受けとり、ひらりと鞍にまたがった。ジュールは驚いた顔の使用人に一ギニー硬貨を放り、ノワールの首をめぐらすと、先に立って決闘が行われた空き地を横切った。〈フォー・フェザーズ〉の脇を通り過ぎるころには馬の足を速めていた。何マイルか南に下ったところで、ジュールが馬の足をゆるめ、キャットが横に並んだ。

びくびくと彼女は怯えた目をくれた。「ジュール、説明させて……」

「信じられない《アンクロワヤブル》！」驚愕のあまり、フランス語になってしまう。「きみは信じがたいな！　こうして全速力できみを救いに駆けつけてみれば、ぼくの美しい妻は自分で危機を脱していたというわけだ」彼の黒っぽい目が険しくなった。「こんなことは二度とするんじゃない。約束してくれ！」

「約束するわ」キャットはきっぱりと答えた。「こんなに怖いこと、二度とごめんだもの。でもね、ジュール」キャットは彼の腕に手をかけて馬を停《と》めさせた。「やってやったわ！」その声は誇らしげで驚きに満ちていた。

「ああ、でも、今は無駄にする時間はない。きみを無事街に連れ帰り、ジャッコに今日決闘で彼が上げた功績を教えてやらなければならない。さもないと、すべてが台無しになるからね」

ジュールはしっかりと自分を律していた。キャットを腕に抱き、キャットのことがどれほど誇らしいか、その勇気にどれほど驚かされたか、自分がどれほどキャットを愛しているか、すべてを告げたいと、それしか思わなかったからだ。しかし、人目のある街道でそんなことをするわけにはいかない。そこで彼女をうながして先へ進んだ。

運には恵まれていた。まだ街を行きかう馬車や馬は少なく、ふたりはすばやくカルター・ハウスへと馬を進めることができた。

彼らは馬から降り、厩舎で向き合って立った。興奮と不安がせめぎ合い、キャットの美しい目はくもっていた。魅惑的な唇はかすかに震えている。

自分を抑えきれず、ジュールは一歩近づいた。「きれいなぼくの奥さん」とささやきながら、彼女にまだ触れてはだめだと全身をこわばらせた。「ぼくは怒ってはいないよ。それどころか、家のなかにはいったらすぐにきみをひとり占めする。ジャッコの服を全部はいで、きみの体の甘い肌の隅々にまでキスをする」

キャットの頬が真っ赤に輝き、ジュールはほほ笑んだ。喜ばしいことに、彼女の目に答えが浮かんでいた。

「旦那様」突然肺に空気を送りこむのがむずかしくなったのか、キャットは深呼吸しながら言った。「すぐに家のなかにはいったほうがいいわ」

喜びの笑い声をあげると、ジュールは彼女の腕をつかみ、先に立って短い石段をのぼった。入口に達する前に扉が勢いよく開いた。広い長方形の裏口の通路に、ジャッコを除くキャットの家族全員とカルター公爵夫人が立っていた。

「みんなここにいるのね!」キャットは息を呑み、ウィリーの鋭い目と目を合わせた。

「キャスリン!」ウィリーが喉に手をあてて叫んだ。「気つけ薬が要るわ!」

「今度はほんとうに必要みたいよ!」レディ・タットウィリガーがカルター家の使用人の腕に倒れこむのを見て、キャットが急いで歩み寄りながら叫んだ。

ジュールが手を貸してレディ・タットウィリガーは応接間に運ばれ、青いベルベットの長椅子にそっと横たえられた。マライアが慎重に枕を彼女の頭の下に入れ、キャットは鼻先で気つけ薬を使った。

「キャスリン、まさかジャッコの代わりにあなたが行くなんて思ってもみなかったわ」ハンナがレディ・タットウィリガーのそばで手をもみしだきながら責めるように言った。「今朝、わたしたちの計画についてグウィネスに話したら、すっかり動揺してしまって。あなたを止めるためにここへ急いで来たんだけど、遅すぎたのよ」

「けがはしてないのね! 彼を殺したの、キャット?」マライアが小声で訊いた。ディッスルウエイト家特有の目が復讐心に燃えて光っている。「あの卑劣な男は死んで当然よ！」

「いいえ、生きているわ。彼が銃を発射する前に拳銃を持っている手を撃ったの」キャットは慎重に答えた。グレイディが正確に数を数える声を思い出すと、かすかに体が震えた。二十歩進んだところで振り向き、的をねらって撃つようにトリッグの手を撃ったのだった。

ほかの面々があれこれと世話を焼いていると、レディ・タットウィリガーが目を覚まし、まつげを激しくしばたつかせてから、まぶたを持ち上げた。

「ウィリーおばさま、怖がらせてごめんなさい」キャットはなだめるように言い、彼女の頰にキスをした。「もう大丈夫よ」

「でも、ジャッコはどこ？」キャットに険しい目を向けるだけ気をとり直した彼女は訊いた。

「ああ、そうよ、ジャッコはどこ？　彼だったら、殺されていたかもしれないわ！」わっと泣き出して深い肘掛椅子に身を沈めていたキャロラインが勢いよく立ち上がって叫んだ。

「ぼくはここだ」弱々しい声が入口から聞こえてきた。双子の弟が木の扉にぐったりと身をあずけて立っていた。ローン地のシャツは襟が開いており、顔は恐怖に白くなっていた。

「キャット？」

彼女は弟のところへ駆け寄った。ジャッコはきつくキャットを抱きしめた。彼の鼓動がどれほど速くなっているかわかるほどに。「赦して、ジャッコ。ほかにどうしていいかわからなかったの」彼女は彼の胸に顔を押しつけてすすり泣いた。弟を救えたという安堵が、どうにかこらえていた感情を決壊させたのだ。

肩をつかまれて揺さぶられ、キャットははっと首をそらした。「赦すだって！　こんなばかな真似をして死ぬほど鞭《むち》でたたいてやらなきゃならないよ！」

「ああ、ひどい人！」キャロラインがそう叫んで前に飛び出し、小さなこぶしで彼の腕をたたいた。ジャッコは防御のために姉を放した。

「キャロライン、いったい――？」

「ああ、黙ってよ、ひどい人ね！」彼女は泣き声で言った。「キャットが勇敢で大胆な行動をとってくれなかったら、決闘の場に横たわっているのはあなただったかもしれないのよ。あなたが死んだら、わたしの人生も終わりだわ！」

すすり泣きながら、キャロラインは彼の胸にもたれた。ジャッコはその機会を逃さず、彼女にキスをした。

ジュールが背後に来るのがわかり、キャットは腕に抱かれて体をあずけた。

「彼女の気持ちは痛いほどわかるね」ジュールに誘うようにそう耳打ちされ、キャットの下腹部に妙なうずきが生じた。

「まあ、なるようになったんだから！」驚くほどすばやく回復したレディ・タットウィリガーがきっぱりと言った。長椅子から立ち上がると、ドレスを振って襞を直した。「きっと、全員分の朝食の席をしつらえてもらえるわね、シビラ」

公爵夫人は鼻を鳴らして胸を張った。「お客様をお迎えする準備はいつも万端よ、グウィネス」

「キャスリンとぼくはごいっしょしませんよ」ジュールは抗わない妻を廊下へと引っ張りながら言った。「ぼくらは失礼します」

応接間から引っ張り出される途中、キャットの耳に家族から驚きと喜びのつぶやきがもれるのが聞こえたが、それもすぐにジャッコとキャロラインをただちに婚約させなければという話に変わった。

「ジュール、わたし……何をするつもり?」

ふたりの使用人がぎょっとして見つめる前で、ジュールは彼女を腕に抱いた。左足のヘシアンブーツが脱げた。

ジュールがすばらしい眉を問うように上げたので、彼女は肩をすくめた。「わたしには大きすぎるの。ブーツはジャッコが見つけてくれるわ」

階段のてっぺんで彼女は足を動かし、もう一方のブーツも脱いで階段から転げ落ちるにまかせた。

ジュールがそれに目を向けると、キャットはほほ笑んで彼の胸に頰を寄せた。「わたしはただ、あなたに手を貸しているだけよ」

彼が笑い声をあげるのがわかり、彼女は顔を上げてジュールの首に唇を押しつけた。唇の下で血管が大きく脈打った。

ジュールはキャットの寝室の扉を蹴り開け、なかにはいって扉を閉めると、裸足の彼女をそっと床に下ろした。

それから、暗黙の約束を守った。ふたりの寝室をつなぐ扉の鍵を開けたのだ。「この扉はこれからずっと開いたままにする」キャットが喜んで従いたいと思う命令だった。

キャットは着替え室にはいり、結婚式の晩に身につけた、持っているなかで一番きれいなネグリジェを見つけた。

「どこへ行ったんだい、奥さん？」ジュールが問いかけてきた。「きみのことは二度と見えないところには置かないぞ！」

彼はまた彼女を腕に抱き上げ、大股で二歩歩いていっしょにベッドに倒れこんだ。

すぐさま彼は自分の上着と彼女の上着をとり去った。

「ジュール、どうして……？」濃厚なキスにことばは呑みこまれた。唇に焦らすように唇を押し開けられ、彼女はさらに彼をきつく抱きしめた。

ぼうっとして腕に抱かれたまま、キャットは服を脱がされはじめた。シャツのボタンをひとつはずすたびに、ジュールは激しいキスを熱くなった肌に降らせた。「結婚式の晩にきみを愛していると気づいてから、ずっとこうしたくてたまらなかったんだ」そう小声で言うと、たくみな指でズボンのボタンをはずした。

「どうしてしなかったの？」キャットは彼の頬を手で包み、顔を引き寄せた。ジュールがズボンのボタンをはずし終えると、彼の唇を自分の口へと引き下ろした。「どうしてしなかったの？」

「きみを口説きたかったんだ……ぼくを愛するように仕向けたかった」ジュールは探るように彼女の目をのぞきこんだ。チョコレート色の目にかすかな疑念の影が浮かんでいる。すぐにその影を消し去らなくては！

震える指ではあり得ないと思うほど器用にキャットは彼のシャツのボタンをはずしはじめた。

「わたしは愛のある結婚をすると誓っていたのよ。その誓いは守ったわ」

「キャスリン、愛している」とジュールはささやき、シャツがすべり落ちてあらわになったキャットの肩に唇を這わせた。

「ジュール」キャットははじめて会ったときにちらりと目にした、硬く浅黒い胸に顔を寄せた。「わたしたち、ちょうどこんなふうに出会ったのよね。ベッドの上で、どちらもみだらなほどに服を脱ぎかけた状態で。それがこんなふうになるなんて想像したことがあった？」

ジュールは指をそっと巻き毛にすべりこませ、キャットの首をそらさせて目と目を合わせた。

「キャスリン、それがぼくたちの運命だったのさ」

訳者あとがき

ロマンス界の期待の新星、シェリル・ボーディンの『侯爵からの愛は春風のように』をお届けします。ボーディンは本国ではすでに、ヒストリカルとコンテンポラリーの分野で何冊も作品を発表しており、〈ニューヨークタイムズ〉のベストセラー・リストにも名を連ねている作家です。そんな彼女の作品のなかから、本書には、過去の忌まわしい記憶にしばられた兄弟が登場する「侯爵からの愛は春風のように」（原題：*Rake's Redemption*）と「醜聞《スキャンダル》がくれたもの」（原題：*Scandal's Child*）の二編の中編をおさめました。

「侯爵からの愛は春風のように」に登場するのは弟のドミニクで、彼は過去の出来事のせいでみずからを穢れた存在と感じ、それを証明しようとするかのように放蕩《ほうとう》のかぎりをつくして暮らしていますが、ジプシーの血を引く謎めいた女性のいる宿屋で偶然知り合ったジュリアナに、これまで抱いたことのない感情を抱きます。彼女は戦場でドミニクの腕のなかで息絶えたウィルの未亡人で、ウィルから話を聞いて以来、ドミニクが地獄のような戦地で夢に思い描いていたきよらかな女性でした。惹《ひ》かれながらも彼女を遠ざけようとするドミニクと、そんな態度に傷つきながらも彼をもっとよく知ろうとするジュリアナの恋が、せつなく、もどかしく描かれています。そしてそれとともに、ドミニクとジュールが隠し持つ過去の秘密も明かされていきます。

「醜聞《スキャンダル》がくれたもの」では、ドミニクの幸せを見届けた兄のジュールの恋模様が描かれます。ドミニクとジュリアナが出会った宿屋で、彼も運命の出会いをします。それも、見も知らぬ女性と同じベッドで寝ているのを彼女の家族に見つかるという形で。行状のよくない双子の弟ジャッコを心配して彼が泊まっている宿屋にやってきたキャットは、弟の部屋で待つうちにベッドで眠りこむのですが、酒に酔って部屋をまちがえたジュールが同じベッドにはいってしまいます。悪い噂が立たないようにするために、キャットの名づけ親によってふたりは婚約させられ、ジュールのフランスの領地で結婚することになります。形だけの夫婦となったふたりはじょじょに心を通い合わせていくのですが、しばしば予想外の運命に見舞われるキャットのせいで、ふたりの恋はひと筋縄ではいかない、波乱に満ちたものとなります。

表題作では、過去の出来事が全編に大きな影を落としています。これはドミニクとジュリアナの恋物語というだけでなく、過去の出来事のせいで心に大きな傷を負ったドミニクとジュールの兄弟が、その心の傷と向き合い、それを乗り越えていく、魂の再生の物語でもあると思います。一転して「醜聞《スキャンダル》がくれたもの」は、トリッグという敵役が登場し、力を合わせて敵と戦ううちに、ジュールとキャットのあいだに愛が芽生えていくスリリングな展開になっています。それぞれ趣《おもむき》のちがう、独得の魅力をたのしめる作品です。

ヒロインとヒーローたちも魅力的ですが、本書にはほかにもユニークなキャラクターが数多く登場します。まずは二作品両方に登場するフォーブズ夫人とカルター公爵夫人。ドミニクがどこか似ていると感じたこのふたりは、歯に衣《きぬ》着せぬ物言いをする、なんとも爽快な老婦人たちです。とくにフォーブズ夫人はジプシーの血を引き、ドミニクとジュール、両方の恋を予言するなど、本書に独得の雰囲気を与えてくれています。さらには、ジュリアナの叔母《おば》のソフィアと、キャットの名づけ親のウィリー。姪《めい》や名づけ子のためにあれこれ策を練ったり、やきもきしたりする彼女たちの存在が、本書をたのしいものにしてくれています。

このように人物造形にすぐれたボーディンは、ほかにも魅力的な登場人物にあふれた作品をいくつも発表しています。コンテンポラリー作品のほうが先に認められたようですが、本書のようにヒストリカル作品にもきらりと光るものがあります。いずれまたご紹介できると幸いです。

二〇一五年四月　高橋佳奈子

侯爵からの愛は春風のように

2015年5月16日　初版第一刷発行

著 …………………………… シェリル・ボーディン
訳 ………………………………… 高橋佳奈子
カバーデザイン ………………… 小関加奈子
編集協力 ……………………… アトリエ・ロマンス

発行人 ………………………………… 後藤明信
発行所 ……………………… 株式会社竹書房
〒102-0072 東京都千代田区飯田橋2-7-3
電話：03-3264-1576(代表)
03-3234-6383(編集)
http://www.takeshobo.co.jp
振替：00170-2-179210
印刷所 …………………… 凸版印刷株式会社

ISBN978-4-8019-0315-9 C0197
Printed in Japan